동도군

김상현 장편소설

아든북

내포동학농민전쟁

동도군
(東徒軍)

● 작가의 말

역사는 언제나 승자의 입장을 대변한다.
"역사란 언제나 패배자에게 등을 돌리고 승리자를 옳다고 하는 것임을 잊어서는 안 된다."는 오스트리아 소설가 슈테판 츠바이크(Stefan Zweig, 1881-1942)가 한 말을 상기하지 않아도 우리 역사를 보면 그렇다.
그 대표적인 사건이 1894년에 있었던 동학농민봉기이다. 이 사건에서 보듯 승자는 폭력을 정당화하고, 패자가 주장했던 내용은 곡해되고 불순한 것으로 오도되었다. 곧 역사는 민란으로 간단히 자리매김되었고, 그 후, 이 땅에 비극적 역사는 반복되었다.
동학농민봉기는 단순히 관아의 폭정에 맞서 탐관오리를 징치하는 것을 넘어, 당시 성리학이 지배하고 있던 신분사회의 폐단을 해체하고 '사람이 하늘'과 같은 인본주의의 대동세상(大同世上)을 만들고자 했던 거대한 움직임이었다.

봉기의 중심사상은 모든 생명 속에 한울님(하느님)이 있다는 수운 최제우의 시천주(侍天主)사상과 사람을 한울님(하느님)처럼 공경해야 한다는 해월 최시형의 사인여천(事人如天)사상, 더 나아가 '사람이 곧 하늘이다'라는 의암 손병희의 인도천(人乃天) 사상이다.

신과 인간의 수직적 관계에서 비롯된 폭력성과 신이 선택한 자만의 세상을 구현코자 하는 서양의 선민사상과는 차원이 다르게, 인간중심의 동학사상은 모든 생명 안에 존재하는 신의 내재성과 모든 인간이 평등하게 누릴 권리를 주장하는 인본주의를 지향하고 있다.

바로 동학농민봉기가 가능했던 이 사상은 오천년 우리 역사를 뛰어넘어 인류사에 빛나는 사상적 금자탑이 아닐 수 없다.

그럼에도 개벽세상을 이루고자 수백만 명이 봉기하고, 수십만 명이 목숨을 잃었던 자랑스러운 역사는 왜곡되어 오랫동안 민란으로 기록되었었다.

다행히 지난 수십 년간 많은 분들이 자료를 찾아 정리하고, 지자체는 기념관을 세워 유물을 전시하고, 역사학자들은 동학에 관한 수많은 논문을 쓰고, 소설가들은 이를 주제로 한 소설을 통해 가려지거나 감춰진 진실을 세상에 드러냈다. 그 결과 동학민란은 동학농민혁명으로 새롭게 자리매김을 하게 되었다.

돌이켜 보면 선인들이 벌였던 동학농민봉기, 그 정신은 3.1만세운동으로, 4.19학생의거로, 5.18민주화운동으로, 촛불혁명으로 오늘날까지 면면히 이어져 오고 있다.

오늘을 사는 우리가 결코 간과해서는 안 될 점은, 당시는 다른 산업이 없고, 농업을 기반으로 하는 사회였기에 '농민봉기'라는 단어는 전체 민중을 의미하는 것임을 인지해야 한다. 즉, 다산업 사회에서 살고 있는 현대인들은 동학농민 봉기를 자칫 농민만의 봉기로 왜소하게 생각할 수 있음을 유의해야 한다.

본 소설은 그간 가려져 왔던 충청내포지역에서 있었던 1894년 당시의 농민전쟁을 토대로 하였다. 등장인물과 사건 그리고 때와 공간은 수집한 자료를 중심으로 집필했으며 가상 인물과 가상적 스토리를 더해 농민에 대한 탐학과 수탈에 맞서 저항한 농민항쟁의 전개과정을 흥미롭게 다루었다.

필자는 이 소설을 쓰기 위해 봉기와 싸움이 있었던 곳을 수 차례 답사하고, 자료를 지닌 분을 수소문해 도움을 받기도 했다. 도움을 주신 분들께 머리 숙여 깊은 감사를 드리며, 한 분 한 분 오랫동안 기억하고자 한다.

또한 보다나은 세상을 열기 위해 동학농민정신으로 정진할 미래세대의 많은 분께 존경을 담아 이 소설을 바친다.

동도군(東徒軍)

차례

01 농심의 발화   9
02 혈연록   56
03 설득과 회심   104
04 격쟁(擊錚)   155
05 간계(奸計)   201
06 여미벌   250
07 칼 노래   299
08 삭풍(朔風)   335

1
농심의 발화

 술상이 들어왔다. 이정규는 제집 안방인 양 퍼질러 앉아 졸린 괭이눈으로 안인무를 노려봤다.
 "이보게, 안 생원, 내가 방죽을 쌓지 않았다면 자네 소작인들이 입에 풀칠이나 했겠는가. 내 물을 먹는 자들이 공덕비는 못 세울망정 나를 비방하는 놈이 있다니, 그런 자에게 소작을 줘서는 안 될 일이네."
 이자가 넘겨짚고 하는 말이겠지 생각하면서 안인무는 얼른 술병을 들어 이정규 앞에 있는 술잔을 채웠다.
 "나으리의 은혜를 어찌 모르겠습니까? 소작을 부쳐먹고 사는 자들이야 배고프면 으레 궁시렁궁시렁 하는 것이지요."
 이놈도 귀가 있긴 하구나. 겁먹은 개가 짖는다고 내게 찾아온 이유가 민심이 두려워서 일 거야, 안인무는 이런 생각을 하면서 표정만은 웃는 하회탈을 하고 그를 대했다.

"전라도가 어딘가, 부사도 울고 간다는 강진에서 병사를 지냈고 전라병마절도사를 지낸 나 아닌가. 전라도 사대부들도 내 앞에선 꽹이 앞에 쥐 마냥 오금을 못 폈는데 손바닥만 한 합덕에서 상것들이 내게 불평을 하게 내버려둔다면, 내 물로 농사를 짓는 지주들 책임이 아니겠는가."

이정규는 마치 자신이 관찰사라도 된 것인 양 한참 동안 거드름을 피우고 나서야 술맛이 입에 붙는지 위아래 입술을 빨았다.

"나으리의 위세는 삼척동자도 알지요. 조정의 민 대감 어른이 나으리의 버팀목인 것을 모르는 자가 있겠습니까? 아무리 좋은 술이라도 노기를 품고 드시면 독주가 된다는 말이 있습니다. 그만 고정하시고 약주나 드시지요."

안인무가 아직 술이 남아있는 이정규의 잔에 첨잔을 치면서 그를 띄웠다.

민 대감이 자신의 버팀목인 것을 알아주는 안인무가 신통했다. 안인무의 말에 기분이 좋아진 그는 연거푸 술잔을 비웠다.

반갑지 않은 이자가 자신을 찾아온 까닭이 취중 진담이라고 농민들이 자신에 관해 불평이라도 하면 적당히 무마해 달라는 것이 분명했다.

"안 생원, 소작인들을 다루는 방법을 내 알려주겠네. 그놈들이 늘어놓는 불평은 초장에 박살을 내야 하네. 그래야 찍소릴 못하네. 불평하는 놈이 있으면 내게 귀띔만 해주게, 잡아다 안 죽을 만치 두들겨 패면 몽둥이질을 당한 놈보다 옆에서 그걸 보는 놈이 더 오금이 저리는 법이네."
 이정규는 한껏 호기를 부렸다.
 백자 술병에서 더 이상 술을 나오지 않자 안인무가 안채를 향해 술을 가져오라 소리했다.
 맞은 편 행랑채에서 소반에 백자 술병을 받쳐 든 여자 아이가 조심스럽게 술병을 마루에 올려놓고 돌아섰다.
 순간, 이정규의 눈이 빠르게 여자아이의 뒤태를 더듬었다. 머리를 양 갈래로 딴 여자 아이는 적삼을 꿰매 입긴 했지만 깨끗한 차림이었다. 소반을 놓고 돌아서는 언뜻 본 모습은 갸름한 얼굴에 오뚝한 콧대와 짙은 눈동자가 예사로운 미색이 아니었다.
 "저 아이가 누군가?"
 이정규가 급히 물었다.
 "제 안사람이 데리고 있는 아이입니다."
 "방년 몇 살인가?"
 "아마 열여섯쯤 되었을 것입니다."
 "열여섯이라…. 자네 침소에 드나드는 아이는 아니겠지?"
 "아, 아닙니다. 아직 어린아이인데 벌 받을 말씀을 하십니다."
 "허허, 농담일세. 저 아이는 언제부터 이 집에 있었는가?"
 "작년에 약초꾼이 진 빚을 대신 갚아주고 데리고 온 아이입니다. 행랑채에서 음식 만드는 일을 돕는 일을 합죠. 그런데 나으리께서 하찮은 계집애에게 눈독을 들이는 연유는 무엇인지요?"
 안인무가 술 취한 말투로 이정규를 떠봤다.

"에이끼, 이 사람아, 눈독이라니. 내 노비 중에 장가 못 든 애가 있어 저 아이를 보니 갑자기 그놈이 생각나서 물어본 걸세. 아무리 내 수하에 있는 종이라지만 나이가 찼는데 짝은 지어주는 것이 도리가 아니겠는가, 열여섯이면 그놈과 딱 어울리는 나이네."

안인무는 이정규가 자신의 집에 오는 것만으로 무슨 안 좋은 일이 생길 것이라 예측했는데 설마하니 나이 어린 계집에게 눈독을 들일 줄은 몰랐다.

"나으리께서 그리 말씀을 하시니 한 번 생각해 보겠습니다."

안인무가 어물쩍 넘기려 하는 찰라, 그가 술상을 밀며 정색을 하며 말했다.

"생각해 보고 자시고 할 거 없네. 자네가 대신 갚아주고 저 아이를 데려온 돈이 얼만가? 많아봐야 백 냥 안팎 아니겠나? 돈 이야기가 나왔으니까 말이네만 자네가 내게 주어야 할 수세가 일천 냥이네. 내 그 수세를 면해주고 대신 저 아이를 데려가면 어떻겠는가?"

이정규가 본색을 드러냈다.

원래 이정규는 재물에 대한 탐욕 못지않게 여색을 밝혔다.

얼굴이 반반한 여자라면 신분 여하를 가리지 않았다. 그가 강진병사로 있을 때, 관졸 중 하나가 미색이 빼어난 마누라를 데리고 산다는 것을 알고 그 집을 찾아갔으나 여자가 문을 열어주지 않자 이를 분이 여겨 그 관졸을 전주감영으로 파견 보낸 후, 여자를 겁탈했는데 겁탈당한 여자는 저수지에 몸을 던졌다는 소문이다.
 관기에게는 별 관심이 없었던 이정규는 사대부집 여인부터 천민인 여승까지 얼굴이 반반한 여자는 가리지를 않고 욕을 보였다. 이정규의 행동을 문제 삼아 유림이 소장을 내면 오히려 그는 겁탈 당한 여자를 끌어내 매질을 하고 주리를 틀어 이정규에게 당한 사실이 없다고 거짓 자백을 하도록 했다.
 이정규가 관졸을 거느리고 고을에 순찰을 나서면 여자들은 일부러 얼굴에 숯검정을 발라 스스로를 보호하려고 했다. 말이 순찰이지 발정 난 개처럼 그의 눈은 항시 여자들에게 가 있었다.
 "안 생원집에서 있던 애라 하면 우리 집 아랫것들도 저 아이에게 잘해줄 걸세. 지금 자네 집에서 저 아이 하나 뺀다고 자네 재산이 축나는 것도 아니고 무엇보다 합덕지 아래에 있는 자네 논에 물이 들어가는데 나와 이런 일로 틀어져서야 되겠는가? 안 그런가? 안 생원."
 한번 물면 놓지 않는 근성을 가진 자에게 안인무는 꼼짝없이 야무네를 내어줄 수밖에 없게 되었다.
 "알았습니다. 금명간에 저 애를 나으리 댁에 보내겠습니다."
 "아닐세. 번거롭게 그리할 것 없네. 이따 내가 갈 때 데려가겠네."
 "정 그러시다면 그렇게 하시죠."
 어차피 야무네를 보낼 바에야 이정규의 감정을 건드릴 이유가 없었다.

"하하, 내 오늘 안 생원 집을 방문한 소득이 있구먼. 내가 돈을 치르고 데려가는 것인 만큼 고맙단 말은 안 하겠네."

수세라는 것도 억지춘향이었다. 이정규가 덕산군수 시절 소작인을 동원해서 합덕지를 보수한 것이었는데 그 이후 합덕지 아래 들판에서 농사를 짓는 사람들에게 수세를 물렸다. 그것도 정해진 것이 아니라 이정규가 일방적으로 통보했다. 안인무의 논도 합덕지에서 흘러나온 물을 이용하고 있었다.

수세를 기일 안에 내지 않으면 고리로 이자까지 부쳐서 고지했다. 지주에게 고지된 수세는 결국 소작농이 낼 수밖에 없었고 이로 인해 이정규는 농민들로부터 원성을 샀다.

"안 생원, 벌건 대낮에 계집종을 앞세우고 나다니는 것도 민망하니 해가 지면 가야겠네. 그 동안 저 아이가 순순히 날 따라오게 잘 타일러 주게."

"그럼 잠시만 자리를 비우겠습니다."

안인무가 행랑채로 간 사이에 기분이 들뜬 이정규는 대접에다 술을 따라 벌컥벌컥 들이켰다.

야무네는 한시도 쉬지 않았다. 일이 없을 때도 그릇이나 부뚜막을 닦았다. 부지런함이 몸에 배어있었다.

안인무가 정지문 앞에서 인기척을 했다. 야무네는 문 앞에 서 있는 안인무를 보고 행주를 든 채로 서서 고개를 숙였다.

"내 말을 야박하게 듣지 말고 사랑채에 계신 나리를 따라가거

라. 지체가 높은 분이니 그분이 하자는 대로 해라. 왜 가야 하냐고 내게 묻는 것이 당연하다만 나로서도 어쩔 수 없는 일이니 아무 것도 묻지 말고 네 짐을 싸 들고 따라가거라."

야무네는 갑작스런 안인무의 말에 놀라며 고개를 들어 똑바로 그를 쳐다봤다.

"선다님, 아버지가 돈을 모아 어르신께 빌린 돈을 갚으면 집에 돌아갈 수 있는데 누구를 따라갑니까? 그때까지만 어르신네 집에서 일하는 것으로 알고 있습니다. 말씀 거두어 주십시오."

야무네는 나이답지 않게 당차게 말했다.

"나도 어쩔 수 없는 일이라 하지 않았느냐? 어디에서든 하인이 주인을 섬기는 것은 매양 같지 않겠느냐? 거긴 여기와 비할 수 없을 정도로 풍족하니 네 살기도 더 나을 것이다. 그리고 나으리가 수하에 있는 하인과 혼인을 맺어 준다니 다행스런 일이구나. 여자 인생이란 그렇게 물 흘러가듯 하느니라. 어디에서 있던 몸 성이 있는 것이 부모에 대한 효도니 아무소리 하지 말고 따라나서거라."

안인무가 조근하게 설득했다.

"선다님, 이러시면 안 됩니다. 선다님도 아시다시피 우리 집이 비록 가난하긴 하지만 노비는 아니잖습니까? 어찌 내 부모 허락도 없이 혼인할 수 있겠습니까?"

"허어, 말이 많구나. 내가 이러고 싶어서가 아니라 하지 않았더냐? 냉큼 갈 준비 않고 뭐하느냐?"

안인무가 성난 듯 날카롭게 말하자 더 이상 사정해 봤자 소용이 없다는 걸 안 야무네는 입술을 꼭 깨물고 방으로 들어갔다.
　행랑아범이 야무네의 화난 모습을 보고 무슨 일이 있느냐 물었지만 야무네는 아무 말이 없이 자신의 옷가지가 담긴 봇짐을 쌌다.

　음력 열사흘 달이 술래잡기라도 하는 듯 구름 사이를 빠르게 빠져나왔다가 다시 숨기를 반복했다.
　"이보게, 안 생원, 준비되었는가?"
　이정규가 말한 준비란 어서 야무네를 데려오라는 뜻이었다.
　"어두운데 호롱이라도 붙일까요?"
　안인무가 호롱을 든 길잡이라도 딸려 주겠다고 했지만 이정규는 오롯이 계집종을 데리고 갈 생각 밖에 없었다.
　"달이 밝은데 무슨? 어서 나오라고 하게."
　안인무가 행랑채 앞에서 헛기침을 하자. 마지못해 야무네가 봇짐을 옆구리에 끼고 나왔다.
　"가자. 뒤따르거라."
　이정규가 야무네에게 명령하듯 하고는 앞서 대문을 나섰다. 행랑아범이 집을 떠나는 야무네를 불안한 듯 바라봤다.
　"아저씨, 우리 아버지 보거든 언젠가는 내 힘으로 집에 돌아갈 것이라 꼭 좀 전해주세요."
　야무네의 부탁에 행랑아범이 그렇게 하겠다며 고개를 끄덕였다.

이정규는 화초장을 얻은 흥부처럼 좋아서 싱글벙글 웃으며 몇 번이고 뒤돌아 야무네를 보았다. 달빛에 비친 야무네의 얼굴이 백옥 같이 희고 조심조심 걷는 자태가 요정이 따로 없었다.
"허어, 월하미인이라더니 과연 절색이로다."
그는 딸 또래의 아이를 보면서 침을 꿀꺽 삼켰다.
"이름이 무엇이냐?"
"야무네라 하옵니다."
"야무네라…. 내가 이름부터 새로 지어줘야겠구나."
"아닙니다. 나리, 여자는 야무져야 살 수 있다고 제 아비가 지어준 이름입니다."
하아, 요것 봐라. 좁쌀만 한 게 천하의 이정규에게 말대꾸를 하다니, 요것이 성깔은 좀 있겠구나. 그래, 여잔 순순히 날 잡아먹으시오 하는 것보단 앙칼진 게 맛있지. 네가 그래봤자 이제부턴 내 말을 거역하고는 살아남기 어렵지, 그는 음흉한 미소를 지었다.
야무네는 이정규를 따라가면서 호랑이한테 물려가도 정신만 똑바로 차리면 살 수 있으리라 마음을 다졌다. 돈만 있으면 노비도 면천이 되는 세상인데 하물며 돈 때문에 붙잡혀 있는 자신은 언젠가 솟아날 구멍이 있으리라 믿었다.
고개에 이르자 호롱을 든 하인 서넛이 이정규에게 굽실거리면서도 야무네를 힐끔거렸다.
"달빛이 대낮 같은데 마중 나오긴…."

"세상이 흉용해서 나와 기다렸습죠."
 하인 하나가 이정규의 말밑에 호롱불을 가져다 대며 뒤 따르는 야무네를 돌아봤다.
 "이서방, 저 아이를 별당에 머물게 하게. 양천댁에게 말해서 새 옷 한 벌 별당에 넣어주도록 하고."
 이서방은 행랑채에 기거하는 집사였고 양천댁은 그의 처였다.

 이정규의 집에 온 야무네는 거의 뜬눈으로 밤을 보냈다. 날이 밝아서야 이 집이 고대광실임을 알게 되었다. 우람하게 버티고 서있는 솟을대문을 들어서면 대문 좌우로 행랑채가 있고 별도로 커다란 사랑채가 있으며 사랑채를 돌아 중문을 지나면 별당이 있고 반대편의 중문을 들어서면 높다란 댓돌 위에 안채가 위용을 드러내고 있었다.
 탐관오리인 전라도 고부 조병갑에게 뒤질세라 이정규의 탐욕은 수단과 방법을 가리지 않고 재물을 끌어모았었다. 전라병마절도사를 지낼 땐 국고에 올라가는 세금 못지않은 돈과 재물을 갈취해서 합덕 창리에 있는 집으로 실어 날렸다. 이런 그의 행실이 말썽이라도 나면 그는 조정의 민 대감에게 뇌물을 보내 무마하곤 했다.
 좌측 행랑채에는 이서방과 양천댁의 식솔들이 살고 있고 우측 행랑채에는 건장한 하인들이 머물며 이정규의 명령에 수족처럼 따랐다. 이들은 걸핏하면 도지가 밀린 소작인이나 지주에게 불만을 품은 소작인을 끌어다 무지막지하게 두들겨 팼다. 폭행은 이정규의 지시에 따른 것이었다. 억울하게 매를 맞은 소작인이 관아에 소장을 올려도 해결되진 않았다. 이정규의 위세에 관아에서도 손을 쓰지 못했다. 오히려 소장을 올린 소작인은 도지를 몰수당하고 마을을 떠나 유랑하거나 굶어 죽어야만 했다.

  이정규의 처 수원댁은 노비를 행랑채에 두지 않고 별당에 있게 한 남편이 아무래도 이상했다. 그렇다고 남정네가 하는 일을 시시콜콜 물어볼 수도 없는 노릇이었다. 어떻게 생긴 애인지 한번 보고 싶었다.
  수원댁은 양천댁을 앞세우고 별당으로 향했다.
  야무네는 전날 양천댁이 새 옷을 내줬지만 입지 않고, 왔던 모습 그대로 망연히 앉아 있다가 이들을 보자 자리에서 일어섰다. 옷은 접어진 채로 윗목에 놓여 있었다.
  "마님이시다. 인사드려라."
  양천댁의 말에 야무네는 두 손을 모으고 허리를 굽혀 인사했다.
  "몇 살이냐?"
  "열여섯입니다."
  "이름은 무엇이냐?"
  "야무네입니다."
  "나으리가 너에게 뭐라 하고 데려오더냐?"

"특별한 말씀은 없었습니다."

야무네는 안인무에게 들었던 이 집 하인과의 혼인 이야기는 하지 않았다. 선다님이 나리를 따라가라 해서 오게 되었다고 대답했다.

수원댁은 야무네를 위아래로 훑어봤다. 이목구비가 반듯하고 얼굴이 예쁘면서도 다부지게 생긴 게 사내의 눈길을 끌만 했다.

"네가 별당에 있을 처지가 아닌 것 같구나. 행랑채로 가서 양천댁이 시키는 일을 하도록 해라."

"마님, 당분간 아무 일도 시키지 말고 별당에 있도록 하라는 나으리의 말씀이 있었습니다. 나으리의 분부로 새 옷을 내주었는데 입지 않고 그대로 두었네요. 나으리께서 저 모습을 보면 격노하실 텐데 말입니다."

양천댁이 급히 말을 했다.

수원댁은 윗목에 있는 옷을 보자 심기가 불편해져 눈꼬리가 올라갔다.

"이 집에서 목숨 부지하려면 처신을 잘해야 할 거야. 새 옷으로 갈아입거라."

수원댁은 야무네의 대답을 귓등으로 들으며 돌아섰다. 양천댁은 야무네에게 눈을 부라리며 새 옷을 입으라고 말하고는 수원댁 뒤를 따랐다.

"별당의 아이가 누구요? 노비 계집을 별당에 들인 이유가 뭐요?"

수원댁이 기어이 남편에게 지르퉁하게 물었다.

이정규가 관직에 오른 데는 순전히 처가의 은덕이었다. 그의 장인이 조정의 민 대감에게 뇌물을 주고 관직을 받아 덕산군수와 장흥병사, 전라병마절도사를 차례로 지냈다. 이정규가 새로운 자리로 옮길 때마다 뇌물을 바쳤다. 그런 연유로 인해 포악한 그도 자신의 처에겐 함부로 못 했다.

"수세 문제로 안 생원에게 갔다가 저 아이를 데리고 왔네. 아례라는 놈이 있잖은가. 그놈이 그대로 있다 총각귀신이 되면 원한 때문에 안채를 기웃거리지 않겠는가? 귀신 중에 총각 귀신은 대책이 없는 것이네. 그게 아니어도 짝을 구해주는 것이 도리 아니겠는가? 그래서 안 생원에게 말했더니 수하에 있는 저 아이를 내줘서 데리고 왔네. 아녀자 일손을 하나 덜 수 있어 좋은 일이니 불평하지 말게."

그가 수원댁의 눈치를 살피며 주절주절 너스레를 늘어놨다.

"어살버살 할 것 없고, 행랑채에서 잡일을 해야지, 별당에 두는 것은 첩실에게나 하는 일이지요. 괜히 입소문이 나면 그런 우세가 어디 있겠어요?"

"임자, 집이 낯익을 때까지만 몇 날만 그곳에 둡시다. 그 뒤엔 아례와 짝지어 드난살이를 시키면 될 거 아니오."

수원댁이 더는 말을 하지 않자 그는 안심하며 마음 먹었던 일을 빨리 실행해야겠다고 생각했다.

아례의 색시가 들어왔다는 소문은 양천댁을 통해 퍼졌다.

안 생원 집에서 데려온 야무네와 혼례식을 치른다는 소문은 아례에게도 전해졌다. 아례는 별당에 있는 야무네를 아직 보지 못했다. 이정규가 아랫사람을 위해 그런 일을 할 위인이 아니었기에 하인들은 뜬금없는 일에 어안이 벙벙했다. 더군다나 아례는 이정규의 호위무사를 맡은 하인이 아니고 집안의 온갖 허드레 일을 하고 있는 터라 하인들은 소문을 믿으려 하지 않았다.

이정규의 흑심은 곧 들어났다.

이정규는 홑바지, 홑저고리만 입고 아까부터 입가에 엷은 미소를 지었다. 그는 밤이 깊어지기만을 기다렸다. 그는 능담주를 꺼내 한 잔 쭈욱 들이켰다. 세간에는 독사를 삼킨 능구렁이로 만든 능담주는 두꺼비를 삼킨 독사로 담근 섬삼주 못지않게 정력에 좋다는 말이 있었다.

이정규는 능담주가 정기를 북돋는다고 믿었다. 그는 예전에도 여자를 능욕하기 전에 꼭 능담주를 한 잔씩 마시곤 했다. 그에겐 능구렁이가 똬리를 틀고 먹이를 노리듯 계집을 다루는 솜씨와 독을 품은 살모사의 잔인함이 내재되어 있었다. 그는 인간의 탈을 쓴 뱀의 화신과도 같았다.

그는 살그머니 안채를 빠져나와 별당으로 향했다. 주변을 살피는 그의 행동은 닭을 잡아먹기 위해 닭장에 접근하는 살쾡이와도 같았다. 그의 눈은 욕정에 이글거렸으며 하체는 벌써 홑바지를 뚫고 나올 듯 부풀어 있었다.
 별당 문 앞에선 그가 문고리를 흔들며 안쪽에 대고 나지막하게 소리쳤다.
 "문 열어라. 어서."
 잠결에 들리는 이 소리를 야무네는 꿈속이라 여겼다.
 "어서 문 열지 않고 뭣하냐?"
 야무네는 그 소리가 꿈속에서 들리는 것이 아님을 알고 화들짝 놀라 자리에서 일어났다.
 "누누 누구신데 이 밤중에 이러십니까?"
 야무네가 옷깃을 여미며 문 쪽에 대고 말했다.
 "허어, 네가 네 주인 목소리도 모른단 말이냐? 냉큼 문 열지 않고 뭐하느냐?"
 야무네는 등잔에 불을 붙이려 했지만 손이 사시나무 떨 듯해 불을 붙일 수가 없었다. 제발 이 일이 꿈이길 바라며 문을 열었다. 이정규는 신발을 신은 채로 방에 들어섰다.
 겁에 질린 야무네는 바들바들 떨며 이정규를 바라봤다. 달빛에 그의 모습은 지옥문을 뛰쳐나온 악귀처럼 보였다.
 "내가 왜 왔는지 알겠지? 사내가 야밤중에 계집을 찾아온 것은 한 가지 이유밖엔 더 있겠느냐. 어서 옷을 벗어라."
 "나으리, 아니 되옵니다."
 야무네는 저고리 옷 섶을 움켜잡고 바들바들 떨었다.
 "허어, 이 집 외양간에 있는 소가 뉘 집 소냐? 그 소를 팔든 죽이든 주인의 마음이 아니더냐? 넌 내가 거금을 치르고 사온 노비니라. 너를 죽이건 살리건, 다 내 마음이니라. 계집의 팔자란 언젠가는 사내에게 몸을 허락할 터인데 천한 네가 주인의 은덕을 입는 것을 고맙게 알아야 할 일이 아니냐? 어서 옷을 벗고 누워라."

이정규가 침을 삼키며 을러댔다.

"나으리, 이것만은 아니 되옵니다. 제가 나으리 집에서 종살이를 하며 시킨 일은 무엇이나 하겠으나 이 일만은 아니 되옵니다."

"머시! 안 된다고? 이년이 감히 뉘 앞에서 거절이야."

이정규의 주먹이 어린 야무네의 얼굴을 내리쳤다.

얻어맞은 야무네는 힘없이 쓰러졌다. 이정규는 쓰러져 있는 야무네의 옷을 우악스럽게 벗기기 시작했다.

"나으리, 제발 이러지 마십시오. 이러시면 제가 혀를 깨물고 죽어버리겠습니다."

야무네는 몸부림치며 반항했다.

"이년이, 여기 어디라고 나를 겁박하는 거야."

이정규는 야무네의 치마를 우악스럽게 걷어 올렸다. 순간 야무네는 혀를 깨물었다. 검붉은 피가 적삼 위에 뚝뚝 떨어졌다.

짐승처럼 변한 이정규도 돌발적인 행동에 멈칫 놀라며 깔고 있던 야무네에게서 떨어졌다. 이 애가 정말 죽기라도 하는 날엔 뒷감당이 간단치가 않을 것이란 생각이 번개처럼 뇌리를 스쳤다.

"이런 독한 년을 봤나? 내 집이 아니었으면 넌 죽었다. 오늘은 돌아간다만 그냥 두진 않을 것이다. 독한 년."

입에 피를 머금은 채 야무네는 이정규를 무섭게 노려봤다. 악마와 한집에서 살기 위해서는 악마보다 더 독한 마음을 가져야 살아남을 수 있다는 생각을 했다.

이정규는 오늘은 뜻을 이루지 못했지만 자신의 집에 노비로 있는 한 독 안에 든 쥐나 다름없다며 천천히 손을 보기로 생각을 바꿨다. 최소한 야무네가 극단적 선택만은 못하게 서둘러 아례와 혼례를 치른 후에 야무네를 겁탈하는 것이 뒤탈이 없을 것 같았다. 그땐 저년이 혀를 깨물고 죽은 들 그건 남편인 아례가 책임질 문제였다.

삽교포 해창은 상인들로 붐볐다. 포구에는 주막과 상점이 즐비했다. 주막에는 대낮부터 홍청망청 술에 취한 세곡선 선원들과 장사꾼 간에 시비가 붙어 악다구니를 쓰며 소란을 피우고 있었다.

이정규는 주막에 들어섰다. 왜상 스기하라를 만나기 위해서였다. 곧 스기하라가 장도를 찬 사무라이 하나를 거느리고 주막에 들어서자 소란을 피우던 선원들이 하나둘 소리도 없이 꽁무니를 뺐다.

스기하라는 해창에 상점을 열고 조선에서 나는 인삼과 견직물, 도자기와 호피 등을 사들여 본국으로 보내는 대상이었다. 특히 공주 계룡산 가마에서 구운 백자를 싼값에 사서 일본의 귀족들에게 비싼 값으로 팔았다. 그의 눈엔 도자기뿐 아니라 조선의 토산품이 모두 돈으로 보였다. 그는 기름기가 잘잘 흐르는 쌀이며 조기와 명태 등의 건어물까지 챙겼다.

조선인이 보기에 스기하라는 조선에서 볼 수 없는 엄청난 재력가였다. 그는 조선인을 상대로 고리대 업도 했는데 그에게 빚을 진 조선인은 조상 대대로 내려오는 집안의 가보를 그에게 줄 수밖에 없었다. 양반들은 노름과 개집에 분탕질하느라, 농민들은 세금을 내기 위해 그에게서 돈을 빌렸다.

해창에는 청나라 상인도 있었지만, 일본인 스기하라에 견줄만한 대상은 없었다. 그가 이정규를 만나는 이유는 단 한 가지, 자신이 요구하면 문둥이 콧구멍에서 마늘이라도 빼다 줄 인간이었기 때문이다. 그가 이용하기엔 조선에서 이정규 만한 인물이 없었다. 이정규 역시 스기하라를 이용해 은화를 만질 수 있었으니 스기하라는 이정규에겐 금방망이를 든 왜도깨비 같은 존재로 보였다.

이들 앞에 술상이 들어왔다. 소반에 올려진 맑은 청주와 안주로 굴비구이와 연근 장아찌가 먹음직스럽게 보였.

스기하라의 젓가락이 연근 장아찌에 머물며 불쑥 말을 했다.

"고노 맛이쓰무이다. 혼도니 아니 전마리지 맛이쓰무이다."

연근 장아찌를 좋아하는지 스기하라는 서툰 조선말과 일본말을 섞어 말했다. 이를 지켜보던 이정규는 연이 가득 찬 연제지가 떠올랐다. 연근을 캐다 스기하라에게 팔면 짭짤하게 재미를 보겠다는 생각이 번개처럼 스쳤다.

"스기하라상, 이걸 내가 가져오면 사겠소이까?"

이정규가 연근 장아찌를 젓가락으로 가리켰다.

"니뽄사라무니 혼도니 조아하무니다. 가져오며 사게쓰무니다."

스기하라가 연근 장아찌를 우물우물 씹으며 조선말을 서툴게 시부렁거렸다.

사실 오늘 이정규가 스기하라를 만난 목적은 따로 있었다. 그는 전라도에 있을 때 절간에서 강탈해온 비로자나불상을 얼마나 쳐주고 가져갈 것인지 그의 속내를 알아보기 위해서였다. 그런데 뜻하지 않게 연제지에 가득한 연근을 그에게 팔 수 있었으니 돈 벌기가 땅 짚고 헤엄치기였다. 비로자나불상은 언제든지 팔 수 있지만, 연근은 그가 원할 때 거래를 해야 했다. 연 방죽은 주인이 있는 것도 아니고 먼저 선수를 치는 놈이 장땡이었다. 이정규는 왜놈에게 연근을 파는 것은 선달 봉이도 꿈꾸지 못할 기발한 능력이라며 그런 머리를 지닌 자신을 대견스러워했다.

한 주 뒤 재물포를 떠나는 일본행 무역선에 실어야 한다며 당장 내일이라도 연근을 가져오라는 스기하라의 말에 이정규는 그러겠다고 대답을 하고 주막을 나왔다.

그는 집에 오자마자 하인들을 불렀다.

"당장 소작인들 집에 가서 내일 동트면 모두 연제지로 나오라고 전해라. 부녀자는 말할 것 없고 연 방죽에 들어갈 수 있는 애들이면 다 데리고 오라고 해라. 나오지 않으면 내가 도지를 거두겠다고 으름장을 놓으면 어쩔 수 없이 나올 것이다."

이정규의 말에 하인들이 여러 마을로 갈라져 소작인들 집으로 달려갔다.

이튿날, 날이 밝자 연제지에 나온 이정규는 격노했다. 아녀자 몇과 조무래기 애들만 연 방죽 옆에서 키득거리고 있었다.

이를 본 이정규는 하인들에게 소리소리 지르며 미친 소 뛰듯 했다.

"이놈들을 당장 잡아 오지 못하겠느냐? 이런 때려죽일 놈들, 뉘 덕에 살고 있는데 내 말을 귓등으로 듣다니…, 후려패서라도 데리고 오너라."

"모내기 철이라 일손 찾기가 어렵습니다요. 나으리."

하인 하나가 그의 말에 토를 달자, 이정규가 연 방죽에 박혀있는 울목을 뽑아 사정없이 내리쳤다.

"빨리 잡아 오지 않고 뭐하고 서 있냐?"

이정규의 발광에 하인들은 소작인들이 사는 마을을 향해 뛰었다. 이정규에게 머리가 깨진 하인이 절뚝거리며 이들을 따랐다.

하인들이 마을에 당도했을 땐, 소작인들은 모두 두레를 나가고 없었다. 모내기 철에는 아궁이 앞의 부지깽이도 나선다는 말이 있듯이 집은 텅텅 비어 있었다. 하인들은 몽둥이를 들고 농악

소리가 나는 논을 향해 다시 뛰었다.

물을 가두고 써레질한 논에는 아침 햇살을 받아 윤슬이 반짝거렸다. 두레꾼들은 허리를 펼 사이 없이 부지런히 모를 심고 있었고 몇 사람의 풍물패가 두레꾼들에게 힘을 북돋기 위해 흥겹게 꽹과리를 치고 태평소를 불어댔다.

농악소리가 멈추면 도상쇠가 구성진 목소리로 풍년을 기원하는 내용의 선창을 하면 모두가 에~해 해해야 에헤 헤헤헤 에헤로 상사 뒤여~하며 후창을 했다. 모심기가 빨라지면 이들의 후창도 얼럴럴 상사디아~로 빨라졌다. 모심기 노동요와 풍물패 농악 소리가 번갈아 가면 논은 점점 파란 빛깔로 변해갔다.

"저게 뭐래유?"

꽹과리를 딱 그치며 도상쇠가 몽둥이를 들고 득달같이 달려오는 이정규네 하인들을 봤다.

"저게 누구여? 대낮에 칠갑산 산적들은 아닐꺼고, 뭔 난적들이래유?"

두레꾼들이 허리를 펴고 그들을 바라봤다.

"얼레? 이리루 오고 있네유."

놀란 두레꾼들의 눈이 휘둥그러졌다.

숨을 헐떡이고 달려온 하인들은 두레꾼들을 에워싸고 몽둥이를 허공에 대고 흔들었다.

"여기 우리 나으리 소작 벌어 먹고사는 사람은 잽싸게 나오시오."

하인 하나가 논에 서 있는 두레꾼을 향해 소리 질렀다.
"뭐래는겨?"
도상쇠가 하인을 바라봤다.
"우리 나으리에게 도지 받으려면 여기서 이러고 있어서는 안 된단 말이오. 어여 나오시오."
"모내기 철엔 부지깽이도 나선다고 하지 않던가유. 거 몽둥이는 놔두고 들어와 모나 몇 포기 심고 가슈."
도상쇠가 하인에게 한마디 했다.
"두레에서 벗어나면 우리 논 모심기는 누가 해 준다요? 나리께 모심고 간다고 말해 주시오."
소작농 막똘아범이 허리를 굽혀 모를 심으면서 그에게 말했다.
"뭐여? 우리가 그런 말 듣고 갈라면 애초에 오지를 않았어."
"정해진 도조를 꼬박꼬박 물고 있고 별도로 수세까지 내고 있는데 모내기 철에 모를 못 심으면 도조고 나발이고 못 낸단 말유."
막똘아범이 모를 심으면서 뒤통수 쪽으로 한 마디 날려 보냈다.
"아니 저놈이, 오늘 네놈 제삿날이다."
하인이 몽둥이를 들고 논으로 들어섰다. 그는 막돌아범을 개 패듯 했다. 막똘아범이 논구렁창을 구르며 죽는다고 소릴 질렀다.

"진정들 하시오."
도상쇠가 하인을 말렸다. 그가 두레꾼들에게 말했다.
"이정규 나리 소작인들은 이 사람들을 따라가시오. 여긴 남은 사람들이 일을 끝낼 것이니 걱정하지 말고 따라가시오."
도상쇠의 말에 소작인들은 논에서 하나둘 나와서 하인들을 따랐다.

연제지에 이르자 먼저 와있던 소작농의 식솔들이 진흙을 뒤집어쓴 채 연근을 캐고 있었다. 비록 소작농으로 가난하지만 연 방죽에서 흙감탱이가 된 아이들을 보자 열불이 났다. 그러나 이정규 앞에선 어쩔 수 없는 노릇이었다.
이정규는 소작농 중에 나온 사람과 나오지 않은 사람을 일일이 파악했다.
"뿌리가 상하지 않게 잘 캐시오."
그가 연제지 안에 있는 사람들에게 몇 번이고 당부했다. 혹이나 뿌리에 상처가 있으면 스기하라가 트집을 잡아 가격을 후려치던지 사지 않겠다고 하면 이제까지 노력이 공염불이 될 수 있기에 일단 아이들을 일에서 제외 시켰다.
어른들 생각과는 달리 일에서 제외된 아이들은 아쉬워했다. 아이들은 너나 할 것 없이 영근 연밥을 털어 호주머니에 넣었는데 그 재미가 사라진 것이었다. 아이들에게 간식거리로 연밥만한 것이 없었다.

"내일까진 이 방죽에 있는 연근을 모두 캐야 하니 부지런히 서두르시오."

장죽을 입에 문 이정규가 둑에 서서 멀리까지 들리도록 큰 소리로 말했다.

"저놈이 일을 시키고 댓가로 도조를 좀 줄여 줄까요?"

"곤달걀 꼬끼오 우는 소리 하고 있네. 어디를 봐라 저놈 어디를 찔러도 피 한 방울 안날 놈이다."

"비대발광 해 봤자 저놈이 눈썹 하나 까닥할 인간이 아니지."

"이 연제지가 저놈 소유도 아니고 이 연 방죽도 저놈하곤 아무 상관 없는디 언놈 허락받고 이 지랄인지 모르겠슈."

"보나마나 군수 놈에게 돈 먹였겠지, 그러지 않고서야…. 이 큰 방죽의 연근을 모조리 캘 수 있겠어?"

"근디 이 많은 연근을 캐다 워디다 쓰려고 그런대유?"

"맞아, 다 캐면 수레로 열은 넘겠네."

"저놈 속은 우리가 알 바 아니고 수세라도 좀 깎아주면 좋겠구면."

"아이고, 겉불알 보면 모르냐? 저놈이 어떤 놈이냐?"

"저 각다귀는 누가 안 잡아가나? 염라대왕은 뭐 하시는지…."

이들은 이정규가 들리지 않게 구시렁거리며 연근을 캤다.

이틀 동안 수확한 연근은 다섯 수레에 실을 만한 엄청난 양이었다. 이정규는 연근을 씻어 물기를 뺀 후에 지푸라기로 단단히 묶었다. 그는 건장한 하인 몇을 대동하고 해창으로 향했다.

연근을 실은 수레를 보자 스기하라는 놀랐다. 그는 인삼 정도의 소량일 것이라 생각했는데 마치 곡식처럼 많이 가져왔으니 놀란 만도 했다. 그는 은화 열 냥을 이정규의 손에 쥐여주며 이 많은 양을 신선도를 유지해서 일본까지 가지고 가려면 천 냥은 들 거라고 투덜댔다. 그러나 스기하라는 내심으로는 돈이면 사족을 못 쓰는 조선인 모리배를 두었다는 것이 흐뭇했다. 최대한 이정규를 이용해서 충청도 내륙의 토산물과 진귀한 골동품을 일본으로 가지고 가야겠다는 흑심을 다졌다.

한편 야무네가 이정규네 종살이로 갔다는 말을 들은 박성삼이 안인무를 찾아왔다.

안익무는 내심으론 겁이 났다. 박성삼은 황소를 맨주먹으로 내리쳐서 황소의 무릎을 꿇린 일로 장사라는 소문이 나 있었다. 목소리가 우렁우렁하고 기골이 장대한 박성삼을 보자 안인무는 두려움에 오금이 저렸다. 그가 주먹을 휘둘러 자신의 머리통을 박살이라도 내버릴 것만 같았다.

"선다님, 소생의 여식을 잠시 여기에 두었는데 어쩐 연고로 아비인 내게 한마디 말도 없이 창리로 보냈습니까?"

박성삼이 무겁게 입을 뗐다.

안인무는 박성삼의 눈을 똑바로 바라볼 수 없었다. 바라보기에는 너무 겁이 났다. 자칫 말을 잘못해 심기라도 건드리는 날에는 큰일이 날 것만 같았다.

"야무네가 일을 잘하고 착실해서 내 집에서 누구에게나 예쁨을 받았네. 나도 뭔가 그 아이를 위해 도움을 주고 싶던 차에 마침, 날 찾아온 이정규 나리가 수하에 나이가 찬 하인이 있어 백년가약을 맺어주면 어떻겠냐고 하기에…."

"그래서 팔아버렸다 그 말이오?"

"무슨 말을 섭섭하게 그리하시는가? 팔다니? 내 말을 끝까지 듣게나. 여잔 혼기가 있고 좋은 사람을 만나는 일이 어디 쉬운가? 그래서 내 딸을 보내는 심정으로 딸려 보냈네. 혼례를 올린다는 기별이 오면 내가 친정 아비마냥 섭섭하지 않게 예단을 보낼 참이었네."

안인무는 위기를 빠져나가기 위해 전혀 준비되지 않은 말을 술술 내뱉었다.

"내 듣기로는 이정규에게 진 수세를 대신해 야무네를 넘겼다는 말이 있던데 그게 아니란 말이오?"

"어떤 때려죽인 놈이 그런 소릴 해? 그렇다면 내가 날벼락 맞지, 날벼락을."

"만약 야무네에게 무슨 안 좋은 일이 생기면 선다님 목숨은 염라대왕이 오기 전에 내가 거두어 가겠소. 알겠소?"

"무슨 말을 그리 험하게 하시는가. 야무네가 시집가서 잘 살면 그땐 은혜를 어떻게 갚겠나? 아무 걱정 말게. 이정규 나리가 악평은 나 있어도 수하에 있는 사람들에게는 잘한다고 들었네."

이렇게 말해놓고 박성삼의 눈을 처음으로 쳐다봤다. 박성삼의 눈빛이 누그러져 있는 것을 본 안인무는 한 발 더 내디뎠다.
"이정규 나리가 약속을 잘 지키고 있는지 내가 내일이라도 그 댁을 가보겠네."
"선다님이 한 이 말에 거짓이 없다고 믿겠습니다, 아랫녘 이야기 들어보셨겠지만 아랫사람이라고 함부로 대했다간 큰 코 다칩니다. 쥐도 막다른 곳에서는 괭이를 물지 않습니까? 요즘처럼 흉흉한 때에 목숨 부지하려면 아랫사람 원성을 사지 않아야 합니다."
박성삼의 아랫사람 원성을 사면 목숨이 부지하기 어렵다는 말이 화살처럼 안인무에 마음에 날아와 꽂혔다. 만약 천 냥의 수세를 감해주는 조건으로 야무네를 이정규에게 보냈다는 것을 박성삼이 아는 날에는 자신의 목숨이 온전치 못할 것 같았다.
박성삼이 돌아간 후에도 안인무는 머리가 복잡했다. 이정규를 찾아가 진 수세 천 냥을 주고 야무네를 데리고 오면 어떨까? 이정규가 순순히 야무네를 내 줄 것 같지 않았다. 또 무슨 조건을 붙이겠지, 최소한 이정규가 자신에게 약속한 야무네의 혼례만이라도 치러야 박성삼에게 원성을 살 것 같지 않았다.

안인무는 곧장 이정규를 찾아갔다.
안인무는 야무네의 아비가 자신을 찾아와서 한 말을 그대로 전하면서 수세 천 냥을 줄 테니 야무네를 데려가겠다고 말했다.

그의 말에 이정규는 비웃었다.

이정규가 야무네를 데려온 목적을 아직 이루지 못했는데 되돌려 보낼 리가 없었다.

"안 생원, 내가 데려올 땐 천 냥이지만 되돌려줄 땐 본전보다 이자가 많은 법이네. 그 아이를 데리러 왔다면 어림 반 푼도 없네. 귀신 씻나락 까먹는 소리 말고 돌아가시게."

이정규가 돌아앉으며 뒷박에 말린 연초 잎을 비벼 조대에 채웠다.

"나으리, 그럼 약속하신 혼례는 어찌 되었습니까?"

"그거야 사내대장부가 한 약속인데 잊었겠는가. 곧 날짜를 잡을 생각이네."

"그 아이를 잘 부탁합니다. 만약 그 아이에게 좋지 않은 일이 생기면 소생의 목숨이 위태롭게 됩니다."

"그렇게 겁이 많아서야 어찌 아랫것들을 거느리겠는가?"

"야무네의 아비 박성삼이란 자가 보통내기가 아닙니다. 나으리."

"걱정 말고 돌아가시게."

안인무는 이정규의 집을 나서면서 몇 번이고 뒤를 돌아봤다. 자꾸만 드는 불길한 생각을 떨쳐버릴 수가 없었다.

아례와 야무네의 혼례식은 전격적으로 진행되었다. 행랑채 마당에서 물을 떠놓고 맞절하는 것으로 아례와 야무네는 백년가약을 맺었다.

야무네는 별당에서 나온 것만으로 마음을 놨고 수원댁 역시 그랬다. 이정규만은 혼례를 치른 야무네를 이제는 마음 놓고 범할 수 있으리라 생각에 흐뭇해했다.

아례와 야무네가 기거할 곳은 외양간에 딸린 골방이었다. 쇠죽을 쑤던 곳이 야무네가 아례를 위해 음식을 만들게 될 부엌이었다. 흙집인 골방에는 멍석이 깔려있었다. 양천댁이 이들의 신방에 약간의 다과와 술병이 올려 진 소반을 넣어주고 갔다.

새색시인 야무네는 다소곳이 앉아서 아례가 어떤 사람인가 무척 궁금해 했다. 비록 신분은 노비지만 착한 본성을 지닌 사람이길 간절히 바랐다.

등잔 불빛 아래 야무네는 마치 밤에 피는 달맞이꽃처럼 청순하고도 예뻤다.

"고마워유."

아례가 야무네에게 한 첫마디였다. 야무네는 고개를 숙인 채 그의 목소리를 가슴팍에 아로새겼다.

"내가 임자를 위해선 무엇이건 할 참이유. 우리가 하인 신세이긴 하지만 열심히 살다보면 쥐구멍에서 해 뜰 날이 오지 않겠시유?"

야무네는 아례가 어린 자신에게 하대를 하지 않고 꼬박꼬박 존대를 하는 게 거북했다. 아버지가 어머니에게 임자라는 말을 썼는데 아래가 자신을 임자라고 부르자 갑자기 자신이 어른이 되어버린 것만 같았다.

"존댓말하지 말고 말씀 낮춰요."

야무네가 아례에게 한 첫마디였다.

"임자 안에 한울님이 계셔서 함부로 하면 안 된다고 알고 있시유."

"사인여천(事人如天)을 어찌 아시오. 동학도요?"

야무네가 물었다.

사인여천이란 상하, 귀천, 남녀, 존비 할 것 없이 맞절을 하고 경어를 쓰며 서로 존경하는 심열성복(心悅誠服)을 이르는 말이었다.

"아직 동학도는 아니지만 앞으로 동학도가 되려고 하구먼유. 쌍놈도 사람 취급받는 세상이 와야 우리 같은 노비도 희망이 있지유. 안 그런감유?"

그의 말에서 착한 심성이 느껴졌다. 그에게 믿음이 갔다. 이 집에서 그가 자신에게 버팀목이 되어줄 것만 같았다. 야무네는 자신이 신흥리에서 태어나 살았으며 아버지는 이산 저산 약초를 찾아다니는 약초꾼이고 춘궁기에 진 빚 땜에 안 생원집에서 살다가 여기까지 오게 되었다는 그간의 사정을 말했다. 그러나 차마 이정규가 자신에게 한 일은 말하지 않았다.

"야심한데 불 끄고 잡시다."

아례가 등잔불을 훅 불어 끄고는 신부의 적삼을 벗기려 하자 야무네가 급하게 말했다.

"서방님, 즈이 아부지는 지가 혼례를 치룬지도 모릅니다. 아부지께 알리기 전에는 초야를 치를 수가 없습니다."

아례는 잠시 생각해 보더니 차분하게 말했다.

"장인한테 인사를 드리고 초야를 치르는게 순서일 것 같구먼유. 그냥 자유."

"죄송해요."

"아녀유. 나이 어린 임자가 그렇게 속이 깊은 줄은 몰랐시유."

"비록 칠보족두리를 쓰고 시집온 건 아니지만 한울님이 점지한 서방님을 끝까지 섬길 마음이요."

야무네는 아례가 동학도가 될 것이라는데 반갑고 신뢰가 갔다. 아버지 박성삼이 동학도였기에 더욱 그랬다. 평소에 아버지는 애들이 잘못을 해도 매를 드는 일이 없었다. 어린아이들 속에 한울님이 있어 애들에게 함부로 하는 일은 한울님을 없신 여긴다는 동학의 가르침을 따르고 있었다.

아례는 야무네를 애틋하게 사랑했다. 그는 틈이 날 때마다 촘촘하게 왕골을 비벼 꼬아 야무네가 신을 미투리를 삼았다. 야무네는 손때 나게 양촌댁 밑에서 이 집 식솔들이 먹을 음식을 만들고 술을 거르는 일을 도왔다.

하인들이 행랑채에 모여 앉아 인삼을 손질하고 있었다. 이정규가 스기하라에게 팔아넘길 인삼이었다. 하인들은 이정규가 농민들의 원성을 사는 일은 스스로 악업을 쌓는 것이라 여겼다. 그가 쌓는 악업 중에는 이런 것도 있었다.

이정규는 가난한 사람들이 개울에 얼개미를 치고 잡은 물고기를 빼앗고 마구 두들겨 팼다. 그 물고기가 자신이 수세를 받고 있는 합덕지에서 흘러나온 물을 먹고 자랐다는 이유였다. 합덕지에서 흘러나온 물을 먹고 사는 논 새우까지 모두 자신의 소유라는 주장을 폈다.

"남녘에서는 난리가 났단디, 소식 들었시유?"

"동학하는 사람들이 앞장 서 갖구, 관아루 쳐들어 갖구서 탐관오리덜을 잡아 족치고 그 놈덜이 해 처먹은 재산을 농민들 헌티 노놔줬다잖여. 난리는 난리인 갑슈."

"동학에 입도한 사람덜 중에 소작농은 물론이구, 백정이구 무당이구 광대까지 다 들였다구 하던디. 동학에선 암나 다 받아주는겨."

"이대로는 못 사닝께. 세상이 한 번 확 뒤집혀야 살어, 그런 생각으로 입도하는 사람덜이 많아졌다는디."

"세상이 뒤집어져야 되유, 시방 우리가 옳고 그른 것 따져가며 일하는게 아니잖유? 이정규 나으리가 저놈 잡아와라 하믄 잡아오구, 패라 하면 패구, 가져오라 하믄 우르르 달려가 가져오구, 칼만 안 들었지 산도적떼하고 뭐가 다르데유? 우덜도 사람처럼 살려면 확 뒤집어져야 되유."

"전라도 장성에선 노비문서를 다 모아놓고 태워버렸다구 하잖던가? 동학도에선 사람이 하늘이라서, 양반이나 상놈이 같고 지주와 머슴이 똑같고 남정네든 계집이든 다같은 하눌님이라든디, 참말로 그런 세상이 올라나벼."
 하인들은 손으로는 이정규네 인삼을 다듬고 있지만, 속으로는 남녘의 동학도가 몰려와 주인을 작살이라도 내주길 바랬다.
 아례는 동학도는 반상과 귀천을 나누지 않고 다 한울님이라고 한 말을 야무네에게 한 것이옳았다며 흐뭇해했다.

 그 시각 야무네가 혼자 있다는 것을 안 이정규는 행랑채를 살피며 외양간 채로 향했다. 오늘에는 기필코 야무네를 범하고 말겠다고 다짐한 그는 마치 도둑괭이마냥 앞 발꿈치로만 땅을 더듬듯 조심스럽게 걸으며 외양간 채로 가고 있었다.
 우연히 뒷간에 있던 이서방이 이를 조심스럽게 지켜보고 있었다.
 이서방은 행랑채에서 일하고 있는 아례를 가만히 불러냈다. 하인들은 남녘 이야기로 수다를 떠느라 아례가 나가는 것에 관심조차 없었다. 이서방이 아례에게 귓속말로 빨리 야무네에게 가보라 말했다.

 인기척에 외양간의 소가 음매하며 소리를 냈다.
 야무네는 아례가 오는가 싶어 반갑게 문을 열었다. 그런데 신을 들고 방에 들어오는 사내는 이정규였다. 야무네가 소리를 지르려 하자 그가 허리춤에서 수건을 꺼내 그녀의 입을 틀어막았다. 야무네를 숨을 쉴 수가 없었다. 다자고자 이정규는 수건을 구겨서 야무네의 입속으로 밀어 넣었다.

"독한 년, 지난번처럼 혀를 깨물게 할 순 없지."

야무네는 발버둥 쳤다. 그러나 억센 이정규의 힘을 감당할 순 없었다. 넘어진 그녀를 올라타고 사정없이 옷을 벗기기 시작했다. 치마를 들치고 고쟁이를 내렸다. 언제 허리춤을 풀었는지 이정규의 바지는 무릎 밑으로 내려가 있었다.

야무네는 숨을 쉴 수가 없었다. 야무네의 손이 허공을 휘젓다가 힘없이 내려갔다. 의식이 몽롱해졌다. 그녀의 눈에서 눈물이 볼을 타고 내렸다.

"엄니."

야무네는 일순간 지옥으로 떨어지는 것 같았다.

이정규가 야무네의 하체를 향해 힘을 주려는 순간, 벼락같이 방문이 열리면서 아례가 이정규의 목덜미를 잡아 패대기를 쳤다. 외양간으로 굴러떨어진 이정규가 쇠똥에 처박혔다. 바지춤을 올릴 틈도 없이 아례에게 상투를 붙잡힌 이정규는 외양간에서 마당으로 질질 끌려 나왔다.

아례의 눈에는 붉게 핏발이 서 있었다. 아례는 이정규의 배를 깔고 앉아 다시는 그 짓을 할 수 없게 불알을 잡아 훑어 버릴 작정이었다. 그가 손을 뻗어 이정규의 불알을 잡는 순간, 몽둥이가 아례의 뒤통수에 날아왔고 아례는 꺼꾸러졌다. 어느 틈에 하인들이 뛰쳐나와 아례에게 몽둥이질을 한 것이었다.

한 손으로 바지춤을 올려 잡은 이정규가 고래고래 소리를 질렀다.
"이놈을 당장 쳐 죽이지 않고 뭣들 하느냐."
그러나 어느 누구도 섣불리 아례를 손대지 못했다. 그것을 본 이정규가 길길이 뛰며 소리를 질렀다.
"이놈들아, 이놈이 나를 죽이려 했다. 냉큼 멍석을 가져오지 않고 뭐 하느냐?"
하는 수 없이 하인 하나가 외양간 처마에 매달아 놓은 멍석을 내려왔다.
쓰러져 있는 아례를 멍석으로 휘감았다. 그제야 하인들이 멍석 위에 몽둥이질을 하기 시작했다. 야무네가 방에서 뛰쳐나와 울부짖었다.
"때리지 마시오. 제발 때리지 마시오."
이런 야무네를 본 이정규는 미친 사람처럼 소릴 질렀다.
"사정 볼 것 없다. 쳐 죽여라."
"아이고, 이보시오, 당신들도 같은 하인인데 이러지 마시오."
야무네가 멍석 위에 엎드려 울부짖었다. 멍석 안에서는 신음소리 조차 들리지 않았다. 매질을 하던 하인들이 하나 둘 몽둥이를 놓고 서서 야무네를 내려다보고 있었다.
"나으리, 이놈이 죽으면 곤란해집니다. 관아에서 멍석말이를 한 연유를 물어볼 것인데 차라리 관아에서 넘겨 처리하는 것이 좋을 성 싶습니다요."

행랑채 이서방이었다.
하인들이 멍석을 풀자 축 늘어진 아례의 머리에서 피가 흘렀다.
"이보시오. 사람이 이럴 수가 있소? 아무리 아랫것이라고 사람을 개 패듯 할 수가 있소? 당신이 사람이오?"
야무네가 아례를 껴안고 오열했다.
"저년이 뒤지려고 환장을 했구먼. 얼른 저놈을 치워라."
이정규도 덜컥 겁이 났다. 아례가 죽게 되면 자신이 야무네를 겁탈하는 과정에서 벌어진 일이라서 처가에 알려지는 날엔 문제가 커질 것이 분명했다.
"이놈이 깨어나면 강상죄로 관아에 고발하거라."
이정규는 이서방에게 엄하게 말하고 안채로 들어갔다.
이정규는 야무네를 손볼 수 없을 바에야 안 생원에게 돌려주고 돈 천 냥을 받아오는 것이 낫겠다는 생각이 들었다.

멍석몰이를 당한 아례는 머리통이 깨지고 온몸에 피멍이 든 채 삼 일 밤낮을 정신이 돌아오지 않고 앓는 소리만 냈다.
야무네는 아례의 몸을 깨끗하게 닦아내고 강황가루를 얻어다 물에 개어 멍든 자리에 붙였다. 이런 것은 아버지 박성삼이 쇠뿔에 받혀오면 해주던 치료 방법이었다.
아례가 목구멍에 죽을 넘길 정도가 되자 면천군 관아에서 포졸들이 와서 잡아갔다. 이정규는 자신의 손으로 죽이는 것보다 관아에서 죽여주기를 바랐다.
 그가 행랑채 이서방을 불렀다.
 "오늘 신흥리 안 생원에게 다녀와야겠네. 야무네 저년을 데려다주고 천 냥을 받아오게. 이자 없이 본전 천 냥만 받겠다고 하면 군소리가 없을 것이네."
 "달리 전할 말씀은요?"
 "저 아이 털끝 하나 건들지 않았다고 말하게."
 지금껏 단 한 번도 그런 일이 없었는데 천하의 이정규가 계집종년 하나를 털끝 하나 건드리지 못하고 돌려보내는 게 자존심이 상했다.

 행랑채 이서방이 야무네를 데리고 신흥리로 향했다.
 "큰일 없을 테니 너무 걱정하지 말게."
 붙잡혀간 아례를 두고 하는 말이었다.
 "어찌 걱정이 안 되겠습니까? 비록 제 본의하고는 상관없이 혼례를 치렀지만 하늘이 맺어준 인연으로 알고 있습니다. 제가 죽을 때까지 지아비로 알고 있겠다고 그이에게 전해 주면 고맙겠습니다. 그리고 그날 아저씨가 그이에게 알려줘서 봉변을 면하게 된 은혜는 평생 잊지 않겠습니다."
 "자네가 속이 깊네그려."
 이서방은 천민임에도 너무나 당차고 영민한 야무네를 보며 계집으로 태어난 것이 아깝다는 생각이 들었다.

"그런데 강황가루가 치료약이 된다는 것은 어찌 알았는가?"

"제 아비가 쇠뿔에 받혀 멍이 든 곳에 강황가루를 개어 붙이면 좋다고 해서 그렇게 해드리곤 했습니다."

"쇠뿔에 받히다니…, 아버지가 무슨 일을 하기에 뜸베질을 당했단 말인가?"

"소싸움에서 다치셔서…."

"소싸움은 소끼리 싸우는 건데 왜 자네 아버지가 다쳤는가?"

"처음에는 소끼리 싸움을 붙였는데, 무슨 일로 제 아비가 소를 때려눕힌 다음부턴 사람들이 소와 제 아비 싸움을 시키는 일이 많았습니다."

"그런 위험한 일을 왜 거절하지 않고 했다고 하던가?"

"조금의 돈을 받을 수 있어서 그런다고 들었습니다. 그렇게라도 돈을 모아야 선다님네 돈을 갚으면 저를 데려갈 수 있다고 했습니다."

행랑채 이서방은 빚을 갚기 위해 목숨을 걸고 소와 싸우는 부성애가 애절하고 안타까웠다.

"아버지의 성함이 무엇인가?"

"박성삼이라 합니다."

팔도 천지에 자식을 위해 이만한 일을 하는 사람이라면 보통 사람은 아니라는 생각이 들어 이름을 기억해 두고 싶었다.

한편 동학도인 나성로과 이영탁이 박인호와 마주하고 앉아 심각한 이야기를 나누고 있었다. 박인호는 덕산 양촌 막동리에서 소작농인 밀양인 박명구와 온양방씨 사이에서 태어났다. 그는 성격이 온순했지만 기골이 장대하고 힘이 장사여서 덕산 읍내장 씨름판에서 이름을 날렸다.

특히 그는 민첩하고 날쌔서 친구들은 그를 용호도사라고 불렀다. 특히 그는 걸음이 빨라서 동에 번쩍, 서에 번쩍 나타나는 그를 보며 축지법을 쓴다는 소문이 나돌았다.

그는 빈농인 처지임에도 경서와 의서를 익혔으며 풍수지리에도 능해 사람들과 폭넓게 교분을 쌓았다. 스무 아홉 살에 그가 동학에 입도했을 때 해월 최시형은 무척 기뻐하며 '오도(吾道)에 새 운이 트는구나.'라고 외쳤다는 말이 있다. 그의 아명은 용호(龍浩)였으며 자는 도일(道一) 또는 춘암(春菴)이라 했는데 충청도 내포지역의 최대 동학조직인 덕포를 이끈다 해서 교도들에겐 덕포(德包)로 불렸다.

나성로과 이영탁이 동학도를 움직이기 위해서는 대접주인 덕포에게 허락을 받아야 했다.

"대접주님, 이정규의 악행을 말로는 다 설명할 수가 없습니다. 일전에 합덕제에서 익사당한 자가 동학도입니다. 죽은 자 이야깁니다만 이 자에게 밉보여 소작을 받지 못했습니다. 초근목피로 연명하다 살겠다고 죽어라 야산을 일궈 손바닥만 한 밭을 만들어 감자를 심었는데 이정규가 그 밭떼기를 빼앗아 버렸습니다."

덕포는 잠자코 나성로의 말을 듣고 있었다.
"찾아가 그 밭을 돌려달라고 빌었던 모양인데 개 끌 듯 끌고 가 물속에 처넣어 죽게 만들었습니다. 물을 먹어 배가 산더미처럼 부풀어 오른 남편의 시신을 부둥켜안고 통곡하는 지어미를 본 농민들이 벼락은 어따 쓰려고 한울님이 품고만 있는지 모르겠다고 분노하면서도 누구 하나 나서는 자가 없었습니다. 그놈이 도지라도 거두는 날엔 같은 신세가 될 것이라는 두려움 때문이었지요."
이야기를 듣고 있던 덕포의 표정이 고통스러운지 일그러졌다.
"그자에게 온갖 횡포를 당하는 자들이 힘없는 소작인들이고 그 중 상당수가 우리 동학도입니다."
이영탁이 나섰다.
"그래서 어쩌자는 말씀인지요?"
덕포가 무겁게 입을 뗐다.
"실바람도 모이면 폭풍이 된다 했는데 여러 마을 사람들을 모아 그자의 횡포와 전횡을 낱낱이 밝혀, 관아에 소를 올릴까 합니다. 그 일을 하는데 우리 동학도가 앞장서는 것이 마땅한 일이라서 대접주님께서 허락을 해주십사 하고 찾아 왔습니다."
나성로가 이영탁을 거들며 덕포의 반응을 살폈다.
"일 이란 선후가 있는 법, 작년 시월에 우리 도인들이 공주 관아의 의송소에 모여 대신사의 신원을 소청하지 않았습니까? 아직 신원이 받아들여지지 않고 있는데 동학도가 이 일에 중심이 되어 소요를 일으킨다면 그 뒷감당을 어찌하겠습니까?"

덕포의 반응은 의외였다.

그의 말에 진정이 담겨있는 것인지 아니면 나성로와 이영탁의 마음을 떠보려는 것인지 알 수 없었다.

"해월선사께서 사람이 하늘이라 하셨는데 한울님이 고통 받고 있는 마당에 우리가 발 벗고 그들의 고통에 동참하는 것이 대신사의 신원보다 무게가 덜 하지 않다고 여깁니다."

이영탁이 한 자 한 자 짚어 읽듯 천천히 그리고 분명하게 말했다.

"지금 우리가 억울하게 착취당하는 농민 편에 서서 이들의 탄원을 함께 하는 것이야말로 우리 동학의 포덕을 위해서라도 당연한 일이지 않겠습니까?"

나성로가 이영탁을 거들었다. 잠시 침묵이 흘렀다.

"내가 예산읍내 오리정 주막집에서 그 집 주인 박첨지와 주모 월화가 사람을 하늘같이 섬기는 것이 동학이라 듣고 그 길로 입도했소. 두 분의 말씀이 그날 박첨지와 월화의 말씀과 같기에 내가 다른 말을 할 수 없소. 이 일을 허락할 뿐 아니라 뜻을 같이하겠소."

말을 마친 덕포가 허락한다는 의미로 그들의 손을 덥석 잡았다.

"그럼 교도들에게 대접주님께서 이 일을 허락하셨다고 전하겠습니다."

나성로와 이영탁은 장차 일의 진행사항을 말씀드리겠다고 절을 하고 자리에서 물러났다.

덕포의 영향력은 컸다. 나성로와 이영탁은 합덕, 옥금, 신석, 대합덕, 점원, 도리 등 합덕방죽 몽리지역 여섯 개 마을을 돌며 은밀하게 도인들에게 이정규를 징치하기 위해 음력 섣달 그믐날 밤, 방죽 서쪽에 있는 도랑댕이로 나오라는 전갈을 전했다. 이 일에 대접주인 덕포 박인호가 나섰다는 말을 들은 도인들은 그 동안 이정규에게 착취당한 소작 빈농 집을 돌며 원수를 갚을 날이 왔음을 알렸다.

이 일은 창리에 있는 이정규네 행랑채 이서방이 알게 되었다. 그는 언젠가 이런 날이 올 것을 예견했지만 소작인들이 살고 있는 여섯 개 마을이 같이 움직일 줄은 몰랐다. 그러나 잘 되었다고 그는 생각했다. 그는 이 일을 이정규에게 알리지 않고 은밀하게 이영탁에게 연락을 해 자신이 알고 있는 이정규의 부정을 알려주겠다고 제안을 했다. 자신이 협조하는 이유는 이정규를 죽이더라도 집에서 일하는 하인들은 해치지 말라는 뜻이었다.

남녘에서 농민들이 악질 지주를 징치하면서 지주의 손발이 되어 못된 짓을 했던 노비들이 화를 입었다는 소문을 들었던 터라 이서방은 걱정이 되었다. 이 집의 하인들 역시 이정규가 시키는 대로 할 수밖에 없었다. 그러나 이들은 소작인들에게 원성을 사고 있었다.

계사년 음력 섣달그믐, 밤은 칠흑처럼 어두웠다. 엄동의 추위는 살을 에웠다. 농민들은 추위를 조금이라도 이겨 보려고 짚으로 만든 우장을 뒤집어쓰고 오기도 하고 바람을 피하기 위해 지게에 섶을 짊어지고 오는 이가 적잖았다. 어둠 속에서 그들의 움직임은 마치 야행성 산짐승처럼 보였다.

이들은 어둠 속에서도 서로를 알아봤다. 도랑댕이는 골바람에 얼어붙은 얼음이 이들의 발밑에서 부지직거리며 깨졌다. 이들은 아무 말도 하지 않았다. 사람들은 어둠속에 대접주 덕포가 홀연히 나타나 범처럼 포효하리라 생각했다.

도랑댕이는 금세 모인 군중들로 인해 거대한 숲을 이루었다.

"옥금에서 오신 분들은 맨 왼쪽에 서시오. 그 옆에 합덕, 신석, 점원, 도리 마을 순서대로 서시오."

어둠 속에서 우렁찬 목소리가 들렸다.

"나는 합덕에 사는 이영탁이올시다."

목소리의 주인공이 덕포인 줄 알았는데 이영탁이란 말에 실망한 듯 뒷줄에 서 있는 사내가 앞쪽을 향해 말을 툭 뱉었다.

"대접주님은 안오셨소?"

"우리는 그분의 명을 받고 온 사람이오. 대접주님께서는 여러분의 말을 허투로 듣지 말고 잘 경청해 도에 맞도록 처리하라 했소."

나성로가 황급히 나섰다.

"전갈을 들어 아시겠지만 천하에 둘째가라면 서러울 악질 이정규를 징치하기 위해 여러분의 의견을 들으려고 이곳에 나오시라 했소. 서 있으면 찬바람에 더 추우니 모두 자리에 앉아주시오."

사람들은 지고 온 섶을 나눠 얼음 위에 깔고 앉았다.

"여기 오신 분 중에는 동학도가 아닌 분들도 있을 것이오. 이정규란 놈에게 억울하게 착취당한 같은 처지이므로 이 일을 해결하기 위해서는 모두 일심으로 대오를 형성해야 합니다. 이정규의 악행을 낱낱이 적은 혈원록(血怨錄)을 만들어 관아에 고발하고 조정에 알려 뼛속까지 맺힌 원한을 풀도록 하겠소. 이제 누구도 그자를 겁내지 말고 당한 일을 기탄없이 말해 보시오."

군중은 웅성거리기 시작했다. 잘 못 말했다가 이정규 귀에 들어가는 날엔 소작을 몰수당할 수도 있다는 두려움이 앞섰다. 그렇다고 뒷짐만 지고 있을 수는 없는 노릇이었다. 도랑댕이를 꽉 매운 군중은 천여 명에 가까웠다. 여기 모인 사람들이 들고 일어나면 천하의 이정규도 어쩔 도리가 없을 것이란 말에 이정규에 관한 원성이 하나, 둘 터져 나오기 시작했다.

"혈원록을 만들면 소두가 누구요?"

군중 속에서 누군가 큰 소리로 물었다. 소두란 관아에 올리는 소장의 우두머리를 뜻했다.

"소두는 나와 여기 계신 나성로 도인이 맡을 것이오."

이영탁의 말에 군중은 다시 웅성거리기 시작했다. 그들은 박인호 대접주가 아니면 적어도 고을에서 존경받는 이가 맡아 줄 것이라 생각했는데 고작 소작인인 이영탁과 나성로가 맡는다는 말에 실망한 듯 불만이 쏟아졌다.

"여러분, 우리가 소두가 된다는데 다소 불만이 있을 것이오. 그러나 여러분들과 처지가 같은 소작인인 사람이 소두가 되는 것은 당연한 일이고 또 설득력이 있을 것이오. 다시 말씀드리지만 대접주님께서 동의하신 일이니 이 일이 관철되지 않을 때는 북접의 동학도들이 다 들고 일어날 것이니 염려하지 말고 뜻을 하나로 모읍시다."

앞줄에 앉아 있던 사내가 일어서 군중을 향해 큰 소리로 말했다.

"우리가 모인 이유는 이정규의 죄상을 낱낱이 적시하고자 함이오. 지금부터 누구든지 알고 있는 대로 그놈의 악행을 말해 보시오"

이영탁이었다.

사람들이 너나 할 것 없이 앞 다투어 나섰다.

"중구난방으로 말하지 말고 옥금에서 오신 분부터 차례로 일어나 말하시오."

"옥금에 사는 오길남이오. 이정규는 일손이 바쁜 모내기 철에 아녀자는 물론 애들까지 끌고 가 연근을 채취해 왜놈에게 팔아 큰돈을 챙기고도 일한 우리들에게 한 푼의 품삯도 주지 않았소. 소작인을 노비 취급하는 그자의 소행을 빠뜨리지 마시오."

"억울한 일은 우리 신석마을에도 차고 넘치오. 청양에서 이사와 드난살이하며 겨우 입에 풀칠하는 솟대쟁이에게 딸이 있었는데 그의 딸을 자신의 노비와 혼인을 맺을 것을 강요했으나 거절당하자 분풀이로 왈패를 보내 솟대쟁이에게 몽둥이질을 한 일이 있소."

"저런 때려죽일 놈!"

여기저기서 한숨과 함께 욕설이 터져 나왔다.

"점원에서 온 신석대요. 지난 흉년에 어죽이라도 끓여 먹으려고 개울에 발을 치고 잡어를 잡았는데 이정규 그놈이 나타나 자신이 수리한 합덕지에서 흘러나온 물을 먹고 자란 물고기는 전부 제 놈 것이라며 통째로 빼앗아 간 일이 있었소. 그 후부턴 붕어새끼 한 마리, 미꾸리 한 마리도 맘 놓고 잡지를 못하고 있소."

"소문에는 도지를 끊겠다고 위협해 소작농의 아녀자를 욕보이는 일이 있다고 하니 하늘 아래 이런 무도한 인간은 없을 것이오."

"쳐 죽일 놈!"

"합덕에서는 그놈한테 전 재산을 강탈당한 농민이 억울함을 참지 못하고 합덕지에 몸을 던진 일이 있는데 농민들에게 그렇게 강탈해 간 돈 만도 수만 냥에 달한다고 하니 도저히 묵과 할 수 없는 일이오."

당장 이정규를 끌어내 죽이자는 외침이 여기저기서 흘러나왔다. 엄동설한인데도 분노를 활화산처럼 토해 놓는 그들의 가슴은 어느 때 보다 뜨거웠다. 이정규의 비행과 악행에 관한 분노가 끝없이 이어졌다.

"지금 그놈 집으로 몰려가 요절을 내버립시다."

군중들은 흥분했다.

"여러분의 말을 듣고 있으니 울화통이 치밀어 올라 오장육부가 뒤집힐 지경입니다. 이정규의 죄상은 날이 샐 때까지 말해도 부족할 것 같으니 여러분 중에서 당차고 올곧은 자로 한 마을에 한 사람씩 선정해서 혈원록을 함께 작성하게 하는 것이 어떻겠습니까?"

이영탁이었다.

"옳소."

"옳소."

여기저기서 박수를 치며 환호했다.

"좋소. 그럼 그렇게 합시다. 여기 계신 나성록 도인을 필두로 오길남, 방재성, 김윤필, 그리고 내가 여러분이 한 말 외에 그자의 악행을 소상하게 정리하여 홍주에 있는 목사에게 진언할 것이오. 이제 돌아가셨다가 전갈을 띄우면 다시 모이십시오. 신월에는 이런 악덕지주가 없는 광명세상을 꿈꾸며 모두 돌아가 가족과 함께 설 명절을 보내도록 합시다."

잠시 명절을 잊고 있었는데 이영탁의 말에 가족이 떠올랐다. 그들은 삼삼오오 도랑댕이를 내려가기 시작했다. 새벽 동쪽하늘에 잠시 달이 걸려 있다가 여명이 밝아오자, 그림자처럼 사라졌다.

2
혈연록

 이서방의 이야기를 들은 안인무는 이정규에게 천 냥을 갚는 게 문제가 아니었다. 만약 야무네에게 무슨 안 좋은 일이 있었다면 큰일이 아닐 수 없었다. 염라대왕이 오기 전에 자신의 목숨을 거두어 가겠다던 박성삼의 말이 떠올랐기 때문이다. 그는 정신이 나간 채 벼락 맞은 고목처럼 한참을 그 자리에 서 있었다.
 "저 애가 일은 당하지 않았는가?"
 겨우 정신을 차린 안인무는 더듬거리며 이서방에게 물었다.
 "관아에 붙잡혀 간 지 서방이 나서서 험한 일은 당하지 않았습죠."
 안인무는 털썩 그 자리에 주저앉았다. 사실 이정규가 야무네를 데려갈 때 마음 한구석에선 불길한 마음이 들었다. 만약 야무네에게 무슨 일이 있었다면 소의 머리를 박살 냈던 박성삼이 자신을 그냥 둘 리가 없었다. 그날 노비 아례가 이정규를 끌어내지 않았다면 야무네는 능욕을 당했을 거고 그리되었다면 자신은 박성삼에게 무사하지 못했을 것이라 생각하니 자신의 생명을 살린 노비 아례가 고마웠다.

안인무는 이서방의 손에 천 냥을 쥐여주고 그 길로, 야무네를 앞세우고 박성삼에게로 향했다.

농민들이 도랑댕이에 모여 이정규를 징치하자는 작당을 했다는 소문을 들었던 터라 안인무는 소작농에게 원성을 샀다가는 목숨을 부지하기 어렵다는 것을 알고 있었다. 야무네는 천 냥을 두말없이 내준 안 생원의 행동에 놀랐다. 사람이 열두 번 변한다더니 자린고비인 그가 자신을 위해 크게 마음을 쓰고 있다 생각했다.

"나를 원망하느냐?"

걸으면서 안인무가 야무네에게 물었다. 야무네가 아무런 대꾸를 하지 않자, 혼잣말처럼 작은 소리로 말했다.

"그래, 원망하는 마음이야 없지 않겠지."

"선다님을 원망한다고 되돌릴 수 있겠습니까? 다만 가슴에 납덩이같이 무거운 근심거리만 안고 있을 뿐입니다."

"그것이 무엇이냐?"

"강상죄로 관아에 갇혀있는 제 지아비가 심히 걱정되옵니다."

어린 야무네가 어른보다 속이 깊은데 안인무는 놀랐다.

"그 일은 너무 염려 말거라. 내 수일 내로 군수를 찾아가 선처를 청원하겠으니 그리 알거라."

 군수를 찾아가 부탁하면 노비 하나쯤 방면하는 일은 어렵지 않으리라 생각했다. 특히 소작인들의 원성을 사고 있는 이정규와 관련된 노비였기에 오랫동안 옥에 가두어 두는 것은 군수에게도 부담이 되는 일이라 여겼다.

 안인무의 노력으로 아례가 옥에서 풀려난다면 박성삼에게 낯을 세울 수도 있고, 자신과 무관한 노비 출신의 방면을 위해 다른 마을에 사는 생원이 힘을 썼다는 소문이 나게 되면 평소 자신에게 불만을 가졌던 소작인도 마음을 달리 먹을 것이라 생각했다.

 "선다님께서 제 지아비를 옥에서 나오게 해주신다면 은혜는 잊지 않겠습니다."

 지금 야무네로서는 남편 아례를 옥에서 풀려나게 하는 희망이 안 생원이 유일했다. 그녀는 은혜를 잊지 않겠다며 간청했다.

 "아니다. 따지고 보면 내게도 책임이 없지 않다. 그 집에 보냈던 것이 내가 아니더냐. 너를 위해 몸을 던질 수 있는 네 남편의 용기가 갸륵하고 또 사람 됨됨이 그만한 사람이 없다 생각 하니 다행스런 일이구나."

 하늘이 어두워지더니 진눈깨비가 내리기 시작했다. 바람이 차가웠다. 동구에는 당산나무가 수문장처럼 버티고 마을을 지키고 있었다. 당산나무 밑동에는 새끼줄에 묶인 하얀 천 조각들이 바람에 작은 깃발처럼 나부꼈다. 야무네는 당산나무를 보자 반가웠다. 드디어 집에 온 느낌이 들었다. 문득 마을의 안녕을 비는 고사를 지내고 나무 주위에 고사떡이 뿌려지면 그걸 주워 먹던 어린 시절이 떠올랐다.

"마을에 당도했으니 이제 혼자서 가거라. 나는 그만 돌아가야겠다."

안인무는 당산나무를 바라보고 있는 야무네에게 말했다. 안인무는 그간의 일을 박성삼에게 설명하려던 생각을 바꿔 딸의 설명을 들으면 오히려 박성삼이 자신에 대해 호의적일 것이라 여겼다.

"제 아비 집이 누추하지만, 날이 추운데 잠시 몸을 녹여 가시지요."

야무네의 반응은 차분했다.

"아니다. 오랜만에 만나는 부녀상봉을 방해해서야 되겠느냐? 아버지에게 내가 그러더라고 내게 빚진 돈은 갚지 않아도 된다고 말하거라. 어서 가 보거라."

뒤돌아서려는 안 생원에게 야무네가 다급하게 말했다.

"선다님, 염치없는 부탁이지만 제 지아비가 풀려날 수 있도록 힘써 주시면 은혜를 잊지 않겠습니다."

"염려 말고 어서 가 봐라."

안 생원이 돌아가고도 야무네는 당산나무 아래서 한참을 자신이 집에 돌아오게 된 것에 감사하며 아례가 어서 속히 풀려나길 빌었다.

"아부지!"

박성삼은 자신이 딸을 그리워하고 있었기에 바람소리를 헛것으로 들은 환청이겠거니 했다.

"아부지!"

이번에는 방문 앞에서 더 또렷이 들려왔다. 그는 반사적으로 일어나 장지문을 열었다.

문 앞에는 야무네가 눈을 맞으며 서 있었다. 그는 꿈이 아니기를 빌며 뛰어나가 야무네를 덥석 안았다.

"아이구, 네가 왔구나! 네가 왔구나!"

그의 눈에는 눈물이 가득 고였다.

"어서 들어가자."

방에 들어온 야무네는 아버지에게 큰절부터 했다. 그리고 그간의 이야기를 소상하게 말했다. 아버지는 동학도에게서 들었는지 아례에 관해 알고 있었다.

"네가 맘고생이 많았구나. 네가 무사히 돌아온 것도 한울님의 은덕이 아니겠느냐? 내가 널 안 생원 집에 맡기지 않았어야 했는데, 미안하구나."

"아닙니다. 비록 극락과 지옥을 오가긴 했습니다만 아버지가 절 생원 집에 보냈기에 한울님께서 점지한 사람도 만나게 되고, 세상에는 선과 악이 있다는 것을 배울 계기가 되었습니다."

부녀는 밤이 이슥할 때까지 그간의 회포를 풀어냈다.

박성삼은 야무네와 백년가약을 맺은 아례가 기특했다. 노비 신분임에도 불구하고 자신의 목숨을 내걸고, 야무네를 위기에서 구한 용기가 대견하게 생각되었다. 더군다나 그 일로 멍석말이를 당하고 강상죄로 옥에 갇혀있어 고마움과 미안한 마음이 동시에 들었다.

갑오년 설은 명절 같지가 않았다.
 봉순네는 지주인 이정규를 응징하기로 했다는 남편 오길남의 말에 펄쩍 뛰었다. 도지로 받은 논 두 두락과 밭 다섯 두락으로 경우 생계를 유지하고 있는 마당에 이정규의 미움을 사는 날에는 엄동설한에 영락없이 한데에 나가 얼어 죽어야 했으므로 봉순네가 남편을 말리는 것은 당연했다.
 "뭣 땜이 도랑댕이는 갔대유? 갔더라도 뒷짐이나 지고 남이 하는 말이나 듣고 와야지유. 소작으로 경우 입에 풀칠하는 양반이 뭣 땜이 잘 났다고 앞장을 선다고 하는겨유. 봉순이 아부지는 철이 있는거유? 뭔 지랄냈다고 앞장을 선대유? 아이고 내 팔자야."
 봉순네가 불평을 늘어놨다.
 "그놈이 한 짓을 임자도 알잖어? 물고를 내야 더는 못된 짓 안헐 거 아녀. 남정네들이 허는 일이니께 임자는 모른 척 혀."
 오길남은 뒷박에서 담배를 집어 조대에 채우면서 마누라에게 괜한 말을 했다는 후회를 했다.
 "봉순 아부지 말처럼 물고를 내서 나리가 죽는다 해도, 부쳐먹는 땅이 우리 땅이 되것슈? 괜히 사나운 호랭이를 건드려 잡아묵

히느니 고분고분 해야 몇 두락이라도 도지를 벌지유. 도대체 남정네들은 하나 같이 생각이 없시유. 안 그렇슈?"
　봉순네는 남편에게 불평을 넘어 도랭댕이에 모인 남자들을 싸잡아 욕했다.
　가만있자 내가 이러고 있을 때 아니지, 남이야 어찌 되던 이 사실을 이정규네 행랑채에 사는 양천댁에게 알려야 후일에 탈이 없지, 내가 이러고 있을 때가 아니구먼. 봉순네는 마음이 심란했다.
　"어디 가려고 그리 서두르는겨?"
　급히 저고리 위에 배자를 걸쳐 입는 마누라를 보면서 오길남이 물었다.
　"길쌈가유."
　"명절에 무슨 길쌈을…."
　오길남의 물음을 귓등으로 넘긴 봉순네는 횡하니 집을 나섰다.
　봉순네는 이웃마을 창리까지 반 마장 거리를 달음박질을 하듯 잰걸음으로 걸었다. 이정규가 눈알을 부라리며 도지를 거둬들이는 모습이 눈앞에 아른거렸다. 이 어마어마한 남정네들의 음모를 누구보다 먼저 알려야 공을 인정받는다는 생각에 걸음을 재촉했다.

　봉순네가 양천댁 부섴을 기웃거렸다.
　"아무리 사정이 구차해도 명절인디 빈손으로 온겨? 숨이 턱을 밀어내는구먼. 무슨 일인디 숨이 넘어가는겨?"
양천댁은 봉순네의 빈손을 보면서 아쉬운 듯 말했다.
"명절이고 머고 헐 겨를이 없슈, 양천댁! 큰일 나부렀슈!'"
봉순네는 양천댁을 따라 정지로 들어가 아궁이 앞에 쭈그리고 앉았다. 아궁이에는 생솔가지가 연기를 내뿜으며 타고 있었다.
봉순네는 남편 오길남에게 들은 이야기를 풀어냈다. 여섯 개 마을 소작인들 천여 명이 도랑댕이 모여 이정규 나리의 온갖 횡포와 토색질을 토로하고 이를 정리해서 홍주관아에 소장을 올리기로 했다는 말을 털어놓았다.
봉순네 이야기를 들은 양천댁은 전혀 놀라는 기색이 없이 입가에는 은근한 미소를 짓고 있었다. 어쩌면 올 것이 왔다고 생각하는 것 같았다. 그렇다고 봉순네 이야기를 모른 척하고 넘길 수는 없었다. 그녀는 안채의 수원댁에게 달려갔다. 이야기를 들은 수원댁은 얼굴빛이 사색이 되어 남편 이정규에게 말했다.
이제 이정규의 집은 벌집을 쑤셔놓은 꼴이 되었다. 이정규는 눈알이 뒤집어져 길길이 날뛰었다. 땅을 부쳐먹는 것들이 작당을 해서 자신을 욕보이겠다는데 참을 수 없었다. 이놈들이 뜨거운 맛을 보지 못해 그런 것이라며 합덕지의 수문을 막아 물 한줄기 논에 들어가는 일이 없게 하고 도지를 거둬 버리겠다고 흥분했다.
"여보, 부회만 내지 말고 해결책을 찾아야지요. 작당한 패거리가 한둘도 아니고 천여 명이 된다는데 무슨 수로 당신이 해결할 수가 있겠어요? 차분히 생각을 해 보시라구요."

날뛰는 남편을 겨우 진정시키며 수원댁이 말했다.

"돼먹지 못한 새끼들, 뉘 앞이라고 매화타령을 해, 뱃대지가 쭐쭐 굶어 등짝에 붙어봐야 그따위 불평을 못하지. 뒤에 비대발광 떨어도 내가 용서하나 봐라. 이놈들."

이정규는 분이 안 풀렸는지 앞산을 향해 혼자 투덜거렸다.

"여보, 그놈들이 소장을 올리기 전에 당신이 먼저 손을 쓰는 것이 어떻겠소."

수원댁이었다.

"손을 쓰다니?"

"홍주목사에게 부탁하면 전라병사까지 한 당신을 무시하지 않을 것 아니오. 우리가 민 대감과 연이 닿고 있다는 것을 그도 알 것이니 소신껏 부탁해 보세요."

홍주목사 김기수(金淇秀)는 노성현감(魯城縣監)을 지냈으며 예조참의로 있을 때 수신사로 일본에 건너가 근대화된 시설을 보고 개화를 주장한 친일파였다.

이정규는 잠시 생각하더니 고개를 끄덕였다.

"부탁할 때, 서찰만 보낼 게 아니고 인사치례를 하면 잘 넘어갈 것이오. 당신도 그랬듯 지방 수령부터 구실아치까지 뇌물 안 좋아하는 관리 못 봤소."

이정규는 차마 거기까진 생각이 미치지 않았는데 역시 부창부수라는 옛말이 예사말이 아니라 여겨졌다.

그 시각, 이영탁을 비롯한 소두들은 홍주목사에게 올릴 소장을 마무리하고 있었다. 김기수는 부임한 지 얼마 안 되어 각 고을의 사정을 아직 파악하지 못하고 있는 터라 이정규의 악행을 알지 못했다. 소두들은 목사가 이 소장을 어떻게 처리할지 자못 궁금했다. 이들의 원성을 귀담아들어 이정규를 징치하면 그가 진정한 목민관이지만 그렇지 않으면 녹봉을 축내는 한낱 탐관오리에 불과했다. 말하자면 도랑댕이의 혈원록은 목사를 판단하는 저울과 같았다.

갑오년 정월 스무날에 도랑댕이에 농민들이 다시 모이기 시작했다. 으슥한 밤에 은밀하게 모였던 지난번과는 다르게 아침부터 농민들이 도랑댕이로 몰려나왔다. 줄잡아 팔백 명이 넘어 보였다. 농민들의 눈빛에는 뭔가를 해결하고 말겠다는 단호한 의지가 담겨있었다.

나성로가 혈원록을 들고 돌 위에 올라섰다.

"명절은 잘 보내셨습니까? 지난번에는 추워서 모두 우장을 쓰고 오셨는데 오늘은 우장 쓴 사람은 없고 그렇다고 갓을 쓴 사람도 없이 적삼에 잠방이 차림이어서 보기가 좋습니다."

나성로의 말에 모두가 웃었다.

"사설은 빼고 손에 든 것이나 어여 읽으시유."

뒷줄에서 누군가 큰 소리로 말했다.

"그라면 우리가 오늘 홍주목사에게 가지고 갈 혈연록을 읽겠습니다."

나성로가 혈연록을 읽어 내려갔다.

혈원록(血怨錄)

창리에 사는 이정규의 극악무도한 악행으로 인해 농민들의 원성이 뼈에 사무쳐 그의 죄상을 관아에 아뢰오니 상응하는 처벌을 내려 주시기를 간청하옵니다. 그의 죄상을 아래와 같이 적시하옵니다.

첫째, 농민을 동원해 방죽을 만들면서 생긴 논을 자신의 소유로 삼았으며 방죽 물을 이용할 수밖에 없는 농민들에겐 수세를 받아 챙겼고, 심지어는 방죽에서 흐르는 개울에서 잡은 물고기를 빼앗았으며.

둘째, 남의 조상묘의 도래솔을 임으로 배어다 별당을 짓는데 사용했으며,

셋째, 저주지에 자생하는 연근을 채취하기 위해 소작인들을 강제로 동원했으며

넷째, 자신의 노비와 혼인할 것을 요구하여 거절하자 족보를 빼앗아 불에 태웠으며,

다섯째, 재산을 빼앗긴 농민이 찾아가 돌려줄 것을 애원하자 그를 합덕지에 빠뜨려 죽게 만들었으며,

여섯째, 소작인들이 자신의 말을 듣지 않는다고 사사로이 사형(私刑)을 하였으며

일곱째, 농민에게 수탈한 금전이 삼만 칠천 냥이 넘고
여덟째, 소작료를 도조법이 정한 량보다 월등하게 많게 부과하여 소작농이 감당할 수 없게 만들었습니다.
위와 같이 이정규의 악행으로 농민의 원성이 들끓고 있사오니 그 죄상을 엄히 처벌해 주시기를 간청 드리옵니다.

갑오년 정초
합덕 관내 소두대표
나성로, 이영탁

"이상이오."
나성로가 혈원록을 접어 옷소매에 넣으려는데 중간쯤에서 사내가 손을 들고 일어났다.
"그놈이 심술을 부려 우리 호박밭의 호박을 망아지로 송두리째 밟아 놨는데 그것도 좀 넣어주시오."
"어따, 이 사람아, 그런 사사로운 것을 끼워 넣으면 혈원록에 나열한 것이 무참하게 보이네."
사내의 옆에 있는 사람이 그의 올린 손을 잡아 내리며 말했다.
혈원록은 그만하면 잘되었다며 여기저기서 박수소리가 들렸다. 더 이상 아무도 사족을 다는 자가 없었다.
"그럼, 모두 함께 홍주성으로 갑시다. 지금 출발하면 한나절이면 당도할 것이니 빠른 걸음으로 갑시다. 몸이 불편해 빨리 걸을 수 없는 사람은 집에 돌아가시오."

이영탁이었다.
아무도 집에 돌아가는 자가 없었다.
이들은 이정규를 응징하겠다는데 신명이 났던지 바람처럼 발걸음이 마냥 가벼웠다. 무엇보다 혈원록을 받아보고 이정규를 어찌 처리할 것인지 홍주목사 김기수의 반응이 자못 궁금했다. 무려 팔백여 명이 몰려가 소를 올리는데 관아에서 함부로 내치지는 못할 것이라 여겼다.

이들은 해가 설핏하게 넘어가는 신시 무렵에야 홍주성에 당도했다.
조양문을 지나 홍주어문에 이르자 문을 지키고 있던 관원이 놀란 눈을 하며 물었다.
"뭣 하는 사람들이 여기 와서 함부로 기뇨(起鬧)하는 것이오."
"우리는 합덕에서 온 소꾼들이오."
앞서 나성로가 나섰다.
"상소 내용이 뭐요? 세수와 관련된 것이오?"
"아니오. 민원이오. 악덕 지주를 징치해 달라는 소장이오."
"여기에서 잠시만 기다리시오."
관원이 관아로 들어갔다가 곧장 나와서 나성로에게 말했다.
"민원은 형방 소관인데 형방이 퇴청해서 자리에 없으니 돌아갔다 내일 오시오."
소두들은 어이가 없어 하며 서로 얼굴을 봤다.

"그럴 수는 없소. 합덕이 지척이 아닌데 내일 오라니요? 형방을 불러주시오."

이영탁이었다.

"퇴청했다고 하지 않았소. 내일까지 기다리려면 조양문 밖에서 기다리시오. 곧 폐문할 시각이오."

더는 듣지 않겠다는 듯 관원은 말을 남기고 들어가 버렸다.

소두들은 당황했다. 여기까지 함께 온 농민들은 모두가 시원한 결과를 낼 것으로 알고 왔는데 목사는커녕 관아의 아전마저 만나질 못하는 걸 알면 불평이 소요로 번질 수 있었기에 당황할 수밖에 없었다. 소두들은 한쪽으로 가서 의논했다. 혈원록을 내일 목사에게 올려 소두들이 답을 듣고 가기로 하고 모두 귀가시키기로 했다.

"모두 들으시오. 상소를 해결하려면 형방이 있어야 하는데 퇴청하고 없다 하니 부득이 내일 등소하여 형방을 만나 일을 처리하고 목사의 답을 듣고 갈 것이니 소두만 남고 모두 돌아가는 것이 좋겠소. 먼 길을 왔는데 시원한 답을 얻지 못해 답답하겠지만 우리 소두들만 믿고 돌아가는 것이 좋겠소."

소두 방재성이었다.

"여기에 이 많은 사람이 마땅히 있을 곳도 없고 곧 조양문이 닫힐 시각이니 서둘러 돌아가는 것이 좋겠소. 소두들은 오늘 밤 주막에서 머물고 내일 일찍 등소하겠소."

이영탁이 방재성을 거들고 나섰다.

진눈깨비가 날렸다. 농민들은 조양문을 나선 후 곧장 성문이 닫혔다. 굵은 눈발이 앞을 분간할 수 없게 내리고 있었다.

"이보시오. 우리가 돌아갈 것이 아니라 여기에 밤을 지냅시다. 끝을 보고 가야 하지 않겠소?"

누군가 큰 소리로 외쳤다.

"끝을 보고 싶은 건 나도 동감이지만 집에 가지 않으면 여기에서 얼어 죽소."

그 외침에 다른 사람이 대꾸했다.

"죽음이 두려우면 이만한 일에 나설 일이 아니오. 성벽을 바람막이 삼아 그 아래서 불을 피우면 견딜 만할 것이오."

사내의 말에 농민들이 걸음을 멈추고 그를 봤다.

"북풍을 피해 모두 남쪽 성벽 아래로 갑시다."

다른 사내가 말했다.

농민들은 사내의 말에 따라 남쪽 성벽을 향해 걸었다. 그들은 가는 길에 논가에 쌓여있는 볏단을 한 짐씩 들고 걸었다. 성벽 밑에 도착하자 볏단을 깔고 일부는 추위를 이겨내려고 볏단에 불을 붙이고 나무를 꺾어와 태웠다. 여기저기 피어놓은 모닥불에 놀란 성안의 순라꾼들이 성벽에 올라 큰 소리로 말을 던졌다.

"뭐 하는 짓이오?"

"보면 모르오? 얼어 죽지 않으려고 불을 피우는 중이오."

성곽 밑에서 말을 받은 농민이 쏘아붙였다.

"어디서 온 자들이오?"

순라꾼 하나가 수그러든 목소리 물었다.

"합덕에서 온 소꾼들이오. 내일 아침에 성안에 들어갈 것이니 모른 척 하시오."

"상소 내용은 뭐요?"

"합덕에 이정규라고 들어보셨소? 악질 중에 소문난 악질 지주요. 우리들은 그놈에게 도지를 받아 농사짓는데 그놈 밑에서 목숨 보존하기가 쉽지 않소."

"이정규라면 전라도에서 병사와 덕산 군수를 지냈던 놈 아니오? 악질이란 소문은 들었소만."

"우리 소두들이 내일 목사 어르신께 뼛속에 사무친 혈원록을 올릴 것이오."

"몇 명이나 왔소?"

"팔백여 명이오."

"그 많은 사람들이 다 이정규에게 억울하게 당한 사람들이오?"

"여기에 오지 못한 사람들도 적잖이 많소."

"당신들 대단한 사람들이오. 잘 되었으면 좋겠소."

순라꾼이 사라졌다.

농민들은 모닥불을 쬐면서 혈원록이 전달되면 이정규가 붙잡혀 와 곤장을 맞고 옥에 갇히게 될 것이고 토색한 재물은 빼앗아 되돌려줄 것이라는 이야기를 나눴다. 겨울밤은 길고 추웠지만 날이 밝으면 벌어질 이정규의 심판이 기다리고 있다는 심정으로 농민들은 밤을 지새웠다.

날이 밝고 조양문이 열리자 기다렸다는 듯 농민들은 우르르 몰려 들어갔다. 그들은 아문을 향해 뛰었다.

동헌 마당에는 먼저 온 소두들이 혈원록을 들고 목사와 아전들이 등청하기를 기다리고 있었다. 동원마당에는 어제 성문 밖에서 밤을 지새운 농민들로 가득했고 어느 틈에 왔는지 창을 든 관졸들이 이들을 둘러싸고 있었다.

등청한 목사가 기다리고 있던 형방에게 물었다.
"아침부터 웬 소요냐?"
"합덕에서 온 자들입니다. 상소문을 지니고 와서 목사 영감을 뵙고 가겠다고 합니다."
"상소문이라…, 보자하니 사대부는 아니고 양인들인데, 혹시 저들이 어제 밤 성 밖에서 불을 지피고 소란을 떨던 자들이 아니냐? 심야에 내 소피를 보러 나왔다가 남쪽 성곽 쪽 하늘이 붉게 보여 무슨 일인가 하여 잠자리가 편치 않았다. 이방이 가서 상소문을 가져와 보라."

상소문을 읽은 목사는 한참을 침묵하더니 대뜸 형방에게 물었다.
"형방이 보기에 동학도로 보이지 않더냐?"
"저들이 성 밖에서 추위를 견디느라 제 자리에서 발을 구르면서 모두가 한 목소리로 동학 주문을 외우는 것을 들었다고 순라꾼들이 말은 했습니다. 나으리의 말씀대로 동학도가 의심스럽긴 합니다."

김기수는 남녘에서 동학교도가 농민을 사주해 소요를 일으키고 있어 조정이 고민하고 있다는 것을 잘 알고 있었다. 그는 초기에 싹을 자르지 않으면 들불처럼 번질 수 있어 혈원록에 담긴 내용을 해결해 준다해서 간단하게 처리될 문제가 아니라 여겼다.

그는 이들의 우두머리인 소두들과 농민들을 우선 분리해야겠다는 생각이 들었다.

"여러분, 영감께서 소두들과 의논해 일을 잘 처리해 주겠다고 하니 소두들만 남고 모두 돌아가시오."

형방의 말에 여지저기서 웅성거리기 시작했다.

"어제 들어가지 않아서 가족들도 걱정이 많을 텐데, 형방 말대로 소두인 우리가 남아 기필코 이정규를 징치하도록 할 것이니 모두 돌아가는 것이 좋겠소."

나성로였다.

김기수의 생각이 맞아 들어갔다. 당장 이정규를 잡아들어 한을 풀어줄 것을 기대했던 농민들은 투덜거리면서 자리에서 일어나 어문을 나섰다.

소두만 남고 모두 돌아가자, 목사는 동헌에서 나와 의자에 앉았다.

소두들이 일제히 일어나 허리를 굽혀 공손히 절을 했다.

목사는 한 사람 한 사람 찬찬히 바라봤다.
예의를 갖추느라 단정하게 상투를 틀고 두루마기를 입은 소두들의 모습은 비록 볼품없어 보였지만 눈빛만은 날카로웠다.
"가져온 혈원록은 잘 봤소."
"감사합니다. 영감."
모두가 합창하듯 목사의 말에 반응했다.
"그 보다, 소두인 그대들에 관해 나는 관심이 많소."
"저희들은 도지를 부쳐먹고 사는 소작인들이옵니다."
"그거야 중요하지 않고, 동학도들이오?"
목사가 뱉듯이 불쑥 내놓은 질문에 소두들은 서로 얼굴을 보며 목사의 의중을 궁금해했다.
"동학도요? 아니오?"
"여기 오길남을 빼고 동학도 맞습니다."
김윤필이 그래 동학도라서 어쩌겠다는 것이냐는 투로 퉁명스럽게 답했다.
"이 나라가 성리학을 따르는 나라가 아닌가? 동학이라는 사교가 농민들을 자극해서 팔도천지에서 분란을 일으키고 있어 조정에서도 신경을 많이 쓰고 있소. 그런데 소두인 그대들은 자중해야 하거늘 큰 무리를 앞세우고 관아에 들어와 목사인 내게 압력을 가하는 것은 불순한 처사라고 밖에는…, 그래서 이정규와 대질하여 옥석을 가리기 전까지 여기에 있어야겠소."
"영감, 그 무슨 말씀입니까? 소두를 잡아 두시겠다니요. 일찍이 이런 일은 없었습니다."

"내가 잡아 두는 건 소두가 아니라 동학비도니라."

목사의 눈꼬리가 큰 소리와 함께 사뭇 올라갔다. 독을 품은 독사라도 머리를 잘라버리면 죽듯 아무리 제 놈들이 날뛰어봤자 우두머리인 소두를 제압해 버리면 제풀에 꺾이기 마련이란 생각을 목사는 하고 있었다.

"영감, 우리 동학도가 무슨 나쁜 짓을 했기에 가두겠다는 것입니까? 교조 신원을 위해 우리 도인들이 광화문 앞에서 몇 날 며칠 상소를 올렸을 때도 상감께서는 그 뜻을 시행하시겠다며 각기 집으로 돌아가 생업에 종사하라 했습니다. 상감께서도 그리하셨는데 어찌 목사 영감께서 박절하게 그러십니까?"

나성로였다.

"허어, 저놈이 감히 상감을 들먹이다니, 여봐라. 형방. 이놈들을 당장 하옥하라."

목사가 의자에서 벌떡 일어섰다.

"우릴 가두고 이정규는 어찌하시겠습니까?"

"그거야 불러다 죄를 물을 것이다."

"그놈의 죄상은 우리가 올린 혈원록에 낱낱이 기록되어 있습니다."

관졸들이 소두들을 끌고 가려는데 김윤필이 목사를 향해 소리쳤다.

"이보시오. 목사 영감, 우리를 잡아넣더라도 이 일이 해결되지 않으면 수백의 농민이 몰려올 것이고, 그래도 해결이 안 되면 수천의 농민이 몰려올 것인데, 영감께서 감당하시겠습니까?"

뒤통수를 후려치는 듯한 그의 말에 목사는 돌아서 소두들을 노려봤다.

"동학도는 비적이다. 나는 농민의 청원은 경청하지만, 비적의 말을 들어줄 수는 없다."

목사는 이렇게 말했지만 내심으로는 그의 음성이 내심 까마귀 울음소리처럼 불길하게 들렸다.

"영감, 혈원록을 이대로 뭉개시면 농민들 원성은 영감에게 향할 것이오."

이들은 끌려가면서 목사를 향해 소리소리 외쳤다. 그러나 그 말이 틀린 말이 아니라는 것은 목사도 알고 있었다.

김기수는 이정규를 불러다 적당히 저들과 화해를 시킬 작정이었다. 혈연록이 사실이라 해도 이정규를 벌하는 것은 여간 조심하지 않으면 안 되었기 때문이었다.

한편 박성삼은 야무네를 볼 때마다 아례가 떠올랐다. 원래 말수가 적은 아이지만 수척하니 말수가 적은 것이 옥에 갇혀있는 아례를 걱정하는 것으로 보였다.

박성삼은 아비 된 도리로 면천 관아에 가서 아례를 직접 만나보고 구할 수 있는 길을 찾아보는 것이 급선무라 여겼다.

그는 생각을 뒤로 미루지 않았다. 쇠뿔도 단번에 빼야 한다며 결심이 서면 곧장 실행에 옮기는 성격이었다.
 그는 아침 일찍 여장을 갖추고 면천 관아를 찾아 나섰다. 대지는 얼어붙어 있었고 겨울의 빈 들판은 황량했다. 천지사방 어디에도 생명이 있을 것 같지 않았다. 그러나 봄이 오면 죽어있던 것들이 생명으로 부활해 앞다투며 들판을 가득 메우는 것이 흡사 농심과도 같았다. 평소에 농민은 죽어있는 것 같지만 생존의 위기에 처하면 언제나 꿈틀거리며 일어설 준비를 하고 있었다.
 그는 꼬박 한나절을 걸어서야 관아에 당도했다. 남문을 지나 저잣거리로 들어섰다. 늦은 시각이라서 주막들만 호롱불을 내다 걸고 손님을 맞고 있었다. 박성삼은 주막에 들려 요기를 하면서 옥사에 갇혀있는 아례를 만날 방도를 곰곰이 생각했다. 그리고 엽전 몇 냥을 넣은 주머니를 허리춤에 찼다.
 그는 인적이 끊기기를 기다려 축시쯤에 주막을 나와 옥사를 향해 성큼성큼 걸어갔다. 졸고 있던 옥졸이 갑자기 나타난 박성삼을 보고 창끝을 내밀며 누구냐고 소리쳤다.
 박성삼은 한 손으로 창끝을 옆으로 밀어내며 허리춤에서 엽전이 든 주머니를 꺼내 옥졸의 손에 쥐어주며 낮은 소리로 말했다.
 "이보게, 나 합덕 창리에 사는 이정규일세. 관아에 온 김에 옥에 있는 우리 집 종놈을 만나고 가려고 왔네. 이거로 아침 해장술이나 하시게."
 박성삼은 갓을 고쳐 쓰는 시늉을 하며 옥졸을 얼렸다.
 "이 밤중에 오시다니요?"

"백주에 양반이 종놈을 만나면 체면이 뭐가 되겠는가? 잠시만 내 그놈 얼굴을 보고 가겠네. 그놈 이름이 아례라고. 어서 앞장서게."

옥졸이 사방을 살피더니 조심스럽게 아례가 갇혀있는 옥사로 박성삼을 데리고 갔다.

"여기 저놈입니다."

"어서 문을 여시게, 잠시 만날 것이니 자넨 어서 자리로 돌아가 있게."

옥졸이 옥문을 열어주고는 박성삼에게 받은 주머니를 찰랑거리며 제자리로 돌아갔다.

옥문이 열리는 소리에 잠에서 깬 아례가 자신 앞에 서 있는 갓을 쓴 양반 차림의 박성삼을 보며 일어나 앉았다.

"뉘시유?"

"쉿, 나 신흥리에서 온 야무네 아비네."

박성삼이 낮고 조용하게 말했다.

아례는 이게 꿈인지 생신지 모르겠다는 듯 어리둥절하면서도 꿈이 아니라는 것을 알았다. 놀란 아례가 자리에서 벌떡 일어섰다.

"몸은 성한가? 날이 추운데 고생이 많구나."

박성삼이 아례의 손을 감싸며 따뜻하게 말했다.

"절부터 받으셔유."

잡힌 손을 놓고 아례가 넙죽이 엎드려 큰절을 올렸다.

"참으로 기이한 운명이구나. 감옥에서 사위의 절을 받다니…, 야무네는 집에 와 있으니 염려하지 말거라. 야무네가 지아비에 대한 걱정이 크기에 몸은 성한가 알아보려고 왔지만, 실상은 내 사위에게 고맙다는 말을 하려고 왔다. 옛말에 범에게 물려가도 정신만 차리면 살 길이 있다 했거늘, 낙심 말고 견디면 필히 좋은 날이 있을 것이다."
"명심할게유. 장인어른."
"옥졸에게 이정규라 속이고 왔으니 그리 알거라. 좋은 날이 오면 우리 함께 살자, 알겠느냐?"
"명심할게유. 장인어른."
박성삼은 옥사를 나와 성곽으로 걸어갔다. 그리고 성곽을 뛰어내려 어둠 속으로 사라졌다.

한편 홍주 관아에 소두들이 붙잡혀 있다는 소문이 이정규의 귀에 들어왔다. 봉순네가 찾아와 남편 오길남이 아무것도 모르면서 소두에 끼었다가 붙잡혀 있으니, 나으리가 힘 좀 써 달라고 찾아온 것이었다. 그는 하늘이 자신을 돕고 있다며 쾌재를 불렀다.
그는 문방사구를 꺼내놓고 홍주목사 김기수에게 보낼 서찰을 쓰기 시작했다.

근계(謹啓)

그동안 기체후 일향 만강하옵신지요.

목사 영감의 은덕으로 고을과 가가호호가 나날이 풍요하옵니다.

다름이 아니옵고, 근자에 동비 난적들이 유림을 능욕하는 일이 빈번한 가운데 이들이 소작인을 상대로 사대부 양반과 지주들에 대한 불순한 불만을 사주하고 있사옵니다. 지난 섣달그믐에는 이들이 작당해 주요 관직을 역임한 소인에 대한 갖은 비방을 담은 소를 관아에 올리기로 결정했다고 하옵니다. 그 내용이 무엇이건 거짓과 불순한 모함임을 사전에 말씀드립니다. 만약 동비들이 소요를 일으키면 우리 고을에 매우 불미스러운 일일 뿐 아니라 영감의 공덕을 가리는 흠결이 될 것입니다.

하여 충심으로 간청드리오니 영감께서 그들의 불순한 소장에 마음 쓰지 마시고 소두들을 본보기로 참형에 처하시면 포섭된 소작인들이 모래알처럼 흩어져 장차 사또의 공덕에 대익이 될 것이옵니다.

이 서찰과 함께 인삼 한 바리를 보내오니 지장전이라 생각하옵고 받아주시기를 간청하나이다.

갑오년, 정초 이정규 봉정(奉呈)

"하인 중에 힘깨나 쓰는 둘을 뽑아서 이 서찰과 인삼을 홍주목사에게 전하게. 아무도 알지 못하게 은밀하게 보내야 하네."

이정규가 행랑채 이서방에게 말했다.

"인삼을 얼마나 보낼까요?"

"나귀에 한 바리를 실어 보내게."

소작인에게 말할 수 없게 인색한 그가 인삼을 한 바리나 나귀

등에 실어 보내라는 말에 이서방은 귀를 의심하며 되물었다.
"나으리, 무슨 일로 그 많은 인삼을 보내야 하는지요?"
"그 정도 받아먹으면 내 부탁을 무시하지 못하겠지. 두고 보면 홍주에 몰려가 나를 모함했던 그놈들. 모가지가 이 인삼의 답례로 올 테니 서둘러 내일이라도 보내도록 하게."
"덕배하고 수실이를 보내겠습니다."
"그렇게 하게, 한 치의 실수가 있어서도 안 되네."
덕배와 수실이는 양쪽 겨드랑에 쌀 한 가마니씩 끼고도 달릴 수 있는 힘이 있고 몸이 기민한 하인이었다.

봉순네는 아직 안 돌아가고 양촌댁과 이야기를 나누고 있었다.
이서방은 봉순네를 한쪽으로 불러내 귀에 대고 말했다.
"봉순네, 큰일 났슈. 당신 남편 오길남이 딱 죽게 생겼슈."
"뭔 소리래유? 우리 애 아부지가 죽게 생겼다니유?"
봉순네가 소스라치게 놀라며 물었다.
"봉순네 잘 들어보시유. 시방 나리가 홍주목사에게 서찰을 보내는디, 잡혀있는 소두덜을 돌려보내지 말고 거기서 냅다 죽이래서 큰일났슈. 내일 덕배허구 수실이가 서찰을 가지구서 홍주 관아루 갈 터인디, 서찰을 받구서 목사가 워치기 할지는 알 길이 옵지만, 인삼을 한 바리나 받고 거절하기란 어렵지 않겠슈? 남편을 살리려면 서찰 전달을 막아야 할텐디 걱정이유."

"아이구, 뭔 소리요. 나리한티 내가 빌어야 허겄네유."

"어림 택도 없는 소리 하지 마슈, 봉순네가 입을 뻥긋허는 날엔, 봉순네도, 나도 다 죽으니께. 일단은 소두 윗선인 동학선사 박인호 선생한티 알려 서찰 전달만은 막아야 혀유. 봉순네는 인자부텀 내가 허는 말을 잘 듣고, 박인호 선생허구 선이 닿는 동학도한티 전해서 대책을 세우는 거이 지금으로서는 최선이유. 소문에 그 양반은 축지법을 쓰고 번개를 불러오는 신통력이 있다허니, 워떤 수를 내지 그대로 내버려 두기여 하겄슈?"

봉순네가 이서방에게 바짝 다가서며 그의 입을 바라봤다.

이서방은 서찰 내용이며 내일 하인 둘이서 나귀에 인삼을 지워 간다는 이야기를 해주었다. 이야기를 들은 봉순네의 발걸음은 비오기 전 마파람처럼 빨랐다. 남편이 죽게 되었는데 지푸라기라도 붙잡고 싶은 심정이었다.

다행히 소작인 중에는 동학도가 많았고 덕포 박인호에게 이 사실이 전달되는 데는 시간이 걸리지 않았다.

덕포는 생각에 잠겼다.

이정규의 응징은 관아에 맡길 것이 아니라 소작인들이 직접 응징할 수밖에 없다는 마음이 들었다. 무엇보다 덕포는 농민들의 소두가 동학도라는 이유만으로 투옥된 데 분노했다. 그는 이 사건의 발단이 된 이정규를 직접 응징하는 것이야말로 홍주목사에게 그냥 보고만 있지 않겠다는 신호를 보내는 것이라 여겼다. 일단 이정규가 목사에게 전달하려는 서찰을 막는 것이 우선이었다.

덕포는 밤길로 박성삼을 찾아 나섰다. 박성삼이라면 상대가 어떤 자라도 쓰러뜨릴 수 있는 힘과 담력을 가진 도인이라 여겼다.

대접주를 맞이한 박성삼은 놀랐다. 누추한 곳에 그것도 한낱 도인에 불과한 자신을 해월의 신망을 받고 있는 대접주 덕포가 찾아온 것이 꿈만 같았다. 그는 덕포를 안방으로 모시고 큰절부터 했다.
"거두절미하고 내가 박 도인을 찾아온 까닭을 말하겠소. 전라도 고부에 군수 조병갑이라는 자가 농민을 괴롭혀 원성이 자자하다는 말은 들었소만 여기 충청도에 조병갑 보다 더한 자가 있어 소작인을 상대로 온갖 늑탈을 자행하고 있어서 소작인들이 더는 참지를 못하고 천여 명이 일시에 일어나 뼈에 사무친 원통함을 적시한 혈원록을 만들었다 들었소."
덕포가 입을 열었다.
"포악한 그자가 누구이옵니까?"
박성삼이 물었다.
"덕산군수를 지냈던 이정규라는 자요."
"네? 이정규라 하셨나요?"
박성삼은 이정규라는 이름을 듣고 놀랐다. 그가 자행한 악행을 야무네에게 들었기 때문이었다. 비록 만나보진 못했지만, 아직도 면천 관아에 강상죄목으로 야무네의 남편이 갇혀있었기 때문에 이정규라는 인간을 잊을 수가 없던 터에 대접주의 입에서 그의 이름을 듣는 순간 피가 거꾸로 치솟았다.

"왜? 아는 자요?"

"아닙니다. 계속 말씀하시지요."

박성삼이 감정을 억누르며 덕포의 입을 바라봤다.

"농민의 성품이란 원래 착해 혈원록을 홍주관아에 상소하면 홍주목사가 이들의 한을 풀어줄 것이라 믿었던 것 같소. 아니 도랑댕이에 모인 농민들이 당장 이정규를 찾아가 작살을 내자고 아우성이었는데 소작인 중에 우리 동학도인들이 그러면 안 된다고 겨우 달래 상소문을 만들어 가지고 간 것이오. 그런데 홍주목사가 다짜고짜 상소문의 소두들을 잡아 옥에 가두어 버렸소."

"같이 갔던 농민들은 어찌 되었습니까?"

"목사가 간사스럽기가 말할 수가 없소. 소두들과 의논해 잘 처리해 주겠다고 돌려보낸 후, 상소문과는 전혀 관계없는 동학도라는 이유로 옥에 가두었소. 소두들이 항의하자 목사가 하는 말이, 혈원록의 옳고 그름을 이정규에게 물어보겠다 했다니 참으로 통탄할 일이오."

이야기 중에 야무네가 상을 봐 들고 들어왔다. 상에는 감자가 든 바가지와 동치미 그릇이 전부였다.

"시장하신데 드시지요. 대접할 것이 없어서, 무례함을 용서하십시오."

"무례함이라니 당치도 않은 말씀이오."

덕포가 한쪽에 서 있는 야무네를 보았다.
"어서 인사 올려라. 대접주님이시다."
아무네가 덕포에게 절을 올린 후 문간 쪽에 앉았다.
"드시면서 하시던 말씀 마저 하시지요."
"이정규가 소두들을 처단해 달라는 서찰을 내일 목사에게 보내다는 말을 그쪽 도인들이 전달해 왔소."
이정규라는 말에 야무네는 자신의 귀를 의심했다. 다시는 떠올리고 싶지 않은 악마의 얼굴과 자신을 덮칠 때의 거친 숨소리 떠올랐다.
"서찰을 지닌 하인 둘이 인삼을 나귀 등에 싣고 합덕을 떠나 홍주성으로 갈 것인데 내 생각에 홍주 못미쳐 황새바위에서 기다렸다가 서찰을 빼앗아야 할 것 같소. 서찰이 목사의 손에 들어가서는 아니 됩니다. 그래서 그 일을 박 도인이 좀 맡아주었으면 고맙겠소. 소두를 구하는 일이, 농민을 구하는 일이며, 농민을 구하는 일이, 한울님을 섬기는 일이 아니겠소."
덕포는 박성삼의 대답을 기다렸다.
"황새바위라면 제가 잘 압니다. 제게 맡겨 주십시오."
"듣기론 이정규의 하인들이 힘깨나 쓰는 자들이라 하던데, 누굴 붙여줄까요?"
"아닙니다. 이런 일은 혼자서 하는 게 낫습니다. 제게 생각이 있습니다."
"박 도인이 이렇게 나서주시니 내 마음이 놓입니다."

"서찰을 빼앗은 다음에는 어찌 하시겠습니까?"

"우리가 직접 응징할 것이오. 그리고 그 기세를 몰아 홍주에 가서 목사와 담판을 지을 참이오."

이정규를 직접 응징한다는 말에 박성삼의 눈빛이 빛났다. 하늘이 주신 기회라 여겼다. 자신이 선두에 서서 아례가 겪었던 고초를 복수하는 것이 마땅하다 생각했다.

"한 치의 실수도 없이 잘 처리하겠습니다. 대접주님께선 이정규를 응징할 농민들을 모아 주십시오."

"그럼, 박 도인만 믿겠습니다."

덕포는 감자가 담긴 상을 그대로 밀어내며 일어섰다.

달이 중천에 걸려 있었다. 그는 걸으면서 앞으로 전개될 상황에 대해 숙고했지만, 그다음에 해야 할 일이 막막하기만 했다. 이 사건에 도인들이 앞장서고 있었기 때문에 관아 뿐만 아니라 봉기한 농민들도 동학교가 주도하고 있다고 믿고 있었다. 이 사건이 농민이 원하는 방향으로 처리되면 동학을 널리 알리는 포덕에 도움이 되지만 이 사건을 빌미로 농민이 관아로부터 탄압을 받게 되면 교세가 위축될 것이 염려되었다.

박성삼은 지게를 지고 집을 나섰다. 지게 위에는 을씨년스럽게 빈 관이 놓여 있었다. 관은 옆 마을 김씨 노인이 시랑고랑해 그의 아들 김 처사가 관을 짜달라고 부탁해서 만든 것인데 전혀 예기치 않게 긴요하게 오늘 쓰일 줄은 그도 몰랐다.

한 겨울인데도 그의 옷차림새는 솜바지에 솜저고리가 아닌 가벼운 홑바지에 홑적삼이었다. 한판 싸움을 붙어야 하는 판에 솜옷은 거추장스러웠다. 그는 감발을 단단히 하고 정강이에 행전을 단단히 묶었다. 짚신이 발에서 벗겨지지 않도록 짚신 도갱이에 줄을 매 발목에 감았다.

황새바위재는 광시에서 홍주로 넘어오는 고갯길이었다. 박성삼은 관을 태운 지게를 바위 곁에 세워놓고 이정규의 하인들이 오길 기다렸다. 살을 에는 골바람이 불어왔지만, 박성삼은 이정규에 대한 적개심으로 인해 추위를 느끼지 않았다.

얼마나 기다렸을까 골바람을 타고 워낭소리가 들려왔다. 나귀를 앞세우고 사내 둘이 숨을 헐떡이며 고개를 올라오고 있었다. 나귀의 양쪽 옆구리에 봇짐이 매달려 있었다. 한 눈에 봐도 그들은 덕포가 말한 이정규의 하인들이 분명했다.

박성삼은 길 이쪽저쪽을 살폈다. 요행이 그들 외에는 아무도 없었다. 행인이 있게 되면 싸움판을 벌일 수가 없게 되고 서찰을 빼앗을 기회를 놓칠 수 있었기에 그들 외에 다른 이가 없다는 것은 박성삼에게는 하늘이 내려 준 절호의 기회였다.

고개를 오르는 나귀가 머리를 상하로 움직일 때마다 워낭은 더욱 맑고 경쾌한 소리를 냈다. 그들은 박성삼과 지게 위의 관을 힐끔거리며 고개 마루를 막 벗어나고 있었다. 이때를 놓치지 않고 박성삼이 주머니에서 돌멩이를 꺼내 나귀의 엉덩이를 겨냥했다. 사내 둘을 떼놓을 방도였다.

박성삼이 팔매질한 돌멩이는 나귀의 엉덩이에 보기 좋게 꽂혔다. 엉덩이를 얻어맞은 나귀는 놀라 줄행랑을 쳤다. 나귀를 잡으려고 하인 수실이가 뛰었다.

이를 보며 박성삼이 덕배의 뒤통수에 대고 소리쳤다.

"이보시오. 나 좀 봅시다."

나귀와 수실이를 망연하게 바라보던 덕배가 뒤돌아 박성삼을 봤다.

"이 지게 위에 관이 안 보이시오? 망자의 노잣돈은 내놓고 가는 것이 사람의 도리가 아니겠소? 인간이 도리를 못 하면 어찌 인간이라 하겠소. 어서 노잣돈을 내놓고 가시오."

"노잣돈? 허참, 별 미친놈을 다 보겠네. 그 관짝이 뉘 집 거라고, 나한테 돈 내라는겨?"

덕배가 눈알을 부라리며 삿대질을 했다.

"욕하지 말고 은자 한 닢만 이리 던지고 가시오. 망자가 노잣돈이 없어 구천을 떠돌면 되겠소?"

실실 웃으며 어린애 구슬리듯 하는 박성삼의 행동에 덕배는 참을 수 없다는 듯 옷소매를 걷어 올렸다.

"허어, 이놈이 누구한테 시비를 거는겨? 뜨거운 맛을 봐야 정신을 차리갔는가비네?"

"상주에게 이놈 저놈하면 망자의 혼령이 가만있겠소? 은자가 없으면 동전이라도 한 닢 내놓고 가시오."

박성삼의 말에 덕배는 가마꼭지까지 약이 올랐다.

멀리 수실이 달아난 나귀를 붙잡아 고개를 다시 오르고 있었다. 박성삼이 이쯤에서 일을 끝내야겠다고 생각하는 순간, 덕배의 주먹이 날라 왔다. 박성삼은 잽싸게 덕배의 주먹을 피한 동시에 그의 옷소매를 잡아 힘을 주었다. 덕배의 발이 공중에 거꾸로 원을 긋고 땅바닥에 처박혔다. 동시에 박성삼의 주먹이 덕배의 정수리를 가격했다. 너무 간단한 한판이었다.

박성삼은 발싸심하는 덕배의 품을 뒤지기 시작했다.

덕배의 품 안에서 서찰이 나왔다.

"내가 뭐라 했소. 진즉 노잣돈을 내놓았으면 이런 험한 꼴은 안 당했을 거 아니오. 노잣돈 대신에 이것을 가져가겠소. 그리고 사실 이 관은 빈 관이오. 여기에 내가 꼭 한 놈을 죽여 넣으려고 가지고 다니오."

"제발 살려줘유."

팔다리를 비비적대는 덕배의 머리에서 검붉은 피가 흘러내리고 있었다.

"죽지는 않을 것이니 걱정하지 마시오. 미안하게 됐소. 당신이 뭔 죄가 있겠소, 심부름시킨 그놈이 죽일 놈이지."

수실이 나귀를 끌고 고개에 올라왔을 때는 관을 진 박성삼이 황새바위를 돌아 숲으로 사라진 뒤였다.

이정규가 홍주목사에게 서찰을 보내 소두들을 죽이려고 했다는 소문은 도랑댕이에 모였던 여섯 개 마을 농민들에게 알려졌다.

소작인들은 불안에 떨었다. 이정규가 농민에게 도지로 내어준 논밭을 거두어들일 것이라는 소문이 흉흉하게 번져갔다. 그리되면 소작인은 꼼짝없이 굶어 죽을 수밖에 없는 판국이었다.
　홍주에 몰려갔던 일을 후회하는 농민이 있었지만, 이정규의 행동에 분노하는 농민이 더 많았다. 서찰사건은 마른 볏단에 기름을 뿌려놓은 형국이었다. 누군가 불을 붙이기만 하면 아무도 불길을 막을 수는 없었다.
　박성삼으로부터 탈취한 서찰을 받아본 덕포는 분개했다. 특히 동학도를 비도니 난적이니 한 점을 심각하게 받아들였다. 선량한 농민을 착취하여 부를 누리는 도적놈이 할 소리는 아니었다.
　결심이 선 이상 덕포는 망설일 이유가 없었다. 그는 곧 행동에 들어갔다.
　합덕, 옥금, 신석, 대합덕, 점원, 도리 등 합덕방죽 몽리지역 여섯 개 마을 도인들에게 이정규를 직접 응징하겠다는 전갈을 보냈다. 그때까지 전전긍긍 동요하던 동학 도인들이 덕포의 명에 직접 이정규를 응징하기로 같은 마음을 먹었다.

　각 마을에서는 도인들이 이정규의 응징을 알리기 위해 집집마다 부지런히 뛰어다녔다.
　이정규를 벌하고 싶은 자는 오늘 밤 신시에 횃불을 들고 창리로 오라는 전갈이 여우바람처럼 순식간에 전파되었다. 말하지 않아도 창리는 이정규가 사는 곳이었다.

농민들은 이래저래 죽을 바에야 그간 당한 한을 풀기 위해서라도 이정규를 직접 벌해야겠다고 생각했다. 농민들은 몽둥이를 들고 나섰다.

그들은 창리를 향해 빠르게 걸어갔다. 진눈깨비가 그들의 어깨 위로 소록소록 내렸다. 신시가 가까워지자, 사면이 어두워지기 시작했다. 그들은 손에 손에 횃불을 밝혀 들었다.

신시가 넘어서자, 이정규의 집은 사방에서 횃불이 감쌌다. 놀란 것은 이정규 뿐만 아니었다. 농민들에게 서슬 퍼렇게 굴던 하인들도 겹겹이 둘러싼 농민들의 횃불에 기가 죽어 쫓기는 꿩처럼 어디에 대가리를 처박고 싶은 심정이었다.

굳게 닫힌 솟을대문이 흥분한 농민들의 손에 힘없이 넘어졌다. 이들의 진입을 막는 사람은 아무도 없었다. 하인들은 행랑채에서 벌벌 떨며 아예 나오질 못했다.

넘어진 대문을 밟고 관을 짊어진 사내가 성난 범처럼 호령했다.

"이정규는 어서 나와 목을 내놓거라!"

박성삼이었다.

그가 내려놓은 관이 횃불에 마치 살아있는 듯 일렁였다.

"이정규 내 이놈! 나오지 않으면 불을 질러버리겠다. 타 죽고 싶지 않으면 어서 나와 무릎을 꿇어라!"

박성삼의 곁에 있는 자가 횃불을 흔들면서 금방이라도 집에 불을 지를 기세로 소리쳤다.

사색이 된 수원댁이 마루에 나와 성난 이들을 건네다 보더니 잔뜩 겁에 질린 목소리로 말을 했다.
"야밤에 무슨 일이오?"
수원댁을 제치고 방안에 들어선 자는 이창구였다. 그는 면천 접주였다.
이정규는 이불을 뒤집어 쓴채 떨고 있었다. 이창구는 이불을 걷고 이정규의 상투를 휘어잡았다.
"상투 놓으시오. 내 나갈 것이오."
이정규가 상투를 붙잡힌 채 사정했다.
이창구는 그의 말을 못 들은 채, 상투를 질질 끌고 나와 마당에 내리꽂았다.
봉두난발한 이정규가 맨 먼저 본 건 횃불 아래에 을씨년스럽게 놓여 있는 관이었다. 관이라니, 서찰을 빼앗긴 하인에게 들었던 말이 번개처럼 떠올랐다. 하인을 작살낸 놈, 한 놈을 죽여 관에 처넣겠다고 했는데, 그럼, 그 관에 들어갈 자가 자신이었다는 생각이 들자, 오금이 저리고 오줌이 나왔다.
"이정규 네 이놈! 저승사자가 왔다. 네가 오늘 저승에 가서 이 사잣밥을 먹게 될 것이다."
박성삼이 관 뚜껑을 열고 그곳에다 넣어온 밥알을 이정규의 무릎 앞에 뿌렸다.
이정규는 이제 혼이 나간 상태가 되었다.
그는 이 무서운 사내가 자신이 범하려 했던 노비 야무네의 아비라는 것을 알 턱이 없었다.
　안채 앞마당에는 횃불과 몽둥이를 든 농민들이 꽉 들어차 있었다.
　안채로 뛰어든 몇이 농을 뒤져 패물을 들고 나왔다. 사대부들이 사치품을 구하느라 한양에 오르내리며 되놈, 왜놈 물건이라면 환장을 하며 사들이는 판에 이정규 역시 말할 것 없었다.
　횃불 사이로 날아든 몽둥이가 이정규의 어깻죽지를 내리쳤다. 이정규가 비명을 지르며 쓰러졌다.
　"때리지 마시오. 이놈은 맞아 죽는 것도 사치요. 일단 이놈의 죄상을 스스로 토설한 후에 벌은 결정하겠소."
　박성삼이 막아섰다.
　"네 놈이 농민에게 저질렀던 죄상을 말해 보거라."
　박성삼이 무겁고도 냉정하게 말했다.
　"저 관부터 치우시오. 내가 말하리다."
　이정규가 사시나무 떨듯 더듬거리며 말했다.
　"네 놈에게 착취당한 농민들이 홍주목사에게 올린 혈원록은 알고 있겠지? 모르면 다시 알려주겠다."
　이창구였다.
　여기저기서 죽이라는 고함이 들렸다.
　"네 놈이 썩어빠진 가렴주구와 야합해 합덕 방죽을 막고 농민들에게 가혹한 수세를 부담시키고 밀린 수세를 명목으로 재산을 가로챈 죄상을 알렸다."

"아닙니다."

다시 몽둥이가 날라왔다.

"맞아 죽지 않으려면 네 놈 죄상을 토설해야 할 것이다. 남의 것을 함부로 처먹다 보니 그것이 죄인 줄 모르는 것 같기에 내가 대신 말해 줄 테니 맞으면 그렇다고 대답해라."

이창구가 조목조목 혈원록에 있는 내용을 신문하고 답을 그에게서 받아냈다.

앞으로 수세는 받지 않겠고, 도지는 법이 정한 소출의 절반 만 받을 것이며, 사사로운 일에 소작인을 동원시키지 않겠다는 답을 받아냈다.

"한 가지만 더 묻겠다. 네 놈이 홍주목사 김기수에게 서찰을 보내 상소문의 소두들을 죽이려 한 이유가 무엇이냐?"

박성삼이었다.

"나는 모르는 일이오. 그런 일 없소."

"이놈 봐라. 네놈이 쓴 서찰 여기 있다. 네놈이 나라의 공복인 관리에게 뇌물을 먹여 마음을 사려했던 것도 다 들어났다."

박성삼이 품 안에서 서찰을 꺼내 흔들어 보였다.

죽여라, 때려죽여라 하는 소리가 횃불 사이로 여기저기서 튀어나왔다.

"이이구, 잘못했소. 목숨만은 살려주시오."

이정규가 무릎을 꿇고 두 손을 싹싹 빌었다.

"네 이놈, 목숨 구걸하는 놈이 남의 목숨을 파리 목숨처럼 여기면서 부귀호사를 누리지 않았느냐? 그 입에서 목숨을 살라 달라는 말이 나오느냐? 네놈을 저잣거리에 달아서 악인의 최후가 어떻다는 것을 보여줄 것이다."

이창구의 말이 떨어지기가 무섭게 농민들의 발길질이 사납게 이정규의 몸뚱이를 짓밟았다. 얻어맞은 이정규의 부어오른 얼굴 위로 검붉은 피가 흘러내렸다.

박성삼이 겨우 흥분한 농민을 뜯어말린 후, 이창구의 귀에 대고 빠르게 말했다.

"아무리 악인이라도 우리가 목숨을 빼앗아서는 안 될 일이오. 해월선사님의 가르침에 사람 속에 한울님이 계시다 하셨으니 저놈 속에도 한울님이 계시지 않겠소? 또 우리가 저놈을 죽이면 홍주목사가 이를 핑계 삼아 얼씨구 잘되었다 하고 소두들을 죽일 것 아니겠소? 용서가 안 되지만 살려 줍시다."

흥분을 가라앉힌 이창구가 고개를 끄덕였다.

정신을 가다듬은 수원댁이 안방에 들어가 문갑 속에 있는 서첩을 들고나와 이들에게 사정을 했다.

"보시오, 이 서첩에 적힌 것이 농민이 밀린 수세와 소작농에게서 도조로 받아들일 밀린 곡식이 기록된 장부요. 모두 탕감해 없던 것으로 할 것이니 이 양반 목숨만은 살려주시오."

"그 말을 어떻게 믿겠소?"

어둠 속에서 누군가 수원댁을 향해 말했다.

"잠시만 기다리시오."

수원댁이 안채로 들어가 시아버지의 위패를 들고 다시 마당으로 내려섰다.
"조상의 신주에 걸고 맹세하겠소. 이러면 됐소?"
수원댁은 농민이 들고 있는 횃불을 빼앗아 서첩에 불을 붙였다. 이러는 동안 이정규는 땅바닥에 머리를 처박은 채로 바들바들 떨고 있었다.
"살려 줄 터이니 다시는 합덕에 나타나지 마시오. 만약 이후 합덕에서 눈에 띄면 온전치 못할 것이오. 오늘의 약속을 저버리고 또다시 악행을 저지르면 그땐 이 관에 처넣을 것이오. 내가 당신이 들어갈 관을 잠시 보관하고 있다 생각하시오, 알겠소?
박성삼이 이정규에게 엄히 말했다.

이정규와 수원댁은 부친의 신주만 지니고 겨우 집을 빠져나와 칠흑처럼 어둔 밤길을 정신없이 걸었다.
"이정규 그 자속 다시는 못 돌아오게, 그냥 집에 불 싸질러유!"
누군가 소리를 쳤다.
"그래유. 그렇게 해유!"
아직 분이 풀리지 않은 농민들은 들고 있던 횃불을 집안으로 던져 넣었다. 안채와 사랑채와 별당과 솟을대문이 불길에 휩싸여 맹렬히 타올랐다. 행랑채 이서방도 양천댁도 하인들도 어디론가 도망치고 보이지 않았다.
박성삼은 잠시 동안이었지만 딸 야무네가 고초를 겪었던 곳이 불길을 타오르는 것을 바라보면서 가슴에 얹힌 무거운 돌덩이가 사라지는 것 같은 시원함을 느꼈다. 그러나 박성삼이 해결할 일은 여기에서 끝나지 않았다. 야무네의 남편 아례를 구하는 일이 남아있었다.

이정규와 수원댁은 뒤를 돌아봤다.

겨울 밤 하늘을 훤히 밝히며 자신의 집이 불타고 있었다. 불길에 기왓장이 요란하게 튀는 소리가 났다. 이정규는 주저앉아 불길을 하염없이 바라봤다. 온갖 방법으로 재물을 끌어모아 지었던 고래 등 같던 집채가 한꺼번에 불에 타고 있는 것이 믿기지 않았다.

"일어서시오. 목숨 부지한 것을 다행으로 여깁시다."

수원댁이 불길을 바라보면서 혼잣말로 중얼거렸다.

"여러분, 관아로 갑시다. 아무리 원한이 있기로 집을 열 채나 태웠는데 관아에서 가만히 있겠습니까? 관아로 가 불을 낼 수밖에 없었던 저간의 사정을 이야기합시다. 그렇잖으면 관아에서 우리 모두 방화범으로 죄를 물을 것이 뻔합니다."

박성삼이 큰 소리로 말했다. 농민들의 발그레하게 상기된 얼굴이 불빛에 비춰 광기가 느껴졌다.

박성삼의 속셈은 따로 있었다. 농민 무리를 끌고 면천 관아로 가서 아례를 구출하는데 더없이 좋은 기회였다.

농민들은 흥분해 불을 질렀지만, 박성삼의 말을 듣고 나니 뒤가 켕겼다.
"시방 우리가 무담시 불을 지른 것 아니지라. 관아로 가서 전후사정을 말해야 한당께라."
뜬금없는 전라도 말투를 향해 이창구가 물었다.
"못 보던 얼굴인데 노형은 누구요?"
"지는 전라도 장흥에서 온 뚜벅이라 하는디, 여그 옥금에 사는 도인 집에 왔다가 따라 왔지라. 악질 지주를 응징하는디 지가 쪼깨 힘을 보탠 것이 솔찬히 맴이 뿌듯하요잉."
"동학도요?"
"그러지라. 이방언 접주님 밑에 있지라. 전라도에서도 이런 일이 있었는디, 이럴 땐 관아에 몰려가서 농민의 심을 보여줘야 함부로 잡아넣지 못하지라."
여기저기서 관아로 가자는 소리가 터져 나왔다. 박성삼은 계획대로 되어 가는데 안도했다.
"모두 면천관아로 갑시다. 횃불 외에 다른 것은 내려놓고 맨몸으로 갑시다."
박성삼의 말에 농민들은 들고 온 몽둥이를 내던졌다.
농민이 비무장인 이유는 자칫 폭도로 오해를 받을 수 있기 때문이었다.
농민들은 면천 관아를 향해 내달렸다.
면천 군수는 종4품 이시일이었다. 면천관아는 해상과 육상의 운송에 중요한 지리적 여건 때문에 좌수 1명, 별감 2명, 창감 2

명, 군관 30명, 아전 34명, 영리 15명, 지인 20명, 사령 22명, 관노 12명, 관비 11명을 두고 있었다.

면천 성곽 남문을 지키던 순라꾼이 횃불을 든 농민무리를 보며 놀라 동헌이 있는 풍락루로 달려갔다. 순라꾼의 보고를 받은 수문장이 나와 농민의 동태를 살폈다.

성 밖이 농민으로 인해 소란하자 침소에 들었던 군수가 무슨 일인가 하고 풍락루에 올라 남문을 바라봤다. 여명이 밝아오고 있었다.

남문이 열리자, 농민들은 동헌으로 몰려갔다.

동헌에는 군수 외에 아전과 관졸들이 나와 있었다.

"어디서 온 자들인데 소란을 피우는 거요?"

형방이 물었다.

"지들은 합덕에서 온 사람들이오. 사또께 청할 일이 있어 왔소."

형방이 군수를 바라봤다.

"무슨 급한 일이기에 동도 트지 않은 시각에 몰려온 것이오. 말해 보시오."

팔짱을 낀 군수가 의자에 앉은 채 말했다.

농민들이 저마다 말을 하느라 소란해지기 시작했다.

"허어, 조용히들 하시오. 우두머리가 누구요?"

형방이 큰 소리로 말했다.

"우두머리라고는 할 수 없고 제가 그간 있었던 일과 어제 밤

있었던 일을 소상히 말씀 올리겠습니다."

이창구였다.

이정규가 소작농에게 행했던 착취와 폭행과 살인에 관해 소상하게 말하고 원한을 산 소작인을 비롯한 농민들이 혈원록을 작성해 홍주목사를 찾아갔던 이야기를 했다. 문제는 상소에 앞장섰던 소두들이 홍주관아에 붙잡혀 있는 상태에서 이정규가 목사에게 뇌물을 주고 소두들을 처형해 달라는 서찰을 보내려다 들켜 농민들의 분노를 사게 되었다는 이야기를 했다. 결국 분노한 농민들이 창리에 있는 이정규의 집으로 몰려가 불을 지르게 되었다는 설명을 늘어놨다.

이창구의 말을 듣던 군수는 합덕이 면천군 관아 소관이긴 했지만, 농민의 상소문이나 이정규의 서찰은 모두 홍주목과 관계가 된 일인데 끼어들어 괜한 분란을 만들고 싶지 않았다. 이정규가 누구인가? 덕산군수와 전라병마절도사를 지낸 인물이라면 조정에서 뒤를 봐준 것이 틀림없는데 이 사건이 끼어든다는 것은 섶을 지고 불 속에 뛰어 들어가는 거나 마찬가지라는 생각이 들었다. 그렇다고 모른 척할 수는 없었다.

"집은 몇 채나 불에 탔소?"

군수가 형식적인 질문을 했다.

"열 채쯤 됩니다."

"이정규는 어찌 되었소?"

"줄행랑을 쳤습니다."

"사람을 해하지는 않았소?"

"상한 자가 없습니다."

"천만다행이오. 그러나 불을 지른 죄를 면할 수는 없소."

"사또의 말씀이 옳습니다. 그럴 수밖에 없었던 사정을 아뢰고 사또께 면죄를 청하기 위해 달려왔습니다."

이창구는 농민들이 이정규의 집을 그가 다시 돌아와 복수를 하는 날에는 사는 게 사는 것이 아닐 것이라는 생각에 우발적으로 저지른 일이고 안채에 지른 불이 바람을 타고 번져 그리된 것이라며 설명을 늘어놨다.

군수가 이 일에 관여하고 싶은 생각이 없다는 것을 눈치챈 형방이 군수에게 다가서서 말했다.

"이 일은 이정규라는 자와 소작인 사이에 벌어진 사사로운 일이라 우리 관아에서 관여하지 않는 것이 좋은 것 같습니다. 저들의 소두는 홍주성에 갇혀있는데 우리 관아에서 관여하면 필시 홍주목사가 잘되었다며 우리에게 떠넘기지 않겠습니까?"

형방의 말에 군수가 고개를 끄덕였다.

"모두 들으시오. 횃불을 들고 설치다 보면 불이 집에 옮아 붙기 쉽고 더군다나 겨울바람으로 인해 불은 집에서 집으로 옮아갔을 것이오. 피해자인 이정규가 없는 판에 방화에 관해서는 우리 면천 관아에서 해결할 일이 아니오. 그리 알고 돌아가시오."

군수가 자리에서 일어나 말했다.

방화로 걱정했던 농민들은 얼굴에 화색이 돌았다. 이들은 집으로 돌아가자며 웅성거렸다.

"잠시 사또께 드릴 말씀이 있습니다."

박성삼이 앞으로 나섰다.

"합덕 창리에 사는 이정규는 면천 사람임에도 불구하고 사또를 건너뛰어 홍주목사에게 부탁을 한 것은 그만큼 군수인 사또를 업신여긴 것으로, 불경스럽기가 이루 말할 수 없습니다. 그자는 패악스런 지주로 농민의 원성을 사서 이번 사건이 발발한 것입니다. 다행히 사또께선 그자와 일면식도 없는 것 같아 이번 일로 사또께 불미스런 일이 생기지 않을 것으로 여겨집니다. 단지 염려스러운 것은 이곳 옥사에 이정규의 하인이 주인에게 대들었다는 이유로 갇혀있어 그 하인을 훈방해 줌으로써 사또께서 이정규와는 어떤 연관이 없음을 보이시고 또 홍주목사에게 어떠한 빌미도 주지 않는 것이 옳은 줄로 생각되어 감히 말씀드립니다."

"옥에 있는 자의 이름이 누구요?"

군수가 물었다.

"아례라는 노비 출신입니다."

박성삼이 군사의 표정을 살피며 답했다.

"당신의 말을 듣고 보니 그도 그렇군요. 죄상이 무겁지 않으면 곧 내보내도록 하겠소."

풀어주겠다는 의도로 군수가 말했다.

형방이 곁에 있는 군관을 보며 고개를 끄덕이자, 눈치 빠른 군관이 아례를 데리러 옥사로 향했다.

협조적인 군수의 태도에 농민들은 일제히 환호했다.
 옥졸이 아례를 데리고 왔다. 옥졸은 박성삼을 보며 어디에서 낯이 익어 보이지만 생각이 나지 않는지 고개를 까우뚱했다. 박성삼에게 엽전을 받았던 옥졸이었다.
 "이자는 데려가시오. 이정규도 도망치고 없는 판에 우리가 이자를 가두고 있을 이유가 없소."
 박성삼은 아례를 데리고 성문을 나섰다.

3
설득과 회심

 조선반도의 사정은 긴박하게 돌아가고 있었다. 고부에서 봉기한 동학농민군이 태인을 점령한 후 황토재에서 감영군을 격파하고 노도와 같이 여세를 몰아 장성 황룡촌에서 경군을 다시 격파하고 정읍, 태인, 원평을 차례로 점령한 후 전주성에 입성했다는 장계를 받아 든 고종은 소스라치게 놀랐다. 전라도 남쪽 영광, 함평, 나주는 이미 동학농민군 수중에 들어가 있었다.
 전라도 전체가 보국안민을 내건 동학 농민군이 장악을 하자 조정은 청에 진압을 요청했다. 아시아의 패권을 장악하기 위한 일본은 청의 조선 지배권을 빼앗기 위해 경복궁을 침입, 고종을 협박해 청의 군사를 무력화시키는 한편, 풍도에서 청나라 전함을 기습해 승리함으로써 군사력을 보여주었다. 이제 일본군의 조선반도 장악은 시간문제였다.
 전봉준은 청병의 빌미를 주지 않기 위해 서둘러 전라감사 김학

진과 화약을 체결하고 전주성에서 물러났다.

전주화약에 의해 전라도 각 고을에선 집강소가 설치되고 관과 농민이 협의해 수세를 정하는 등 예전과 같은 수탈을 없앰으로써 '제폭구민'의 대의를 실행하고 있었다.

그러나 조선반도를 지배코자 하는 일본의 야욕은 조정의 친일 대신들과 야합해 은밀하게 진행되고 있었다.

전봉준은 일본을 몰아내기 위해서는 어떻게든 북접과 손잡고 힘을 모아야 했다. 그는 교조신원에만 관심이 있는 해월의 회심과 북접 접주들을 설득하기 위해 충청도와 인연이 깊은 이방언과 서장옥을 급하게 충청 내포로 보냈다. 이들은 누구보다 발이 빨랐기에 축지법을 쓰는 도인으로 소문이 나 있었다.

"장흥이 가까운 곳이 아닌데 접주님께서 먼 곳을 오셨습니다. 남접의 소식이 궁금하던 차에 잘 오셨습니다. 날이 차가운데 안으로 드시지요"

박인호는 반갑게 이방언을 맞이했다.

이방언은 도포 차림에 챙이 넓은 갓을 쓰고 단정하게 손질한 반백의 수염이 용모를 돋보이게 했다.

이방언과 박인호는 맞절부터 했다. 이방언이 열일곱 살이 연상이었지만 맞절로 북접 접주에 대한 예를 갖췄다.

남접과 북접을 통틀어 이방언 만한 학식과 경륜을 가진 자가 없었다. 이를 알고 있는 박인호는 자신의 집을 찾아준 것만으로 고마웠다.

철저한 유학자 집안이며 향교의 전교를 역임한 반가의 지주인 이방언이 대동세상을 열겠다는 동학에 입도한 일은 세상을 놀라게 했다.

이방언은 충청도와 인연이 깊었다. 예산에 사는 임헌회(任憲晦)에게서 유학을 배운 그가 두 해 전인 신묘년에 동학에 입도했다.

동학도가 된 뒤인 갑오년에 흉작이 들자, 그는 소작인의 도조를 면해줄 뿐 아니라 전주감영에 진정해 농민에게 부과된 세금을 탕감받게 해주었다. 그 일로 마을전체가 동학도가 되었고 이 일이 보은에 있는 해월에게 알려져 고향인 장흥 남상면 어산에서 접주가 되었다.

그가 비범한 사내라는 소문은 장흥을 넘어 전라감영이 있는 전주에까지 알려져 있었다. 이방언이 젊은 시절의 이야기다. 어느 날 마을에 호랑이가 나타나자 놀란 마을 사람들이 혼비백산했는데 이방언은 사납게 다가오는 호랑이를 마치 어린아이 다루듯 머리를 쓰다듬으며 친해졌는데, 급한 일이 생기면 호랑이를 불러내 타고 다녔다는 소문이 파다했다.

장흥에서 해야 할 일이 많은 그는 전봉준과 김개남과 손화중을 만나기 위해 고부로, 남원으로, 고창으로 분주하게 돌아다녔다. 빈번히 나타나는 그를 보고 호랑이 등에 올라타지 않고서야 어떻게 동에 번쩍, 서에 번쩍 할 수 있겠느냐는 도인들의 말이 호랑이를 타고 다닌다는 소문으로 퍼져나갔다.

　박인호는 어른에게 당부를 듣는 아이처럼 공손한 자세로 무릎을 꿇고 마주 앉았다.

　'편히 앉으십시오. 그리 계시면 제가 불편합니다."

　이방언이 말하자 그제야 박인호는 조심스럽게 가부좌를 틀고 앉았다.

　"남접 접주님들의 소식은 풍문으로 들어 알고 있습니다만 봉기한 농민들에게 관아의 탄압이 만만찮았을 건데 앞장선 접주님들이 대단하십니다."

　박인호가 말문을 열었다.

　"관압이 두려워 제 할 일을 못 하면 농민이 살 만한 세상은 오지 않습니다. 몸은 고달파도 말을 토해 놓지 못하면 억울함으로 속이 부글부글 끓어 속병으로 죽지 않겠습니까? 춘암(春菴)께서 이정규에 대한 응징은 참으로 잘한 일이었습니다. 일을 처리하는 순서도 책잡히지 않게 먼저 관아에 소를 올린 후, 해결이 없자 직접 응징한 일은 참으로 잘한 일입니다. 이는 변명의 여지를 만들었을 뿐 아니라 탐학한 지주를 두렵게 만드는 이중효과가 있습니다. 무엇보다 세상을 바꾸고자 하는 농심에 불을 붙였다는 것이 중요한 일이지요."

　이방언이 말했다.

　이방언이 박인호의 도호인 춘암이라는 호칭을 쓴 것은 친밀도를 높이기 위한 것이었다. 이방언이 하대하지 않고 존대하는 이유는 동학의 가르침도 있었지만, 평소 이방언이 사람을 대하는 습관이었다.
"서포선생이 주도 아래 충청도 도인들이 무려 만여 명이나 모여 공주 감영 문 앞에서 무려 한 달여간 교조신원을 상소한 일은 참으로 장한 일입니다. 관아의 지시로 저잣거리의 상가들이 문을 닫고 시위하는 도인들에게 음식을 주지 말도록 한 처지에도 민가에 어떠한 피해도 주지 않고 버티며 주장을 편 것은 놀랄 만한 일입니다. 그 후 춘암께서도 참여한 복합상소 역시 우리 동학이 이단 사술로 세상을 어지럽히는 집단이 아니라는 걸 조정에 알리는 일이었지요. 허나, 농민들의 피폐해진 삶은 모르쇠로 일관하고 오로지 교조신원이나 포교 허용만을 고집하는 북접의 태도로는 개벽세상을 이룩할 수가 없다는 것이 전봉준 접주를 비롯한 남접의 생각입니다."
서포는 서장옥(徐長玉)을 이르는 말이었다. 박인호는 미동도 없이 듣고 있었다.
"지난해 3월 7일 거사계획이 틀어지고 만 것도 임금의 비답을 듣고 서둘러 해산해 버린 북접의 태도에 있었다고 봅니다. 그때가 민비척족을 제거하고 서양 오랑캐를 내쫓을 수 있는 절호의 기회였습니다. 전라도에서는 천 리 길을 마다하지 않고 새 세상을 만들기 위한 대오에 수만 명이 올라갔었는데 거사를 실행할 지휘부가 없었으니 아쉬운 일이었지요."
이방언이 말한 3월 7일은 거사를 목표로 서장옥과 서병학을 비롯한 동학의 도인들이 한양에 올라가 '척왜양(斥倭洋)'의 방을 붙인 일이었다.

당시 동학의 방은 엄중했다. '안위(安危)의 기회는 너희들이 스스로 잡는 것이니 뒤에 가서 후회하지 말라. 우리는 두말 않겠으니 급히 너희 나라로 돌아가라'는 방이 미국인이 운영하는 학당과 선교사가 있는 성당과 교회당은 물론 프랑스 영사관, 일본 영사관 벽에 나붙었다.

전라감사로부터 동학비도 6만여 명이 한양을 향해 올라가고 있다는 전보를 받은 조정은 소스라치게 놀랐다. 한양에 주재한 외국의 외교관들은 심상치 않은 분위기를 본국에 알렸고 본국으로 자국민을 옮길 배편을 마련하는 등 비상대책을 마련했다.

고종은 서둘러 "너희들은 각각 집에 돌아가 하는 일에 힘쓰고 있으면 소원에 따라 시행하리라."는 전교를 내렸다. 교조신원에만 관심이 있던 북접 도인들은 임금의 비답이 있자 더 이상 한양에 머물 필요가 없다며 서둘러 돌아가고 말았다.

"그때 남접이 단독으로 거사를 일으킬 수도 있었지만, 대선사를 비롯한 북접이 동조하지 않는다면 결국 우리 동학이 두 쪽으로 나뉘 분열이 일어나게 될 것이고, 그렇게 되면 교조신원도 신앙의 보장도 받은 수 없을 뿐 아니라 외세를 몰아내고 부패한 정국을 바로잡아 개벽세상을 이루고자 하는 우리의 뜻이 물거품이 되고 마는 일이기에 전봉준 접주를 비롯한 남접 접주들이 물러설 수밖에 없었습니다. 천주학당이 핍박에서 벗어난 것은 양인들이 함선을 끌고 와 무력으로 힘을 보여줬기에 가능했습니다. 임금이 신하들 말에 손바닥 뒤집듯 변덕이 죽 끓듯 하는 판에 복합상소로 뜻을 이룰 수 있다고 보는 것은 순진한 생각입니다."

이방언의 열변이 잠시 쉬어가는 틈을 타 박인호가 한 마디 던졌다.

"그 일로 지방관아에 동학을 금하고 상소하는 소두를 잡아들이라는 어명이 떨어져 우리 입장이 더 어렵게 되었다며 대선사께서 노하셨습니다. 제 소견도 대선사와 같습니다. 발 뻗을 곳을 보고 누워야 하지 않았나 싶어 아쉽습니다."

"참으로 답답한 일입니다. 소원을 따라 시행하겠다던 전교를 내리고서는 곧장 소두를 잡아들이라는 어명을 내리는 조정을 믿는 것이 얼마나 어리석은 일입니까? 지난 보은집회만 해도 그렇지요. 삼남의 많은 도인들이 대선사의 하교나 듣기 위해서 모였겠습니까? 세를 모아 곧장 한양으로 쳐들어가 뜻을 관철하고자 함이었거늘 대선사께서 오히려 그런 대의를 저버리고 설득하려고 했지 않습니까? 그때 남접의 접주들은 대선사의 말을 듣고 더 이상 북접과 같이할 수 없겠다는 마음이 들었을 것입니다. 그러나 합덕에서 동학도가 중심이 된 이정규 징치사건을 보고는 남접이나 북접이나 수탈당하는 농민들의 마음은 한결같다는 생각이 들었습니다. 비록 대선사의 뜻이 우리와 다르다 하더라도 농민의 마음은 우리와 같다는 생각에 내가 춘암을 만나려 여기에 온 것이기도 합니다."

이방언이 말했다.

사실 북접이 조정으로부터 교조신원과 포교허락을 바랐던 데는 그럴만한 이유가 있었다. 남접이 빈곤층이 주를 이루고 있는 반면에 북접은 상대적으로 부유층이 많았다. 부유한 이들이 관아를 상대로 저항하기란 힘든 일인 동시에 가렴주구로부터 수탈의 대상이 되기도 했다.

보은집회를 되돌아보면 이랬다.

보은집회는 수운선사가 참형을 당했던 3월 10일을 기점으로 동학도인들을 보은 장내리로 모이도록 하는 전국적인 집회였다,

이 집회에 충청을 비롯한 북접에서 온 도인들과는 달리 남접에서 올라온 도인들은 척왜양창의(斥倭洋倡義)라는 깃발 아래 포접별로 깃발을 내걸고 상당수가 죽창으로 무장하고 있었다.

보은 장내리에 모인 인파가 10만에 가깝다는 보고를 받은 조정은 급히 양호선무사로 어윤중(魚允中)을 내려보냈다.

아직은 쌀쌀한 초봄의 냉기가 돌았지만 장내리의 들판에는 뜨거운 열기가 넘쳐났다. 관아에서는 곧 흩어질 것이라 생각했지만, 이들은 주먹밥으로 허기를 달래면서 꼼짝하지 않고 20여 일을 버텨내고 있었다.

남접 접주들이 차례로 나서 민비가 주동이 된 민씨정권 타도와 척왜양의을 부르짖었고, 북접 접주들은 교조신원을 외쳐댔다.

선무사 어윤중은 관군으로 이들을 해산시키는 것이 불가하다는 것을 알고 조정에 장계를 올리는 반면 동학의 지도부와 수차례 대화를 시도했다.

'처음에 부적이나 주문으로 사람들을 현혹시키고 참위를 퍼뜨려 세상을 속이려 했다가 끝내 지략과 포부와 재기를 안타깝게 펼치지 못한 자, 탐관오리가 날뛰는 것을 분히 여겨 백성을 위해 목숨을 걸고 싸우려는 자, 외국 오랑캐들이 우리의 이권을 빼앗아 가는 것을 통분히 여겨 망령되이 그들을 내쫓는다고 큰소리치는 자, 탐욕스런 관리의 학대를 받아도 하소연할 곳이 없는 자, 죄를 짓고 지방에서 도망 다니는 자, 영읍(營邑)의 관속으로서 의지할 곳 없어 흩어져 살던 자, 농사를 지어도 죽 한 그릇 먹을 수 없고 장사를 하여도 한 푼의 이익을 남길 수 없는 자, 무지몽매하여 풍문을 믿고 들어오면 살 길이 있다고 여기는 자, 빚을 지고 모진 독촉을 견디지 못한 자, 상놈이나 천민으로 한번 출세해 보려는 자, 이들이 여기에 들어왔으며 그리하여 온 나라 불평불만의 기운이 뭉쳐 하나의 큰 마을을 이루었다.'

동학도에 대해 그가 올린 장계는 동학도를 비도로 철저하게 분쇄하려는 조정의 비위를 건드리지 않는 선에서 탐관오리와 척왜양의 당위성, 그리고 농사를 지어도 가난에서 벗어나지 못한 농심을 담고 있었다.

"그날 대선사를 비롯한 북접 접주들이 사라진 일을 재론하고 싶지는 않습니다. 다만 이젠 생각을 달리해야 살길이 열린다는 말씀을 대선사께 말씀드려 주셨으면 합니다."

보은에서 있었던 일은 남접 접주들에겐 북접과 결별의 결심을 하게 된 동기가 되었다.

북접의 서병학이 보은집회는 단순히 교주신원을 위한 것임을 강조하며 선무사 어윤중에게 말했다.

"호남취당은 언뜻 보면 우리와 혼동하기 쉽지만, 우리와는 다릅니다. 통문을 돌리고 방문을 내건 것은 모두 그들의 소행입니다. 그들의 의도는 극히 수상하니 영감께서는 자세히 판단하여 우리와 혼동하지 말고 옥석을 가려 주십시오."

전봉준이 보은 삼문에 붙인 '보은관아통고'문을 두고 한 말이었지만 서병학의 말에서 북접이 추구하는 방향을 알 수 있었다.

고종은 청나라의 군대를 불러올 것을 논의했지만 반대에 부딪히자 칙유문을 내렸다. 4월 1일 어윤중은 청주영장과 보은군수를 대동하고 장내리에 나타났다. 그리고 왕의 윤음을 읽어 내려갔다.

"너희들이 어리석다 하나 어찌 세상의 대의와 조정의 약속을 듣지도 못했는가. 내 장차 탐묵한 수령과 아전들을 엄하게 징치할 것이다. 내 너희들의 부모 된 입장으로서 너희들이 불의에 빠짐을 보니 안타깝고 마음이 아파 어리석음을 깨우치는 밝은 곳으로 나오는 방법을 생각하지 않을 수 없도다. 너희들은 양민이니 각자 집으로 돌아가 자신의 일에 충실하라. 만약 지금의 효유

이후에도 흩어지지 않는다면 대처분이 있을 것이고 다시는 너희들을 용서하지 않을 것이다. 마음을 크게 바로 먹고 나의 뜻에 어긋남이 없도록 하라."

임금의 윤음에 꿇어 엎디어 감복해 하는 북접 도인들과는 달리 남접 도인들에게 윤음이 한낱 실없는 소리로 들렸었다.

"대선사께서는 때를 기다리는 것 같습니다."

박인호가 대선사의 편에서 말했다.

"그게 답답하다는 것입니다. 대선사께서 기다리는 때는 아마 임금이 마음을 돌이켜 우리 동학을 인정해 주는 때인 듯한데, 어림없습니다. 조선사회가 성리학을 기반으로 한 사대부가 주인인 세상에서 양인, 천민이 주인이 되는 개벽세상을 우리 스스로 만들지 않고서는 불가능한 일입니다. 설혹 임금이 신앙의 자유를 허락한다 한들, 가난한 백성 속에 있는 굶주린 한울님을 사람들이 어찌 믿겠습니까? 임금이 우리 도를 인정한다고 해서 포덕이 되는 게 아닙니다. 지금 백성들은 초근목피로 끼니를 때우면서도 새 세상에 대한 희망을 버리지 않고 있습니다. 많은 사람들이 미륵불이 오시기를 기다리거나 정감록의 정도령이 나타나길 기다리고 있는 것이 이를 증명하고 있습니다. 대선사께서 말한 때가 그때가 아닌, 우리가 말하는 때가 바로 지금 이때입니다. 바다에서 구름이 잔뜩 비를 머금고 있는데 바람만 불어준다면 그 구름은 땅에 와서 빗물을 퍼부을 것입니다. 우리 동학도가 바로 개벽세상을 여는 폭풍이 되자 이겁니다."

이방언이 열변을 토했다.

"제가 외람된 말씀을 드려도 되겠습니까?"

박인호의 관자놀이가 심하게 씰룩거렸다. 무엇인가 심중에 있는 말을 참고 있는 것 같았다.

"말씀해 보십시오."

"저는 선생님 생각에 동감할 수 없습니다. 대선사께서 남접의 봉기를 탐탁치않게 생각하신 이유도 앞을 내다보시는 시안이 있었기 때문입니다. 남접에서 전라감사와 화약을 맺고 집강소를 설치해 농민들을 편안하게 해준 일은 다행스러운 일이지만 고을 관아를 점령하고 전주성을 점거한 일로 결국 외세를 불러들였지 않습니까? 동학 토벌을 빌미로 일본군이 내려온다는 소문에 피난 가는 사람들이 속출하고 있습니다. 대선사 뜻대로 교조신원과 포덕의 자유를 얻어내는 일에만 힘썼다면 차차 개벽세상이 열렸을 것입니다."

박인호가 말했다.

"까마귀 날자 감 떨어지는 격입니다. 풍도에서 청과 일본의 해전이 동학을 핑계로 일본군이 진주한 것은 일본이 아시아를 침략하기 위한 전략의 일환이지 우리 동학과는 무관한 일입니다. 그리고 포덕의 목적이 무엇입니까? 양반, 상놈 차별 없는 대동세상을 열겠다는 것 아닙니까? 농사를 지어 반은 지주에게 주고 남은 반에서 온갖 세금을 물고 나면 일 년 내내 허기진 배로 풀뿌리를 찾아 먹고 생명을 부지합니다. 땅이 없는 농민의 설움을 해결하지 않고 무슨 개벽세상이 오겠습니까? 그나마 우리가 봉기해서 얻어낸 집강소 설치가 농민의 눈물을 닦아주고 있습니다. 그간 제폭구민(除暴救民)의 기치를 내걸고 어느 정도 목적을 달성했으나 나라를 잃으면 다 허사가 되고 맙니다. 왜놈이 궁궐을 침탈하고 이제 제 놈들을 반대하는 동학도를 죽이려 하는데 당연히 일어서야지요. 남접과 더불어 척양척왜(斥洋斥倭)의 깃발을 걸고 싸워야 합니다. 대원이 합하께서도 왜놈을 몰아낼 수 있는 힘은 이젠 우리 동학농민군이 유일하다고 보고 계십니다."

이방언이 대원군까지 거론하며 박인호를 설득하는 데는 그럴 만한 일이 있었다. 일본에게 청이 패하자 이젠 조선은 일본 세상이 되었고 조정은 일본의 문물을 받아들여 조선을 완전 탈바꿈시키겠다는 개혁파가 실권을 잡아가고 있었다. 대원군의 유일한 희망은 척양척왜를 내걸고 봉기한 동학농민군이 전주성 함락의 여세를 몰아 한양에 입성하는 것이라 여겼다. 비밀리에 그는 전봉준과 김개남에게 박세강과 박동진을 보내 자신의 입장을 전했다.

둘 사이에 한 참 침묵이 흘렀다.

"제 생각에 남접과 북접이 지향하는 방향은 같은데 선,후의 문제인 듯합니다. 제가 어떻게 하는 것이 척양척왜 하는 길입니까? 대선사께 남접의 의도를 소상히 전하겠습니다. 그런 후 이곳 내포의 접주들과도 의논하는 시간을 갖겠습니다."

먼저 박인호가 입을 뗐다.

"그리해 주시면 고맙겠습니다."

이방언이 환하게 웃었다.

"고부에서 있었던 일이 궁금합니다. 기포한 농민 중에는 동학도가 아닌 자들도 많았다고 들었습니다만."

"허허, 장흥 일이라면 내 소상히 말씀드릴 수 있습니다만 고부 일은 들어서 알고 있습니다."

이들이 대화를 나누고 있는 중에 장지문이 열리고 술상이 들어왔다.

"잠시 목을 축이시지요."

박인호가 이방언 앞에 놓인 사발에 곡주를 따랐다.

"상소를 하면 관아에서 소두를 잡아들여 곤욕을 보이고 있어서 함부로 소두로 나서려고 하지 않습니다. 말씀하신 합덕 일만 하더라도 소두들이 단지 동학도라는 이유만으로 큰 고역을 치르고 있어서 고부 일을 여쭤봤습니다."

"소두가 누구인지 모르게 하면 되지 않겠습니까?"

"소두가 없는 상소문이라니요?"

"소두는 있되, 누군 줄 모르게 하는 비법이 있지요."

이방언이 시울까지 찬 곡주를 단숨에 마시고 박인호의 사발에 술을 부었다. 박인호가 이방언의 빈 사발에 술을 따르려하자 이방언이 손사래를 치며 말했다.

"내 이 빈 사발로 비법을 알려드리겠습니다."

"아니 도술이라도 부리시겠다는 말씀인가요. 빈 사발의 비법이라니요?"

박인호가 이방언이 농담을 할 처지가 아니라는 것을 알면서도 너무 대화가 딱딱해서 저 어른이 분위기를 풀어보려는 것으로 생각했다.

"내 이럴 때가 올 줄 알고 준비한 것이 있습니다."

이방언이 갓을 벗어 옆에 놓고는 망건을 풀기 시작했다. 이런 행동은 사대부 출신인 그가 할 수 있는 것은 아니었다. 박인호는 눈이 휘둥그렇게 뜨고 이방언을 바라봤다.

이방언은 망건 속에 몇 번을 접은 한지 한 장을 꺼냈다. 박인호는 그것이 부적이겠거니 했다.

이방언이 접은 한지를 펴 바닥에 내려놨다. 그리고 한지의 한복판에 사발을 뒤집어 내리꽂듯 내려놓았다.

"바로 이것입니다."

박인호의 놀란 눈이 사발가에 빙 둘러 보석처럼 박힌 수많은 이름에 꽂혀있었다.

"하하, 놀라셨습니까? 이게 바로 사발통문이라는 것입니다. 누가 소두인지, 누가 주모자인지 전혀 알 수 없지 않습니까?"

"과연 비법입니다."

"남접에서 흔히 쓰고 있는 방법인데, 처음 고부에서 전봉준 접주가 사용했다 들었습니다."

이방언의 설명에 박인호는 감탄했다.

"사발통문에 서명한 사람을 다 잡아가기란 쉽지 않지요. 잡아간다 해도 누가 일을 도모한 주동자인지 밝히는 것은 어렵습니다. 무엇보다 거기에 서명한 사람들은 동지적 유대감을 갖기 때문에 배신할 위험성도 적다고 봐야겠지요."

사발통문을 보고 있는 박인호의 눈빛이 칼날처럼 반짝였다.

망건 속에 사발통문을 다시 접어 넣고 머리에 동여매고 있는 이방언에게 박인호가 물었다.

"선생님께서는 병술에도 조예가 깊다고 알고 있습니다."

"당치 않습니다. 아마 내가 고안한 장태를 두고, 병술이니 뭐니 하는 것 같습니다. 그 장태라는 물건은 언젠가 때가 오면 큰 도움이 되긴 할 겁니다. 그런데 우물에서 숭늉을 찾는 격인 듯합니다. 대선사가 그리하시는데 어찌 기포를 할 수 있겠습니까? 그리고 장태는 전쟁에서 쓰는 물건이라서 말씀을 드려도 감이 오지 않을 것입니다."

이방언은 박인호의 심중을 꿰뚫고 있었다. 그가 머지않아 내포 들판에서 농민전쟁이 있을 것이라 예견하고 있다는 것을 병술을 물어보는 것만으로도 알 수 있었다.

그러나 이방언은 짐짓 한발 물러나는 것을 보임으로써 박인호가 더 깊이 알고 싶도록 유도했다.

"장태라는 것이 무엇입니까?"

박인호가 잔뜩 궁금한 표정으로 물었다.

"하하, 장태를 물어보시니 이야길 들으셨나 봅니다. 황룡전투에서 신무기로 무장한 이학승이 이끌던 경군 300여 명이 내가 고안한 장태 앞에서 힘을 못 쓰고 무너졌습니다. 그 후 농민군이

이 사람을 장태장군이라 부르지요."

경군은 독일제 게버어 1871소총과 크루프 포, 레밍턴 롤링블럭 소총과 회선포로 알려진 개틀링 기관총으로 무장하고 있었다. 서구의 신식무기로 중무장한 경군을 장태로 대응했다는 말에 박인호는 놀란 눈으로 이방언을 바라봤다.

"전쟁에 승패를 가름하는 조건은 크게 두 가지가 있다고 봅니다. 첫째는 사기며 둘째는 무기입니다. 사기는 내 편의 사기를 끌어 올리고 상대편의 사기를 허물어 내리는 것이며 무기는 상대방을 제압할 수 있어야 합니다. 그런데 공격에 쓰이는 무기가 있는가 하면 방어에 쓰이는 무기가 있습니다. 장태는 바로 공격형 방어무기라고 할 수 있습니다."

"그리 말씀하시니 장태라는 무기가 어떠한 것인지 더 궁금해집니다."

"장태는 총알을 피할 수 없는 평지에서 은폐물로 사용할 수 있으며 경우에 따라서는 적진에 화공을 할 수 있는 물건입니다. 팔도에 가장 흔한 식물이 대나무지요. 대나무는 죽창이나 화살을 만드는데 없어서는 안 되지만 장태를 만드는 데도 제격입니다."

"잠시만요. 아무래도 모양을 그려주시는 것이 이해하는데 도움이 될 것 같습니다."

박인호가 황급하게 문갑에서 지필묵을 꺼내왔다.

지필묵을 받아 든 이방언은 한지에 난을 치듯 가볍게 원통을 그린 후, 마치 호랑이 수염을 그리듯 날렵하게 원통 안의 짚을 한순간에 그려 넣었다. 이방언이 그린 그림은 금방이라도 한지에 튀어 오를 것 같은 보름달처럼 보였다.
"크기는 어느 정도입니까?"
박인호가 물었다.
"크기는 몸을 숨길 정도면 됩니다. 그물망처럼 대나무로 엮어 만든 후, 속에 짚을 잔뜩 다져넣고 물에 적셔두었다가 적과 조우했을 때 굴리면서 앞으로 나아가며 싸우는 것입니다. 관군이 지닌 총으로는 이 장태를 뚫을 수 없습니다. 적진에 화공으로 공격할 땐 불을 붙여 굴릴 수 있는 다목적 무기지요."
이방언은 장태 앞에 넋을 빼고 있던 경군을 생각하며 황룡전투를 떠올렸다.
"병법에는 전략과 전술이 있습니다. 목표에 다다르기 위한 전략은 지휘부가 결정할 문제라면 전술은 직접 싸우는 군사가 세우는 작전이랄 수 있습니다. 장태는 대나무로 만든 보잘것없는 무기지만 단단히 제 몫을 했지요. 잘 찾아보시면 북접에서도 빼어난 전술을 펼칠 수 있는 도인이 있을 것입니다."
이방언은 군사의 편제와 적합한 지휘자를 뽑는 자신의 생각을 말하려다가 그만두었다. 우선 박인호가 대선사 해월을 설득하여 농민이 주체가 되어 지방관아부터 바로잡아 가는 것이 중요했다. 최소한 내포지역 농민의 저항이 드러나는 시점에서 집강소의 역할과 농민군의 조직을 말하는 것이 옳다 생각했다. 그런데 박인호는 이런 이방언의 속내를 알기라도 하는 듯 불쑥 말을 꺼냈다.

"대선사의 결심을 받아내는 것은 저희 소관이고 이와 별도로 내포지역의 접주들과 회합을 가져 점점 심해지고 있는 동학도에 대한 탄압에 대처하는 방안을 논의해 보겠습니다. 이 일을 서둘러 보겠습니다. 오래 걸리지는 않을 것 같은데 선생님께서 한 번 더 왕래해 주실 수 있으신지요. 먼 거리를 오시라 청하기가 민망스럽습니다만 남접과 대오를 형성하는데 도움이 될 것으로 봅니다."

"기별을 주시면 도움이 될 만한 접주들과 함께 오도록 하겠습니다."

이방언은 반색을 하며 짧게 답했다.

한편 공주에서 이방언과 헤어진 서장옥은 삼준산을 오르고 있었다. 아까부터 흑립을 쓴 사내가 그를 따르고 있었다. 서장옥은 일부러 발걸음 빨리해 고갯길을 오르자, 사내 역시 서장옥을 놓칠세라 빠른 걸음으로 따라왔다.

서장옥은 바위 뒤에 몸을 숨기고 사내가 나타나기를 기다렸다가 불쑥 앞을 가로막았다. 갑작스런 서장옥의 행동에 사내가 놀라며 한 발짝 뒤로 물러섰다. 서장옥은 사내를 위아래로 훑어보았다. 망건 위에 챙이 큰 갓을 쓰고 도포 위 가슴팍에 세조대를 단정하게 맨 모습이 한 눈에 사대부 양반임을 알 수 있었다.

서장옥이 방갓을 눈 위까지 올리며 위압적으로 물었다.

"이보시오. 산 밑에서부터 따라오는 이유가 뭐요?"
"아, 스님께서 오해하셨소이다. 산이 험해 혼자서 산을 넘기가 겁이 나서 동행해 줄 분을 기다리고 있던 중에 스님을 봤소이다. 장죽을 짚으신 스님이 든든해 뺴 뒤를 따랐을 뿐이외다. 스님의 걸음이 빨라 바삐 따라오느라 인사를 나눌 틈이 없었소이다."
 승복을 입고 방갓을 눌러쓴 서장옥은 누가 봐도 불가의 중이었다.
"나무관세음보살, 그러셨군요. 놀라셨다면 미안합니다. 소승이야 산을 오르며 살기에 힘든지 모르고 걷습니다만 서책만 끼고 사시는 처사께서 중 못지않게 산을 잘 오르십니다."
"하하, 스님을 놓치지 않으려고 죽을힘을 다해 뒤따랐소이다. 저는 서산 고북에 사는 조규갑이오. 스님께선 어디에서 오시는 길이시오?"
 조규갑은 갓끈을 맨 매듭 위로 염소수염이 엉성해 보이는 중년의 사내였다. 서장옥이 방갓을 눌러쓰고 앞서 가면서 허투루 자신을 소개했다.
"김제 미륵사에서 걸식하고 있는…, 연암이라 합니다."
"연암이라면 한자로…, 어찌…."
 엉겁결에 연암이라 말했는데 그 뜻을 물어오자 서장옥이 뒤를 돌아보며 퉁명스럽게 답했다.
"연꽃 연에, 바위 암입니다."
"돌 위에 연꽃이라. 참으로 기이한 법명이오, 그래, 연암스님께서 어디로 가시는 길이시오?"

"이쪽에 왔으니 개심사 주지께 인사나 올리려고 가는 참이오. 헌데 처사께서는 어디를 다녀오시기에 혼자 산길로 접어들었소?"

서장옥이 장죽으로 우거진 산죽을 갈라 길을 내면서 물었다.

서장옥이 개심사로 간다는 말에 조규갑은 4월에 동학도에게 큰 봉변을 당한 보현동 이진사가 떠올랐다. 평소 동학도에 관해 감정이 좋지 않은 이진사가 유독 동학도 소작인들에게만 도지를 거둬들여 식솔들이 빈사하게 만든 자였다. 이 일을 안 백여 명의 동학도가 이진사를 징치하자고 작당했던 곳이 개심사였기 때문이었다.

이진사의 사죄를 받아내고 그를 풀어준 백여 명의 동학도는 사실 원평에서 군사훈련을 하고 있는 농민군 3백명 중 일부였다.

"홍주관아에 다녀오는 길이오. 삼남에 날뛰고 있는 동학비도들이 걱정이 된 목사가 대책을 논의하자 해서 자리에 끼었다 돌아가는 길이외다."

동학비도란 말이 거슬린 서장옥은 멈칫 섰다. 목사와 의논할 정도면 필시 이놈이 내포에서 동학을 탄압하는 우두머리 중 하나가 아닐까, 생각이 들자 몸서리가 났다. 순간, 오만가지 생각이 머리에 스쳤다. 아무도 없는 적요한 산속인데 저놈 한 놈쯤 쥐도 새도 모르게 죽여? 그의 손이 장죽 속에 숨겨진 칼에 갔다. 홍주목사와 논의했다는 대책을 알아보고 처치하는 것도 늦지 않겠다는 마음이 들자 서장옥은 곧 평정심을 찾았다.

"아참, 스님께선 김제에 계셔서 그곳 소식은 누구보다 잘 아시겠군요. 고부에서 전봉준이라는 동학수괴가 관아를 습격해 아전들을 죽이고 양반 지주에게 욕을 보였다는데 들어보셨소? 참으로 말세올시다."

산길을 오르느라 숨이 찬 조규갑이 헉헉거리며 말을 뱉어냈다.

서장옥이 천천히 몸을 돌려 그의 흑립을 봤다.

"삼강오륜의 첫째가 군위신강(君爲臣綱), 곧 신하가 임금을 섬기는 것이 근본이거늘 동학의 비도들은 난을 일으켜 세상을 어지럽히고 임금을 근심하게 하니 우리 성리학에 어긋남이 크지요. 비도들이 사람이 하늘이라는 해괴망측한 말로 어리석은 농민들을 속이고 난을 꾀하고 있어서 앞날이 걱정이외다. 이승우 홍주목사도 두고 볼 수는 없었겠죠."

이승우는 새로 부임한 홍주목사였다.

"두고 볼 수 없다면 어떤 방도라도 논의했는지요?"

"비도를 제압하기엔 관군으로는 턱 없이 수가 부족해 유림으로 유계를 만들어 관군과 연합체를 구성해 보자는 내용인데 목사는 말할 것도 없고 좌수와 별감도 잔뜩 겁먹은 상황이지요. 우리 고을에도 밤이 되면 동학도의 주문 외우는 소리가 알 까놓고 우는 개구리 울음소리처럼 밤새 그치지 않고 들리는 것이, 비도들의 난이 전라도 일만은 아닐 성 싶군요."

"유계를 만들면 선비들의 사서삼경이 무슨 도움이 되겠습니까?"

서장옥은 은근히 떠봤다.

"서책이 아니고 무기를 줘 무장시키겠다는 것이오."

서장옥은 이런 자 하나쯤 알고 지내는 것이 내포지역 유림의 동태를 파악하는 데 도움이 되겠다는 생각이 들었다.

할미봉 우측 고개를 내려오면 고북에서 홍성장으로 통하는 샛길이 나오고 길이 끝나는 삼거리에 주막이 있었다. 두 사람은 이곳에서 헤어져 각자 제 갈 길을 가야 했다.

"잠시 산길을 함께한 것도 도반이고 인연인데 처사께서 괜찮으시다면 주막에 들려 곡차나 한잔하시면 어떻겠습니까? 관세음보살."

서장옥은 살갑게 운을 뗐다.

"덕분에 산을 잘 넘어왔는데 어찌 마다할 수 있겠소. 아까 못 들었던 전라도 동학비도의 이야기를 들을 겸 쉬어갑시다."

조규갑이 쉽게 허락했다.

주모가 곡주가 든 호리병을 반상에 올려 내왔다.

"목이 컬컬한데 우선 한잔하고 내가 아는 대로 이야기를 풀어 드리겠소."

방갓을 옆에 벗어놓은 서장옥은 조규갑이 넘실하게 따라 놓은 술 사발을 단숨에 벌컥대며 마셨다. 조규갑은 반쯤 마시고 잔을 내려놓고 서장옥의 말을 기다렸다.
 "내가 고부에 갔을 땐 정월이니까, 그때가 유난히 추운 날이었지요. 땅이 얼어 거북이 등처럼 쩍쩍 갈라지는 그날, 내가 마을에 들어섰는데 쥐 죽은 듯 마을이 고요했지요. 이집 저집 문간에서 목탁을 치며 염불을 해도 누구 하나 시주하는 이가 없고, 인기척조차 없어, 알고 봤더니 어른, 아이 할 것 없이 아낙네들까지 백산으로 갔다고 하지 않겠습니까. 해서 무슨 일인가 하고 백산으로 달려갔지요. 백산이 어디냐 하면 고부들판 한복판에 어울리지 않게 퍼질러 앉아 있는 나지막한 산이지요."
 다음 이야길 생각하느라 서장옥은 자신의 사발에 곡주를 따라 마시며 조규갑의 눈치를 살폈다. 조규갑은 다음 이야기를 들으려고 귀를 나발통처럼 열고 기다리고 있었다.
 "백산은 정말 백산이었소. 농민들의 흰옷이 온통 산을 덮었는데 손에 죽창을 들고 모두가 한목소리로 '시호시호 이내시호 부재래지 시호로다.'하고 합창을 하며 발을 동동 굴리며 죽창을 들고 춤을 춰대는데 고부 들판이 들썩들썩하는 것이 아니겠소. 그 소리가 바람을 타고 들판 끝에 있는 관아까지 우렁우렁 퍼져나가자, 겁을 먹은 사또는 도망을 가고, 다시 동학군 소리가 들판을 가로질러 천석꾼이 사는 마을에 당도하자 지주들이 지레 겁을 먹고 천리만리 도망을 쳤다 하지 않겠습니까. 난 한낱 중이지만 속이 후련했습니다. 아참 처사께서는 선비라서 시호시호 부재래지 시호(時乎時乎 不再來之 時乎)라는 뜻을 아시겠지요? 소승이 풀이하긴 '때라 때라 다시 오지 않은 때라'는 말로 들렸습니다."

서장옥의 말에 조규갑은 겁을 먹었는지 갓끈이 부르르 흔들렸다. 서장옥은 내침김에 더 겁을 주고 홍주목 향청에서 있었던 일을 캐묻기로 했다.

"백산뿐만이 아니라 고부들판에는 징소리와 북소리가 천지를 흔들고 있었는데 쥐뿔도 모르는 아이들은 그저 신바람이 나서 덩실덩실 춤을 추는데 사람들이 말하길 서면 백산이오, 앉으면 죽산이라 말하더이다. 처사는 죽산이 뉘를 칭하는지 모르시지요? 녹두장군 전봉준을 이르는 말이지요. 백산에는 커다란 깃발이 두개가 나부꼈는데 하나는 보국안민(輔國安民)이고 다른 하나는 제폭구민(除暴救民)이라 써져 있더이다. 아시겠지만, 나랏일을 돕고 백성의 편안을 위해 포악한 관리와 지주를 징치해 백성을 구한다는 것이지요. 참으로 신기한 일은 겨울 한설의 거센 바람이 동학 수괴 녹두장군의 짚신 코빼기 속으로 소리도 없이 꼬리를 감추더란 말이오."

조규갑이 술잔을 입에 가져가며 풀죽은 어조로 말했다.

"스님 말하는 품새가 영락없이 그자들과 한패 같소이다."

"하하, 전국을 떠돌다 보니 볼 것, 못 볼 것을 두루 체험하다 보니 말이 장황했습니다. 처사께서 남녘 일을 궁금해하시기에 내가 사설을 좀 늘어놨기로 어디 그놈들이 바라는 세상이 오겠습니까? 그런 세상을 기대하는 일은 내가 있는 절간 미륵부처 배꼽에서 꽃 피는 것을 바라는 것이나 진배없는 일이지요. 안 그렇습니까?"

조규갑은 안심이 되는지 표정이 다시 밝아졌다.

"그런데 처사께선 오늘 홍주성에서 있었던 일로 심중이 편치 못한 듯 보입니다. 그려. 무슨 일이 있었습니까? 그런데 동학비도의 수괴가 누구라 합디까?"

서장옥이 은근히 떠보며 조규갑의 낯빛을 살폈다.

"해월 최시영이란 자인데 아침에 경주에서 보면 중참쯤엔 충청도에서 나타났다가 저녁참엔 전라도 지리산 근처에 나타나는 신출귀몰한 자라 하더군요. 그가 도술을 부리고 축지법을 쓴다는 소문을 동학도들이 퍼트리고 다닌다고 들었습니다. 그런들 그 자가 귀신이 아닌 이상 언젠가는 잡히지 않겠소? 조병식 충청감사 나리가 지방관아 수령들에게 해월의 은신처를 은밀하게 탐문해 보라고 했다 들었소이다."

조규갑이 해월을 알고 있다는 것은 동학이 유림과 적대적 관계임을 뜻했다.

"임진년 10월에 동학도들이 공주관아에서 교조신원을 탄원할 때 충청감사가 동학을 탄압하지 않겠다고 했다는데 수괴를 잡으려 하다니요?"

"그거야 비도들을 해산시키기 위한 허언이지요. 스님도 순진하십니다. 아, 홍주성에서 있었던 일로 심중이 복잡하긴 합니다. 목사로 새로 부임한 이승우는 여간 간간한 사람이 아닙니다. 동학비도가 난을 일으키면 고을수령의 목이 날아갈 판이니 그 양반 머릿속은 동학도가 오금을 못 펴게 유계를 조직해 무장시킨 후, 실권을 주어 동학도를 잡아들일 생각으로 가득한 것 같았소, 내가 할 일은 빨리 향교에 가서 목사의 의중을 전할 참이오."

서장옥은 홍주성에 모인 유림의 수와 목사 이승우가 내놓은 유계의 대략적인 내용을 알게 되었다. 뜻하지 않게 산길에서 만난 조규갑에게서 얻은 소득이었다.

서장옥은 인연이 되면 다시 만나자며 인사를 나눈 후, 주막에서 나와 서산을 향해 발걸음을 재촉했다.

서장옥은 처음부터 개심사와는 무관했다. 그는 개심사 아래 방아다리에서 박덕칠을 만나기로 약속이 되어있었다. 서장옥의 머릿속은 복잡했다. 충청엔 유림이 드센 곳인데 조규갑에게 들은 유계가 만들어진다면 장차 농민봉기군과 유림 간에 쓸데없는 소모전을 치르게 될 공산이 컸다,

방아다리는 열 채 나못되는 작은 동네였다.

서장옥은 울타리에 듬성듬성 솔가지를 엮어 만든 집을 찾았다. 보통은 흙담이거나 수숫대나 대나무를 엮어 만든 울타리지만 솔가지를 넣어 만든 울타리는 도인들이 사는 집이라는 일종의 비밀표시였다. 박덕칠이 머물고 있는 집은 쉽게 찾을 수 있었다.

사릿문을 밀치고 들어서자 뒤꼍에서 주문을 외우는 소리가 들렸다. 서장옥은 주문 소리가 나는 곳을 향해 괭이처럼 조심스럽

게 다가갔다. 그곳에는 머리를 질끈 맨 사내가 숫돌에 낫을 갈면서 주문을 외우고 있었다.
"실례지만 이곳에 예포선생이 계신가요?"
웬 스님인가 하고 사내가 앉은 채로 서장옥을 올려다봤다.
"안에 계시면 서포가 왔다고 고해 주시면 합니다."
장죽을 든 서장옥은 다른 한 손으로 염주를 돌리면서 말했다.
"계시긴 합니다만 안에 손님이 와 계셔서…. 잠시만 기다리시오."
사내가 갈던 낫을 두고 방문께로 가서 안을 향해 큰 소리로 말했다.
"예포 접주님, 밖에 스님이 뵙겠다며 와 있구만유."
한참을 이창구, 문장노 두 사람과 이야길 나누던 박덕칠이 스님이란 말에 귀가 번쩍 뜨였다. 서장옥이란 걸 알았다.
그는 방문을 열고 뛰어나와 반갑게 서장옥을 맞았다.
"아이구, 서포선생, 어서 오십시오. 기다리고 있었습니다."
박덕칠을 뒤따라 나서며 문장노와 이창구가 짚신을 찾아 신으면서 서장옥을 바라봤다. 서장옥은 들고 있던 염주를 주머니에 넣고 방갓을 벗으며 박덕칠에게 인사를 했다.
"여전하십니다. 예포선생."
"전라도에서 오시는 길입니까? 그쪽 접주들께서도 무탈하시지요?"
"이방언 접주와 함께 올라오다가 유구에서 헤어진 후 저는 홍주를 거쳐 왔습니다."

박덕칠과 서장옥은 교조신원을 폈던 공주취회와 광화문 앞에 서 있었던 복합상소에 함께 했던 인물로 서로 잘 알고 있었다.

"세상이 어수선해서 몇 가지 상의해야 할 것도 있고 내포지역의 동학 사정도 알아볼 겸 올라왔습니다. 그런데 손님이 계셨군요."

서장옥이 두 손을 가지런히 합장하며 박덕칠을 따라 나온 두 사람에게 인사를 했다.

"얼른 인사들 하세요. 이분은 불가의 중이 아니라 남접에서 활동하시는 서포선생이시오. 그리고 여긴 면천의 이창구 접주고 이인 태안에서 온 문장노 접주입니다."

박덕칠이 이쪽저쪽을 번갈아가며 소개를 했다. 뒤꼍에서는 여전히 낫을 갈며 외는 주문 소리가 들렸다. 방에 들어온 서장옥은 청수를 떠 놓고 심고부터 올렸다.

뒤꼍에서 낫을 갈며 동학 주문을 주절주절 암송하는 사내의 목소리가 뒷문 창호봉창을 뚫고 빗소리처럼 들렸다.

"집강소는 잘 되어 갑니까?"

맨 먼저 전주화약 이후 전라도 각 고을에 세운 집강소에 대해 박덕칠은 궁금했다. 궁금하긴 이창구와 문장노도 마찬가지였다.

"대접에서 운영하는 집강소는 대 대동세상이고 소접에서 맡은 집강소는 소 대동세상이지요. 들어보시겠습니까?"
 세 사람은 일제히 서장옥의 입에서 나오는 말에 귀를 세웠다.
 농민군이 기병 후 점령한 모든 지역에 집강소를 설치하여 동학과 관이 접주와 접사를 두고 농민의 권익을 우선으로 행정 처리가 이루어졌다. 집강의 접주는 대부분 기병에서 공을 세운 자가 맡았는데 역할에 따라 많은 접장이 세워졌다. 상전과 종이 함께 입도하여 일을 맡으면 서로 접장이라 부르며 공대했으며 귀천이나 노소를 따지지 않고 동등하게 대해 사노(私奴) 역인(驛人) 무부(巫夫) 백정과 같은 천인들이 들어가 함께 일했다.
 "53개 집강소가 하는 일은 열두 가지 폐정개혁안을 실행하는 일 외에 일본으로 쌀이 나가지 못하게 서남해안을 출입하는 선박을 감시하는 일도 해야 합니다."
 서장옥의 설명에 넋이 나간 사람처럼 듣고 있던 문장노가 불쑥 물었다.
 "그런 대동세상이 언제까지 갈 것 같습니까?"
 "바로 그것이 문제입니다. 지금까진 선무사나 순변사를 보내 우리의 요구조건을 들어주고 있지만 머지않아 조정에선 청군 대신에 일본군을 앞세우고 동학 토벌에 나서게 될 것입니다. 집강소가 정말 중요하게 여기는 것은 이를 대비한 수단을 강구하는 일이지요."
 서정옥의 말을 듣고 있는 세 사람의 눈빛에서 예민한 촉수가 느껴졌다.

"바로 2차 기병을 위해 농민군을 무장시키고 식량을 확보하는 일에 치중하고 있습니다. 이 과정에서 비협조적인 수령과 양반 부호들에게 징벌을 가하는 것은 어쩔 수 없는 일입니다."

서장옥이 이야기를 하면서도 자꾸만 동학주문 소리가 나는 뒷문을 돌아왔다.

"신경쓰지 마십시오. 환곡 때문에 이방과 싸운 일로 관아에 끌려가 매를 맞고 죽은 지 아비의 원수를 갚겠다고 저놈이 저렇게 낫을 갈고 있네요."

이창구가 말했다.

"오나가나 관아의 횡포에 원성이 큽니다."

서장옥이 물었다.

"말도 마십시오. 좀 있어 보이는 도인들은 동학도란 이유로 잡아다 때리고 얼리고 겁을 줘 돈을 줘야 풀려나는 일이 허다합니다. 임금이 우리 동학을 사도라 단속을 하라 하니 관아에서는 아전들까지 옳거니, 이놈들을 닦달해 돈을 뜯어내자는 생각이 든 거지요."

이창구였다.

"때리는 시엄씨보다 말리는 시누이가 더 밉다고, 유림들이 곁에서 부채질을 하는 꼴이 눈뜨고는 볼 수 없습니다. 동학도는 귀천빈부(貴賤貧富)의 차별이 없다느니 적서노주(嫡庶奴主)의 구별이 없다느니 부부간에 내외존비(內外尊卑)가 없다느니 하며 적으로 삼고 고을수령과 한패가 되어 동학을 핍박하고 있습니다."
 문장노가 분해하며 열을 올렸다.
 서장옥은 문장노의 말을 듣자, 삼준산에서 만난 조규갑이 생각났다.
 "유림들을 조심하는 것이 좋을 것 같습니다. 오늘 삼준산을 넘어오는 길에 조규갑이란 자를 만났습니다. 홍주성에서 이승우가 주관한 회의가 있었다 들었습니다. 유림으로 유계를 만들어 동학을 치겠다는 것인데 아마 전라도 관아에서처럼 자신들과 이권관계에 있는 보부상과 지주들의 사병 격인 민보군을 조직할 것이 분명합니다. 이렇게 되면 동학농민군과 관군의 대결이 아닌 동학농민군과 관군 중심의 연합군과 싸워야 해서 싸움이 벅찰 것입니다. 일단 우리 편을 늘리고 저들이 조직하기 전에 먼저 쳐야 승산이 있습니다."
 서장옥이 말했다.
 "조규갑이라 했습니까? 고북에 사는 그자를 제가 잘 압니다. 그자의 아비가 반가의 족보를 사서 양반행세를 하는데 그걸 숨기려고 열심히 유림활동을 하고 있습니다. 사람은 악하지 않으나 천방지축으로 안 끼는 데가 없지요. 그런데 동학도인 서포선생께 그런 이야길 하다니 생각처럼 입이 가볍긴 합니다."
 이창구가 말하며 빙긋이 웃었다.
 "하하, 그자와 곡차도 한 잔 나눈 사이입니다. 내가 미륵사에 있는 연암이라 했습니다. 중놈 행세를 한 거지요. 그런 자를 알아 두면 요긴하게 쓸 때가 옵니다. 헌데 관아에서 동학을 핍박하면 어디 맘 놓고 포덕을 할 수 있겠습니까?"

서장옥이 박덕칠을 바라봤다.

"한양 소식 들어보셨습니까? 왜놈들이 경복궁에 쳐들어가 임금을 위협한 국권 침탈 사건 말입니다. 홍계훈이 동학농민군을 토벌하려 경복궁의 경군을 빼서 전라도로 내려간 사이 왜놈들이 군대를 끌고 궁궐을 침입해 아산에 내려온 청군을 철수시키라고 임금을 위협했다는 청천벽력 같은 소식을 홍주관아 아전에게 들었습니다. 그 일이 있고 이틀 뒤 풍도에서 청나라와 왜군이 한바탕 해전을 치렀는데 청나라 군함이 박살이 나고 말았으니 이제 조선반도는 왜놈 세상이나 다름없습니다. 지금, 이 소문이 내포 고을 장바닥에 쫙 퍼져 있어 민심이 어느 때보다 왜놈에 대한 증오심으로 부글부글 끓고 있습니다. 임진년 왜란 이후 이런 위기가 없습니다."

박덕칠이 심각하게 말했다.

"알고 있습니다. 위기가 기회라는 말이 있습니다. 바로 용암처럼 끓고 있는 증오심에 기름을 부어 마음의 증오심이 행동으로 이어지게 해야죠. 지금 이 위기가 우리 동학에게 절호의 기회가 분명합니다. 전라도에서 전봉준 접주가 보국안민 창대의(輔國安民 倡大義)라는 깃발을 내걸고 창의 격문(倡義 檄文)을 전라도 각지에 보내 동학도는 물론 수많은 농민이 구름처럼 모이자 마침내 농민군을 조직한 것처럼 이번에 내포에 척왜척양의 깃발을 내걸고 격문을 띄우면 지금 왜놈에 대한 증오심에 부들부들 치를 떨고 있는 수많은 백성들이 동학이 내건 깃발 아래로 모여들 것입니다."

서장옥이 서산에 온 목적이 이 말속에 드러나 있었다.

"대선사께서는 지금까지 교조신원과 포덕에 치중하셨지만 왜놈이 왕실을 짓밟고 일군이 경군에 앞장서 동학도를 멸절시키려는 판에 가만히 계시진 않을 것입니다."

이창구였다.

"옳습니다. 왜놈이 왕실을 짓밟고 국권을 침탈한 것을 분하게 여긴 대원이 합하께서 우리 편에 섰습니다. 전봉준 접주와 김개남 접주에게 밀사를 보내 한양으로 진격해 줄 것을 당부하셨습니다."

이방언이 박인호를 설득할 때 대원군을 거론했던 것과 같이 서장옥 역시 대원군이 배후에 있음을 은근히 내비쳤다. 남접의 두 접주가 비밀인 대원군의 협력을 말한 것은 처음부터 약속된 것이 분명했다.

"대선사께서 기포를 허락하시면 내포지역 접주대회를 열어 구체적으로 논의를 해보겠습니다. 그때 남접 접주님들이 오시어 도움을 주시면 합니다."

기포에 관해서 박덕칠이 간단하게 갈음했다.

한편 포구에는 세곡선이 꼼짝 하지않고 정박해 있었다. 전운사 이해룡은 계집을 끼고 며칠째 눌러앉아 있었다.
 태안군수 신백희는 몸이 달았다. 9월 초하루까지 세곡선이 한양에 당도해야 하는데 떠날 기미를 보이지 않고 있으니 조정에서 불벼락이라도 떨어질 것 같았다. 올라가는 세미가 늦어지면 하루아침에 군수 자리가 날아가는 일은 다반사였다.
 목마른 놈이 우물 판다고 신백희는 호방을 앞세우고 포구로 갔다. 포구에는 세미를 가득 실은 세곡선이 낮잠이라도 자는 듯 한가롭게 닻을 내리고 있었다. 얼마나 많은 세미를 싣고 있는지 배전까지 바닷물이 찰랑거렸다.
 쌀 냄새를 맡은 참새 떼가 쌓아놓은 가마니 위에서 난장을 치고 있었다.
 무료했는지 세곡선을 지키고 있던 관졸 둘이 마주 앉아서 윷놀이를 하고 있던 중, 갑자기 나타난 군수를 보자 소스라치게 놀라며 팽개쳐진 삼지창을 찾아 들고 일어났다.
 "전운사 지금 어디 있냐?"
 호방이 군수를 대신해서 다급하게 물었다.
 "오늘은 못 봤습니다. 저어기 선원들에게 물어보시지요."
 관졸 하나가 삼지창으로 건너 주막을 가리켰다. 화가 치민 신백희는 관졸이 들고 있는 삼지창을 낚아채 가지고 주막으로 향했다.
 "사또, 창을 이리 주세요. 누가 보면 어찌하려고 삼지창을 들고 그러십니까?"

호방의 말이 틀린 말은 아니었다. 고을을 다스리는 사또가 관졸이 지닌 삼지창을 들고 설치는 것은 채신머리가 없어 보였다. 호방이 사또의 손에서 삼지창을 빼앗아 관졸에게 던져주고 앞장 섰다.

호방이 주막 싸리문을 열고 들어서자, 멍석을 깔고 앉아 세곡선 선원들이 한참 투전판을 벌이고 있었다.

"허, 이놈들 봐라, 배는 안 띄우고 투전판이나 벌리고 있다니…, 이런 주리를 틀 놈들."

신백희가 소리를 질렀다. 그들은 군수를 보고도 자리에서 그대로 앉아서 투전을 뽑고 있었다.

"이놈들 귓구멍이 먹었느냐, 세미를 다 실었으면 떠나야지 뭐 하는 짓들이냐?"

"우리라고 여기 있고 싶어 있겠소? 전운사가 안 가는데 우리가 무슨 도리로 배를 띄울 수 있간디요? 지금 왁댓값 버느라 이 짓 하고 있습니다."

군수의 말에 한 놈이 투전을 꼬눈 채 시답잖다는 투로 말했다.

"시방 전운사가 어디 있느냐?"

"저어기 날망 아래 유곽에 가보소, 월계라는 삼패막장 계집과 낮거리하느라 정신없을 것입니다요."

이 지역 양인이라면 고얀 말버릇을 고치기 위해서라도 관아에 끌고 가 당장 물고를 낼 일이지만 세곡선 선원에겐 그럴 수 없었다. 세곡선을 운영하는 선주 정도면 한양의 높은 벼슬아치를 후

견인으로 두고 있어 군수라도 선원들에게 함부로 할 수 없었다. 선원들도 그걸 알기 때문에 아전들에게 함부로 대했다.
 신백희는 분을 참느라 씩씩거리며 유곽을 향해 잰걸음을 옮겼다.
 전운사 이해룡은 월계의 허벅지를 베고 누워있었고 월계는 그의 얼굴에 부채질을 해대고 있었다. 그런 모습을 본 신백희는 천불이 났다. 군수와 호방을 본 월계가 이해룡을 깨웠다.
 "어쩐일이시오? 사또, 이런 곳에 지체 높은 사또께서 납시다니요."
 "어쩐 일이냐고? 전운사, 왜 여태 안 떠나고 그렇게 한가롭게 있는 것이오."
 "떠나다니요? 모르셔서 그런 말씀을 하십니까?"
 전운사 이해룡이 흐트러진 바지춤을 올리며 신백희를 바라봤다.
 "당신이 누굴 죽인 작정이요? 내달 초 하루까지 세미가 선혜청에 도착해야 하는데 이러고 있으면 어떡하겠다는 게요."
 신백희가 삿대질을 하며 소릴 질렀다.
 "그거야 사또 사정이지 내가 사또 일정에 맞춰 배를 띄우는 게 아니지 않습니까?"
 "뭐라고? 이런 불한당 같은 놈 봤나?"
 흥분한 신백희는 이해룡의 멱살을 잡았다. 호방이 둘을 갈라놓으며 침착하게 이해룡에게 물었다.

"전운사 나리, 늦어지는 까닭이 있을 건데 뭔지 말해보시오. 우리가 도울 수 있는 것이면 돕겠소."

창기들이 고개를 내밀고 군수와 전운사가 싸우는 것을 보며 누가 이기는지 저울질하고 있었다.

"호방, 말 잘했소. 배에 세미를 실었지만 바닷길에 바람이 거세 기다리느라 발이 묶여 열흘이나 지체되었소. 그동안 선원들이 먹은 밥값, 잠값, 술값을 전운사인 내가 낼 수는 없지 않겠소? 이건 사또께서 해결해 주셔야지요. 마침 이 일로 사또께서 오셨으니 표선접응미를 주시면 내일이라도 바람만 자면 닻을 올리겠소."

신백희는 이해룡의 말을 들어주고서라도 세곡선을 띄우는 것이 급선무였다. 그는 전운사의 주장의 옳고 그름을 가리지 않고 선원의 술값은 아니어도 자고 먹고 한 표선접응미를 주기로 했다.

신백희는 농민에게 그만큼 세미를 더 부담시키라고 호방에 지시를 했다. 호방은 걱정이 되었다. 이걸 그대로 농민들에게 알렸다가는 규정된 세미마저 아니 내겠다고 버티면 큰일이 아닐 수 없었다. 그러잖아도 요즘 동학도를 중심으로 한 농민의 움직임이 수상한 터에 표선접응미라는 말도 안 되는 세미를 걷어 들이는 일은 무리였다.

"사또, 전운사가 말한 곡식은 조창에서 내주는 것이 어떻겠습니까? 세미도 무거운데 농민들이 가만히 있겠습니까?"

호방이 사정조로 말했다.

"호방이 그리해서 되겠는가? 농민을 꽉 틀어잡고 쥐어짜야지 조창이 채워지는 법, 조창을 채우는 것은 마땅히 호방의 임무 아닌가. 그리 못하겠다면 자릴 내놓으시게. 호방을 할 사람은 많네."

모가지를 자르겠다는 말에 호방은 더는 이야기하고 싶지 않았다. 호방은 일단 각 마을의 동임과 집강 그리고 두레영좌와 도감을 불러내 사정을 해볼 작정이었다.

호방은 여러 군수를 모셔 봤지만 신백희처럼 막무가내 농민을 짜내는 수령은 처음이었다. 전임 군수들은 농민의 눈치를 봐가면서 부자들에게 으름장 놓거나 구슬려 돈을 뜯어낸 반면, 이자는 온갖 명목의 세미를 만들어 착취했다.

세곡선 선원들의 숙식비를 농민이 부담해야 한다. 호방의 이야기를 들은 농민들은 분노했다. 농민들은 두레영좌와 집강을 앞세우고 관아로 몰려갔다.

"사또, 나오시오. 세상에 이런 흉악한 일이 있소?"

"문둥이 콧구멍에서 마늘씨를 빼먹지, 세곡선 선원들이 처먹은 것을 농민이 부담한다는 말이 당키나 하는 소리요?"

흥분한 농민들이 동헌에 대고 이구동성으로 소리를 쳤다.

놀란 이는 동헌 안에 있는 군수 신백희와 좌수 김경제였다. 겁을 먹은 신백희는 좌불안석이 되어 문틈으로 밖의 동태를 살폈다. 스무 명 남짓한 농민들의 손에 별다른 무기가 없는 빈손인 것을 본 신백희는 마음을 가라앉았다. 하지만 그는 농민 앞에 나설 배짱이 없었다. 그는 좌수에게 손짓을 했다,

군수를 대신해 좌수가 농민들 앞에 나서서 무슨 일인가 물었다.

"군수가 부재중이오, 좌수인 내게 말하시오."

"세곡선 선원들의 숙식비를 우리들에게 내라는 호방의 말이 군수 입에서 나온 말인지 알아보려고 왔소이다."

이창구가 앞에 나서 말했다.

"내용을 몰라 내가 답을 줄 일은 아니고 사또께 전하리다."

"이보시오. 좌수 나으리, 우리는 법이 정한 세미 외에 관아에서 세곡의 손실을 보충한다며 부과하는 가승미를 냈소. 또 호조와 경창에 전속된 공인의 품삯도 부담했소. 창고에 출입할 때마다 창역가미를 받아갔고, 경창에 곡물을 입고시킬 때마다 창작지미라는 해괴한 세미를 냈소이다. 그리고 세곡선 인부의 품삯으로 이가미를 내면서도 꾹꾹 참아왔소. 그런데 세곡선 선원들이 처먹은 것까지 우리더러 내라는 것이 말이 되는 소리요? 참는 것도 한도가 있소."

이창구의 말에 좌수는 할 말이 없었던지 한숨을 쉬더니 겨우 한다는 말이 세곡선 전운사에게 책임을 떠넘겼다.

"전운사 이해룡이 진즉 배를 띄웠으면 이런 일이 없었는데 그 자가가 문제긴 합니다."

좌수의 빈퉁맞은 말을 숨어서 듣고 있던 신백희가 입술을 깨물었다.
"그럼, 표선응접미니 뭐니 하는 소린 사또 나리와 상관없다는 말이군요."
두레영좌가 좌수에게 말을 던지고는 이창구를 봤다. 이쯤하고 돌아가자는 눈치다.
"전운사 이자를 족쳐야겠네. 세곡선으로 갑시다."
이창구가 무리를 데리고 관아 문을 나섰다.

아까와는 달리 농민들은 손에 죽창과 도끼를 들고 포구로 내달렸다. 달려오는 무장한 농민무리에 놀라 세곡선을 경비하던 관졸이 줄행랑을 쳤다.
주막에서 나온 선원들도 농민의 위세에 눌러 뒷걸음질을 쳤다. 드세기로 소문난 선원들도 죽창과 도끼를 들고 달려오는 농민 앞에서는 살길을 찾는 게 우선이었다. 아무도 농민을 막지 않았다.
이창구가 이끄는 농민 무리는 세곡선에 올랐다. 그리고 쌍돛대를 도끼로 내려찍어 쓰러뜨렸다. 선원들은 커다란 돛대가 바다로 넘어지는 광경을 주막 추녀아래서 망연자실 바라만 보고 있었다.
더이상 전운사를 찾거나 표선접응미에 관해 아무도 말하지 않았다, 이들은 한 사람도 다치게 하지 않고 세곡선을 떠났다, 그러고 보면 처음부터 포구에 온 목적이 전운사와 실랑이하거나 선원들을 혼내주기 위해 온것이 아니라는 것을 알 수 있었다. 이들의 목적은 세미를 실은 배를 포구에 잡아 두기 위한 것이 분명했다.

 한편 홍주성에서는 유계를 조직하기 위한 움직임이 빠르게 진행되고 있었다. 처음에는 유림을 중심으로 이루어지다가 동학을 빼고 남은 모든 세력을 유계에 포함시키는 내용으로 바뀌었다. 전방위적으로 동학을 포위하는 거대 조직을 만들어 동학을 고립화시키려는 발상은 이승우의 머리에서 나왔다.
 이승우는 고을 수령들을 불러 모은 후 동학도의 동태를 물었다.
 군수와 현감들은 입을 모아 심상치 않음을 고했다. 한 집 걸러 비도들이 외우는 주문소리가 들릴 정도였는데 왜놈들이 경복궁을 습격한 이후에는 동학에 입도하는 자가 많아졌다는 소문을 듣고 있다고 했다.
 대안군수 신백희가 농민들이 몰려가 세곡선을 절단 냈다며 며칠 전 있었던 일을 푸념 겸 목사에게 알렸다.
 이승우는 향청의 좌수와 별감과 의논해 유계를 조직했다는 것을 설명했다. 유계를 조직한 목적은 동학비도의 활동을 미연에 막기 위함임을 강조했다.
 그 방법으로 고을수령이 유표를 발행해 동학도와 일반농민을 분리해 놓으면 그들의 활동이 위축될 것이었다. 표면적으로는 유림에서 발행한 것처럼 하지만 향교나 관청을 출입할 때는 물론 장마당을 드나들 때 유표를 소지한 자를 기찰한다면 자연 동학도의 확산을 막을 수 있을 것이라는 설명이다. 이 일은 각 고을 향청에서 도맡아 하는 것으로 결정했다.

 이승우는 형방을 은밀하게 불러내 오일장인 읍내장과 대교장에서 장시를 벌이는 보부상을 상세하게 알아보라 지시했다. 보부상의 우두머리인 대방과 별장의 이름과 사는 곳을 먼저 알아보고 이들 수하에 얼마나 많은 상인들이 있는지 그 수를 알아보도록 했다. 이들 대방의 영향력은 대흥, 결성, 보령, 덕산, 해미, 서산, 태안까지 미쳤다.
 홍주읍내장은 1일, 6일 열리는 내포지역에서 가장 큰 장이었다. 웬만한 보부상들은 읍내장을 거르는 일이 없었다.
 이승우는 아전들을 불러 모았다. 육방의 아전들과 수교, 형리, 관교, 나졸들이 동헌마당을 채웠다.
 "오늘이 장시가 서는 날이오. 내가 보부상에게 긴요하게 할 말이 있으니 형방은 나졸들을 데리고 장에 나가 각 고을에서 온 대방과 별장이 누구인지 알아 데리고 오도록 하시오. 그들을 문책하는 일이 아니니 강압적으로 대하지 말고 관아에서 부탁하는 일이 있다 이르시오."
 이승우가 말했다.

나졸들은 대방과 별장과 같은 천민을 모시고 오라는 말에 비위가 상했다. 그럴 만도 한 것이 보부상 대부분 노비출신이었다. 토지가 없어 어쩔 수 없이 보부상이 된 양인도 있었지만 대게는 외거노비 출신이었다. 장사를 해 돈을 번 많은 보부상이 돈을 주고 면천을 하긴 했지만 조선사회에서 여전히 천민 취급을 받았다.

천민 출신인 이들은 사대부 양반 지주에 대한 적개심이 있는가 하면 반면에 이들의 의중을 민감하게 감지하고 부화뇌동 복종하는 이중성을 지니고 있었다. 이들은 누구보다 눈치가 빨랐다. 바람이 불면 눕고 바람이 자면 일어났다. 그러나 장시를 통해 부를 축적한 이들은 점차 사납고 무서운 존재로 변해갔다.

특별히 보부상의 위계질서는 상상을 초월했다. 장꾼에게 우두머리인 대방의 명령은 상감의 어명보다 더 엄중했다. 대방의 눈밖에 나면 그날로 장시 출입을 할 수 없었다. 과히 보부상의 생사여탈권은 대방에게 있었다. 대방 밑에 별장의 파워도 대단했다. 장시의 위치를 결정하고 보부상이 남긴 이익의 일정 부분을 수금해 갔다.

보부상의 규모도 만만치 않았다. 대대방이 거느린 상인은 백여 명에 이르고 소대방 역시 수 십 명을 거느렸다. 장이 열리면 등짐을 진 부상들이 사방에서 줄을 이어 모여드는 풍경은 마치 먹이를 향해 이동하는 집개미의 행렬과도 같았다.

형방이 나졸을 거느리고 장시에 들어서자 죄지은 놈이 꼬리부터 감춘다고, 투전판을 벌리던 놈들이 스스로 멍석을 뒤집어 털고, 야바위꾼은 구경꾼을 파리 날리듯 흩어내고 사라졌다.

형방을 따라온 나졸들은 이곳저곳 기웃거리며 장 구경에 눈이 팔려있었다. 장바닥에는 없는 게 없었다. 큰항아리부터 종지까지 있는 옹기전이며, 집에서 길쌈한 삼베부터 청나라에서 수입된 비단까지 진열된 포목전이며, 조기, 명태, 병어. 미역이 쌓인 비릿한 건어물전이며, 사과와 배, 대추, 밤, 곶감이 풍성한 과일전이며, 쌀, 보리 조, 수수가 망태마다 가득한 미곡전이며, 소를 파는 우시장 곁에, 닭, 오리, 강아지, 고양이를 파는 노점이며 빈대떡, 부침개가 고소한 냄새로 손님을 유혹하는 먹거리전 할 것 없이 장시는 사람들로 붐볐다.

대방을 찾는 일은 그리 어렵지 않았다.

형방은 주막을 뒤졌다. 대방이 있을 만한 곳이 주막만한 곳이 없었다. 형방이 나졸을 데리고 들어서자 술을 마시고 있던 장꾼들이 어쩐 일인가 싶어 놀랜 표정이 되어 자리에서 일어나려다 다시 앉았다.

"아유, 나으리께서 뭔 일 땜에 이 장시에 오셨대유. 날씨도 더운디, 시원한 술 한 상 봐 드릴까유?"

주모가 능청스레 형방 쪽을 바라보며 어설프게 웃었다.

"이 사람아, 내가 한가한 적 봤는가? 목사 나으리 명을 받고 나왔네."

"아이구. 여긴 관청이 아닌 술청인디, 잘못 찾아오신 거 아녀유? 목사 나으리가 고생한다고 한 잔 걸치고 오라고 하진 않으셨을 텐디…."
"에끼 사람, 농할 때가 아니네. 시원한 냉수나 한 사발 주게."
"술청에서 냉수 찾는 사람이 가장 밉상이지유."
주모가 물 항아리 쪽으로 가면서 혀를 찼다.
"다들 들으시오. 여기 대방이 누구요?"
"왜 그러시유."
한 사내가 자리에서 일어섰다.
"어디에서 온 대방이오?"
"결성서 온 장쇠라구 하는디유. 근디 우리 같은 사람 찾는다고 목사 어르신이 나으릴 보냈을 리는 없을 텐디유."
"어서 앞장서시오. 장터에 나가 다른 고을에서 온 대방들과 별장들을 찾아야 하니 도와주시오."
대방들은 서로 잘 아는 사이라 한 사람만 찾으면 뿌리에 고구마 올라오듯 쉽게 찾을 수 있었다.
"나으리, 한 소리만 묻것슈. 좋은 일 땜이 오신 겨유, 나쁜 일 땜이 그류?"
"좋은 일이오."
"그럼 여기서 좀 기다리셔유. 내가 장바닥 훑어가꼬 데려올 테니께, 나으리는 술이나 한잔 하시고 기다리셔유."
장쇠가 주막을 나섰다.

장쇠가 대방과 별장 스물 다섯 명을 데리고 나타났다. 다들 어깨가 쩍 벌어지고 힘깨나 써 보이는 건장한 체구들이었다. 그냥 대방이 되진 않았을 거다. 좋은 장터목을 서로 차지하려고 힘을 겨루었을 것이고, 타지에 가면 텃세를 하는 부랑패거리와 수없이 많은 싸움을 하려면 누구보다 힘이 좋아야 했기에 형방이 볼 때에도 우람한 기골이 탐스러웠다.

형방은 고을별로 대방과 별장의 이름을 파악한 후 이들을 데리고 목사가 있는 안화당으로 향했다.

형방이 이들의 명단을 이승우에게 넘겼다.

"오늘 내가 보자고 한건 성안의 보부상들을 보호하자는 뜻으로 불렀으니 이제부터 내가 하는 말은 명심하고 관아의 지시를 잘 따르도록 하라."

대방과 별장들은 마치 죄지은 사람처럼 고개를 숙이고 있었다. 신분이 천민인지라 감히 목사 앞에서 고개를 들지 못했다. 파장쯤이면 아전들이 장시에 와서 통행세다 자릿세다 소지세다 하며 갖은 명목으로 돈을 뜯어 갔는데 목사가 자신을 보호해 주겠다니 무슨 일인가 궁금했다.

"동학은 허무맹랑한 사교이고 나라에서 금하고 있는 것은 너희들도 알 것이다. 근자에 동학의 비도들이 나라에 불만을 품고 관아에 난입해 소란을 일으켜 나라에선 걱정이 많다. 비도들이 떼로 모여 나랏일에 간섭하려 하니 관아에서는 신경을 안 쓸 수 없다. 하는 짓으로 봐선 당장 이놈들을 잡아들여 물고를 낼 일이지만 어지신 임금께서는 비도들에게 각자 집으로 돌아가 자신의 일에 충실하라는 윤음을 내리시는 한편 관아에 동학비도를 단속하는 어명이 내려졌다."

파장할 때가 다 되었는데 이승우의 말이 길어지자 장쇠가 불쑥 나섰다.

"나으리, 그거야 관아서 신경 쓸 일 아녀유? 근디 쪼끔 전에 우리 보부상을 지켜준다 하신 그 말씀이 뭔 뜻이래유?"

"이런 버르장머리 없는 놈 같으니라고 누구 안전이라고 끼어드느냐."

형방이 장쇠를 향해 눈을 부라렸다.

"가만, 가만, 그래 보부상을 보호해 주겠다는 내 말은 동학비도로부터 보호해 준다는 뜻이다. 만약 비도들이 난을 일으키면 오일장이고 뭐고 설 수 없고 선다 해도 손이 끊겨 매고 왔던 것 그대로 들쳐 매고 가야 하지 않겠느냐. 그뿐이겠냐. 보부상의 물건은 빼앗기고 대들었다간 두들겨 맞거나 죽임을 당하기 십상인데 그래도 되겠느냐. 또 그 무리들 곁에 있다간 비도로 오해를 받아 관군에게 포살된들 누가 그 억울함을 알겠느냐?"

이승우의 말에 대방과 별장이 고개를 끄덕였다.

"홍주성 산하에 있는 너희는 다 내 백성인데 내 또한 보호할 책임이 있다. 그래서 나는 동학비도가 아닙니다. 하는 증명을 내 줄려고 한다."

이승우는 형방이 준비해 가지고 있는 유표를 들어 보여주며 엄중하게 말했다.
"이게 유표라는 건데 유림에서 만든 것이다. 이 유표는 유림의 신분을 증명하는 것이라서 통행을 하는데 아무런 제지도 받지 않을 것이다. 어떻게 하겠느냐? 대방이 보증하는 상인들에게는 내가 특별히 주려고 한다. 앞으로 유표가 있는 자만이 장시에 출입할 수 있게 될 것이다."
이승우의 말에 대방과 별장들은 서로 바라봤다. 유림이라면 양반 아닌가. 양반들에게 주는 유표를 천민인 보부상에게 그냥 주겠다니 믿어지지 않았다.
"단, 조건이 있다. 유표를 받은 자는 관아가 비도에게 공격을 받을 땐 언제든지 달려와 관군과 한편이 되어 싸워야 한다, 그럴 수 있겠느냐?"
많은 돈을 주고 면천을 한다는 이야긴 들어봤지만, 공짜로 양반들이 지닌 유표를 받을 수 있다는 말에 모두 입이 벙긋해졌다.
이승우는 고을 수령들에게 지시해 놓았으니, 장시에 설치된 유막에서 유표를 받아 보부상에게 나눠주라고 하면서 그 후부터 기찰을 해 유표가 없으면 동학비도로 간주하겠다고 으름장을 놓았다. 그 외에도 절대로 유표가 비도들의 수중에 들어가서는 안 된다는 것을 당부하고 유표를 받은 보부상은 언제든지 관아에서 부르면 달려와야 한단 말도 덧붙였다.
이제 관과 유림과 보부상이 동학비도를 둘러쌓고 기찰을 해

비도를 색출해 낼 수 있다는 자신감에 이승우는 회심의 미소를 지었다.

그러나 보부상 중에는 상당수가 동학에 입도했거나 호감을 가진 자가 많아서 이승우의 뜻대로 될는지는 불분명했다.

이승우가 장쇠에게 엽전 한 꾸러미를 내주었다. 장쇠는 장터 주막에 가서 이승우가 준 돈으로 별장들과 거나하게 술판을 벌였다. 파장이 되었는데도 술을 팔아주는 이들이 고마운 주모는 술병을 들고 들어와 장쇠 옆에 앉아 아양을 떨었다.

"술만 먹지 말고 한가락 뽑아보소."

"허허, 주모가 귓구멍이 근질근질 하는가 보네. 뭔 가락이 듣고 싶은가?"

탁주 잔을 내려놓은 장쇠가 기분이 좋아 물었다.

"장돌뱅이 노래나 한 가락 뽑으소."

"허이, 이 사람아, 무식허게 장돌뱅이 노래가 뭔가? 보부가라고 하시게."

"장돌뱅이나 보부상이나 그게 그거지, 자, 한 잔 쭈욱 들이키고 한 곡 뽑으소."

장쇠가 컥컥 목을 몇 번 풀더니 장돌뱅이 노래를 길게 뽑았다.

"짚신에 감발치고 패랭이 쓰고/꽁무니에 짚신 차고 이고 지고/이장 저장 뛰어가서/장돌뱅이 동무를 만나 반기며/이 소식 저 소식 묻고 듣고/ 목소리 높이 고래고래 소리 지르며/비가 오나 눈이 오나 외쳐가며/돌도부장사하고 해질 무렵/손잡고 인사하고 돌아 서네/다음날 저장에서 다시 보세."

"얼씨구, 아깝다, 장돌뱅이 하긴."

맞은편에서 술을 마시던 사내가 무심코 말을 뱉었다.

"얼래? 장돌뱅이?"

순간, 별장이 들고 있던 술사발이 사내를 향해 날아갔다.

4
격쟁(擊錚)

 박성삼은 아례를 데리고 약초를 찾아 가야산을 오르고 있었다. 아례는 정식으로 입도해 어엿한 동학도로 모든 존재가 한울님을 모셨다는 시천주 진리와 모든 존재를 한울임처럼 섬겨야 한다는 사인여천의 생명사랑을 가슴에 새기고 있었다. 그는 틈만 나면 심고와 주문을 외우며 진정한 동학도가 되길 빌었다.
 무엇보다 희망이라고 없던 노비였던 그가 아리따운 야무네를 아내로 맞이하고 든든한 심마니 장인이 생긴 것은 한울님이 주신 은혜로 여겼다. 그는 동학의 길이 하늘을 섬기고 사람을 사랑하는 것이라 믿었다.
 "장인어른, 지가 보기엔 그 풀이 그 풀 같아서 약초꾼은 영 힘들 것 같어유. 지가 할 수 있는 거라면 몸 쓰는 일인데, 동학농민을 위해 해드릴 일이 뭐 읍겠슈?"
 박성삼은 동학도를 위해 일해 보겠다는 아례의 착한 심성이 흐뭇했다.

"지금은 사람을 구제하는 것보다 나라를 구하는 일이 시급하구나. 왜놈들이 왕궁을 침범하고 왜군이 청군을 이긴 후로 조선 팔도가 풍전등화와도 같이 위태로운 실정이다. 이런 땐 죽기를 각오하고 왜놈들과 싸워 나라를 구해야 하는데 네가 그리해 보겠느냐? 약초 캐는 일은 나 혼자서도 충분하다."

"나라를 구하는 싸움에 낄 수만 있다면 그보다 더한 보람이 없지유."

"네 마음은 알겠다만 야무네 생각이 어쩔지…. 네가 옥에 풀려나 같이 있는지가 달포밖에 안 되었는데."

"그건 염려 안 하셔도 되유. 집사람도 약초의 쓰임새를 배워 병든 농민을 돌보겠다 했지유."

"네 생각이 그렇다면 내일 네가 갈 곳이 있다. 고맙고 장하다."

그들은 바위에 나란히 앉아 주먹밥을 먹으며 서로의 마음을 확인했다. 그들은 부지런히 약초를 채취해 산을 내려갔다.

박성삼의 생각도 딸이 의녀만 될 수 있다면 더할 나위 없이 좋은 일이었다. 일찍이 글을 깨우치고 영민해서 약제를 배우는 일은 쉽게 할 수 있을 것 같았다. 야무네는 어렸을 때부터 약제에 관심이 많아서 박성삼이 약초를 캐오면 약초 이름과 어디에 쓰이는 약초인지 곧잘 물어보곤 했다.

마침 고산리에 동학도인 이중삼이 경영하는 한의원이 있었다.

그는 인근에서는 허준을 능가하는 명의로 소문이 나 있었다. 침술과 진맥을 잘 짚었으며 특히 이재마가 주장한 사상체질에 상당한 수준의 지식을 갖추고 있었다.

박성삼은 귀한 약초는 언제나 먼저 이중삼에게 가져다줬다. 그에게 딸을 부탁한다면 의녀의 실력을 충분히 갖출 것이란 생각이 들었다. 수업료는 약초로 값을 치르면 이중삼도 반길 것이 확실했다.

박성삼은 야무네에게 낮에 아례가 한 말을 하며 자신의 생각을 말했다,

야무네는 배울 수만 있다면 가난한 농민들을 위해 일생을 헌신하겠다며 기뻐했다.

이튿날, 셋은 집을 떠났다. 이들은 이중삼에게 줄 약초를 챙겨들고 웅산 고개를 넘고 있었다.

박성삼은 앞서가면서도 그냥 가지 않고 소나무 밑동에서 복령과 참나무에서 도장버섯, 상황버섯을 따서 바랑에 넣었다.

그는 당분간 딸과 사위와 떨어져 있게 되면 마음이 허전하겠지만 야무네와 아례가 사람을 돕고 나라를 구하는데 보탬이 되겠다고 나서는 의지가 대견스럽기만 했다.

감초를 작두질하던 이중삼이 한의원에 들어서는 박성삼을 보더니 반갑게 맞았다. 그들은 우선 심고부터 드렸다.

박성삼이 보자기를 풀어 가져온 약제와 오면서 수확한 복령과

버섯을 이중삼 앞에 내밀며 찾아온 목적을 조심스럽게 말했다.

"어르신께 인사 올려라. 여긴 내 딸이고, 사위입니다"

아례와 야무네가 큰절을 했다.

"박 도인, 그러잖아도 일손이 필요했는데 잘 되었소. 한의원은 별의별 사람이 출입을 하기에 도인이 도와주었으면 하던 차에 잘 되었소. 또 일손이 필요 없다 한들 한울님이 보내주신 건데 내가 거절할 수 있겠소? 염려 마시오. 여기서는 보고 듣는 것이 모두 한의 공부니 곧 익숙해질 것이오."

"이 약초꾼의 부탁을 그토록 따뜻하게 받아주시니 은혜를 잊지 않겠습니다."

"도인끼리 은혜랄 게 없지요. 자넨, 건너에 약방이 비어 있으니 그곳에서 숙식을 하시게."

이중삼이 박성삼의 인사에 답을 하면서 야무네에게 건너편 방을 가리켰다.

"합덕은 요즘 어떤가요? 되놈과 왜놈이 들어와 총 쏘고 난리인데 그 가운데 낀 조선은 동학도만 잡는 데 혈안이 되고 있으니 아무래도 포덕이 어렵겠지요?"

이중삼이 다시 작두질을 하면서 박성삼에게 물었다.

"아닙니다. 임진년 왜란보다 더한 왜란이 있을 것이라며 농민들이 일손을 놓고 안절부절못하고 성급한 사람은 피난봇짐을 싸놓고 있습니다. 이런 판국에 우리 동학이 척왜를 내세우면서 나라를 구할 의병인 우리 편에 서겠냐? 침략자 왜놈 편에 서겠냐? 하고 물으면 모두가 우리 동학 편에 서겠다고 해서 온 합덕 들판이 동학으로 들썩들썩합니다. 농민들이 불운을 피하려고 '지기금지 원위대강 시천주 조화정 영세불망 만사지'를 밤낮으로 외우고 있어 마치 천지에 한울님이 강림하신 것 같습니다."
"이웃 원평에선 농민들이 보습을 내다 칼을 만들고, 화약을 만들고 훈련을 하는 것을 보면 꼭 병영 같소. 곧 무슨 일이 터질 것만 같아 나도 정신이 반쯤 나가 있어 약탕기에서 약이 타는 줄도 모르고 있을 때가 많소."
"안 그래도 원평에 가려던 참입니다. 사위가 그편에 들어가 일을 하겠다고 해서 데리고 가는 길입니다."
박성삼이 인사를 하고 아례를 데리고 한의원을 나오는데 야무네가 따라 나와 아례에게 몸 성히 지내다 곧 만나자고 귀엣말을 했다.

고산에서 원평은 그리 멀지 않았다. 남쪽으로는 가야산, 동남쪽으로 서원산, 서쪽으로는 상왕산에서 일락산으로 흘러내리는 산줄기 수정봉 밑에 요새처럼 자리 잡고 있었다.
이 산들은 박성삼이 약초를 찾아 자주 가는 곳이었기에 골짝, 능선에 들어찬 나무의 종류까지 파악하고 있었다.
원평에 들어서자 활기가 넘쳤다. 서른 여채의 초가 사이에 주막과 상점과 대장간이 자리하고 있었다.
박성삼은 대장간 앞에 발을 멈췄다. 화로에는 풀무질을 할 때마다 붉은 불꽃이 활활 타오르고 있었다.

"무탈하신가?"

모루 위에 시뻘겋게 단 쇠막대기를 올리고 망치질을 하던 강쇠가 일을 멈추고 박성삼과 아례 쪽을 봤다.

"심마니가 뭔 일로 의관을 갖추셨데유? 그리 입으니 양반이 따로 없네유."

"쉬었다 하시게. 만들고 있는 그거 장도 아닌가? 요즘은 그런 것도 주문받으시는가?"

"오십 개는 더 만들어야 하는디, 풀무질할 손이 부족하네유."

강쇠가 아례를 힐끔거리며 조심스럽게 말했다.

"누가 주문한 것인가? 관아는 아닐 테고…."

"여기에서 만든 칼은 모두 개심사로 올려보내는 구먼유. 이거 다 동학도가 쓸 칼인디유. 박 도인께서도 멀지 않아 내가 만든 칼 들고 칼춤 출 때가 올꺼유, 그런디 멀쑥이 서 있는 저 풍신은 누구래유?"

"마침 잘되었네. 여기 내 사위 아례네. 손이 부족하다니 내 사위가 할 일이 생겼네. 힘이 장사라서 종일 풀무질을 시켜도 잘할걸세."

아례가 강쇠를 보고 싱긋 어설프게 웃었다. 강쇠가 허리춤에서 수건을 꺼내 땀을 닦고는 환하게 웃으며 아례의 두 손을 잡았다.

"나이가 워떻게 된댜?"

강쇠가 아례에게 물었다.
"범띠 구먼유?"
"그럼 자넨 나 보다 세 살 밑인디, 편하게 형이라 부르게나. 그리구 대장장이는 순 쌍것들이나 하는 것인디 괜찮은겨?"
"이 아우가 천것 출신이라서 아무 상관 없슈. 돌아갈 맘 없이 그냥 온 거유. 오늘부턴 열심히 배워가며 일 할래유. 지가 눈치는 빨라서 풀무질이랑 담금질이랑 망치질이랑 금방 손에 익을 거유"
"해월 대선사님 말씀 못 들었는가? 망치질하고 담금질하는 게 대장장이가 아니고 한울님일세. 고맙네."
박성삼이 만족해하며 강쇠의 어깨를 가볍게 두드렸다. 그리고 아례에게 곧 야무네와 함께 있을 곳을 마련해 보겠다는 말을 남기고 자리를 떴다.

늦여름의 해는 지칠 줄 모르고 열기를 토해냈다. 화로 앞에서 풀무질을 하는 아례의 등판은 땀으로 흥건하게 젖어 있었다. 강쇠는 말없이 칼을 풀무에 넣었다 빼내 다시 망치질을 반복했다.
"강쇠 형, 여태 형 혼자서 이 고된 일을 했데유?"
아례가 손 등으로 땀을 훔치면서 물었다.
"아녀, 복쇠가 개심사에 칼 갖다주러 갔으니께 곧 올 때 되었구먼, 글고 이제부터 네 이름은 막쇠여. 맨 나중에 들어왔으니께 막쇠가 딱이여. 쇠 만지는 대장장이에 걸맞은 이름여야 뭘 만들어

내든 믿음이 가는 겨. 또 우덜도 이름값을 해야 하니께 한 번이라도 더 담금질을 하는 겨. 우덜이 만든 이 칼이 왜놈의 몸뚱이를 베고, 시퍼런 칼날을 횡포한 지주 놈 모가지와 탐관오리의 모가지에 대고 우레 같은 소리로 '네 이놈! 네 죄를 알렸다.'하는 생각을 하면서 숫돌에 칼을 갈면 힘 드는 줄 모른 겨."

강쇠가 이야기하는 중에 비지땀을 흘리며 복쇠가 들어왔다. 그를 보자 놀란 건 아례였다.

"너 수실이 아녀? 여기 있었던겨?"

놀란 사람은 수실이도 마찬가지였다.

"아례 니가 뭔 일로 여그서 풀무질을 한데냐?"

"강쇠 형, 이놈이 내가 말한 멍석말이 당한 그놈이오."

수실이 이정규가 야무네를 겁탈하려다 노비에게 상투가 잡힌 채로 처맞은 이야기와 멍석말이를 당하고 강상죄로 끌려간 이야기를 했다. 강쇠는 그 이야길 들었을 때 속이 다 후련했다. 그런데 전설 같은 이야기의 주인공이 바로 눈앞에 있는 막쇠였다니 인연이란 참으로 오묘했다.

"막쇠 네가 그 노비였단 말여?"

놀란 사람은 강쇠였다.

창리 이정규 집이 불타던 그 밤에 노비들이 뿔뿔이 헤어지고 수실이 혼자 원평에 와 강쇠 밑에서 대장간 일을 하고 있었다.

"막쇠야, 너는 말여, 칼 맹기는 자리가 아니고 칼 쓰는 자리에 있어야 할 것 같다. 다음번엔 니가 그 칼 메고 개심사엘 한 번 가

봐라."

강쇠가 대견해 하는 눈빛으로 아례를 바라봤다.

 일본군이 조선팔도에 들어온 이후 동학도의 수는 상상을 초월할 정도로 불어났다. 굳이 접주들이 동학의 교리를 설명하기 전에 찾아와 입도하는 농민들이 줄을 섰다. 정산의 건지동같이 마을 전체가 동학에 입도하는 경우도 생겼다.

 농민들은 밭을 갈면서 끊임없이 주문을 외우고 여자들은 베틀에 앉아 쉴 새 없이 주문을 외웠다.

 홍주목사 이승우는 잠을 설쳤다. 잠시 잠이 들면 동비들에 의해 홍주성이 와르르 무너지는 꿈을 꿨다. 대원군이 내린 효유문으로는 동학 도인들이 귀가하지 않았다.

 공주감영에서는 감사 박제순이 대원군의 밀사였던 박세강과 박동진을 효수했다. 이는 대원군의 영향력이 약해지고 친일개화파세력이 조정을 장악하고 있다는 것을 의미했다.

 이승우는 일본군을 기다리기에는 마음이 조급했다. 현재의 관졸로는 홍주성을 수성하기도 힘들었다. 그는 향군을 모집하는 동시에 발 빠르게 유회군을 조직하는 한편 보부상을 통해 농민군의 움직임을 파악하였다.

 고을마다 유회소를 설치하고 유회표를 발행하는 한편 기찰을 강화했다.

 유회표는 지역마다 달랐다. 천안에서 사용할 수 있는 유도표

(儒道標), 공주에서 사용 가능한 삼통표(三統標) 홍주, 합덕, 원봉에서 사용 가능 한 보발표(步發標) 그리고 원봉표(圓封標)는 홍주와 서산, 태안에서만 사용이 가능했다. 이렇게 한 이유는 동학농민군의 지역 간 이동을 막고 기찰을 통해 동학도인을 체포하기 위한 술수였다. 만약 태안에 사는 사람이 공주에 가려면 원봉표 외에 삼통표가 필요했다. 삼통표를 받기 위해서는 공주 유회소에 가서 신분을 확인한 후 발급받아야 했다.

이런 이승우의 술수를 피하기 위해 통문을 소지한 도인이나 연락을 맡은 도인들은 유회표가 필요하지 않은 스님으로 변복을 하고 다니거나 등짐을 진 장사꾼으로 위장하고 기찰을 피해 다녔다.

한편 박성삼은 뱀골에 비어 있는 산막을 손보고 있었다. 약초꾼들이 봄 한 철에만 이용하고 버려져 있는 산막은 아례가 있는 원평과도 야무네가 있는 고산리와도 가까웠다. 산막은 조금만 손보면 이들이 살림을 차려도 될 정도로 온전했다. 그는 산막에서 오순도순 새살림을 차릴 딸 내외를 생각하며 허물어진 흙벽을 바르고 방에 멍석을 깔면서 콧노래를 흥얼거렸다.

박성삼이 산막을 손보고 있는 시각, 아례는 칼 열 자루를 자루에 담아 등에 메고 개심사로 가고 있었다. 칼 심부름은 수실이 맡아 했지만 아례는 개심사에서 훈련하고 있는 농민군이 궁금했다. 그래서 오늘은 수실을 대신해서 그가 칼 심부름을 하게 되었다.
 늦여름의 햇살이 등에 떨어져 등짐을 진 잠방이가 땀에 흥건히 젖었다. 그는 부지런히 걸어 어름재에 올라 땀을 식히고 있었다. 한패의 장꾼들이 왁자지껄하게 반대편에서 재를 오르고 있었다. 그들도 어름재에서 봇짐을 내려놓고 쉬면서 곰방대에 담배를 채워 입에 물고는 장터에서 있었던 일을 불평했다.
 장터는 물론 고개 아래서도 유회군이 유막을 치고 기찰을 한다는 것이었다. 농민군에게 무기를 가져가는 아례에겐 기찰은 목숨을 내주는 것이나 마찬가지였다. 그렇다고 왔던 길을 되돌아갈 수도 없는 노릇이었다. 되돌아간다면 그런 배짱도 없이 무슨 농민군을 하겠냐며 강쇠 형이 핀잔을 줄 게 뻔했다.
 아례는 이러지도 저러지도 못해 난감해하는데 입술에서 자신도 모르게 주문이 쏟아졌다.
 "시천주 조화정 영세불망만사지, 시천주 조화정 영세불망만사지…."
 장꾼 속에 있던 옹기장수가 주문을 외우고 있는 아례를 눈여겨보고 있었다.
 옹기장수 행색이 누더기를 덕지덕지 기워서 입고 머리는 낡은 망건 위로 봉두난발에 거친 수염, 그리고 얼굴은 마맛자국이 흉한 모습으로 아무리 천민이라 해도 영락없는 거지꼴이었다.
 어름재에서 쉬던 장꾼이 모두 내려갔는데 옹기장수만은 그 자리에 남아 주문을 외고 있는 아례를 유심히 보고 있었다.

그가 아례에게 다가와 물었다.
"안색이 안 좋은데 어디 아픈가?"
"아니구먼유."
"주문을 외우는 거 보니 동학도인가 보네. 나도 동학도네. 무슨 근심인지 맘 놓고 말해보게나."
"…"
"등짐은 뭔가? 그게 걱정인가 보군."
이쯤 되자 아례는 걱정거리를 털어놓았다.
"장도입니다. 개심사에 가져갈 칼인디 아래 길목 유막에서 기찰이 있다고 하니 오금이 저려 발이 안 떨어지구먼유."
"그 장도는 누가 쓸 건가?"
"개심사에서 훈련하고 있는 동학도의 무기유. 이거 들키면, 어디서 맹글었냐? 어디 누구에게 가져가는 것이냐? 허고 물고를 낼 건디, 걱정이 안 되겠시유?"
옹기장수는 잠시 생각하더니 올망졸망한 단지 몇 개를 아례에게 건네주며 말했다.
"칼을 이리 주고 이 옹기는 자네가 지고 따라오너라. 내가 개심사까지 동행해 주겠다."
아례가 대답할 사이도 없이 그는 아례의 짐에서 칼을 꺼내 항아리 속에 넣었다. 그리고 항아리 위에 떡시루를 엎어 감쪽같이 칼을 감췄다.
옹기장수는 항아리를 지고 왔던 길을 되짚어가느라 앞서고 아례는 졸망졸망한 옹기를 짊어지고 그의 뒤를 따랐다.

어름재에서 내려오자 여지없이 임시로 설치한 유막에서 유회군이 기찰을 하고 있었다. 아례는 벌써 얼굴빛이 사색이 되었다. 그러나 옹기장수는 항아리를 지고 흔연스럽게 그들 앞을 지나려고 하자 한 놈이 이들을 불러 새웠다.

"어이, 이리와 보쇼."

"유막에서도 옹기가 필요한가유?"

옹기장수가 능청을 떨며 그들 앞에 다가갔다. 눈매가 매운 다른 한 놈이 옹기장수를 보자 말했다.

"당신은 아까 늘재 쪽으로 가더니 뭔일로 되돌아오는 거유?"

"아이구, 이 양반 눈매가 엄칭 맵네유. 저놈이 이진사댁 노비요. 어름재에 쉬고 있는디 이진사댁 마님이 항아리가 필요하다고 저놈이 극성을 떨어서 할 수 없이 왔던 길을 다시 되돌아가는 길유."

옹기장수가 저만큼 서 있는 아례를 보면서 말했다.

"이놈의 장사도 하려면 이곳저곳 싸다녀야 하는데 보발표나 두어 장 주시오."

옹기장수는 허리춤에서 연초 한 닢을 꺼내 기찰하는 사내의 손에 쥐여 주었다. 연초를 받아든 그가 씽긋 웃더니 유막에 들어가 유표를 가지고 나왔다.

"여기에 동네하고 이름을 적으시오."

"나나 저놈이나 까막눈이라 댁이 적으시오. 나는 스산 팔봉에 사는 삼복이고 저놈은 이 진사댁 돌쇠라 합디다."
 유막에서 나온 사내가 보발표 두 장을 옹기장수에게 건너 주었다.
 아례와 옹기장수는 급히 개심사를 향해 걸음을 놓았다.
 "자넨 누구고 언제 입도했는가?"
 "지는 아례라고 하는디유. 창리 이정규 집 노비로 살다가 옥에 갇혔다 풀려난 뒤, 즈이 장인의 권유로 동학에 입도했구먼유. 시방은 원평 대장간에서 칼을 만들고 있는 대장쟁이 막쇠로 살고 있시유."
 "이정규라면 우리 도인들이 응징한 그자 아닌가? 하늘을 대신해서 천벌을 받은 거지. 그 집 노비였다면 몸 고생, 맘고생이 컸겠네 그려."
 개심사 산 아래에서 옹기장수는 항아리에서 장도를 꺼내 아례에게 주면서 말했다.
 "곧장 오르면 개심사네. 난 여기에서 돌아가겠네. 그리고 이 유표는 지니고 있다가 돌아갈 때 쓰시게."
 옹기장수가 유막에서 받은 보발표 두 장을 아례에게 건네주었다.
 "삼복이 어르신 고마워유. 어르신 덕에 무사히 여기까지 오게 됐슈."
 아례는 유막에서 옹기장수가 자신을 팔봉에 사는 삼복이라 했던 것을 기억하고 그렇게 말했다.

"자네가 큰일을 하고 있네. 그 칼이 왜놈의 목을 베고 탐관오리의 몸을 가를 건데, 고마울 일이네. 그리고 난 삼복이 아니고 삽교 목시 도소에 있는 박덕칠이라고 하네. 옹기장수는 기찰을 피해 우리 도인들을 만나기 위해 잠시 변장한 걸세."

아례는 박덕칠이 내포지역의 동학지도자 중 한 사람이란 걸 알 리가 없었다.

아례는 박덕칠과 헤어져 개심사가 있는 산에 올랐다. 시원한 솔바람이 땀에 젖은 잠방이를 파고들었다. 어디서 대매미소리가 솔바람을 타고 들려왔다.

한편 삼남에서 동학 농민봉기가 들불처럼 일어나자 대원군은 지금까지 동학을 부추겨 한양 입성을 꾀하던 태도에서 급선회해 해산을 명하는 효유문(曉諭文)을 각지에 시달하는가 하면 친일내각 김홍집은 양호도순무영(兩湖都巡撫營)을 설치하고 호위부장 신정희를 도순무사로 임명하여 동학농민군 토벌에 나섰다.

고종은 일본군에게 농민군을 토벌해 줄 것을 요청했는데 이로써 일본이 조선반도에서 유일한 반일 세력인 동학 농민군을 토벌할 기회를 얻게 된 것이다. 고종은 자신이 소장하고 있던 개틀링 기관총을 일본군에 내어주며 자국 백성을 살육하도록 하였다.

이후부터 동학농민토벌군은 조일연합군의 형태가 되었으며, 조선관군의 실질적인 지휘는 일본군이 맡았다.

조정의 강경책에 고무된 홍주목사 이승우와 내포 일대의 군현

수령들은 일제히 동학지도자 검거에 나섰다. 이때까지는 사안에 따라 동학지도자들을 불러 관아 수령과 마주 앉아 농민의 억울한 사정을 논의하는 일도 있었지만, 상황은 급변해 동학지도자를 처단하는 것이 소요를 막는 길이라 생각했다.

이승우는 본보기로 옥에 갇혀있는 동학도 정원갑과 이한규를 효수해 북문에 달았다. 이 같은 일은 면천접주 이창구에게 보내는 경고의 메시지기도 했다. 한 달 전, 이창구가 동학농민군을 이끌고 와 성문 앞에서 시위를 한 적이 있었다. 또 이창구가 조운선을 습격한 일로 이승우는 그에 대한 적개심이 깊었다. 효수된 정원갑과 이한규는 이창구의 부하였다.

기찰이 강화되었다. 내포수령들은 내포지역의 유표인 보발표나 원봉표가 없으면 관아에 끌고 가겠다고 으름장을 놨다. 농민들은 유표를 받기 위해 동분서주했다. 동학을 탈퇴하는 조건으로 유표를 받는가 하면 가까운 유림의 보증을 받고 유표를 받기도 했다. 어떤 이는 유향소에 가서 돈을 쥐여주고 유표를 받아오기도 했다. 그러나 많은 농민들은 이러한 기찰에 오히려 반감을 가졌다.

동학이 척왜를 기치로 내걸었을 때만 해도 유림은 동학에 우호적이었지만 동학농민이 노비문서를 불태우는 등 신분사회를 혁파하려 하자 크게 반감을 갖고 유회군을 조직해 동학농민을 탄압하게 되었다. 양반 지주 역시 처음에는 척왜를 위한 군자금을 내놓는 등 협조했으나 소작인들에게 위협을 느끼자 민보군을 결성해 동학농민군 토벌에 앞장서게 되었다.

동학도를 잡아간다는 흉흉한 소문이 난무하고 있는 가운데 여름이 넘어가고 있었다. 드디어 관군과 유회군과 민보군이 일시에 태안과 서산과 해미지역의 마을에 들어와 동학지도자를 체포하기 시작했다. 이들은 배교한 동학도를 앞세우고 마을을 뒤졌다.

어떤 이는 일을 하다가 붙잡히는가 하면, 밥을 먹다가 붙잡히고, 심고를 드리다 붙잡히고, 도망치다 붙잡혀 오랏줄에 묶여 관아에 끌려갔다.

태안군수 신백희는 누구보다 먼저 공을 세우고 싶었다. 지금은 윗선에 뇌물을 쓰는 것보다는 동학 수괴를 붙잡아 조정으로부터 인정을 받는 일이 자리를 보존하고 출세하는데 힘이 된다고 확신했다. 그 예로 말단 무관이던 이두황이 동학군 토벌로 공을 인정받아 정3품인 장위영 부령관을 제수받았던 일이 있었다.

방어사를 맡고 있는 별유감 김경제 역시 같은 생각이었.

성리학은 국가이념의 근간이며 백성이 마땅히 지켜야 할 법도인데 그 근본이 되는 신분질서를 타파코자 하는 동학에 대한 감정이 좋지 않은 김경제는 신백희가 동학을 잡아들어 처단하자는데 쌍수를 들고 환영했다.

우선 동학의 두령들을 잡아들어 문초하기로 했다. 두령들은 접주의 지시를 받아 농민을 움직이는 핵심간부였기에 중간 허리를 끊어 접주를 고립시키고 농민을 윽여싸 고립시키는데 생각을 같이했다.

9월 14일, 신백희와 김경제는 모두가 잠든 야심한 밤에 나졸을 거느리고 서낭당 박수무당 영달을 찾아갔다.

영달은 김경제가 심어놓은 첩자로 동학에 입도한 자였다. 영달이 동학에 대한 반감은 굿과 관련이 있었다. 동학도가 된 농민들은 더 이상 무당을 찾지 않고 주문을 외우며 소원을 빌고 주문을 태운 재를 물에 타 마시는 것으로 몸을 치료했다.

신백희는 영달을 앞세우고 발소리를 죽여 뱀이 담을 넘듯 조용하게 동학 두령의 집에 들어섰다.

"어서 불러내게."

신백희가 영달에게 말했다.

"안에 계신가유?"

영달이 방문 앞에서 소리를 했다.

"야밤에 뉘시오."

노인이 문을 반쯤 열고 밖을 내다 봤다. 토방 앞에 박수무당이 서 있는 것을 보고는 의아해하며 말했다.

"자넨 영달이 아닌가, 무당이 이 밤중에 뭔 일이여?"

"동학 어르신 계신가유? 접주님 심부름왔슈."

잠을 깬 두령 강운재가 눈을 비비며 방문을 열고 나왔다. 그러자 집 모퉁이에 숨어있던 나졸들이 솔개가 병아리 채가듯 일순간에 달려들어 강운재를 붙잡고 입에 재갈을 물렸다.
 태안 관내 8개 면에서 그렇게 잡아간 동학도 두령들이 무려 서른 명이나 되었다.

 태안 관아의 옥은 서른 명을 수용하기엔 너무 비좁았다. 잡혀 온 두령들은 누울 수도 발을 뻗을 수도 없었다.
 잡혀 온 뒷날부터 문초가 시작되었다.
 두령들은 차례로 불려나가 주리가 틀리고 곤장을 맞았다. 그들은 피투성이가 되면서도 동학도가 누구라는 것을 불지 않았다. 갖은 형벌에도 이를 악물고 버티었다.
 몸은 너덜너덜한 걸레처럼 부서졌지만, 오히려 마음은 바위처럼 단단해졌다. 두령들의 눈빛은 분노로 이글거렸다. 매질을 하는 사령들이 머뭇거리며 형방의 눈치를 살폈다.
 매를 맞고 주리가 틀리는 두령들의 비명소리가 관아 성벽을 넘어 경이정 앞 장터까지 낭자했다. 두령들의 가족은 들려오는 비명소리에 땅바닥에 뒹굴며 오열했다. 차마 눈 뜨고는 볼 수 없는 처절함이 장터를 가득 메웠다.
 옹기장수로 변장한 박덕칠이 이 광경을 보고 옹기를 버려두고 보은 도소로 향해 발걸음을 재촉했다.

 박덕칠이 당도한 청산 문바위골에서는 남·북접 전체 접주회의가 열리고 있었다.

9월 18일이었다.

조정이 그간의 유화책에서 강공책으로 전환하고 곳곳에서 동학도인의 체포가 일어나자 드디어 동학 북접 지휘부는 그간의 교조신원운동을 포기하고 농민들의 편에 서기로 했다.

조정의 동학도 탄압은 남·북접을 하나로 묶는 결과로 나타났다. 보은집회 이후 반목을 청산하고 척왜의 한 길로 함께 나아가자는데 대타협이 이루어졌다. 이러한 배경에는 급변하는 정국의 흐름과 관련이 깊었다.

일본의 경복궁 침탈사건과 청일전쟁 이후 불과 두 달 사이에 조정의 분위기는 완전 친일로 기울고 있었다, 이제 조선 조정의 주인은 청나라가 아니라 일본으로 바뀌었다.

대륙침략을 꿈꾸는 일본은 조선에서 청군만 물러나면 대적할 세력이 없을 것으로 생각했는데 토착세력인 동학이 척왜를 들고 일어서자 긴장할 수밖에 없었다.

처음 전라도에서 동학이 봉기했을 때만 해도 일본은 봉건사회가 무너지는 과정의 진통 정도로 의식했다. 일본이 조선을 손아귀에 넣고 근대화정책을 쓰면 그 같은 문제는 자연 해소될 것이라 간단하게 생각했다.

그런데 대륙침략을 위해 대본영이 있는 히로시마에서 중국까지 설치한 통신선을 동학도들이 절단하고 전주를 뽑아버리는 일이 빈번해지자 아시아를 손에 넣기 위해선 조선의 동학세력을 척결하는 것이 최우선시되었다.

일본 대본영은 대륙에 주둔해 있던 일본군을 남하시켜 동학농민군 토벌에 나섰는데 대본영에서 동학도는 무조건 죽이라는 명령이 내려졌다. 그럼에도 조선 조정은 동학농민군을 진압하면 국가가 안정되고 봉건질서가 유지될 것으로 생각하고 자국 백성을 살육하는데 부역자로 나서는데 서슴지 않았다.

황하일 대접주가 정국의 흐름을 설명하고 동학이 왜 척왜를 해야 하는지 주장했다. 이어서 오지영 대접주가 호남의 정세를 보고하고 남·북접 조화책을 제시했다. 모든 대접주들이 공감하며 일본군과 싸우기 위한 구체적 전략을 논의했다.

앞서 박덕칠로부터 태안 두령들이 체포되어 혹독한 심문을 받고 있다는 보고를 받은 해월은 분노로 부들부들 떨었다. 해월이 평정심을 잃고 그렇게 격노한 일을 박덕칠은 이전에 본 적이 없었다.

대선사 해월이 무겁게 입을 열었다.

"선사(先師)의 숙원(宿冤)을 쾌히 펴고 종국(宗國)의 급난에 같이 나아가라."

드디어 기포령이 떨어진 것이다.

대선사의 기포령에 기다렸다는 듯 모든 대접주들이 환영했다. 해월은 박덕칠을 따로 불러 훈시문을 내렸다.

"팔도의 우리 도인들은 죄가 없어도 이 세상에서 살아가기 어렵게 되고 말았다. 일이 잘못되면 모두 살해될 지경에 이르렀으니 이 글이 당도하면 재빨리 기포하여 스스로 살길을 찾으라."
　남접에서 전주성을 점령한 후 공주 충청감영을 접수하고 곧장 목천, 천안을 거쳐 입성해 농민이 주인이 되는 대동세상을 열자는 주장이나 남·북접 농민연합군을 형성해 남하하는 경군을 막고 입성해 일본군과 친일개화파를 척결하자는 북접의 주장 모두 위기의 나라를 구하자는 주장이라서 서로 합일이 되었다. 해월의 입장에서 보면 기포는 수운의 억울함을 풀고 종묘사직을 지키는 일이었다.
　창의접주 손선민이 일어나 기포는 각 지역에서 대도소를 중심으로 일시에 일어나야 인근 관아에서 원군을 불러오지 못한다고 말했다. 무엇보다 기포의 명분이 중요하니 창의의 깃발을 내걸고 접주들이 앞장서야 한다고 주장했다.
　정읍 대접주 손화중이 앞으로 나서 기포 후 해야 할 일을 조목조목 열거하자 모두 이를 조용히 경청했다. 그는 기포 후 가장 먼저 관아를 점령해 무기와 군량미를 확보해야 하는데 고을 수령에게 왜군과 싸우는 농민군이 의병임을 천명해 무기와 군량미 확보의 당위성을 설명하고 이를 받아들여 저항하지 않고 순순히 무기를 내주는 경우 죽이지 않고 살려주어 원한을 사지 않도록 하여야 한다는 것을 강조했다.
　장흥접주 이방언은 장태 제작방법과 전투에서 이를 효과적으로 이용하는 방법을 말하며 황토현 전투에서 사용한 경험담을 말했다.

병사출신으로 군의 편제를 잘 알고 있는 옥천 접주 조재벽은 대접과 소접이 농민군을 어떻게 조직해야 하고 훈련은 어떻게 시켜야 하는지 자신의 구상을 설명했다.
  정산접주 김기창이 나섰다.
  "그 많은 군사를 먹이고 재우고 치료하려면 적잖은 군자금이 필요합니다. 농민에겐 보탤만한 돈이 없으니 지주 양반들이 내놔야 합니다. 나라가 일본에 넘어가면 사대부 양반이 사라지는데 의병을 일으켜 대신 싸워준다는데 못 내놓겠다는 자는 없을 것입니다. 또한 이들이 그간 소작인들에게 과하게 도조를 받았던 것도 내심으론 겁을 먹고 있을 것입니다. 이를 잘 설득해서 자금을 내놓도록 해야합니다. 또 한 가지 중요한 사항은 군율입니다. 싸우다 그만두고 사사로이 농사일에 가버린다면 농민군이라 할 수 없습니다. 일단 농민군에 소속되면 죽음을 각오하고 끝까지 함께 해야 합니다. 따라서 군율을 정하고 이를 어기면 준엄한 벌을 받도록 해야 합니다."
  김기창은 충분히 그런 말을 할 수 있었다. 그가 접주로 있는 정산 건지동은 마을 전체가 동학도며 농민군이었다. 철저하게 두레농사를 지으면서 모든 농기구와 소를 공유했다. 그들은 일정한 시간에 기상하고 취침했다. 또한 만일에 대비해 틈틈이 무기와 화약을 만들고 군사훈련을 하는 등 일종의 군사학교와도 같았다.
  접주들은 저마다 지니고 있는 군사지식을 말했다. 특히 지속적인 무기와 탄약 공급, 군량미 공급, 짐을 나르고 밥을 짓는 노동력과 부상자를 치료하는 의원의 확보와 세세한 사안까지 밤이 깊도록 논의했다.

달이 빠르게 날며 구름에 숨었다 드러내기를 반복했다. 관솔기름을 묻힌 횃불이 대도소 마당에 걸렸다, 불빛으로 접주들의 얼굴이 붉게 상기되어 보였다. 그들의 얼굴에는 씨름판에서 샅바를 잡고 있는 장사처럼 긴장과 의지가 돋보였다.
 대선사가 자리에서 일어나 좌중을 둘러보았다.
 "오늘 같은 밤에는 수운 대선생이 그립습니다. 가르침을 받는 우리 모두가 같은 마음일 것입니다. 여기 최경선 접주가 오셨기에 칼춤을 청하고자 합니다."
 사방에서 우레와 같은 박수와 함성이 쏟아져 나왔다.
 칼 노래에 맞춰 추는 최경선의 춤사위는 누구도 흉내 낼 수 없는 가히 일품이었다.
 칼 노래는 수운이 남원 은적암에 있을 때 달밤에 홀로 지리산을 바라보며 노래와 함께 칼춤을 추었는데 남원에 있는 도인들을 통해 은밀하게 전수되고 있었다.
 칼 노래에는 후천개벽을 열망하는 민중들의 염원이 고스란히 담겨 있었다. 구전되어 오던 이 칼 노래는 이미 고부 백산봉기 때 농민들이 죽창을 휘두르며 불렀던 일이 있었다.
 최경선이 머리띠를 찔끔 동여메고 무릎께에 행전을 단단히 메고 미투리를 쪼아 신은 후에 자리에서 일어났다.
 그가 진검을 빼 들었다. 그러자 남원에서 김개남과 함께 온 유태홍이 서막을 알리는 북을 힘차고도 빠르게 내려쳤다. 유태홍은 동학의 지도자이자 당시 남원에서 이름을 떨치는 명창이었다. 그가 북채를 잡은 채 최경선의 칼춤에 맞춰 칼 노래를 불렀다.

 최경선의 칼이 바람을 가르는 듯 날쌔게 허공을 젖는가 하면 구름에 얼굴을 내민 달을 단칼에 자르듯 공중으로 뛰어오르면서 칼을 내리쳤다. 그가 칼을 휘두를 때마다 획획 소리가 나며 마당 초입에 있는 횃불이 흔들흔들 휘어졌다.
 최경선의 몸짓에 따라 유태홍은 칼춤에 맞춘 듯, 칼춤을 선도하듯, 중모리로 소리를 놓다가 자진머리로 달려 나갔다. 최경선이 빙글 몸을 돌려 동서남북 하늘과 땅을 빠르게 가르며 칼을 번뜩일 땐 유태홍은 휘모리장단으로 분위기를 한껏 높였다.
 "얼쑤!"
 "잘한다!"
 "그렇지!"
 접주들은 신이 난 듯 여기저기서 추임새가 터져 나왔다.
 최경선이 베어버린 반쪽 달이 허겁지겁 먹구름 속으로 달아나고 있었다. 이제 유태홍의 휘모리장단으로 내닫던 칼 노래가 끝나고 최경선의 칼춤도 끝나 그의 칼이 칼집을 찾아 들어갔다.
 "이제 모두 돌아가 농민을 이끌고 개벽세상을 펼쳐 봅시다. 한울님이 주신 무극대도의 힘으로 왜적으로부터 나라를 구하고 사람이 하늘인 세상을 열어봅시다."
 해월이 접주회의에 종지부를 찍은 듯 또박또박하게 마지막을 갈음하자 다시 우레와 같은 박수와 함성이 쏟아졌다.

 해월이 기포를 허락했다는 소식은 바람처럼 빠르게 전파되었다.
 9월 30일 초저녁, 방갈리에 있는 접주 문장노의 집에는 긴장감이 흐르고 있었다. 먼저 와 있던 문장노의 아들 문구석이 호롱을 켜서 처마에 달았다.
 곧 장성국, 안재복, 문장혁 등 접주들과 도집 문장권, 문성석, 문준영, 안현묵 그리고 중정 곽기풍, 이치영, 박정백이 도착했다. 이들은 태안의 각 마을에서 온 동학지도자들이었다.
 문장노 접주의 손에는 해월 대선사가 보내온 훈시문이 들려져 있었다.
 "여러분! 모두 고정하시고 들으시오. 대선사님이 내린 훈시문을 내가 읽겠소."
 문장노는 손에 들고 있던 한지를 펴 엄숙하게 읽어 내려갔다.
 "대선사님께서 이리 말씀하셨습니다. 팔도의 우리 도인들은 죄가 없어도 이 세상에서 살아가기 어렵게 되고 말았도다. 일이 잘못되면 모두 살해될 지경에 이르렀으니 이 글이 당도하면 재빨리 기포하여 스스로 살길을 찾으라. 하셨으니 여러분의 생각을 말씀해 주시기 바랍니다."

"왜놈들을 몰아내자는 우리를 잡아가는 놈은 조선놈이라 할 수 없습니다. 우리도 참을 만큼 참았습니다. 이대로 앉아서 죽을 수는 없습니다."

접주 장성국이었다.

"농민이 일어나면 달래느라 접주를 내세워 집강을 운영하는 것처럼 하다가 잠잠해지면 탄압을 하니 저놈들 속을 모르겠습니다."

접주 안재복이었다.

"이젠 대원이 대감마저 등을 돌린 듯합니다. 조정에선 우리 동학에 조금이라도 우호적인 세력은 없습니다. 대신들은 물론 고을 수령까지 토벌을 외치고 있으니 우리가 살아남을 수 있는 길은 대선사님 말씀처럼 스스로 살길을 찾을 수밖에 없습니다."

도집 안현묵이 결의를 보였다.

"청나라 패잔병 돌보랴 기세등등한 왜놈 눈치보랴 죽을 판인데 쓸개 빠진 이승우란 놈은 유회군을 만들어 농민이 지 할 말을 못하게 억누르고, 이젠 지 놈들이 만든 유표가 없이는 꼼짝할 수 없게 만들어 거리에서 동학도를 색출하고 있으니 더는 참을 수가 없습니다."

중정 곽기풍이었다.

"이승우 그놈이 정원갑과 김한규를 효수해 머리를 북문에 달아놓고 보아라 네놈들도 대들면 이 꼴이 된다 하고 겁을 주고 있는데 그놈부터 쳐 죽여야 성이 풀리는데 이러고만 있어선 되겠습니까?"
 도집 문장권이 분노를 터트렸다,
 "그 인간보다 더한 놈이 신백희오. 야밤에 도둑놈 보쌈하듯 도인들을 잡아가는 법이 어디 있소."
 "그놈을 작살 냅시다."
 "옳소!"
 "우리가 가만히 당하고만 있을 수는 없는 일입니다. 그러나 오늘 밤은 우리 도인들의 피해가 더는 없도록 심사숙고해 봅시다."
 문장노가 말했다.

 같은 시각, 태안관아 객사에선 군수 신백희와 별유관 김경제가 관기를 끼고 앉아 술판을 벌이고 있었다. 서른 명이나 되는 동학 두령들을 검거해 온 쾌거를 자축하기 위한 술자리였다.
 "이번에 사또가 큰 공을 세웠습니다. 내포에서 준동하는 비도들의 기세를 꺾기 위해선 이곳 태안에서 싹을 잘라야 하는데 오늘 일은 참으로 잘한 일입니다. 태안은 내포의 오른쪽 날개와 같지 않습니까? 제아무리 사나운 독수리라도 날개를 부러뜨려놓으면 날 수가 없지요."
 김경제가 신백희를 추켜 세웠다.
 "별유관이 도와줘서 일망타진했습니다. 저놈들을 족쳐보면 고구마 순 따라 올라오는 고구마처럼 잔당들을 줄줄이 잡아들일 수 있을 것입니다."

신백희였다.

이들의 이야기를 객사 문밖에서 이방 김넘춘이 듣고 있었다.

"한양에서 초토영군이 내려오기 전에 비도들의 씨를 말려야 고을 수령의 공이 인정받을 수 있지요. 공을 다른 놈들에게 넘길 수는 없지요."

김경제가 마치 자신의 일이라도 되는 것처럼 맞장구를 쳤다.

"난 아니지만 별유관은 태안 사람 아니오? 헌데 비도에 대한 감정은 나보다 한 수 위인 듯합니다, 그려."

"하하, 비도 토벌은 누이 좋고 매부 좋은 거 아닙니까?"

"별유관께 술 올리지 않고 뭐하느냐."

신백희의 말에 관기 산월이 김경제의 술잔에 술을 채웠다.

"그런데 한 가지 우려되는 점이 있습니다. 아무리 관아에서 비도들을 잡아들여도 한양에서 이두황이 내려오면 모두 그자가 공을 가로챌 건데, 이거 죽 쒀서 개 주는 꼴이지요."

신백희가 술잔을 단숨에 목에 털어넣고 잔을 내려놓으면서 말했다.

"그럼 사또께선 무슨 비책이라도 있습니까?"

신백희는 잠자코 술만 마시더니 무엇인가 생각이 떠오른 듯 눈빛이 예사롭지 않았다.

"비책이랄 건 없고, 이자들을 효수해 해풍에 저릴 때까지 성곽에 달아놓으면…."

산월이 신백희의 말에 놀라서 들고 있던 술병을 떨어뜨렸다.
"좀 과하기는 하나 그 방법이 공을 빼앗기지 않고 또 농민들에게 경각심을 주는 일석이조의 효과가 있겠군요."
김경제가 쉽게 동의하며 되물었다.
"효수를 한다면 언제가 좋겠습니까?"
"쇠뿔은 단박에 빼야 한다고 이런 일은 지체없이 내일 곧장 시행함이 잡음 없이 비도의 간장을 서늘하게 할 것입니다."
신백희가 단호한 어조로 말했다.
군수의 이 같은 말에 놀란 사람은 산월이 외에 문밖에서 듣고 있는 이방 넙춘이었다.
무려 서른 명이나 되는 동학도를 죽이겠다니, 넙춘이 생각하기에도 어마어마한 일이었다. 그 뒤에 일어날 일을 어찌 감당하겠다는 건지 군수가 제정신이 아니고서는 저런 일을 저지를 수 없다 생각했다.
지금까지 여러 명의 군수를 모셔 봤지만 포악하기가 이를 데 없고, 특히 동학도에 대한 적개심은 유별나서 사소한 일에도 동학도에게만은 매를 치는 경우가 많은 그를 아전들도 싫어했다. 이방 김넙춘 역시 군수를 못마땅하게 여기고 있었다.
산월이 술을 가지러 나왔다가 넙춘을 발견하고는 걱정스러운 듯 말했다.
"이방 나으리, 큰일 났슈. 잡아 온 동학도들을 날 밝으면 목을 쳐서 상투를 성곽에다 매단다며 사또가 저러고 있슈. 근디 그들

중에 이방 나으리가 아는 사람도 적잖을 거 아녀유. 이 일을 워 떻게 한대유?"
 "내 다 들었네. 뒷일에 안 다치려면 알려줘야 허지 않겠는가? 자네만 알고 있게, 내 방갈리에 다녀와야겠네. 사또가 찾거든 배탈이 나서 집에 들어갔다고 전해주시게."

 좁디좁은 옥은 잡혀 온 자들로 발을 뻗을 수 없게 비좁았다. 잠자리에서 갑자기 끌려온 그들은 속적삼에 홑바지를 입고 머리는 봉두난발 한 채, 제대로 짚신도 신지 못한 자가 많았다.
 그들 누구도 몇 시간 뒤면 자신들의 목이 잘려 성곽에 효수된다는 것을 알지 못했다. 너무나 느긋했다. 늘 그랬던 것처럼 타일러 돌려보내리라 여겼다. 이들은 서로 등을 기대고 잠을 자거나 농사일에 관해 한가롭게 이야길 나누거나 집안 사정 등 시시콜콜한 이야길 나누고 있었다.

 그 시각, 넙춘은 방갈리를 향해 밤길을 달렸다.
 넙춘의 발소리에 동네 개들이 껑껑 짖었다. 구름 사이를 벗어나며 초승달이 빠르게 그를 뒤쫓았다. 그는 뛰다 숨이 차면 걷고 다시 뛰길 반복하며 방갈리를 향해 갔다. 밭을 가로지르고, 논길을 걷고, 내를 건너고 야트막한 산등성이를 넘어 바다 쪽을 향해 뛰었다.
 드디어 짭짤한 갯내음이 후각을 자극했다. 모래톱에 우거진

해당화 가시가 짚신을 뚫고 발가락을 찔렸지만, 그는 멈추지 않고 달렸다.

방갈리에 들어섰다.

호롱불이 걸리고 사람들이 웅성거리는 모습이 멀리서도 보였다. 문 접주 집이다.

넙춘이 허겁지겁 싸릿문은 열고 들어서자 일제히 그를 바라봤다.

"아니 이방 나으리가 어쩐 일이시오."

문구석이 넙춘이 나타나자 무슨 일인가 하고 물었다.

"크 큰일 났네. 접주 어르신께 드릴 말씀이 있네."

문장노가 넙춘에게 다가와 물었다.

"그러잖아도 관아에 잡혀간 도인들이 어찌 되었나 걱정되던 차에 잘 오셨습니다. 큰일이라니 무슨 일이 생겼습니까?."

"내일 도인들을 효수하겠다고 합니다."

"지금 뭐라 했습니까?"

"사또와 별유관이 이야기한 걸 들었는데 내일 도인들을 효수해 성곽에 달겠다고 합니다."

넙춘의 말에 접주들과 도집들은 넋을 잃고 멍하니 서 있었다.

문장노는 이를 악물었다. 피가 거꾸로 솟았다. 두령들을 이대로 죽게 내버려 둘 수는 없었다. 그는 분노에 떨리는 목소리로 모두에게 말했다.

"가깝지 않은 길을 한달음에 달려와 급보를 알려 준 이방, 참으로 고맙소. 관아의 구실아치 중에는 이방처럼 농민의 편에 선 관리들도 있어 우리에겐 큰 힘이 아닐 수 없소. 이제 머뭇거릴 시간이 없습니다. 당장 관아로 쳐들어가 두령들을 구해야 합니다."

"여기에서 이러고 있을 때가 아니고 당장 가서 기포해야지요."

문장혁이었다.

"모두 돌아가 철성을 올려 사람들을 불러 모읍시다."

철성이란 징을 쳐 기포를 알리는 것을 뜻했다.

동학농민군은 이제나저제나 철성이 올리기를 기다리고 있었다. 징소리가 들리면 징소리가 들리는 곳으로 몽둥이나 대창, 무기가 될 만한 것이 없으면 지게작대기라도 들고나오는 것은 이미 모두 알고 있었다.

"모두 돌아가 기포한 후 진벌에서 만납시다. 진벌에서 대오를 형성해 관아를 박살 내고 두령들을 구출해냅시다."

문장노였다.

모두 바삐 자리를 떴다. 문구석만 남았다.

문장노 부자는 머리에 흰 두건을 질끈 감고 두루마기를 벗어놓고 바지와 저고리에 배자를 입고 발에 감발을 한 후 다리에 행전을 단단히 맸다. 그리고 선반 위에 놓여 있던 장도를 꺼내 들었다.

구석은 철성을 올리기 위해 징을 내왔다. 이런 일이 있을 것을 예견이라도 한 듯 며칠 전에 구석의 처 최장수가 징을 거울처럼 맑게 닦아놓았다.

이들은 심고를 한 후 결의를 다지며 기포지로 나갔다. 그믐달이 칼날을 세우고 먹구름 사이를 바삐 헤집고 달렸다. 바다는 썰물에 휩쓸려 멀리 나갔는지 파도소리가 들리지 않았다.

이들 부자는 모래가 쌓인 사구에 올라 다시 심고를 드린 후 주문을 큰 소리로 천천히 읊조렸다.

"이제 철성을 올려라."

문장노의 말이 엄숙하게 떨어졌다.

구석은 징채를 높이 들었다 힘차게 내리쳤다. 맑고 깊은 징소리가 마을을 향해 멀리멀리 퍼져나갔다.

징소리에 응답이라도 하는 양 여기저기서 횃불들이 너울너울 춤을 추듯 기포지를 향해 오고 있었다. 횃불이 가까이 오자 사람들의 모습이 드러났다. 그들도 하나 같이 머리에 흰 두건을 매고 싸움판에 나가는 군사처럼 옷매무새가 단단했다. 손에는 몽둥이나 대창을 들고 기포지로 속속 모여들었다. 맨손으로 온 자들은 기포지 옆 대숲에 들어가 실한 대나무를 베어다 대창을 만들었다.

구석은 계속해서 징을 쳤다. 마지막 한 사람이 올 때까지 쉬지 않고 징을 쳤다.

구석의 동생 병석이 어느 사이에 만들어 가지고 왔는지 '탐관진멸'(貪官盡滅)이라 길게 내려쓴 깃발을 장대 끝에 달았다. 그는 깃발을 문장노가 서 있는 사구에 박았다. 깃발 아래 십여 개의 횃불이 일렁일 때마다 어서 탐관오리를 징치하라는 듯 깃발의 글씨가 요동쳤다.

기포지에 도착한 동학 농민들은 각자 심고를 드린 후 주문을 외우기 시작했다.

"지기금지 원위대강 시천주 조화정 영세불망 만사지"

주문은 거대한 합창 소리로 변해 들판을 흔들었다.

맨 앞줄에 동임과 집강과 두레영좌와 도감과 도상쇠가 서서 발을 굴리며 주문을 외웠다. 중간에 꼽추등 만득이와 백정 갑수가 보였다. 만득의 손에는 제 키보다 큰 장대가, 갑수의 손에는 도끼가 들려져 있었다. 정말 신분에 관계없이 지기금지하면 한울님이 될 수 있다는 주문이 이루어진 것 같았다.

사람들이 더는 오지 않자 징소리도 그쳤다.

"이제 우리는 탄압받는 동학도와 착취당하고 있는 농민을 위해 한울님께 고하여 분연히 일어서 탐관오리를 징치하려고 모였습니다. 관아에 잡혀 있는 두령들을 구하는 것이 첫 째 우리가 할 일입니다. 진벌에서 기포한 도인들과 합세해 기필코 두령들을 구할 것입니다."

문장노가 기포를 한 목적을 분명히 했다.

"옳소!"

여기저기서 횃불과 대창을 흔들며 환호했다. 방갈리에 모인 숫자만도 이백여 명이 넘었다.

이들은 진벌을 향해 행군을 하면서 앞쪽에서 '지기금지'하면 뒤쪽에서 이를 받아 '원위대강'을 외치고 다시 앞쪽에서 '시천주 조화정'하면 뒤쪽에서 '영세불망 만사지'를 받아 마치 군가처럼 되돌림해 부르며 행군했다.

그 시각, 다른 마을에서도 같은 방법으로 기포해서 진벌을 향해 달려오고 있었다.

진벌 쪽에서 누군가 철성을 올리고 있었다.

문장노가 진벌에 도착했을 땐 박덕칠과 조석현이 동학농민군을 이끌고 먼저 와 있었다. 진벌에는 방갈리에서 들고 온 '탐관진멸' 외에 '보국안민'(輔國安民), '오리징치'(汚吏懲治) 깃발이 장대 위에서 펄럭였다.

이원면 사창리 김홍석과 마방리 김응칠, 중방리 이남영이 농민군을 이끌고 나타났다. 연이어 근서면 신동 이순화와 화순리 문동하가 이끌고 온 농민군이 깃발을 앞세우고 합류했다. 원서면 중방리 이남영과 동면 율도리 이용준이 함성을 지르며 진벌에 도착했다. 북이면 동해리 정재영과 신곶리 신도휴가 농민군을 이끌고 왔으며 마지막으로 방축리 박윤화가 농민군과 함께 나타났다. 이렇게 모인 농민군의 수가 무려 1,200여 명에 이르렀다.

횃불이 오리쯤 늘어서고 수많은 대창이 어둔 그믐밤을 받치고 있었다. 진벌에서 이들이 외우는 주문 소리는 지축을 흔드는 것처럼 융성했다.

여러 사람이 돌을 옮겨다 만든 단 위에 박덕칠이 올라섰다. 누더기를 기운 백결 옷이 아닌 흰 도포를 입고 머리에 두건을 쓴 모습이 신묘불측해 보였다.

"여러분, 나는 목시 대도소의 박덕칠 올씨다."

그의 첫 마디에 모두 박수를 치며 환호했다.

"오늘 우리가 기포한 까닭은 살길을 찾으라는 도소 해월 대선사의 훈시에 따른 것입니다. 오늘 우리는 한낱 농사꾼이 아닌 군사입니다. 이 땅에서 왜를 몰아내기 위한 의병이며 탄관오리를 심판하는 의군이고 한울님의 뜻을 받드는 천군입니다."

다시 박수소리와 함성이 가득했다,

"태안 관아에는 서른 분의 우리 동학 두령들이 잡혀 참혹한 심문을 받고 죽음 일보직전에 있습니다. 우리가 두령들을 구출하고 악행을 일삼고 있는 수령과 방어사의 죄를 물을 것입니다."

"옳소!"

"좋소!"

여기저기서 함성이 들려왔다.

"총을 가진 관군에게 몽둥이나 대창으로 맞서는 우리 농민군에겐 무엇보다 담력과 지혜가 필요합니다. 그래서 농민군을 이끌 대장을 뽑아 지휘를 맡기고자 하는데 여러분의 생각은 어떻습니까?"

박덕칠이 물었다.

"옳소!"

"그렇게 합시다!"

"그럼 접주님들의 추천을 받겠습니다. 일진불퇴의 정신으로 용감하고 통솔력이 있는 사람으로 세 사람을 정해 기수대장, 서부대장, 북부대장으로 삼겠습니다."

모두 박수로 동의했다.

접주들의 의견은 곧 합의를 이끌어냈다.

"접주님들이 천거한 대장을 발표하겠습니다. 기수대장엔 신석제, 서부대장엔 박정택, 북부대장엔 이치봉을 임명합니다. 이제부터 부대를 세 개로 나눠 대장들이 지휘토록 하겠습니다."

박덕칠이 이들을 임명하자 일제히 징이 울렸다.

"대장들은 앞으로 나와서 한마디씩 하십시오."

박덕칠이 말했다.

"북부대장 이치봉입니다. 우리는 조용히 다가가 성문 앞에 숨어있다가 묘시에 진격 신호가 울리면 성문을 통해 일시에 쳐들어가야 합니다."

"아침까진 성문이 굳게 닫혀 있을 건데유?"

이치봉 말에 한 사내가 손을 번쩍 들고 말했다.

"그건 걱정 안 해도 됩니다. 이방이 문을 열어놓겠다고 약속을 했습니다. 문이 열리면 곧 여기 기수대장께서 진격 명령을 내릴 것입니다."

농민군은 치밀한 그의 계획에 감탄했던지 머리를 끄덕였다.

"나는 기수대장 신석제입니다. 두 대장과 함께 중책을 맡아 영광입니다. 방금 이치봉대장이 설명했듯 성문이 열리면 징을 쳐

진격을 알리겠습니다. 만약에 퇴각할 일이 생겼을 때에도 징을 쳐 알리겠습니다."

신석제이었다. 연이어 박정택이 단상에 올랐다.

"지는 서부대장 박정택입니다. 저항하지 않는 관리를 함부로 죽여서는 안 됩니다. 누굴 징치하던 그것은 지휘부에서 죄상을 묻고 합당한 처벌을 해야 합니다."

원서면, 원북면, 이원면은 북부부대로 편성해 이치봉이 맡고 나머지 면은 서부부대로 편성되어 박정택이 맡았다. 박덕칠은 본부격인 기수부대에 속해 있었다.

농민군은 출전에 앞서 심고를 올린 후 관아를 향해 천천히 진격했다.

한편 태안관아 동헌 앞에는 날이 밝으면 동학 두령들을 참살하기 위해 형틀이 마련되어 있었고 형틀 옆에는 날이 시퍼런 협도(挾刀)가 놓여 있었다. 참살을 집행하기 위해 외지에서 부른 망나니가 와 있었다.

두령들은 옥졸들의 행동을 보고 자신들이 처형될 것을 알아차렸다. 그들은 마지막 지는 그믐달을 하염없이 바라보며 인생의 덧없음을 탄식했다.

객사에서 술을 마시던 신백희와 김경제는 잠자리에 들었다. 김경제는 애첩 월매와 함께 침소에 들고 신백희는 관기 산월을 품고 잠이 들었다.
 산월이 잠자리에서 뒤치다꺼리더니 비명을 지르며 일어났다. 비명소리에 놀란 신백희가 일어나 사납게 산월을 바라보며 말했다.
 "무슨 일인가?"
 "사또, 제가 무서운 꿈 때문에 소리쳤나 봐유. 죄송하구먼유."
 "무서운 꿈이라니…. 어서 말해 보거라."
 "사또께서 나오시는 꿈이라 말씀드리기 민망하구먼유."
 "허어, 내가 네 꿈에 나오다니, 말해 보거라."
 "그게…."
 "썩 말하지 않고 뭐 하느냐?"
 "사또께서 용이 되어 승천을 하시다가 갑자기 머리가 땅에 떨어지고 몸은 무저갱으로 떨어지시는 악몽을 꾸었구먼유."
 "요런 요망한 년 봤나, 필시 네가 내게 감정이 있나 보구나. 고얀 년 같으니라고."
 사또는 산월에게 이렇게 말은 했지만 기분이 언짢아 쉽게 잠이 오지 않았다. 빨리 날이 밝아 비도들을 참살하고 나면 마음이 홀가분해 질 것이고, 동학비도 잔당을 소탕하고 나면 조정에서 공을 인정해 줄 것이고, 영전할 기회가 올 것이라 믿었다. 멀리서 새벽닭 우는 소리가 들렸다.

 농민군은 동문에 당도해 있었다. 문을 사이에 두고 북부부대는 왼편에, 서부부대는 오른쪽 성벽에 찰싹 붙이고 문이 열리기만을 기다렸다.

묘시가 되자 백화산에 있는 홍주사에서 새벽예불을 알리는 범종 소리가 들려왔다. 이 시각 성문 쪽을 향해 바삐 걸어가는 사람이 있었다. 아전 김녑춘이었다.

그가 성문의 빗장을 열어놓고 사라졌다. 빗장이 열리는 소리가 나자 이때다 하고 기수대장 안현묵이 징을 울렸다.

순간, 해일처럼 농민군이 성문을 밀고 관아로 들어갔다. 갑작스런 함성에 놀란 신백희와 김경제는 속옷 차림으로 자리를 박차고 일어나 문을 열었다. 객사에서 바라보니 대창과 몽둥이로 무장한 농민군이 벌떼처럼 동헌 마당에 들어서고 있었다. 신백희는 관졸을 찾았지만, 관졸들은 허겁지겁 사방으로 흩어져 도망치는 모습만 보였다.

위급함을 느낀 신백희는 관모나 흉배 따위는 버리고 겨우 청색 장삼만 몸에 걸치고 줄행랑을 치기에 바빴다. 그는 넋이 나간 듯 맨발로 성벽을 뛰어내려 장터로 달렸다. 김경제도 벌거벗은 몸에 장삼만 걸치고 도망치기 바빴다.

방갈리 백정 갑수가 도끼로 옥문을 부쉈다. 옥에 갇혔던 두령들은 놀라 꿈인가 생시인가 하며 서로를 바라봤다. 농민군의 함성에 비로소 자신들이 죽음 일보 직전에 구사일생으로 구출되었다는 것을 알았다.

두령의 가족 중에는 농민군도 있었다. 이들은 누구보다 먼저 옥으로 달려가 아버지를, 형을, 삼촌을, 아들을 붙들고 울음보를 터트렸다.

동헌 누각에는 박덕칠이 장도를 들고 올라서 있었다. 그는 전투를 지휘하는 총사령관과도 같았다.

동헌 마당에는 아전들이 붙들려와 무릎이 꿇린 채 앉혀 있었고 도망치다 얻어맞은 관졸들이 끌려와 있었다.

도망치던 신백희는 장터에서 농민군에게 붙잡혀 경이정으로 끌려왔다. 이서 김원섭네 집에 숨어있던 김경제도 김원섭의 마누라가 농민군에게 고발하는 바람에 잡혀 경이정으로 끌려왔다.

무릎을 꿇린 그들 앞에 이치봉이 나타났다.

"나는 농민군 북부대장 이치봉이다. 태안군수 신백희는 잘 들어라. 그대는 격쟁(擊錚)이란 말을 아는가? 원통한 일을 당한 백성이 임금이 거동하는 길에서 징이나 꽹과리를 쳐서 그 억울함을 하소연하는 일이 격쟁이다. 그대는 이 징 소리를 듣고 무슨 생각이 들었느냐? 오직 옥에 갇힌 무고한 동학도를 죽일 생각만 하고 있지 않았느냐? 천지가 뒤집힌 후천개벽 세상에선 그대 같은 악한 자가 살 수 있는 공간은 없다는 것이 내 생각이다."

신백희는 온몸이 사시나무 떨 듯하며 무엇인가 항변하려 했지만, 겁에 질려 아무 소리도 내뱉질 못했다.

"농민을 수탈한 행위는 용서받을 수 있지만, 생명을 해치려 한 행위는 도저히 용서할 수 없다. 이제 내가 농민군을 대표해 그대의 목을 취하고자 하니 그리 알라."

이치봉을 칼을 빼어들었다.

"여 여보시오. 고을 수령을 죽이는 것은 대역이오. 칼을 거두어 주시오."

신백희가 꺼져 들어가는 목소리로 말했다.

"그대는 누구를 위한 수령인가? 농민의 고혈을 빨아먹는 흡혈귀가 아니었던가? 그리고 동학이 단 한 번이라도 그대를 해한 적이 있었던가? 그런데도 동학도를 죽여 부귀영화를 누리려는 자를 용서할 수 있겠는가? 내 그대를 참수하여 성문에 매달 것이니 그리 알라."

이치봉의 말이 떨어지기가 무섭게 농민군 한 사람이 신백희의 상투를 잡아 목을 느려 뜨렸다.

"안 된다. 이놈들아, 내 정3품 군수다. 네놈이 나를 죽이면 대역이다."

이치봉이 칼을 높이 들었다. 순간 신백희는 산월이 꾸었던 꿈을 떠올랐다. 머리가 땅에 떨어지고 몸은 지옥으로 떨어진다는 꿈이 이리도 같을 수 있다는 생각에 미치자 지옥이 떠올랐다.

번쩍, 허공을 가르며 이치봉의 칼날이 신백희의 목을 가르고 지나갔다. 허무했다.

이 광경을 목도한 김경제는 오줌을 쌌다. 그의 장삼이 오줌으로 흥건히 젖어있었다.

"네 이놈, 너는 우리와 같은 태안 사람인데, 어찌하여 그토록

악랄할 수 있나?"
 이치봉이 이야기를 끝내기도 전에 농민군의 대창이 그의 배를 뚫고 등으로 나왔다. 고통에 울부짖는 소리가 장터를 쩌렁쩌렁 울렸다.
 "고통을 받다 죽게 내버려 둡시다."
 이치봉이 자리를 뜨면서 농민군에게 말했다.

 서부대장 박정택은 농민군을 이끌고 무기고로 달려갔다. 소총과 화약과 창검을 확보했다. 그리고 창고를 뒤져 공납전을 빼앗았다. 공납전으로 거둬들인 면포와 쌀을 쌓아놓고 우선 옥살이를 한 두령들 가족에게 나눠주었다. 그런 후에 각 고을의 접주가 초근목피로 연명하는 가난한 농민에게 나눠주도록 했다.
 대부분 아전들과 관졸들은 무사했으나 동학도에게 매질을 했던 사령들은 초주검이 되도록 얻어맞았다.
 박덕칠이 이들을 향해 추상같은 당부를 했다.
 "동학도를 탄압하고 농민에게 무거운 세금을 부과하고 재산을 갈취한 일로 마땅히 당신들에게 죄를 물을 것이나 군수와 방어사를 처형한 것으로 대신하겠소. 당신들 속에도 선한 한울님이 계시는 것이기에 당부하니, 오늘 있었던 일을 보복하려고 농민을 살해하거나 잡아다 옥에 가두는 일이 있어서는 안 될 것이오. 다음에 누가 군수로 오던지 여러분들은 농민 편에 서서 농민이 억울함이 없도록 각별히 보살펴 주시오. 만약 이를 지키지 않고 경거망동할 때는 농민군의 칼날이 용서하지 않을 것이오."

박덕칠이 효수된 신백희와 김경제를 가리켰다.

아전들과 관졸들이 일제히 성문에 효수된 군수와 방어사를 바라봤다.

"그리하겠소?"

"네, 말씀대로 하겠습니다."

형방 오달호가 머리를 조아리며 대답했다.

박덕칠은 이렇게 다짐을 받은 후에 그들을 풀어주었다.

모든 것이 마무리되자 목애당 마당에는 농민군들로 가득했다. 개중에는 몽둥이와 대창을 버리고 무기고에서 회수한 소총으로 무장한 농민군도 보였다.

박덕칠이 누각에 올라 사기가 충천한 농민군을 바라보며 큰 소리로 말했다.

"이제 우리가 목적한 바는 이루었습니다. 이것은 시작에 불과합니다. 우리 동학 농민을 탄압하면 언제라도 분연히 일어나 오늘처럼 싸울 것입니다. 기포를 주도한 접주님들 수고가 많았습니다. 농민부대를 이끌고 관아를 단숨에 점령한 안현묵, 이치봉, 박정택 세 분 대장들 큰일 하셨습니다. 모두 고맙습니다. 이제부터 우리는 농사꾼인 동시에 농민군으로 일하면서 싸워야 합니다. 이제 모두 돌아가 생업에 종사하되 언제라도 기포명령이 떨어지면 즉시 나와 주시기 바랍니다."

"만세!"

"동학농민군 만세!"

관아 가득 만세 소리가 아침 하늘에 무지개처럼 아름답게 떠올랐다.

박덕칠은 이치봉과 박정택을 따로 불러 은밀하게 당부했다.

"민첩한 자를 선발해 지금 다른 읍내로 가서 군기를 확보해 도소로 가져오십시오. 이제부터 큰 전투가 벌어질 것을 대비하려면 무기가 절실하게 필요합니다."

박덕칠의 말이 떨어지자 곧장 이치봉과 박정택은 바삐 소수의 농민군을 이끌고 사라졌다. 공납전에서 거둬들인 면포와 쌀을 나눠 짊어지고 농민군은 천천히 동문을 빠져나갔다.

얼마를 가다 뒤를 돌아보니 동헌에서 불길이 치솟았다.

모두 걸음을 멈추고 훨훨 타는 동헌 쪽 불길을 바라봤다. 농민군 한 사람이 혼잣말처럼 중얼거렸다.

"저게 도적놈 소굴이여. 잘 타는구먼. 아이구, 속이 다 후련하다, 후련 혀."

동헌 10칸을 태운 불길은 점점 번져 문간 3칸, 객실 3칸, 칠성 9칸 내아 15칸 관청 9칸 공수 30칸을 모두 태운 뒤에야 잦아들었다.

그 뒤 12월에 부임한 태안부사 이희중은 상부에 보고하길 '성과 관아가 모두 잿더미로 변해 있다'고 했다.

5
간계(奸計)

 한편 서산관아를 점령하기 위한 진군하던 농민군은 멀리 태안 관아가 불타 검은 연기가 하늘 높이 피어오르는 것을 보고 있었다.
 홍종식은 박인호로부터 사발통문을 받고 농민군을 모아 서산 관아로 쳐들어가고 있었다.
 그가 동학에 입도한 후 빠르게 접주가 된 데에는 그럴만한 이유가 있었다. 그는 조운선에 세곡을 가져다주고 관리하는 운량관 직책을 맡고 있었는데 곡창이 농민군의 습격을 받아 털리고, 더군다나 이창구가 조운선을 부수고 세곡을 탈취한 일로 책임에서 면할 수가 없었다. 그가 살 수 있는 길은 오직 농민군 편에서 세곡 탈취의 정당성에 동조할 수밖에 없었다.
 홍종식이 농민군을 이끌고 갓고개길을 넘어서자 박인호가 농민군을 이끌고 기다리고 있었다. 그의 부대 앞에는 '탐관진멸'

'오리징치' '척왜구국'이라는 깃발이 선두에서 펄럭이고 있었다.

"홍 대장! 무기라고는 화승총과 활, 대창이 전부지만 우리 군사가 이천이고 사기가 충천해 있으니 겁낼 것 없소. 마침 성문이 열려 있으니 철성을 올리고 일제히 진격해 단번에 성을 장악합시다. 잊지 말아야 할 것은 오늘 우리가 서산관아를 치는 이유는 붙잡혀 있는 아홉 명의 수두령을 구하는 일이오. 그 다음에 동학 탄압의 책임을 물어 그에 합당한 벌을 내리도록 할 것이오."

박인호가 홍종식을 보자 반가워하며 서산관아를 치는 이유를 말했다.

"제가 선봉에 서겠습니다."

홍종식이 칼을 뽑아 들며 당당하게 말했다.

"상대는 관군이오. 이들이 총을 쏘면 이쪽에서 불화살을 쏴 저지하겠소. 그 사이에 홍 대장이 관아에 당도해 군수부터 사로잡아야 합니다."

박인호가 말했다.

장세화, 안재봉 박동현 등 접주들이 데리고 온 농민군이 합세했다.

박인호가 왼손에 징을 잡고 오른손으로 힘차게 징채를 내려쳤다. 그와 동시에 일시에 함성을 지르며 성으로 몰려갔다.

관군은 전의를 상실한 채 물밀 듯 성문을 통해 쳐들어오는 농민군을 우두커니 바라보고만 있었다.

서산관아는 손쉽게 농민군의 손에 넘어갔다.

옥에 갇힌 수두령들의 행색은 말이 아니었다. 차마 눈 뜨고 볼 수 없을 정도로 참담했다. 모두가 거동을 못 하고 피범벅이 된 채 누워있었다.

그들은 접주들을 보자 울음보를 터트렸다.

박인호는 수두령들을 보기 전까지는 굳이 군수를 죽일 마음이 없었다. 다시는 동학에 대해 탄압을 않겠다는 다짐을 받고 물러설 생각이었다. 그러나 수두령들의 참혹한 모습을 본 후로는 생각이 달라졌다.

아전들과 관졸들이 포박된 상태에서 군수 박정기가 끌려 나왔다.

이미 죽이기로 결심한 이상, 하등 심문할 이유가 없었다. 박정기는 곧 효수되어 장대 끝에 매달렸다.

농민들에게 거둬들일 세미가 적힌 문서와 노비문서를 태우고 군기와 쌀은 덕산 대도소로 옮기도록 했다. 이는 장기적인 관군과의 전쟁에 대비하기 위한 조치였다.

한편 태안관아를 습격해 초토화 시킨 박덕칠은 예산과 태안 일대의 지주를 비롯한 부호들에게 서찰을 보냈다. 동학농민군은 조선반도에서 일본군을 몰아내는 의병이라는 점과 일본군과 맞서 싸우기 위해 군자금이 필요하다는 내용의 서찰이었다. 서찰에는 농민으로 인해 부를 축적했으니 나라가 위급할 때 자금을 후원하는 것은 당연한 일이며 이를 외면하는 일은 나라를 지키지 않겠다는 몰염치한 행위로 용서받을 수 없으며 천추의 한이 될 것이라는 협박이 담겨있었다.

목시 대도소 대접주 박덕칠의 이름으로 온 서찰을 받아본 부호들은 뒷일이 두려워 자금이며 쌀을 보냈다. 단 지원의 목적이 동학이 아닌 의병이라는 점을 내세웠다. 이는 관에 꼬투리를 잡히지 않으려는 의도였다.

내포지역의 읍성 여러 곳이 농민군에 의해 무기를 탈취당하고 지주들이 군자금을 내주는 등 상황은 홍주성을 빼고는 모두 농민군의 수중에 들어간 거나 다름없었다.

얼마 전까지 유회군과 관군이 도처에서 기찰을 벌이던 것과 정반대로 농민군이 기찰을 강화해 유회군의 이동을 막아섰다.

한편 홍주목사 이승우는 고민이 깊어졌다. 홍주성 산하의 관아들이 속수무책 농민군에게 당하고 군기를 빼앗긴 고을 수령들이 파직되는 일이 생기고 보니 농민군을 토벌하지 않고는 자신의 안위마저 위태로웠다.

그가 머리를 싸매고 있는데 결성에서 온 보부상 대방인 장쇠가 허겁지겁 목사를 찾는다는 전갈이 왔다.

이승우는 속으로 지난번에 장쇠를 불러 동학도에 대해 염탐해 달라 했던 일이 생각나서 장쇠를 동헌으로 불러들였다.

"영감, 긴히 드릴 말씀이 있어 달려왔습니다."

장쇠가 인사도 없이 무턱대고 말을 했다.

"긴한 말이라니 뭣이냐?"

"장시 주막에 지금 동학비도 강종화가 술을 마시고 있습니다요. 그놈이 이창구 오른팔이구먼유."

이창구의 오른 팔이란 말에 이승우의 눈빛이 번쩍였다.

농민군을 이끌고 성문에 와서 큰소릴 치던 백마 탄 이창구를 이승우는 잊을 수 없었다. 그때 마침 이승우가 망루에 올라 그 광경을 보았는데 마상에 앉아 호령하던 이창구가 천하의 호걸로 보였다. 관군이 벽루에서 진을 치고 있는데도 코앞에서 마치 목사인 자신을 능멸하는 듯한 그의 호기가 생각났다. 보통 배포가 아니고서야 그럴 수 없었다.

이승우는 형방을 불러 당장 강종화를 잡아 오게 하는 한편, 장쇠에게 50냥을 쥐어 주며 치하하고 귀엣말로 당부했다.

"네가 큰일을 하는구나. 내 너에게 더 큰 상을 내릴 터이니 비도의 소굴인 목시의 대도소를 경비하는 비도들이 몇 명이나 되는지 실태를 알아보고 즉시 내게 말해주도록 하라."

"여부가 있겄시유? 뉘 말씀이시라고 거역 헌대유?"

장쇠가 동전을 챙겨 주머니에 넣고 자리를 뜨면서 만족해했다.

이승우는 무릎을 쳤다. 이이제이(以夷制夷)란 말이 있지 않은가! 이창구를 내 편으로 만들 수만 있다면 박인호와 박덕칠을 무력화시키는 것은 누워서 떡 먹기였다. 다시 말하면 내포에 기승을 부리고 있는 비도의 난은 거품처럼 사라지게 하는 방법은 이창구를 끌어들이는 것이 비책이란 생각이 들었다.
형방이 강종화를 붙잡아왔다.
정원갑과 김한규가 효수당한 것을 알고 있는 강종화는 이승우를 보자 땅에 바짝 엎드려 부들부들 떨었다.
"영감, 살려주십시오."
천하의 호걸인 이창구의 오른팔이라는 자답지 않게 비굴한 모습을 보면서 이승우는 일이 잘 풀려가겠다 생각했다.
"이보게, 내가 언제 자네를 죽인다고 했나."
"사 살려만 주십시오,"
"하아, 이 사람아, 동학도라 해도 내 수하에 있는 자라면 의당 내가 돌봐야 하는 백성이지 않겠는가? 목민심서에서 가장 강조하는 것이 백성을 사랑하는 애민정신(愛民情神)이네. 허나 이런 내 심정을 모르고 반역하다 저잣거리에 머리통이 달려서야 되겠는가? 안 그런가?"
"그렇습죠. 영감."
"이창구 접주는 잘 계신가? 내가 목이 컬컬해 한잔하고 있던 참에 잘 되었네. 나와 한 잔하지 않겠는가?"
강종화는 이승우가 말하는 술잔이 세상을 하직하는 절명주가 될 수도 있겠다는 두려움에 고개를 들 수 없었다.
"올라와 가까이 앉게."
강종화가 목사의 눈치를 살피며 마루에 올라 무릎을 꿇고 앉았다.

이승우가 잔을 강종화에게 건네며 다정하게 물었다.

"이창구 접주는 어떤 사람인가? 내가 지금은 비도와 싸우는 형편이지만 이창구 그 사람 참으로 아까운 사람이네. 나라에 장수다운 장수가 없는 터라 이창구 접주가 나랏일을 맡으면 얼마나 좋겠는가."

이승우의 이 말에 장종화는 마음이 풀어졌다. 특히 자신의 주군인 이창구에 대해 적대감이 없이 오히려 호의적인데 놀라웠다.

"말해보시게, 이창구는 어떤 인물인가?"

이승우는 강종화를 구슬렸다.

"접주님은 반가 출신입니다. 제가 알기론 논어, 맹자와 역경에도 해박한 지식을 가지고 있습니다. 특히 병서인 진법과 병장도설에 관해서는 접주님을 따를 자가 없습니다."

이승구는 다른 건 몰라도 이창구가 병법에 비범한 것만은 사실이라 생각했다. 그가 산등성에 농민군의 깃발을 많이 꽂아 마치 군사가 진을 치고 있는 것처럼 위장술을 벌이는 것이라던가, 번개처럼 관아를 습격해 군기를 탈취하는 수법은 혀를 내두를 정도였다. 이런 자를 농민군을 지휘하게 내버려 둔다면 관군이 농민군을 상대하기가 버거울 것이 분명했다.

"내가 생각했던 대로 역시 근본이 있는 자이군. 내가 서찰을 한 통 써 줄 테니 이창구 접주께 은밀히 전해 주시게. 큰 인물은 큰물에서 놀아야지 손바닥만 한 홍주 근처에서 놀아서야 되겠는가. 훈련원 부사가 아니면 최소한 수문장을 할 수 있게 병조판서에게 천거할 수도 있네."
 이승우는 자기의 기만에 속아 이창구가 투항해 온다면 내포지역은 저절로 평정될 것이라 생각했다. 그는 서찰을 써서 장종화의 손에 쥐여줬다.

 서찰을 전해 받은 이창구는 너털웃음을 웃었다.
 "뱀 같이 교활한 놈 같으니라고, 니놈의 잔꾀에 넘어갈 내가 아니다. 갈아먹어도 시원찮은 놈! 하하."
 그는 참모들을 불러 모았다. 이승우에게 답신으로 본때를 보여줄 생각이었다.
 충청수영성을 치기로 한 것이다. 수영성은 한양으로 가는 조운선을 보호하고 왜침을 막기 위해 설치된 곳이었다. 이창구가 수영성을 노린 것은 총기와 화약을 포함해 대포를 빼앗기 위해서였다.
 이창구는 이승우의 생각처럼 병법에 노련했다.
 그는 몽산에 올라 하늘을 관찰했다. 바람 한 점 없는 맑은 하늘이 가을 날씨답지 않게 따뜻했다. 저녁에 기온이 내려가면 내일 아침은 분명 안개가 자욱하게 피어오를 것이란 걸 알고 있었다.
 그는 공격진을 두 패로 나눴다. 수륙양면 전을 펴 수영성의 수군들을 혼란스럽게 만들 계책이었다.
 이창구의 예견은 적중했다. 새벽녘 앞이 잘 보이지 않을 정도로 짙은 안개가 끼었다. 한패는 배를 타고 수영성 앞 천수만을 향하고 한패는 육로를 통해 수영성을 향해 진군했다.

먼저, 배 열 척에 나눠 탄 농민군은 안개 속을 조심스럽게 미끄러져 갔다. 바다 위 해무는 더욱 짙었다. 수영성 앞에까지 당도했는데도 수군들은 알아차리질 못했다.

드디어 공격을 알리는 징소리가 아침 공기를 가르고 천수만 해무를 헤집었다.

농민군은 배에서 수영성을 향해 총을 쐈다. 수군들이 부산하게 뛰어와 바다 쪽을 바라봤지만, 해무에 가려 아무것도 보이지 않았다.

포수가 천수만 쪽을 향해 포를 쐈지만, 포탄은 번번이 바닷물에 떨어졌다. 수군들은 오직 절벽 밑 농민군의 배에만 관심을 쏟고 있었다.

그 사이 이창구가 이끈 육상 농민군이 총을 쏘며 단번에 수영성을 점령해 버렸다.

수영성은 병인년에 노비 출신 황일광이 끝까지 천주교를 배교하지 않고 죽임을 당한 순교터이기도 했다.

수사(水使) 이진호(李鎭鎬)는 농민군에게 얻어맞고 결국 항복했는데 농민군은 대포와 총과 심지어는 수군들이 가지고 있는 창과 활까지 모두 빼앗아 배에 실었다.

농민군의 기습이 성공하고 나자 거짓말처럼 안개가 사라졌다. 해무가 걷힌 바다는 더없이 청명했다.

수군들은 성벽 위에 서서 무기를 싣고 떠나는 농민군의 배를 우두커니 바라만보고 있었다. 북새통에 홍예문에는 수영기가 내려지고 농민군이 올린 농민의 병기가 펄럭였다.

　이창구에게 수영성이 털렸다는 보고를 받은 이승우는 분개했다. 자신의 회유책이 어리석었다는 마음이 들자 자신에게 화가 났다.
　더군다나 충청감사 박제순이 올린 장계로 인해 이승우가 갑자기 전라도 관찰사에 차하되는 일이 생겨 이창구를 응징할 수 없게 되었다. 이승우로서도 동학 농민군이 장악하고 있는 전라도에 간다는 것은 범의 아가리에 머리통을 들이밀며 날 잡아 잡수라는 것과 같았기 때문에 답답했다.
　이승우가 떠난다는 소식에 농민들은 환호했으나 사대부 유림은 달랐다. 유림들은 곧장 조정에 상소했다.
　이들은 이승우가 조정의 지원이 열악한 상태에서 유회군을 조직해 비도의 난동을 막는데 공이 크다는 것을 상소문에 담아 연일 파발을 띄웠다.
　이승우는 자신이 살 수 있는 길은 오직 하나, 내포의 비도를 토벌해 그 공을 인정받는 길밖에 없었다.
　그는 임금께 간청하는 상소를 올렸다.
　홍주목에 부임한 이래 분골쇄신했으나 성과를 거두지 못한 가운데 전라감사로 제수한다는 성은을 받고 모기가 산을 짊어지는 것 같아 정신이 없어서 땅을 파고 들어가는 듯한 심정이라고 시작된 상소문은 호서지방의 사정이 '마치 거대한 물결이 하늘에 닿고 사나운 짐승이 사람을 잡아먹는 것과 같아' 백성이 임금의 은혜를 알도록 교화시키겠다며 '임금께서는 사람을 알아보는 밝음과 더할 수 없는 뛰어난 지혜로 신의 뜻에 다른 것이 없음을 살피시고 신의 말에 거짓이 없음을 불쌍히 여기시어 특별히 신에게서 완백의 직함을 거두시고 다시 홍주목사의 직임을 주어 나라의 체통을 높이고 신의 분수를 편안히 할 수 있게 해주시기를' 간청했다.

한편 수영성에서 대포 40문을 비롯해 화약과 소총을 빼앗아 온 농민군은 한껏 기분이 고무되었다. 이들은 소를 잡고 모처럼 거나하게 술에 취했다. 가져온 대포는 추광산 진지에 올려놓았다. 그러나 그들은 역시 농사꾼이었다. 군사라면 의당 경계를 해야 했지만, 술에 취해 가을 추수에 관한 이야기나 환곡에 관한 잡담으로 어수선했다.

이승우는 영리했다. 수영성에서 군기를 탈취한 농민군이 승리에 취해 경계를 소홀히 할 것이라 예견했다.

그는 무관 이석범과 김석교 등에게 정예군사 260명을 붙여주며 농민군을 잡아 도륙 내고 수영성에서 탈취당한 군기를 찾아오라 명령했다. 관군은 스나이더 소총으로 무장하고 수레에 포를 실어 운반했다.

이승우는 무관에게 군기를 찾아오지 못하면 돌아오지 말고 자결하라며 독기를 보였다.

관군이 광천 장터에 당도했을 땐 추광산에 있는 농민군은 아직 전열을 갖추고 있지 않았다. 추광산은 오서산 줄기로 야트막한 산이었다. 그럼에도 그곳에선 광천 읍내가 한눈에 내려다보였다.

농민군은 대포를 끌고 산 밑에 당도해 있는 관군을 보자 겁부터 먹었다. 수영성을 칠 때의 기백은 온데간데없고, 우왕좌왕했다. 이때 이창구가 있었더라면 사정이 달랐을 터지만 이창구는 면천으로 떠나고 추광산에는 광천 농민군뿐이었다.

무관 이석범이 추광산을 겨냥해 포를 쐈다. 포탄이 진지 가까이에 날아오자 농민군은 기겁을 하고 달아나기 시작했다. 맞대응해 싸우려는 의지가 전혀 없었다. 누구도 농민군을 지휘하는 자가 없었다.

관군은 소총을 쏘며 추광산으로 물밀 듯 거세게 치고 올랐다. 총탄에 맞아 쓰러진 농민군이 십여 명이 되었다. 총 한 방 제대로 쏴 보지 못하고 추광산을 내준 농민군은 관군의 추격을 받으며 도망치기에 바빴다.

관군은 수영성에서 빼앗겼던 군기를 회수해 홍주성으로 향했다. 너무나 싱거운 한판이었다.

한편, 수영성에서 돌아온 이창구는 숭학산을 점령해 공세미를 실은 조운선이 한양으로 올라가지 못하게 해야겠다고 생각했다.

숭학산은 높지 않지만, 아산만이 한눈에 내려다보이는 군사적 요충지로서 유림 김명배가 사람들을 동원해 돌과 흙을 쌓아 농민군의 근접을 막고 있었다.

이를 이창구가 보고만 있을 리 없었다. 특히 이창구 수하의 농민군이 1만여 명으로 내포 뿐만 아니라 북접에서 가장 강력한 조직이었기 때문에 그가 마음먹기에 따라 숭학산 장악은 시간문제였다.

유회군이 월곡리 일대를 내려다보니 농민군의 수가 인산인해를 이루고 있고 아침저녁으로 밥 짓는 일로 연기가 산허리를 감고 있어 그냥 내려다보는 것만으로도 오금이 저렸다.

농민군이 산을 오르자 유회군은 도망쳤다. 숭학산 밑 월곡리에서 국사봉까지 농민군이 진을 치고 위세를 보였다.

산 아래 지주들이 앞 다투어 노비에게 쌀을 지워 농민군에 보냈다. 어떤 이를 소를 보내기도 했다. 이 같은 일은 이창구에게 잘 보여 해코지를 당하지 않으려는 속셈이었다.

국사봉과 농보성에는 농민군의 깃발이 아산만 쪽에서 불어오는 갯바람에 힘차게 펄럭였다. 이창구는 이곳에서 대기하며 곧 있을 홍주성 침공을 준비하려 했다.

한편, 추광산에서 군기를 회수해온 이승우는 그 여세를 몰아 목시 대도소를 치고 싶었지만, 내포의 지휘부를 섣불리 쳤다가 큰 낭패를 볼 수도 있다는 불안감이 마음 한구석에 자리하고 있었다.

승리한 관군이 돌아오자 이승우는 홍주성이 떠나갈 듯 요란한 잔치를 베풀었다. 소를 잡고 주막에 있는 술을 죄다 내오게 하고 남사당패를 불러들여 한판 연회를 벌였다. 장터에는 풍물놀이가 벌어지고 줄타기, 대접 돌리기, 탈놀이가 성내를 흥겹고 들뜨게 만들었다.

이것은 목시의 대도소를 치기 위한 책략이었다.

이승우의 책략은 적중했다. 홍주성의 이런 분위기를 전해 들은 대도소는 당분간은 이승우가 농민군 토벌에 나서지 않겠다며 마음을 놨다.

이때, 장쇠가 물고 온 정보는 이승우의 결심을 굳히는 계기가 되었다. 농민군이 민가에 유숙하고 대도소는 지키는 군사가 보이지 않는다는 첩보였다.

이승우는 중군사 김병돈을 불렀다.

"중군사, 독사를 잡는 방법 아는가? 독이 올라 대가리를 쳐들었을 때를 기다렸다가 바로 내려치는 거네. 지금 동학비도가 독이 잔뜩 올라있단 말이네."

"목시 대도소 말씀인가요?"

김병돈은 이승우의 의중을 꿰뚫고 있었다.

"비도의 심장부인 대도소를 쳐 노략질당한 군기를 찾아와야 하네. 보부상 장쇠에 말은 목시의 경계가 소홀하다고는 하지만 비도 두목 박덕칠이 만만찮은 놈이라서 조심해야 할 거야. 중군사 의견은 어떠한가?"

"이창구가 수영성을 칠 때 안개를 이용했던 것처럼 우리도 같은 수법으로 복수를 하면 어떻겠습니까?"

김병돈이 이번에도 이승우의 의중을 간파했다.

이창구가 안개를 이용해 감쪽같이 공격했을 때 이승우가 무릎을 치며 안타까워했던 것을 기억하고 했던 말이다.

"그거 좋은 생각이네. 내 군사 오백 명을 내어줄 것인데 오십 명의 기마병으로 기선을 제압하는 것이 어떻겠는가?"

"안개 속에서는 기동력이 승패를 좌우하는데 그리 말씀하시니 참으로 병법에도 능하십니다."

김병돈이 이승우의 비위를 맞추며 아부했다.

홍주성에서는 한참 축제가 벌어지고 있는 판에, 이승우의 명을 받은 김병돈이 기병과 관졸을 이끌고 북문을 나서고 있었다. 목시 가까이에 접근해 군영을 치고 다음 날 새벽이 오길 기다릴 작정이었다.

한편, 김명배가 이승우를 찾아왔다. 그는 숭학산 농보를 이창구에게 빼앗기고 쫓겨 내려온 것이 너무 억울했다.

농보를 쌓기까지 자신이 사제를 털다시피해서 2천 명을 모아 석 달에 걸쳐 돌과 흙을 운반해 만든 것인데 이창구에게 빼앗겼으니 분통이 터질 만도 했다. 자신의 힘으로는 안 되고 이승우의 힘을 빌려 기필코 이창구에게 원수를 갚고 싶었다.

"선달이 어쩐 일이시오."

김명배의 속내를 알면서도 이승우는 능청스럽게 물었다.

"목사 나으리, 이창구를 그냥 보고만 계실 겁니까? 이창구가 있는 한 내포 전역이 폭약을 안고 있는 거나 같습니다. 우리 유림들 입장에선 죽을 맛입니다."

"골치 아프긴 나보다 선달이 더하겠소? 내가 그놈의 심복인 정원갑과 김한규를 처형해 겁도 줘보고 벼슬을 주겠다고 구슬려도 봤지만 별 소용이 없었소."

이승우가 수염을 쓸어내리며 묘책이 없다는 투로 말했다.

"그럼 나으리께선 한양에서 토벌군이 내려오길 기다리시는 겁니까? 토벌대가 내려오기 전에 이창구 그놈이 내포를 쑥대밭을 만들게 분명합니다."

"지금으로선 뾰족한 수가 없는 것 같소. 관군을 동원해 숭학산을 친다 해도 이창구가 달아나버리면 그만이오. 알다시피 농민군을 아무리 죽여본들 그놈이 살아있는 한 농민군은 없어지지 않을 터니 나로서도 답답한 심정이오."

"그놈이 귀신이 아닌 이상 사로잡을 약점이 있지 않겠습니까?"

목사의 말에 김명배는 더욱 난감했다.

"단번에 뒤꿈치 힘줄을 잘라버릴 무슨 방도가 없겠소? 그놈을 숭학산에서 불러낼 만한 방도만 있다면…."

김명배는 이승우의 이 말에 번개처럼 묘안이 떠올랐다.
"그놈을 숭악산에서 불러낼 방도가 있긴 합니다만."
김명배는 김석교의 첩 홍련을 이창구가 마음에 두고 애지중지 한다는 말을 들었던 기억이 떠올랐다.
"면천에 사는 홍련이란 계집을 이창구가 사모한다는 말이 떠돌고 있습니다. 그 계집은 초시에 합격한 김석교란 자의 첩인데 여색이 빼어나 이창구가 한눈에 반했다는 이야기가 있습니다. 그 계집을 이용하면 어떻겠습니까?"
사내라면 계집에게 약하기 마련이고 특히 이창구와 같은 호걸이라면 계집을 밝힐 만한데 이제껏 자신이 그 생각을 하지 못했다는 생각에 이승우는 무릎을 쳤다.
"면천에 사는 홍련이라 했소?"
"나으리, 계집을 구워삶는다 해서 될 일이 아닙니다. 이창구 그놈이 워낙 의심이 많은 자라서 그를 불러내려면 그놈의 심복을 먼저 내 편을 만들어야 합니다. 말하자면 큰 고기를 낚으려면 이중삼중 그물을 쳐야 한다 이 말씀입니다."
"허어, 재갈공명이 따로 없소. 선달이 재갈공명이오. 알겠소. 뒷일은 내게 맡기시오."
이승우는 회심의 미소를 지었다.

목시에서 날이 밝기는 기다리던 중군사 김병돈은 새벽안개 자욱한 가운데 작전을 개시했다.

관군은 대도소를 향해 포문을 열고 맹포격을 했다. 민가에서 새벽잠에 빠져있던 농민군은 지축이 흔들리는 굉음에 놀라 혼비백산했다. 그들은 무기를 챙길 여력도 없이 집에서 뛰쳐나왔다.

순간, 김병돈의 기병대가 마치 사냥을 하듯 이들을 덮쳤다. 관군의 총에 맞아 죽은 자와 포탄에 맞아 죽은 주검이 대도소를 중심으로 사방에 나뒹굴었다.

살아있는 자들은 배를 타고 도망치기 위해 앞다투어 포구 쪽으로 달아났다. 김병돈은 더 이상 이들을 쫓지 않았다.

기병대의 말발굽에 엉망진창이 된 고추밭을 보며 백발의 노파가 기병대를 향해 삿대질을 해가며 욕을 퍼붓고 있었다.

대도소에는 농민군이 읍성에서 빼앗아 놓은 군기가 가득했다. 포와 화약과 소총과 칼과 창 그리고 군사의 기초훈련에 이용되는 병서가 나왔다. 이런 무기는 장차 농민군이 홍주성을 칠 때 사용하기 위한 것이었다.

백여 명의 농민군이 죽거나 부상했으며 60여 명이 붙잡힌 반면에 전사자나 부상병 하나 없이 완전한 승리를 거둔 관군은 군기를 회수해서 홍주성으로 향했다.

홍주성에 급하게 파발이 들어서고 있었다.

"어명이오. 홍주목사 이승우는 나와서 상감마마의 윤허를 받드시오."

마상에서 임금의 교지를 가져온 사령관이 동헌을 향해 소리쳤다.
 동헌 앞에 돗자리가 깔리고 곧 이승우가 관복을 차려입고 나타났다. 아전들이 모두 이승우를 따라 나왔다. 사령관은 말에서 내려 교지를 받들고 그에게 다가갔다. 이승우는 한양을 향해 두 번 절을 한 후 무릎을 꿇고 앉았다.
 "정3품 이승우를 홍주목사 겸 호연초토사로 명함."
 사령관이 교지를 읽고 이승우에게 말했다.
 "교지를 받으시오. 상감께서 이 교지를 내리시면서 특별히 하명하신 윤허가 있었습니다."
 이승우는 두 손으로 공손히 교지를 받았다.
 "호연초토사께 도내 각 읍과 진의 군대는 부신을 기다리지 않고 형편을 보아 징발할 수 있는 재량권을 주셨습니다. 비도를 토벌해 초토사로서 임무에 소홀함이 없어야 한다는 윤허가 있었습니다."
 이승우는 다시 한양을 향해 절을 했다.
 뜻하지도 않게 이승우는 호연초토사로 내포지역은 물론 충청도 내 병사의 전권을 쥐게 되었으니 호랑이에게 날개를 달아준 셈이었다.

 호연초토사가 된 이승우는 가장 먼저 성을 방어할 전략을 세웠다. 이에 장리(將吏)를 불러 모아 각기 방략(方略)을 주고 관병(官兵)을 모집하여 5개의 진영으로 나누었다. 남영관(南領官)에 김명헌(金明憲)을, 동영관(東領官)에 이창욱(李昌旭)을, 중령관(中領官)에 이능연(李能淵)을, 서령관(西領官)에 한상익(韓相翼)을, 북령관(北領官)에 김주현(金周炫)을, 군기감관(軍器監官)에 김관성(金觀成)을 정하였다. 중군(中軍)에는 김병돈을 임명해 군무를 모두 감독하도록 했다.

이승우가 호연초토사가 되었다는 소식은 곧장 이창구가 있는 숭학산에 알려졌다. 이 소식은 농민군 지휘부가 있는 산채에 적잖게 파장을 일으켰다.
 이창구의 심복 강종화의 마음이 유독 흔들렸다. 그가 이창구에게 말했다.
 "제가 홍주성에 다녀올까 합니다. 아무래도 관군의 움직임을 염탐하는 것이 장차 우리의 작전을 구사하는 데 도움이 되지 않을까 싶습니다만."
 "일리가 있는 말이네. 만약을 위해 혼자 가지 말고 편중삼이랑 김영배와 함께 가시게."
 이창구는 일전에 이승우에게 서찰을 받아온 강종화가 마음에 걸렸지만, 생사고락을 함께한 부하를 의심하는 것은 대인답지 않다는 생각에 심복 둘을 따라 보내는 편이 좋겠단 생각을 했다.
 이창구의 허락이 떨어지자 강종화 일행은 괴나리봇짐을 등에 메고 산을 내려와 홍주성으로 향했다.
 그 시각, 이승우는 김석교의 첩 홍련을 잡아다 직접 문초하고 있었다. 그는 옥에 갇혀있는 홍련을 보는 순간 남자라면 탐을 낼 만도 하다며 그녀의 미색에 침을 꿀꺽 삼켰다.
"넌 면천 김석교 생원의 첩이 아니더냐? 그런데 다른 사내를 보다니…, 그 죄가 어떠한지는 알고 있느냐?"
"…."
"이창구를 언제부터 알고 지냈느냐?"
홍련은 목사의 입에서 이창구라는 이름이 나오자 깜짝 놀라 고개를 들었다.
"이창구가 널 총애하고 있는 일은 내 다 알고 있다. 네가 조금만 날 도와주면 무사하지만 아무리 첩이라 해도 반가의 첩이 외간남자와 상간을 한 죄 값은 태형 백대를 맞아야 하니 그건 죽은 목숨이나 다를 바 없다. 목숨은 하나밖에 없는 것이니 살아야 하지 않겠느냐?"
"…."
"넌 이창구를 만나기만 하면 되는 것이고 난 이창구를 잡으면 그만이다."
"…."
"잘 생각해 보거라. 개똥밭에 뒹굴어도 이생이 좋은 것이니라."
몇 마디를 더 던진 이승우는 옥문을 닫고 나갔다.

홍주성에 도착한 강종화는 주막집 주모를 통해 몰래 이승우에게 연통을 넣었다. 주막에 와 있다는 연통이었다.

이승우는 곧 형방을 불러 강종화 일행을 잡아오게 했다.

강종화가 함께 잡힌 편중삼이랑 김영배을 이승우에게 소개했다. 편중심과 김영배는 강종화의 이런 행동을 보고 깜짝 놀랐다.

이승우가 온화한 표정을 지어 보이며 지난번과 같은 말을 했다.

"지금은 나라를 지켜야 하는데 이창구 접주와 같은 무인이 숭학산에 들어가 있으니 큰일이네. 내가 병조판서에게 말해 이접주가 나라의 장수로 일할 수 있게 하겠다는 서찰을 보냈는데 아직 내 답을 못 받고 있던 차에 함께 일하는 사람들을 만나니 잘되었네. 이번에는 내가 직접 이접주를 만나 설득해 보려고 하네. 그런데 내가 만나자고 하면 거절할 것 같아서 이접주의 애첩 홍련에게 부탁하던 참이었네."

이승우에 입에서 홍련의 이름이 나오자 이들은 서로 얼굴을 보며 어리둥절했다.

"내가 초토사가 된 것은 자네들도 알겠지만, 동학도는 물론 그 가족의 생사여탈권은 내게 있네."

이승우의 말에 이들은 자신의 가족을 곧 죽일 것만 같아 덜컥 겁이 났다.

"생각해 보게나, 한양에서 중무장한 경군이 내려오고 있는데 농민군이 이길 것 같은가? 어림없네. 그때는 자네들 목숨은 파리 목숨이네. 난 그전에 이창구를 만나 회심할 것을 간곡히 청해 보려고 하네. 내가 부탁해도 싫다면 다시 숭학산으로 되돌려 보낼 생각이네."

단지 이창구를 만나 타이르고 거절당하면 되돌려 보내겠다는 말에 이들의 마음이 흔들렸다. 이들이 고개를 끄덕이는 것을 이승우는 놓치지 않고 보면서 한술 더 떴다.

"이보게들, 남녘의 비도 전봉준을 밀고 한 자에게 내리는 포상금이 오백 냥이네. 아무리 이창구접주가 기고 난다 해도 전봉준보다야 하겠는가, 그러나 자네들이 도와준다면 내 오백 냥을 내어놓겠네."

"지들이 어찌했으면 좋겠습니까?"

편중삼이 물었다.

"산 아래 주막에서 홍련이 이 접주를 만나기 위해 기다릴 것이네. 자네들은 다른 말은 하지 말고 홍련이 주막에 있다는 말만 이 접주에게 말해주게. 홍련이 이 접주를 만난 뒤 내가 들어가 설득해 보려고 하네. 이 일이 성사되어야 자네들이나 가족이 다치지 않을 거야. 그리고 오백 냥이면 각자 논 스무 마지기는 헐복하게 마련할 걸세."

이승우가 못을 박듯 말했다.

"나으리, 한 가지만 약속한다면 나으리 말씀에 따르겠습니다."

강종화였다.

"무엇인가? 말해보게."

"나으리가 보기엔 이 접주가 비도의 두목이지만 지들에겐 세상을 바꾸려는 미륵입니다. 나으리께서 설득이 안 되면 놔 주겠다고 하셨는데, 그 약속만은 지켜주십시오."

"내 그럴 생각이네. 내일 밤에 이 접주가 주막에 나오는 것으로 알겠네. 자네들도 약속을 지켜야 할 거야."

홍주성에서 나온 셋은 의기투합했다. 특히 이창구를 만나 설득하겠다는 목사의 말을 믿고 싶었다. 또한, 그들의 심중에는 농민군이 패했을 때 목사에게 안전을 보장받을 수 있으며 무엇보다 평생 만져볼 수 없는 많은 보상금을 받을 수 있다는데 마음이 흔들렸다.

이승우는 홍련의 마음이 궁금했다. 그는 다시 옥으로 갔다.

목사를 보자 홍련이 먼저 물었다.

이창구와 자신의 사이가 밝혀진 이상 김석교에게 갈 수도 없는 처지인 홍련은 이창구가 걱정이 되었다.

"나으리, 한 가지만 약조를 해주십시오. 이 접주님을 해치지 않겠다는 약조를 해주시면 나으리의 말에 따르겠습니다."

"오냐, 내 그 약속을 지킬 것이다. 내일 김명배 선달을 따라가서 주막에 있으면 이 접주가 너를 만나러 올 것이다. 그런 후 내가 이 접주를 만나 회심하도록 설득할 것이니라."

홍련은 목사의 말을 듣고 안도의 한숨을 내쉬었다.

다음날, 초저녁 조각달이 숭학산 위에 걸려 있었다.

홍주에 다녀온 이들은 이창구에게 홍주성에선 병사의 움직임이 없었다고 말한 끝에 홍련을 만났는데 홍련이 오늘 밤에 산 아래 주막에서 접주님을 뵙자고 한다는 말을 흘렸다.

이창구는 홍련이 자신을 찾아 면천에서 여기까지 와 준데 고마움을 느꼈다. 이 순간만은 농민군의 지도자가 아닌 순정을 지닌 감성적인 한 인간으로서 이창구였다.

"지들이 따라갈까요?"

편중삼이 슬쩍 물었다.

"이 사람 눈치가 없네. 접주님도 사사로운 개인사가 있는데 따라가다니…."

강종화가 이창구의 눈치를 보면서 편중삼에게 말했다.

"혼자 다녀옴세. 늦지 않게 돌아오겠네."

홍련을 어서 만나고 싶은 마음에 이창구는 들떠 있었다.

이창구가 산을 내려갔다. 산 아래 마을은 저녁을 짓는지 굴뚝에서 피어오른 연기가 처마 끝을 감고 있었다.

이창구가 양반집 첩을 마음에 두고 몰래 만나기는 했지만, 실상은 홍련이 이창구를 사모하고 있었다. 거침없이 양반지주를 응징하는 모습을 보고 마음이 끌렸다. 지금 산을 내려가는 이창구의 머릿속에는 농민군도 산채도 농보성도 없었다. 다만 홍련에 대한 그리움으로 가득했다. 그는 쏜살같이 달려 주막에 당도했다.

장이 서는 날도 아닌데 주막 안에는 보부상 차림의 장꾼들이 술을 마시고 있었다. 그중에 한 사람과 눈이 마주쳤다.
"아니, 자넨 결성에 사는 장쇠 아닌가?"
장쇠가 엉거주춤 일어나 인사를 했다.
"장도 아닌데 웬 일인가?"
"포구에서 건어물 좀 사가지고 가다가 출출해 국밥 한 그릇 먹고 갈까 하고 들렀슈."
장쇠가 둘러댔다. 사실은 주막 안쪽은 보부상이, 집 밖은 김명배가 데리고 온 유회군이 이창구를 잡기 위해 철저하게 준비하고 있었다.
이를 이창구는 알 턱이 없었다. 주모가 안쪽 골방으로 이창구를 데리고 갔다. 골방의 장지문을 열자 홍련이 앉아 있었다.
이창구는 홍련을 보자 한참을 홍련을 껴안은 자세로 있었다. 홍련의 머릿결에서 피마자기름 냄새가 은은하게 풍겼다.
주모가 술병과 사발을 올린 반상을 들고 들어왔다.
"장쇠가 접주님께 올리라는데유."
"고맙다고 전해 주시게."
장쇠는 이창구가 이생에서의 마지막이 될지도 모르는 이 순간에 술이라도 한잔 올리고 싶었다.
홍련의 심정은 착잡했다. 곧 이승우가 방에 들어올 것인데 굳이 홍주성에서 겪었던 이야기를 할 필요가 없었다. 다만 이승우가 약속을 지켜주기만을 간절히 바랐다.
홍련이 이창구 앞에 놓인 잔에 술을 채웠다.

이창구가 애잔한 눈빛으로 홍련을 지그시 바라보다가 그녀가 따라준 술잔을 입에 털어 넣었다.
 순간, 앞뒤 장지문이 부서지는 소리와 함께 열리고 방안으로 김명배를 선두로 유회군과 보부상이 우르르 들어와 이창구를 방바닥에 넘어뜨렸다.
 홍련이 놀라며 다급하게 소리쳤다.
 "이보시오. 목사 나으리가 여기에서 접주님을 만나겠다고 했는데 나으리는 어디 계시오?"
 이들은 홍련의 울부짖음은 뒷등으로 받아넘기며 이창구를 포박했다.
 이창구가 이글이글 타는 핏발이 선 눈으로 홍련을 바라봤다.
 "이건 아니어요. 분명 목사 나으리가 접주님을 만나 설득해 보고 숭학산으로 돌려보내겠다고 약속했단 말이오."
 홍련이 쓰러져 오열하는 가운데 이창구는 이들에게 끌려나갔다.

 이승우는 횃불을 밝히고 이창구가 붙들려 오는 것을 기다리고 있었다. 이승우 옆에는 김복한이 앉아 있었다.
 김명배의 유회군과 장쇠 일행이 이창구를 포박해 데리고 성문에 들어섰다.
 이승우는 계집으로 유인해 이창구를 잡은 자신의 치졸함을 지우기 위해서라도 빠르게 그를 처형하고 싶었다. 이창구가 처형되었다는 소식이 퍼지면 지도자가 없는 내포의 농민군은 스스로 무너질 것이라 여겼다.
 그는 아침이 오기 전에 이창구를 처형하려고 망나니를 대기시켜 놓고 있었다.
 이승우는 처음이자 마지막으로 이창구를 대면했다.
 "그대의 죽음은 그대 스스로 선택한 것이니 누굴 원망하지 마시오. 내가 서찰을 보내 간곡하게 부탁했거늘 뿌리친 것은 임자 아니오. 죄상은 스스로 알 터이니 묻지는 않겠소."
 "여러 말 할 것 없소. 빨리 죽이시오.":
 이창구는 눈을 감았다. 내포 들판을 종횡무진 달리며 호령하던 순간들이 뇌리에서 스쳐 갔다. 전운선을 파괴해 세곡을 빼앗았던 일, 수영성을 감쪽같이 습격했던 일, 단숨에 숭학산을 점령하고 아산만을 손아귀에 넣었던 일 등이 스쳐 갔다.
 운명이 여기까지라 생각했다. 누군가 자신을 대신해 농민군을 이끌 것이라 생각하니 마음이 차분해졌다.
 "뭘 머뭇거리는 것이오. 그리고 지산은 들으시오 내 나으리를 존경했던 까닭은 사내다운 지조와 왜놈을 몰아내고 나라를 구하고자 한 신념을 봤기 때문이오. 그런데 왜놈과 한통속인 저자와 한편이 되어 있는 모습에 몹시 실망했소. 내 한 가지만 예언하겠소. 나으리께서 의병을 일으키셔도 저자에게 배신을 당한다는 것을 명심하시오."
 이창구는 지산 김복한을 측은한 눈빛으로 바라봤다.

죽음 앞에 너무나 당당한 모습에 이승우는 한동안 말을 잊고 그를 바라봤다.

"내 한 가지 궁금한 것이 있소. 그대는 돈도 있을 만큼 있고, 사는 것도 살만한 사람이 굳이 동학에 들어가 스스로 가시밭길을 가는 이유가 뭐요."

이승우가 물었다.

"저승이 아닌 이승에서 모든 사람이 한울님처럼 대접받을 수 있는 세상을 만들고자 함이 내 뜻이자 모든 동학도가 바라는 바이오."

이승우는 더는 묻지 않았다. 대신 형리에게 손짓을 했다.

망나니가 입에 물고 있던 물을 칼날에 뿌렸다. 몇 번 칼춤을 추는 듯 하더니 칼이 포물선을 긋고 올라갔다 싶었는데 어둠을 가르고 빠르게 내려졌다.

동헌 마당에 있던 아전들과 관졸들조차 차마 그 광경을 보지 않고 외면했다.

이창구가 이승우의 손에 죽임을 당했다는 소식은 바람처럼 내포 들판을 휩쓸었다. 너무나 갑작스런 비보에 대도소는 물론 동학도의 집에선 통곡하는 소리가 들렸다. 특히 청천벽력과 같은 소식에 승학산 산채에선 애간장을 녹이는 울음소리가 마치 계곡물처럼 철철 흘러내렸다.

이창구를 주막에 내려가도록 권유했던 강종화 일행은 이승우의 약속을 믿었던 것을 후회하면서 한편으론 그것이 사는 길이라서 택할 수밖에 없다고 생각했다.

그런데 이창구가 주막에 내려오게 된 것은 이들의 권유만은 아니었다. 김복한이 보낸 서찰이 하산을 결심하게 된 큰 이유였다.

김복한의 서찰은 당진에 왔다가 돌아가는 길에 이창구를 만나보고 가겠다며 주막에서 보자는 내용이었다. 만나는 장소가 홍련이 기다리는 주막이었지만 이창구는 의심하지 않았다. 우연히 같은 장소라 생각했다.

김복한은 지체 높은 양반 가문으로 정3품인 우부승지에 올라 왕을 측근에서 보필하던 중 일본군이 경복궁을 난입한 후 개화파 일당이 정권을 잡자 낙향해 의병 활동에 뜻을 세우고 있었다.

이창구는 학식이 풍부한 그를 존경했으며 무엇보다 김복한을 설득해 동학에 적대적인 유림을 어느 정도 유화시키고 한발 더 나아가 김복한을 이용해 이승우를 척왜로 끌어들일 수 있다고 여겼다.

만나자는 김복한의 서찰을 받은 이창구는 홍련을 만나는 일보다 그를 만나 급격하게 돌아가는 시국을 묻고 농민군이 앞으로 어떻게 대처하는 것이 좋을지를 의논하고 싶었다.

이승우는 홍련이라는 그물과 김복한이라는 그물을 이중으로 처넣고 이창구를 유인했던 것이다.

이창구가 없자 숭학산 산채는 더 이상 농민군의 요새가 아니었다. 서로 의견이 분분했다. 농민군의 지휘자가 없는 이때 관군이 숭학산을 공격할 것이라는 소문이 숭학산 농민군을 더욱 불안하게 했다.

관군의 급습으로 초토화된 목시 대도소 역시 숭학산 농민군에게 어떠한 지시를 내릴 수 없었다. 그들은 일단 흩어져 다음 기포명령을 기다리기로 했다.

그러나 농민군 선봉장 유시교의 생각은 달랐다. 그는 관군과 맞서 싸우는 것이 상책이라 여겼다. 그럼에도 대다수 농민군이 하산해 버린 상태에서 숭학산을 지키는 것은 버거웠다.

그는 부하들을 거느리고 인근에 있는 성동산으로 자리를 옮겼다. 성동산은 높지 않고 자그마한 산이었지만, 합덕 방죽이 한눈에 내려다보였다. 특히 그곳에는 옛 조상들이 쌓은 토성이 있어 농민군이 방어하기에 적합했다.

예상했던 대로 중군사 김병돈은 오백 명의 관군을 데리고 이창구가 없는 숭학산을 공격했다. 텅 빈 숭학산에는 농민군이 버리고 간 대포와 화약이 여기저기 흩어져있었다.

관졸 한 명이 농부 한 사람을 앞세우고 부지런히 산을 오르고 있었다.

"나으리, 이 자가 농민군의 은신처를 알고 있다고 합니다."

김병돈에게 관졸이 말했다.

"은신처가 어디냐?"

김병돈이 묻자 농부가 산동산 쪽을 가리켰다.

"아는 대로 말해 보거라."

"무장한 비도들 틈바구니에 쌀을 지고 가는 사람들이 있었구먼유. 행렬이 도랑댕이까지 있었으니 적어도 수백 명은 됐을 것 같드만유."

"그걸 본 게 언제였냐?"

"어제 해질 참이었지유. 비도들이 산을 내려와 뿔뿔이 흩어지는디 한 무리만 따로 성동산으로 올라가는 것을 봤시유."

김병돈은 농부의 말이 농민군의 유인책이 아닌가 하고 처음에는 의심했으나 그의 태도가 그럴 것 같지는 않았다.

한편 산동산성에 진을 친 유시교는 산 밑 합덕방죽과 멀리 삽교천을 내려다봤다. 지난해 섣달그믐에 이정규를 응징할 때 모였던 도랑댕이가 눈앞에 보였다. 소두였던 이영탁과 나성로가 생각났다. 양반 지주들이 자신의 재산을 지키려 민보군을 조직하고 유회군을 만드는데 협력한 반면에 농민군의 수많은 두령들이 농민의 재산을 지키기 위해 아낌없이 제 몸을 던지는 힘이 어디에서 나오는 것인가? 어차피 죽을 목숨이라면 의미 있는 죽음을 선택하는 것이 역사에 살아남는 일이라 생각하니 농민군의 앞에 선봉장으로 나선 자신이 괜찮은 사람이라는 위안이 되었다.

성동산은 높이가 3마장 쯤 되는 낮고 완만한 산이었다. 유일한 엄폐물이라곤 흙으로 쌓은 토성이 전부였다.

농민군은 결의를 다졌다. 숭학산에서 내려온 관군은 언제 왔는지 성동산을 에워싸고 있었다. 성동산성의 농민군에겐 퇴로는 없었다.

관군은 성동산성을 향해 포를 설치하고 김병돈의 명을 기다렸다. 하늘은 구름 한 점 없이 맑고 푸르렀다.

이윽고 김병돈의 진격 명령이 떨어지는 동시에 산성에 포탄이 떨어졌다. 붉은 황토가 피어오르며 농민군의 몸뚱이가 산산조각이 났다. 살아있는 농민군은 날아오는 포탄에 어찌할 바를 모르며 우왕좌왕했다. 전의를 상실한 채 머리를 처박고 포성이 멈추기만을 기다렸다. 포성이 멈추자 관군이 산을 오르는 함성소리가 가깝게 들려왔다.

이대로 죽을 수는 없다 생각한 유시교가 징을 두드렸다. 그때까지 머리통을 처박고 있던 농민군들이 일어나 산성을 뛰어 넘어 합덕방죽 쪽을 향해 내달렸다.

농민군은 관군을 향해 화승총을 쏘았지만 거리가 미치지 않아 쓰러지는 관군은 없었다. 반면에 김병돈이 이끄는 관군은 신식무기인 스나이더 소총과 무라다 소총으로 무장하고 있었으며 이들이 쏜 탄알은 200보에 앞에 있는 농민군을 쓰러뜨렸다.

유시교는 미친 듯이 징을 두드렸다. 총알이 그의 어깨를 관통하고 나서야 징소리는 멈췄다.

산야에는 비명소리가 낭자했다.

합덕 방죽을 사이에 두고 치열했던 전투 결과는 너무나 비참했다. 농민군의 시신이 산등성과 계곡은 말할 것도 없고 합덕 방죽 근처에 겹겹이 쌓였다. 흰옷을 입은 쓰러진 농민군이 마치 아직 흰 눈이 녹지 않고 쌓여있는 것처럼 보였다. 죽어 쌓여있는 농민군의 흰옷은 붉은 피로 물들어 있었다.

산동산성의 싸움은 쌍방 간의 전투라기보다는 한쪽이 일방적으로 자행한 학살이었다. 합덕 방죽에 '보국안민'이라 쓴 농민군의 깃발이 기수도 없이 뻘 속에 박혀있었다.

심하게 상처 입은 농민군은 화약 연기가 자욱한 속에서 '시천주 조화경 영세불망 만사지' 주문을 쉴 새 없이 되뇌며 죽음을 기다렸다.

이날 수많은 농민군이 죽었으며 유시교를 비롯해 60여 명의 농민군이 결박된 채 홍주성으로 끌려갔다.

농민군의 연패는 내포지역 동학접주들에겐 사생결단을 해야 하는 절박한 상황에 놓이게 되었다.

일본군의 경복궁 침입사건 이후 동학농민군이 '척왜'의 기치를 내걸고 반일노선을 분명히 하자 오토리 일본공사는 본국에 긴급하게 보고를 했다. 히로시마 대본영에서 한양 용산에 주둔하고 있는 일본군에게 내린 명령은 동학농민군을 모조리 살육하라는 것이었다. 곧 조선반도에 최후로 남아있는 유일한 무장세력인 농민군을 없앰으로서 조선지배는 물론 대륙침략을 용이하게 하려는 속셈이었다.

특히 동학농민군 토벌에 나선 일본군 19대대 대대장 미나미 고시로(南小四郞)소좌는 사무라이 출신으로 악명이 나있었다. 그는 히로시마 대본영에 출두해 직접 명령을 받았다.

미나미는 19대대를 삼로분진대로 나눠 내륙의 농민군을 서남 해안으로 몰아 대학살을 벌일 계획이었다. 수원, 천안, 공주, 전주로 향한 서로분진대와 광주, 장호원, 충주 대구를 향한동로분진대 그리고 용인, 죽산, 청주, 영동을 향한 중로분진대로 편재해 한양에서부터 조선반도 전역을 그물망으로 고기를 잡듯 내려오고 있었다.

개화파 친일내각은 동학농민군 토벌에 나선 일본군을 도와 경군을 파견했는데 홍계훈 휘하에 있던 이두황에게 호서와 호남의 농민군 토벌을 위한 양호도순무영우선봉장(兩湖都巡撫營右先鋒將)의 직책을 맡겨 한양을 출발해 내려오고 있었다.

신식무기로 무장한 일본군과 경군이 농민군을 사그리 살육하면서 내려오고 있다는 소문이 내포 농민군에게 전해지자 박인호와 박덕칠을 비롯해 동학접주들이 급하게 통문을 돌렸다. 앉아서 죽을 수는 없는 노릇이었다.

그보다 더 중요한 것은 조일연합군을 맞아 잘 싸울 수만 있다면 손병희 대접주가 3만 대군을 끌고 논산에서 남접의 군사들과 연합해 공주성을 치고 한양으로 올라가는데 마중물이 될 것이라는 계산도 하고 있었다.

지금까지 한 번도 없었던 일이 벌어졌다.
눈 있는 자와 귀 있는 자는 사흘 치의 식량을 가지고 여미벌로 오라는 말이 삽시간에 퍼져나갔다. 이 말은 통문을 보는 이와 기포소식을 듣는 이는 전투식량을 챙겨 모두 여미벌로 나오라는 뜻이었다.
여미벌은 서산 운산면에 있는 널따란 구릉지였다. 웅산의 서쪽에 있으며 봉화산과 은봉산과 안산이 여미벌을 감싸고 있었다.
여미벌은 내포의 중심에 있어 서산, 면천, 태안, 당진에서 한달음에 올 수 있는 거리였고 특히 관군의 거점인 홍주성과는 상당한 거리가 있었다. 이는 관군의 기습공격을 피 할 수 있는 전략적인 측면에서 여미벌은 농민군이 모이기에 적합한 장소였다.
무엇보다 당진을 거쳐 합덕이나 아산으로 가거나 면천을 거쳐 대천을 지나 홍주로 가거나 구만리를 지나 아산으로 직행할 수 있는 군사적 요충지이며 이미 농민군의 수중에 들어온 태안과 서산, 해미로부터 전투에 필요한 물자를 지원받을 수 있어 여미벌은 더없이 좋은 곳이었다.

통문이 전달되자 연속된 패배로 실의에 빠져있던 농민군은 분연히 일어섰다. 자신의 몸을 던질 때가 왔다 생각했다. 이들은 화승총을 꺼내 콩기름 칠을 하고 대숲에 들어가 대창을 깎았다. 어떤 이는 막대기 끝에 낫을 박아 무기를 만들었다.

박인호와 박덕칠은 지금까지는 포별로 전투를 했던 것과는 달리 내포지역 대연합군을 형성해 홍주성을 치고 그 여세를 몰아 남접과 합류해 공주전투에 임할 계획이었다.

마침 가을걷이가 끝난 후라서 기포하는데도 적기였다.

신양, 광시, 대흥에 사는 농민들이 부지런히 가야산을 넘고 있었다. 교도들은 대부분 흰 두건을 쓰고 있었지만, 머리띠를 질끈 동여매거나 망건만을 쓴 이도 많았다. 이들은 허리춤에 며칠 분의 식량주머니와 여벌로 짚신을 매달고 있었고 각자 손에는 무기가 될 만한 것을 들고 있었다.

가야산 산길을 오르는 농민들은 마치 흰개미의 행렬처럼 꼬리에 꼬리를 물고 끝없이 이어졌다. 그들 중에는 솥단지를 머리에 이고 따라가는 아낙네도 보였고 식량을 모아서 짊어지고 가는 지게꾼들도 여럿 보였다.

산 능선에는 은빛 억새가 가을 햇빛에 반짝이며 출렁였다. 이들은 함께 가면서 개벽세상을 꿈꾸며 밝고 환한 모습으로 이야기를 주고받았다. 어느 누구도 자신들의 앞날에 험한 가시밭길이 기다리고 있다는 것을 알지 못했다.

덕산, 예산, 합덕, 서산, 태안의 농민들은 추수가 끝난 빈 들판을 걸으며 기어이 새 세상을 만들고 말겠다는 의지가 충만했다. 포 단위로 출발한 농민군은 '척왜양창의'기를 앞세우고 풍물패가 앞장섰다. 상모 대신에 흰 머리띠를 맨 이들의 맨 앞에는 쇠잡이꾼이 꽹과리를 신명 나게 두드리고, 그 뒤를 바짝 태평소꾼이 따랐다. 꽹과리와 태평소 소리에 맞춰 장구꾼이 덩실덩실 춤추듯 장구를 치며 걷고, 맨 뒤에는 징잡이가 가락 사이사이에 느리게 징채를 내리쳤다.

특히 징소리는 들판을 가로질러 멀리까지 퍼져났다.

징소리에 이 마을 저 마을에서 기다렸다는 듯이 농민들이 나와 대열에 합류했다. 들판 하나를 지나면 산허리를 돌아오는 수많은 농민들이 합류했고 그럴 때마다 또 다른 깃발과 풍물패가 합류했다.

그 광경은 도랑물이 모여 시냇물을 이루고 다시 수많은 시냇물이 모여 강을 이루는 것과 같았다. 점점 갈수록 도도히 흐르는 큰 강물처럼 농민의 대열은 커져갔다.

"저 달 속의 옥토끼야 방아 찧지 말고 나 좀 보소"
누가 먼저 시작했는지 모를 상사소리를 선창하자
"상사소리 상사디아"
하고 뒤따르는 사람들 모두가 후창을 했다. 소리는 계속 이어졌다.
"뒷짐 지고 있는 농부야 이 몸 어디 가냐 묻지 마소"
"상사소리 상사디아"
"어서 나와 함께 가세 개벽세상 함께 하세"

"상사소리 상사디아"
"금수강산 짓밟는 왜놈은 누가 막나"
"상사소리 상사디아"
"죽창든 농민군 말고 그 누가 있겠는가"
"상사소리 상사디아"
 풍물패의 농악소리와 구성진 노동요에 농민들은 힘이 든 지도 몰랐다. 간혹 옆 사람이 짊어진 짐이 무거우면 함께 들어주고 격려하며 힘을 보탰다. 그렇게 여미벌을 향해 걸어갔다.

 뱀골의 아례는 가만있지 않았다. 원평의 대장간에서 무기를 만들어 수시로 개심사 농민군 훈련소에 가져다주는 일을 하면서 칼을 쓰는 검법과 총을 쏘는 사격술을 배웠다.
 그의 소원은 두 가지였다. 하나는 천민에서 벗어나 야무네를 사랑하며 단란한 도인의 가장으로 사는 것이었고 또 다른 하나는 불공평하며 억압적인 세상이 아니라 공정하고 평화로운 세상에서 살아보고 싶은 것이었다. 아례의 이 두 가지 소망을 이루기 위해서는 동학농민군이 승리해야만 가능했다.
 여미벌에서 기포한다는 통문을 받고 아례는 누구보다 기쁘고 설레었다.
 그는 개심사에서 얻어온 화승총을 소중하게 손질하며 언젠가는 왜놈의 가슴을 향해 방아쇠를 당길 것이라 다짐했다.
 "저기요. 나도 당신을 따라가서 농민군을 도울래요."

총을 손질하고 있는 아례에게 야무네가 말했다.
"임자가 나설 일이 아녀유. 이번엔 싸울 상대가 관군뿐만이 아니라 왜놈들까지라서. 부녀자가 어찌 될지 모를 일이니께, 임자는 빠져 있는게 좋을 것 같혀유."
"농민군이 싸움에서 지면 어디에 있든 위험하기 마찬가지지요. 농민군이 부상당하면 누가 돌보겠어요? 당신도 알다시피 그간 의원에서 치료술을 익힌 것은 이때를 대비해서였지요."
"내가 말린다고 안 갈 것도 아닐 텐디, 암튼 임자 몸 상하지 않게 조심혀유."
"부상자에게 쓸 약초랑 삼배 천이랑 이미 보따리에 싸놨어요. 의원에서 함께 일하는 점순이가 따라가겠다고 해서 데려 가려고요."
점순이는 야무네 보다 네 살 아래 처녀였다.
"전쟁에서는 다치는 사람이 부지기수니, 그런 사람들을 돌볼 사람이 어찌 필요하지 않겠슈. 참말로 임자가 고맙고 자랑스럽구먼유."
"고마워하긴 제가 해야지요."
그들은 한동안 맞잡은 손을 놓지 않고 서로 바라봤다.
날이 밝자 아례와 야무네는 여미벌을 향해 가는 원벌 농민들 틈에 끼어 발걸음을 재촉했다.

여미벌에는 각 고을 동학 포에서 가져온 '탐관진멸' '오리징치'

'척왜구국' 깃발이 펄럭였다. 그중 유독 눈길을 끈 깃발은 '오만년수운대의'(五萬年受運大義)라 내려쓴 깃발이었는데 범이 앞발을 들고 포효하는 그림이 곁들어진 커다란 깃발이었다.

누가 봐도 그 깃발이 세워져 있는 곳이 지휘부라는 것을 짐작할 수 있었다. 깃발 옆으로 커다란 천막이 쳐져 있었다.

천막 안에는 박인호와 박덕칠이 나란히 앉아 있었다.

서산에서 기포한 박인호는 해미읍성을 공략한 후 방향을 당진 쪽으로 돌려 여미벌에 일찍 당도해 있었고 박덕칠은 비록 목시가 관군의 기습을 받아 쑥대밭이 되긴 했으나 태안에서 기포해 태안읍성을 점령한 농민군과 숭학산에서 퇴각한 농민군을 한테 모아 여미벌에 와 있었다.

특히 이창구를 잃은 면천의 도인들은 이승우에 대한 적개심으로 전의가 불타고 있었다. 이창구에 이어서 성동산성에서 싸우다 붙잡힌 유시교 마저 처형되었다는 소식이 전해지자 합덕 도인들의 분노는 극에 달했다.

오시쯤 되자 여미평은 농민들로 인산인해를 이루었다. 남편을 따라나선 아낙들은 들녘에 새참을 내오듯 광주리에 밥을 해서 이고 오고, 뭔 속인지도 모르고 졸래졸래 부모를 따라나선 아이들도 적잖게 많았다.

지휘부가 있는 천막 앞에는 '천불변도역불면(天不變道亦不變)'이라는 깃발과 함께 '덕의대접주 박인호(德義大接主 朴寅浩)'라는 대장기가 바람에 펄럭였다. 그리고 이곳저곳에는 '보국안민'

'척양척왜' 등 수 많은 깃발이 펄럭였다.

천막 안에는 접주들이 모여 앉아 부대편성과 부대를 이끌 대장을 뽑기 위해 의논하고 있었다.

이윽고 동도군 깃발이 내걸렸다.

언제 만들었는지 우측에서부터 큼지막하게 '동군'의 청색 깃발과 '서군'의 백색 깃발과 '남군'의 적색 깃발과 '북군'의 흑색 깃발과 그리고 '중군'의 황색 깃발이 세워졌다.

곧 지휘부에서 철성을 올리는 징소리가 났다.

이때까지 각 고을에서 농민군을 따라 함께 온 풍물패들이 서로 경주라도 하는 듯 요란스럽게 꽹과리를 치며 태평소를 불며 소고에 맞춰 춤을 덩실덩실 추며 한껏 분위기를 올렸는데 지휘부에서 울리는 징소리에 일제히 하던 것을 멈추고 지휘부 쪽을 바라봤다.

"내말을 잘 들으시오. 싸울 용기가 없는데 남이 오니까 따라온 자는 집으로 가시오."

박인호의 말에 농민들은 서로 얼굴을 바라봤지만 아무도 여미벌을 떠나는 이가 없었다.

"한 집에 한 사람씩만 출병하는 것이 원칙이오. 그러나 꼭 농민군 대열에 끼고 싶은 자는 남으시오. 허나 독자는 돌아가시오. 돌아가 대를 이을 자식을 낳고 비록 같이 싸우지 못했지만, 자식들에게 우리 농민군 이야기를 들려주시오. 그것 역시 부패한 탐관오리와 일본군에 맞서 싸우는 다른 방법이오."

박인호의 말에 십여 명이 식량과 무기를 옆 사람 주고 여미벌을 떠났다.

"지금부터 오방으로 부대를 편성하겠소. 신창과 덕산에서 온 분들은 동군이오. 모두 청색깃발로 가 서십시오."

박인호의 말이 떨어지자 신창에서 온 김경삼 접주를 비롯한 농민군과 덕산에서 온 김영배 접주를 비롯한 농민군이 우르르 청색 깃발 아래로 몰려갔다.

"다음은 서산과 해미에서 온 분들은 모두 홍종식 접주가 서 있는 흰 깃발로 가시오. 이 분들은 모두 서군이오."

서산읍성과 해미읍성을 칠 때 함께 했던 이들은 낯이 익은지 서로 반가워하며 흰 깃발 밑으로 모여들었다.

"태안, 홍주, 안면도에서 온 분들은 적색 깃발이 있는 곳으로 가주시오. 이치봉 접주가 이끌 남군이오."

말이 떨어지자 같이 온 사람을 찾느라 이름을 부르며 붉은 깃발 아래로 사람들이 우르르 몰려갔다. 그중에는 태안 방갈리 접주 문장노 외에 태안관아를 치기 위해 기포했던 두령들과 농민들이 눈에 들어왔다.

"당진은 흑색깃발 아래로 가주시오. 북군이오. 여긴 정산접주인 김기창 대장이 맡을 것이오."

김기창의 이름이 거명되자. 환호와 함께 꽹과리 소리가 요란하게 났다.

"끝으로 면천과 합덕에서 온 분들은 황색깃발이 있는 중군입니다. 중도군은 이창구 대장을 대신해 박성삼 대장이 맡아 줄 것이오."

우레와 같은 박수소리와 함께 꽹과리와 징소리가 요란하게 울려퍼졌다.

"우리 농민 동도군은 각 군마다 지원자로 돌격대를 편성해 전투에서 돌격대가 맨 앞장을 서게 합시다."

김기창이 말했다.

"모두 잘 들으시오. 행군할 땐 북을 치고 태평소를 불 것이고, 진격을 알릴 땐 철성을 칠 것이니 누구나 징소리를 들으면 함성을 지르며 공격하시오. 그리고 퇴각을 알리는 소리는 꽹과리 소리요. 꽹과리 소리가 미친 듯이 울리면 퇴각하되 부대에서 이탈하지는 마시오."

박인호였다.

"그러면 밥 때를 알리는 소리는 뭐래유?"

농민군 속에서 누군가 손을 들며 물었다.

"밥 때를 알릴 때는 북을 치겠소. 밥 때가 끝나는 시각을 알릴 때도 북을 칠 것이니 북소리 이후에는 먹던 밥도 그만두시오."

아례는 야무네의 손을 잡고 황색깃발이 있는 곳으로 향했다. 그들이 놀란 것은 아버지이며 장인인 박성삼이 중군 대장이 된 일이었다.

"아니 강쇠 형 아녀?"

"아이고, 이 녀석이 대장간에는 왜 안나 왔나 했더니 여기 오느라 그랬구먼."
"형, 혼자 왔시유?"
"아니여, 저어기 복쇠랑 함께 왔구먼."
강쇠가 가리키는 쪽에는 수실이 농민들이 가져온 짐을 정리하고 있었다.
수실이 아례와 야무네를 보자 뛰어와 반겼다.
"니가 올지 알았다. 그런디 싸움판에 각시를 데리고 오면 워떻게 하냐."
"내가 안 사람을 따라왔어."
아례가 웃으며 말했다.
수염이 텁수룩한 사내가 환하게 웃으며 이들이 있는 곳에 다가오고 있었다. 덕배였다.
이런 곳에서 덕배를 만나리라곤 상상조차 할 수 없었는데 이정규의 집에서 함께 살던 넷이서 우연히 만나게 되자 모두 기뻐했다.
"영락없는 산 사람 모습이구먼."
덕배의 텁수룩한 수염을 보고 수실이 말했다.
"점쟁이가 따로 없네그려. 집이 홀라당 타버린 그 날 밤에 칠갑산으로 숨어 들어가서 그동안 산적 짓 혀가며 살아왔는디, 이리 살 거 아냐 싶어서 왜놈들하고 싸우자고 맘먹고 전부 하산해 내려온 겨. 근디 수실아, 저기 노란 깃발 아래 서 있는 우리 대장 말여. 어딘가 낯이 익은디, 기억이 날 듯 말 듯 허면서도 영 생각이 안 나는겨."

수실이 박성삼을 바라봤다.

수실이도 처음 보는 얼굴이 아니고 어딘가 낯익은 데가 있다 생각하고 있는데 야무네가 불쑥 말했다.

"우리 아부지 예요."

"그러문 아레 니 장인 아닌겨? 낯익어 뵈는 것이 아무렴 고런 인연 때문에 그런가벼."

덕배가 아레를 보며 말했다.

"지금까지는 우리가 포별로 기포해서 관군과 싸웠지만, 오늘부터는 내포지역의 모든 동학농민이 연합한 진정한 농민의 군대로서 관군과 일본군 연합체인 조일연합군과 싸울 것입니다. 이미 해월 대선사의 허락이 있었습니다. 여기 오신 50여 접주들께서 나와 여기 계신 박덕칠 대접주께서 농민군의 지휘를 맡아줄 것을 요청하였기에 성심으로 이 일을 감당할 것입니다.

박인호가 열변을 토했다. 이어서 박덕칠이 나섰다.

"수운께서는 '시호시호 이내시호 부재래지 시호로다'는 칼 노래를 만드셨오. 이를 풀어 말하자면 '때다 때다 이내 다시 오지 않은 때다.'는 말씀이오. 부패한 탐관오리를 발본색원해 징치하여 나라의 기강을 바로 세우고 외세를 이 땅에서 몰아냄으로써 나라를 구하는 일이 시방 우리 농민군이 해야 할 일이오. 왜놈들이 왕궁을 습격하고 임금을 협박해 우리 동학도인을 참살하도록 경군을 내려보내고, 일본군과 합세해 천안 세성산에서 무수한 동학농민군을 도륙하였다고 들었소. 우리는 더는 물러설 곳이 없소. 오직 우리가 살길은 홍주성을 친 후 공주성을 치고 올라오는 동학농민군과 합세해 한양으로 올라가 외세를 일거에 몰아낸 후 사람을 하늘처럼 섬기는 새 세상을 열 것이오."

박덕칠의 연설이 끝나자 깃발을 흔들고 꽹과리를 치며 환호했다.

다시 박인호가 접주 가운데 전투경험과 통솔력이 있는 자로 부대의 대장들을 임명했다. 여자와 아이들은 제외하고 싸울 수 있는 사람이 일만 오천 명이었다. 이 중에서 나이가 많은 천여 명을 탄약과 식량을 나르는 보급부대로 따로 편성하고 밥을 짓거나 부상병을 돌보는 최소한의 여자를 제외하고는 모두 돌려보냈다.

명실공히 내포의 동도군이 탄생하게 되었다. 야무네는 각 부대를 바삐 돌아다니며 똘똘하게 생긴 젊은 여자를 골라 의녀단을 만들었다. 여기에는 의원에서 함께 일했던 점순이도 있었다.

"모두 들으시오. 여러분이 가져온 쌀은 이제부터 개인 것이 아니고 우리 모두가 함께 먹을 군량미오. 그러니 지휘부가 있는 이곳에 가져다 놓으시오. 그리고 부녀자들이 이고 온 음식은 함께 나눠 먹읍시다. 금강산도 식후경이라고 마침 오 시 반을 먹을 때가 되었으니 못 먹는 자가 없이 옆 사람과 나눠 먹읍시다."
북군 대장 김기창이었다.
"옳소!"
이들은 앞다투어 각자 가져온 쌀 주머니를 앞에 놓인 가마니에 부었다. 이렇게 합쳐진 쌀이 무려 4천 말이나 되었다.
일만 오천 명이 들판에 주저앉아 음식을 나눠 먹는 광경은 장관이었다. 이 광경을 지켜보고 있던 박덕칠은 해월이 말한 밥 한 그릇이 무극대도다 즉 밥 한 그릇이 한울님이라는 것을 생각하며 저들과 함께 새 세상을 꿈꾸는 대역사에 뛰어들었다는 뿌듯함이 느껴졌다.
박인호는 농민군이 소지하고 있는 무기를 파악했다.
관아에서 빼앗은 소총이 이백오십 정이고 화승총이 오백오십 정, 활이 칠백여 개, 나머지는 죽창이나 곡괭이 또는 몽둥이가 전부였다.
박인호는 각 부대에 총을 소지한 포수와 활을 가진 살수를 고르게 분배하고 대장들로 하여 발이 빠른 연락병을 선발해 수시로 지휘부와 연락을 취할 수 있게 했다.

의녀단에서는 그 참에 부상자가 발생했을 때 응급처치를 하는 방법을 야무네가 가르치고 있었다.
팔다리가 부러진 경우 부목을 하는 방법. 총상을 입어 피를 흘릴 경우 지혈을 하는 방법. 총알이나 화살촉을 빼어내는 방법,

2차 감염을 막기 위해 상처 부위에 소독을 하는 방법 등을 우선 알려주었다.

  점순은 약초의 쓰임새를 알려주며 지천에 흔히 볼 수 있는 쑥과 참나무를 태워 만든 숯가루와 참기름과 들기름, 소금이 부상자 치료에 긴요하다는 것을 알려주며 어느 마을에서나 쉽게 구할 수 있는 것이니 각자 지참하도록 알려줬다. 특히 상처를 동여맬 수 있는 깨끗한 천이 많이 필요하니 집집마다 군포를 내기 위해 준비해 둔 삼배를 얻어와 가지고 다니도록 했다.

  흰색 천에 붉은 글씨로 의(醫)라 쓰인 의녀단을 알리는 깃발이 이들이 있는 곳 앞에 걸렸다.

  농민군은 의녀단 깃발을 보는 것만으로 만약 자신들이 부상당하는 일이 있어도 걱정이 없겠다는 안도감이 들었다.

6
여미벌

 대흥현감 이창세와 예산현감 이건이 차례로 유회군을 데리고 홍주성에 들어섰다. 그 뒤를 이어 지주들이 조직한 민보군이 홍주성에 들어섰다.
 이들보다 먼저 홍주성에는 부안군수 윤시영이 전라도가 동학농민군의 수중에 떨어지자 혼자서 살기 위해 도망와 있었다.
 사창(社倉)앞에는 민보군이 가져온 노적가리가 산처럼 쌓였고 병사들에게 해먹일 작정으로 끌고 온 소가 소나무에 매져있었다. 끌려온 소는 다섯 마리나 되었는데 그중 한 마리는 어미를 따라온 송아지였다.
 이들이 홍주성에 들어온 데는 농민군과 싸움에 힘을 보태기 위해서라기보다는 농민군의 기세에 눌러 몸을 피하기 위해서였다.
 이승우는 잠이 오지 않았다.
 자꾸만 미나미의 얼굴이 떠올랐다. 농민군이 홍주성을 공격한다는 소문을 들은 이승우는 유회군과 민보군을 보강하긴 했지만 관군으로선 수만 명에 이르는 농민군을 막을 수 없다는 생각에 목천에 내려와 있는 미나미를 은밀하게 만났었다.

이승우는 미나미를 보는 순간 몸이 얼어붙었다. 유독 눈꼬리가 위로 올라가 사나워 보이는 것보다 칼날같이 차가운 눈빛에서 살기가 느껴졌다.

역관이 이승우가 온 까닭을 말했다.

그의 입가에 싸늘한 웃음이 번졌다. 이승우는 등골이 오싹했다. 그가 입을 열었다. 그의 목소리는 살점을 베어내듯 날카로웠다.

"흐흐흐, 동학정토군지휘관인 내가 할 일은 그대가 말하지 않아도 조선반도에서 비도들을 참살하는 일이오. 이게 조선 왕의 뜻이자 반도의 평화를 원하는 대일본의 뜻이오."

이승우는 참살이라는 말을 잘못 들었나 하고 몇 번을 역관에게 되물었지만, 역관은 고개를 끄덕였다.

이승우 자신도 동학도와 싸우는 입장이었지만 왜놈의 입에서 동학도를 참살하겠다는 말을 들었을 때 쓸개에서 쓴 물이 올라왔다. 미나미의 말을 증명이라도 하는 듯 군영 앞에는 동학농민군의 것으로 추정되는 두 개의 잘린 머리가 장대에 걸려 있었다.

유림 사이에도 일본에 대한 적개심으로 인해 의병을 일으키자는 말들이 심심찮게 나오고 있었고 지난날 이창구를 사로잡는데 협조해 준 김복한이 이들의 중심에서 있었다. 이승우는 자신이 미나미를 만난 것을 알게 되면 자칫 유회군이 등을 돌릴지도 모른다는 불안감이 들었다.

그러나 이승우가 홍주성을 지키기 위해서는 미나미의 도움을 기대할 수밖에 없었다.

이승우가 잠을 못 이루고 몸을 뒤척이고 있는데 문밖에서 인기척이 났다. 홍련이었다. 이창구가 죽고 난 후 홍련은 관아에 머물고 있었다.

"야심한데 네가 웬일이냐?"

"꿈자리가 뒤숭숭해서 나으리 신변에 무슨 일이 없나 하고 왔구만유."

"내가 죽는 꿈이라도 꾸었느냐? 네가 바라는 것이 아니더냐? 지난번 약조를 못 지킨 것은 미안하구나."

지난번 약조란 이창구를 해치지 않겠다는 한 약속이었다.

이승우는 미나미를 만나고 온 뒤 끝이라 마음이 안 좋은 판에 홍련의 말이 더 마음이 심란해졌다.

"사람이 살고 죽는 것이 하늘의 뜻이라서 이창구 접주님의 생도 거기까지인 것으로 알고 있구먼유. 지가 방정맞은 꿈을 꾸었기로서니 나으리께 무슨 일이 있기야 하겠시유? 하늘이 나으리 편이면 불구덩이에 들어가도 살겠지만 하늘이 농민군의 편이면 나으리인들 무사하지 안겠지유."

홍련이 차갑게 말을 뱉었다.

"이접주 일로 어찌 섭섭하지 않겠느냐? 나도 마음이 어수선하니 이리 들어와 술이나 따르도록 해라."
 이승우의 말에 홍련이 그의 방으로 들어갔다.

 박인호와 박덕칠이 여미벌에서 대규모 농민을 모아 군사를 일으켰다는 소식이 이승우에게 들어갔다. 이들이 홍주성을 치기 위해 이창구의 부대까지 흡수해 조직을 재편하고 식량과 무기를 점검하고 있다는 소식에 이승우는 전전긍긍했다. 하늘이 농민군의 편이라면 무사하지 못할 것이라는 간밤에 홍련이 한 말이 생각났다.
 여미벌에 동학농민군이 집결해 있다는 첩보를 보고받은 미나미 역시 즉시 일본공사 오토리 기이스케에게 직보했다.
 보고를 받은 오토리는 민비정권에 충청도 내포지역의 동학농민군 토벌을 위해 경군을 파견할 것을 요구하는 동시에 용산에 주둔해 있는 제9연대에 병력을 보낼 것을 지시했다.
 개화파 민비정권과 오토리는 전봉준의 농민군이 공주를 함락하고 북상하면서 내포의 농민군과 합류하게 되면 해일처럼 엄청난 힘을 발휘할 것이라 생각했다. 그러기 전에 농민군의 허리를 자르고 공주에 저지선을 치고 일전을 치르는 것이 전략적으로 실효성이 있다 여겼다.
 이렇게 해서 신무기로 무장한 경군과 중무장한 일본군으로 혼성된 조일연합부대가 충청도를 향했다.
 경군의 지휘관은 이규완이었다. 그는 박영효의 측근으로 갑신

정변 때 행동대장을 한 인물이다. 나무꾼 출신의 그는 무술솜씨가 뛰어나 이완용을 비롯한 대신들은 이규완이 지나가면 불알 간수 잘하라며 농담할 정도로 거침없는 자였다.
일본군의 지휘관은 아카마츠(赤松國封)소위였다. 그의 휘하에 일본군 1개 소대와 2개 분대 70여 명이 있었다. 일본군은 무라타 소총으로 무장하고 있었다.

조일연합부대는 면천읍성으로 들어서고 있었다.
금빛 단추가 붙은 남색 제복에 챙이 짧은 둥근 모자를 쓰고 어깨에 견장을 부착하고 스나이더 소총을 어깨에 멘 경군이 앞장서고 그 뒤에 감색제복을 입고 발목에 각반을 두른 일본군이 따랐다. 이들은 탄띠와 탄약주머니, 물통을 허리에 두르고 등에는 담요와 반합을 매단 배낭을 짊어지고 있었다.
조일연합부대는 오와 열을 맞춰 북소리에 따라 활기차게 읍성 장터거리를 걸어갔다. 사람들은 이 이국적인 광경에 혼을 빼앗긴 듯 구경했다. 구경꾼 중에는 도포를 입은 관군도 더러 보였다.
면천군수 박시순이 뛰어나와 이들을 맞이했다. 조일연합부대는 읍성에 있는 토군을 거들떠보지도 않았다. 토군은 이들을 치다꺼리하는 잡역부에 불과했다.
급히 소를 잡고 백여 명이 먹을 밥을 짓느라 성안이 온통 북새통이 되었다. 경군과 일본군인들은 소쿠리를 이고 밥을 나르는 아낙들을 힐끔거리며 희롱을 했다.

　박시순은 이들이 전혀 반갑지 않았다. 특히 오만하고 주인행세를 하는 일본군의 행동에 오히려 혐오감을 느꼈다.

　자신이 군수로 있는 면천읍성은 그간 동학농민군과 크게 마찰이 없었다. 이웃 고을의 관아가 쑥대밭이 되고 수령이 잡혀 처형될 때에도 그는 무사했다.

　그는 어윤중을 존경했는데 어윤중이 전라우도 암행어사로 활동할 때 부패한 관리들을 엄하게 벌하였으며 고향 보은에서 동학도 집회가 있자 순무사로 파견되어 동학도가 주장하는 내용을 가감 없이 조정에 보고하면서 동학도를 백성의 모임이라는 뜻으로 민당(民黨)이라 말해 조정대신들에게 미움을 산 일이 있었다.

　면천군수 박시순은 어윤중처럼 동학도에게 드러나지 않게 우호적이었다. 그는 동학농민군은 타도의 대상이 아닌 선무해야 할 백성으로 여겼다. 그러나 지금 상황은 긴박했다. 면천읍성에서 머물었던 조일연합부대가 동학농민군에게 타격을 입히고 상경해 버리고 나면 자신의 뜻과는 다르게 보복을 당할 일이 염려되었다.

　박시순은 심복인 이방을 아무도 눈치체지 못하게 여미벌로 보냈다.

　멀리서 흙먼지를 일으키며 말을 타고 여미벌을 향해 달려오는 자가 있었다. 박시순이 보낸 이방이었다.

 농민군들은 아침밥을 먹다 말고 일제히 말이 달려오는 쪽을 바라봤다. 갓을 쓰고 도포 자락을 휘날리며 오는 것으로 봐 관군은 아니었다.

 그가 여미벌 초입에 진을 치고 있는 중군에게 황급히 물었다.
"이보시오. 박인호 접주님 어디 있소?"
"당신이 뉘신데 접주님을 찾슈?"
 밥숟갈이 입으로 가다 말고 수실이 물었다.
"우리 사또의 급한 전갈을 전해야 하오."
 수실이와 함께 밥을 먹고 있던 덕배가 오만년수운대의라는 깃발이 나부끼는 지휘부가 있는 곳을 가리키며 말했다.
"저어기 큰 깃발이 있는디로 가보시유."
"고맙소, 근디 시방 한가롭게 밥 먹고 있을 때가 아니오."
 이방이 수실이와 덕배에게 한마디 던지고는 말에 올라탔다.
 이방은 경군과 일본군이 곧 동학농민군을 치기 위해 여미벌로 올 것이라는 정보를 박인호에게 전달했다.
 막 아침식사를 마치고 홍주성을 향해 행군할 방향을 논의하고 있는데 이방의 전갈은 모두를 긴장하게 만들었다. 이제 겨우 부대를 편성하고 무기를 점검한 상태인데 경군과 일본군을 상대로 싸워야 하는 급박한 상황이라 모두 전전긍긍할 수밖에 없었다.
"믿어도 되겠습니까? 이승우가 놓은 덫이 아닐까요?"
 신창접주 김경삼이 박인호에게 귓속말을 했다.

"김기창 접주는 어찌 생각하시오?"

박인호가 김기창에게 물었다.

"열 길 물속은 알아도 사람 속은 모른다는 말이 있긴 합니다만 내가 아는 박시순은 그럴 사람은 아닙니다. 이방의 말을 믿어보시지요."

"나도 그리 생각하오."

"이곳 개활지에서 신무기로 무장한 적과 싸우기에는 불리합니다. 마땅히 몸을 숨길 엄폐물도 없고 해서 진을 옮기는 것이 급한 일인 것 같습니다."

김기창이 말했다.

"어디가 좋겠소?"

박인호가 중군 대장 박성삼에게 물었다.

"면천읍성 못미처 검안산과 이배산이 있습니다. 산세가 험하고 나무가 우거져 무기가 열세인 우리 농민군이 진을 치기엔 가장 좋은 곳입니다. 지금 출발하면 진시 이각에는 도착할 수 있습니다."

"박성삼 대장이 그쪽 지리를 잘 알고 있으니 그렇게 합시다."

박덕칠이 박인호에게 동의를 구하는 표정을 지어 보였다.

"그렇게 합시다."

박인호가 결정을 했다.

농민군은 서둘러 이배산과 검안산이 있는 사기소리로 향했다. 평소 같으면 요란하게 풍악을 울리며 행군했겠지만 농민군은 소리도 없이 행군했다. 그간에는 맹렬한 기세로 관아를 기습해 일순간에 장악했지만 이번은 달랐다.

농민군은 경군과 일본군이 무슨 무기를 지니고 있는지 알지 못할 뿐 아니라 그들을 한 번도 본적조차 없었다. 농민군은 토벌군인 그들이 잘 훈련되어 있으며 악독하기가 이루 말할 수 없게 잔인하다는 소문을 들었을 정도였다.

지방 토군이 아닌 경군과 일본군은 외지인 사기소리의 험준한 지리를 알지 못했다. 이들은 화승총과 죽창으로 무장한 농민군쯤은 단번에 토벌하리라 여겼다.

이배산 정상 용지봉에는 '덕의대접주 박인호' 깃발이 세워졌다. 이배산 능선은 늦가을 은빛 억새가 당진만에서 불어오는 갯바람에 실성한 여자가 치마폭 부추기듯 몸을 흔들어댔다. 농민군의 흰옷은 은빛 흰 억새에 가려 어느 것이 꽃인지 어느 것이 사람인지 분간이 되지 않았다. 가을이면 유독 억새가 우거져 사람들은 이배산을 삐비산이라 불렀다. 이배(螭背)란 뿔이 없는 용, 즉 이무기를 뜻했다. 억새가 우거진 산등어리가 마치 이무기처럼 생겼다 해서 일찍부터 산 이름을 이배산이라 불렀다.

김영배 대장이 이끄는 동군과 이치봉 대장이 이끄는 남군은 지휘부와 함께 이배산에 진을 쳤다.

검암산은 검암천을 사이에 두고 이배산과 마주하고 있었다. 검암산(劍岩山)은 비록 높지 않은 산이었지만 이름 그대로 뾰족한 바위가 능선을 이루고 있는 칼바위 산이었다. 은빛 억새 사이로 날을 새운 바위들이 상투를 드러내 보이고 있었다.

서군의 홍종식 대장은 군사를 이끌고 바위틈에 몸을 숨겼고, 당진 농민군인 이기창 대장의 북군은 참나무와 소나무, 잡목 숲에 진을 쳤다.

박성삼의 중군 중 일부는 협곡 아래 너럭바위 뒤에 숨어서 용지봉에서 깃발을 올려 지시하는 것을 주시하고 있었다.

그중에는 아례와 수실이와 덕배도 있었다. 박성삼의 군사가 매복하고 있는 협곡 물줄기는 아미산(峨嵋山)에서 발원하여 남서로 흐르며 이 물줄기는 일산봉과 웅산에서 발원하여 흐르는 세천이 합쳐져 이배산과 검안산 밑 사기소리로 흐르고 있었다. 물에는 한가롭게 고방오리들이 자맥질을 해대며 배를 채우고 있었다.

"수실아, 야무네 아부지, 아니 우리덜 대장님 말인디, 아무리 봐도 낯이 익는단 말여."

바위에 앉아서 화승총에 화약을 재고 있는 박성삼을 보며 덕배가 수실에게 말했다.

"또 그 소리여? 그렇게 낯이 익으면 전생에 부자지간이었내벼."

"아녀, 대장님만 보면 꽹이 앞에 새앙쥐 마냥 괜히 주눅이 든단 말여."

"그거야. 저 양반은 대장이니께 우덜하구는 뭣이 달라도 다르것지."

수실이 덕배가 실없는 소릴 한다 생각하면서도 자신도 어딘가 대장이 낯익은 데가 있는 것만 같았다.

박성삼 농민군이 매복해 있는 승전곡은 수십 미터나 되는 암벽이 이배산과 검암산의 경계를 이루고 있는 기다란 협곡의 초입이었다. 이 협곡은 몇 차례 산자락을 감고 있어 적이 나타나면 기습하고 숨기에 적합했다. 그러나 산굽이를 돌면 상대의 움직임을 알 수 없어 누군가 산 위에서 살펴보고 알려주지 않으면 안 되었다.

드디어 칼바위 위에서 흰 깃발이 올랐다.

조일연합군이 승전곡에 들어섰다는 것을 박성삼에게 알리는 신호였다.

박성삼이 이끄는 무리는 서른 명이었다. 담력이 있는 민첩한 젊은이 위주로 선발된 농민군이었다.

"관군이 계곡에 들어섰다는 신호가 왔소. 우리가 할 일은 싸우는 척 총질하면서 계곡 안쪽으로 깊숙이 저놈들을 유인하는 것이오. 무서워할 것 없소. 저놈들 총은 이백 보 밖에만 있으면 무용지물이니 일정한 거리를 두면서 도망치면 총에 맞아 죽을 리는 없을 것이오. 칼바위에서 붉은 홍기가 올라가면 일제히 총을 쏘시오."

박성삼이 부하들에게 말했다.

무라다 소총 끝에 착검을 한 일본군을 앞세운 조일연합군이 박성삼이 이끄는 농민군을 발견했다. 아카마츠 소위가 돌격을 명했다. 그와 동시에 칼바위에서 홍기가 올랐다.

박성삼 농민군은 그들을 향해 화승총을 쏴대면서 뒷걸음질 쳤다. 화승총탄은 일본군 근처에도 가지 못하고 계곡바위에 떨어졌다. 그때까지 자맥질하던 고방오리 떼가 총소리에 놀라 일제히 비상했다.

"도스케기!"

아카마츠 소위는 계속해서 돌격을 명했고 일본군은 물장구를 치며 개울을 뛰어왔다.

"퇴각! 퇴각!"

박성삼이 외쳤다.

"수실아, 언능 뛰어!"

아례가 바위틈에 몸을 파묻고 있는 수실의 어깨를 잡아끌었다. 농민군은 정신없이 계곡 안쪽을 향해 뛰었다. 깎아지른 암벽을 오를 수 없었기 때문에 다른 길은 없었다.

일본군 뒤에 이규완이 이끌고 있는 경군이 따랐다.

조일연합군이 계곡 안쪽에 들어섰을 때 이배산과 검암산 양쪽 농민군 진지에서 요란하게 징을 두들겼다.

휘모리장단으로 울려 퍼지는 징소리와 총소리와 함성소리가 천지를 뒤엎을 정도로 요란했다.

박성삼 무리는 계곡 한가운데 덩그렇게 놓여 있는 천둥바위 뒤에 몸을 숨겼다. 산 위에 있는 농민군은 기다렸다는 듯이 계곡에 있는 조일연합군을 향해 일제히 화승총과 화살을 퍼부었다.
 칼바위 농민군은 사람 머리만 한 돌을 던졌고, 간혹 지렛대를 이용해 집체만 한 바위를 계곡으로 굴러 내렸다.
 놀란 사람은 아카마츠 소위였다.
 아카마츠 소위는 농민군의 유인책에 걸려들었다는 것을 뒤늦게 알고 퇴각을 명령했다. 농민군의 공격으로 벌써 적잖은 수가 쓰러진 뒤였다. 그는 손실보다 자존심이 몹시 상했다. 천하의 대일본군이 조선의 한낱 농민군에게 당했다는 수치심이 견딜 수 없었다. 그는 분을 참느라 이를 바득바득 갈았다.
 "바가야로! 바가야로!"
 그는 수없이 욕을 뱉어냈다. 그것은 자신에게 던지는 자책이었다. 그는 두려웠다. 일본군이 조선의 농민군에게 죽임을 당했다는 것을 미나미 소좌가 알게 되는 날엔 자신을 그냥 두지 않을 것이었기에 그는 두려웠다. 미나미가 자신에게 할복할 것을 명령할 것만 같았다.
 아카마츠는 이대로 물러설 수 없었다.
 그는 경군을 앞세우고 계곡을 우회해 완만한 산등성을 이용해 공격하기로 했다.
 특히 흑색 깃발이 나부끼는 검안산 쪽의 농민군은 물불을 가리지 않고 매섭게 공격해 왔다. 김기창 부대의 북군이었다. 북군은 당진의 동학농민군이 중심세력으로 홍주목사 이승우에게 죽임을 당한 이창구의 원수를 갚기라도 하려는 듯 관군을 보는 눈빛에서 살기가 느껴졌다. 정산접주 김기창 대장은 군사를 다루는 병법이 뛰어나 농민군 대장 중에는 그 누구도 그와 견줄만한 자가 없었다.

조일연합군은 무라다 소총과 스나이더 소총을 쏘면서 검안산 능선을 타고 올랐다. 농민군이 지닌 화승총과는 총소리부터가 달랐다.

농민군 몇이 이들이 쏜 총탄에 맞아 쓰러졌다. 태안읍성을 칠 때 기수대장을 했던 신석제가 배를 움켜잡고 쓰러졌다. 거구인 그는 마치 커다란 나무가 쓰러지듯 쿵 하고 넘어졌다. 총탄이 관통한 배를 움켜쥐고 있는 그의 손가락 사이로 피가 흘러내렸다.

"지금 죽으면 안되는디…."

신석제는 누운 채 하늘을 봤다. 사대부 양반이 접주가 되기까지의 지난한 일들이 떠올랐다. 농민군의 함성소리가 점점 멀어지게 느껴지면서 정신이 혼미해져 갔다. 동네 친구인 이순하 접주의 권유로 동학에 입도해 신동 접주가 되었고 전투에 앞장섰던 그가 숨을 거두었다.

화승총과 활로 무장한 농민군이 신무기로 무장한 조일연합군을 대적하기엔 벅찼다. 농민군이 주춤주춤 뒤로 물러서자 조일연합군은 기세를 올려 검암산 능선에 벌떼처럼 붙었다.

선두에는 이규완이 경군을 독려하며 농민군을 쫓으며 산을 오르고 있었다. 금방이라도 농민군은 이들에게 포위될 듯 조일연합군의 위세는 대단했다.

김기창의 부대는 모두 칼바위로 다다르고 조일연합군은 억새밭을 부지런히 오르고 있었다.

당진만 쪽에서 갯바람이 불어오기 시작하더니 바람의 기세가 강해졌다. 갑자기 김기창이 머리띠를 풀어 손에 들고 바위 위로 뛰어 올라섰다. 머리띠는 바람이 불어오는 반대 방향으로 날렸다. 서풍이었다.

조일연합군은 마침 바람을 마주하고 억새가 우거진 능선을 기어오르고 있었다. 칼바위 위에 있는 농민군은 절벽으로 뛰어내리지 않고서는 도저히 빠져나갈 다른 길이 없었다. 농민군은 죽기를 각오하고 결기를 다졌다.

김기창이 궁수들을 불러 모았다.

화살촉에 불을 붙인 궁수들이 일제히 적을 향해 활을 당겼다.

불화살이 떨어진 억새능선은 순식간에 화염에 휩싸였다.

바람이 불길을 밀면서 맹렬하게 조일연합군을 향해 내달렸다. 불이 소나무에 옮겨붙자 시커먼 연기를 하늘로 내뿜으며 타올랐다.

"화공이다! 화공이다!"

경군들이 불길을 피하느라 몸을 산비탈로 굴리며 소리쳤다.

갑작스런 화공에 적이 밀리자 농민군 측에서 일제히 진격의 징을 쳐댔다. 징소리에 농민군이 반격을 개시했다.

검암산의 농민군은 함성을 지르며 일제히 역공을 폈다.

맞은편 이배산의 농민군도 함성을 지르며 감암산 농민군을 응원했다.

역공에 나선 농민군은 함성을 지르며 연기 사이를 뛰어다니며 퇴각하는 적을 향해 총질을 했다. 경군을 뒤따르던 일본군도 혼비백산해 허겁지겁 도망치기 시작했다.

조일연합군은 퇴각하면서 산 쪽을 뒤돌아보았다. 연기가 사라진 이배산과 검암산에는 수를 헤아릴 수 없을 정도로 많은 농민군이 두 팔을 높이 들고 만세를 외치고 있었고 산봉우리마다 형형색색의 농민군 깃발이 펄럭이고 용지봉에는 오만년수운대의 깃발이 햇빛을 받아 영롱하게 펄럭였다.

아침에 시작된 전투는 정오 무렵에 끝이 났다.

"우리가 이겼다!"

"우리가 해냈어!"

"농민군 만세! 농민군 만세!"

농민군은 서로 얼싸안고 승리를 기뻐했다.

전사한 조일연합군은 그들이 퇴각하면서 황급하게 들것에 옮겨 갔고 이날 전투에서 농민군은 배낭 78개와 휴대식량 312인분을 노획했다. 노획한 배낭 속에는 일정하게 겨울내의, 전투용 깡통에 담긴 소금과 쌀자루와 반합과 전투화, 일대와 수첩 등이 들어있었다. 이것들은 모두 일본군의 물품이었다.

농민군이 노획한 배낭의 수로 보면 일본군 87명 중 겨우 아홉 명만 배낭을 메고 퇴각하고 78명은 겨우 소총만 챙겨 홍주성으로 도망쳤던 것이다.

농민군의 기세에 놀란 조일연합군은 면천읍성이 아닌 홍주성으로 방향을 바꿔 도주했다. 면천읍성에선 도저히 일 만 오천 명에 달하는 농민 대군을 상대할 수 없다 판단했던 것이다.

농민군은 '오만년수운대의' 깃발을 앞세우고 면천읍성으로 향했다. 난생처음 전투에서 이겨본 농민군은 의기충천했다. 그것도 신무기로 무장한 최정예부대인 일본군과 경군을 물리쳤으니 기고만장할 수밖에 없었다.

어느 틈에 꾸려졌는지 농악대가 '오만년수운대의' 깃발을 따르며 신명 나게 징과 꽹과리와 장구와 북을 치고 흥에 취한 태평소가 길군악을 자진굿거리로, 휘모리로 연주하며 선두에 섰다. 죽창을 든 농민군이 농악대의 뒤를 따르며 가락에 맞춰 덩실덩실 춤을 추면서 행군했다.

박인호와 박덕칠을 비롯한 농민군 대장들의 얼굴엔 환한 미소가 가득했다. 농민군의 옷은 땀에 젖고 개중에 얼굴은 화공을 펴느라 시커멓게 숯 검댕이 묻어 있었다. 그러나 모두가 승리에 도취해 얼굴에 환한 웃음꽃이 피었다.

아까부터 야무네는 허겁지겁 앞으로 갔다 뒤로 갔다 하면서 대열을 헤집고 다니며 아례를 찾고 있었다. 행렬 중간에 중군 깃발인 황색기가 보였다. 야무네는 반가웠다. 그녀는 뛰어가 아례를 찾아봤지만, 중군 행렬에 아례는 없었다.

수실이 야무네를 보고 반가워했다.

"여긴 뭔 일이여?"
"즈이 집사람 못 봤어요?"
야무네가 황급히 물었다.
"어디 있겠지유. 계곡서 도망치는 관군 쫓아가는 건 봤는디, 그 뒤론 안 보이더라구먼유. 근디 걱정은 마셔유. 아레가 돌격대장이라 앞장서긴 해도, 그렇게 쉽게 당할 만큼 어수룩한 사람은 아니잖유?"
"돌격대장을 허니께 걱정이지요."
 야무네는 말을 던지고는 당산나무 아래에 앉아 읍성으로 행군하는 농민군을 관찰했다.
 행렬 맨 후미에 적이 남긴 노획물을 지고 오는 농민군이 나타났다. 거기에 아레가 있었다. 야무네는 반가움에 용수철처럼 뛰쳐나갔다.
"임자가 여긴…, 뭔 일로 여기 있슈?"
"걱정이 돼 서지요."
"걱정도 팔자여. 한울님이 날 꽉 붙들고 계신디, 무신 일이 있겠슈? 어여 가유."
"걱정이 안 되겠어요? 계곡에서 일본군에게 쫓기는 것을 보았구먼요. 그걸 산 위에서 보고 있는 제 심장이 벌렁거리고 오금이 저려 안절부절 못했었지요. 다친 데 없이 무사하니 한울님 은혜지요."
"임자는 용지봉에 있었능가벼?"

"의녀들은 다 용지봉에 있었어요. 당신이 걱정돼 내려가려니까 대접주님이 붙잡아서 못 내려왔어요."

"다음부턴 나 찾는다고 이리저리 헤매지 말고, 한울님이 지켜주실 거라고 생각허고 맘 편히 가지셔유."

"울 아부지 곁에 있으면 지가 걱정이 덜 되지요."

"허어, 돌격대장이 젖 안 떨어진 송아지마냥 장인을 졸졸 따라다니면 남들이 뭐라 하겠시유?"

"걱정되니께 하는 소리지요."

둘은 나란히 걸으며 불구덩이에도 같이만 있으면 행복할 것이란 생각을 했다.

농민군이 면천읍성에 당도하자 서문인 진서루가 활짝 열려 있었고 수문을 지키는 문지기 관졸들은 보이지 않았다.

농민군 지휘부는 곧장 동헌으로 갔다. 동헌에는 군수 박시순이 관복 차림으로 아무 일도 없었던 것처럼 사무를 보고 있었다. 그 곁에는 읍성의 아전들이 서 있었다.

박성삼이 부하들을 거닐고 군기고로 갔다. 군기고를 지켜야 할 관군조차 어디로 뺑소니쳤는지 보이지 않았다.

군기고에는 녹슨 창 몇 기만 덩그렇게 세워져 있을 뿐 변변한 무기라고는 하나도 보이지 않았다.

박시순은 영리한 자였다. 농민군이 읍성으로 온다는 소식을 듣고 무기를 감추고 관졸들은 피신시켜 버린 것이었다. 꺾이지 않으려면 바람이 불면 눕고 바람이 자면 일어나야 한다는 것을 알고 있었다. 농민군이 지나갈 때까지 지금은 누워있을 때였다.
"사또와 아전들을 포박해 옥에 가두시오."
박인호의 명에 농민군 한 무리가 동헌에 있는 박시순과 아전들을 포박해 옥에 가두었다. 아전 중에는 여미평을 찾아와 조일연합군에 관해 정보를 준 이방도 있었다.
3천 척이나 되는 성곽 둘레의 경비와 3개소의 성문은 동군과 서군이 맡았고 군사와 사령청, 작청과 장청, 내창고 등은 중군이 접수했다. 그리고 내삼문과 외삼문의 경비는 남군과 북군이 맡았다.
성루에는 동학농민군의 깃발이 내걸렸다.
농악대가 풍루각 앞에서 신명 나는 판을 벌이자 여기저기 숨어있던 성안 사람들이 나와 구경을 하거나 함께 덩실덩실 춤을 췄다.
박덕칠이 풍락루에 올라 모인 성안 사람들에게 크게 말했다.
"여러분은 이창구 접주를 잘 알 것이오. 그가 관아를 습격해 무기를 빼앗은 건 농민을 지키기 위해서였다는 것은 여러분이 다 알 것이오. 그는 늘 농민 편에서 대동세상을 꿈꾸었소. 그 죄로 억울하게 죽임을 당했지만, 한울님이 보호해 오늘 우리 농민군은 왜놈들과 경군을 이기고 읍성에 입성했소. 우리는 충분치는 않지만, 우리가 먹을 식량을 가지고 있어 단 한 사람도 민가의 곡식을 축내지 않을 것이오."

성안 사람들이 박수를 쳤다. 그러잖아도 걱정이었는데 농민군 지휘부의 말을 듣는 순간 앞서 경군과 일본군이 왔을 때 밥을 짓고 가축을 잡느라 살림을 축냈던 걱정은 하지 않아도 되었다.
　농민군 지휘부는 풍락루 옆에 있는 느티나무 아래서 치성을 드렸다.
　'시천주 조화정 영세불망 만사지' 시천주 주문을 독송하는 소리가 온 읍성을 가득 채웠다.

　박인호가 옥에 갇혀있는 박시순을 찾아갔다.
　"사또, 너무 섭섭하게 생각하지 마시오. 사또가 옥에 갇혀있는 편이 후일에 변명거리가 될 것이오. 그게 사또가 사는 길이라 농민군이 가두어 두었다 생각하시오. 우리가 대승을 거둔 것은 사또가 미리 알려줘서 가능했소. 고맙소. 훗날 농민의 세상이 오면 사또의 공을 잊지 않겠소."
　박인호의 말에 박시순이 당당하게 말했다.
　"내가 동학에 협조하고 싶은 생각은 추호도 없소. 다만 왜놈들에게 우리 농민이 도륙당하는 것을 막고자 기별을 넣은 것이니 오해하지 마시오. 우리 백성이 왜놈에게 죽임을 당한 일은 임진년에 있었던 것으로 그쳐야 하지 않겠소?"
　"내가 사또에게 동학도인이 되라는 거 아니오. 평소 농민에 대한 선정과 고을민을 아끼는 사또의 뜻은 잘 알고 있소. '척왜멸외' 대의에 뜻을 같이해줘서 고마울 뿐이오."

"부탁 하나 하겠소. 이 많은 대군이 머물다 가면 민가에 피해를 줄 것이오. 농민들이 자발하지 않고서야 강제로 식량이나 가축을 빼앗지 마시오. 내 군수로 있는 동안 면불일기(沔紋日記)를 매일 꼼꼼하게 기록하고 있으니 역사에 오점을 남기지 않도록 해주시오."

박시순이 말했다.

"걱정 마시오. 읍성에선 땅에 떨어져 있는 벼 한 톨 건들지 않을 것이오. 사또가 기록하고 있는 그 일기에 오늘 우리 농민군의 승리나 잘 기록해 두시오. 사또와 아전들은 옥에 이대로 두고 떠날 생각이오. 오늘 딱 하루 밤만 이곳에서 묵고 내일 아침에 떠나겠소."

"이보시오. 접주양반, 내 말은 민가에 피해를 주지 말라는 말이오. 사창에 있는 곡식은 농민군이 가져가시오. 군수와 아전들이 옥에 갇혔는데 사창의 곡식이 멀쩡하게 그대로 있다면 동학비도와 내통했다는 누명을 쓰지 않겠소?"

박시순의 말에 박인호는 그가 우군처럼 느껴졌다.

"그리 말씀해 주시니 사창의 곡식은 우리 농민군의 군량미로 가져가겠소."

마음을 나눈 두 사람은 짧았지만, 속내를 서로 내보이며 감사와 당부를 하고 헤어졌다.

농민군은 성벽 위를 빙 둘러 불을 지폈다. 불빛 속에 죽창을 든 농민군들의 실루엣이 성벽 위에 가득했다.
 농민군은 홍주성으로 퇴각한 조일연합군이 홍주성에 있는 관군과 유회군과 합동해 공격해 올 것을 대비해 경비를 강화했다.
 농민군들이 밤새 '시천주 조화정 영세불망 만사지' 주문 외우는 소리가 거대한 해일처럼 이배산과 검암산을 넘어 내포 들판으로 내달렸다.
 농민군은 낮에 있었던 조일연합군간의 싸움에서 가뿐히 이긴 승리감에 아직 빠져있었다.
 "왜놈들도 별거 아닌가벼? 얼마나 급했으면 바랑을 벗어던지고 줄행랑을 쳤겠어."
 "이 대창으로 모가지를 푹 찔러 버리려 했더니만 삼십육계 줄행랑치고 말었지 뭐여. 하하."
 "경군은 어쩌고? 제복은 뻔질나게 빼입었더먼, 허깨비들여."
 "홍주성으로 갈 거 아니고 이 기세로 한양으로 치고 올라가 매관육작하는 놈들을 처단하고 경복궁에서 일본놈들을 몰아내야 혀."
 "홍주성 이승우 그놈부터 처단해야 혀. 그놈 손에 얼마나 많은 두령들이 죽임을 당했는가 생각하면 갈아먹어도 속이 시원찮은 놈여."
 "암, 홍주성을 쓸어버리고 공주감영을 쳐야 혀, 보은 손병희접주님도 공주를 치러간다는디 우리라고 빠지면 섭섭하지. 안 그려?"

그렇게 면천읍성에서의 밤이 지나고 있었다.

아침이 밝자 농민군은 '천불변도역불변(天不變道亦不變)' 깃발을 높이 들고 예산 방면으로 행군을 시작했다.

면천읍성에 입성을 했을 때처럼 농악대가 앞장을 섰다. 수많은 장대에는 '탐관진멸' '오리징치' '척왜구국' '보국안민' '광제창생' '사인여천' '척왜보국'이라 쓴 깃발들이 행군 사이사이에 만장처럼 나부꼈다.

농악소리가 잠시 멈추면 앞서가는 행군에서 '지기금지 원위대강(至氣今至 願爲大降)'을 선창하면 뒤따르는 행군에서 '시천주 조화정 영세불망만사지(侍天主造化定 永世不忘萬事知)'를 후창하며 힘을 북돋웠다.

문봉리를 지나 장천리에 들어서자 추수가 끝나 논밭을 손보고 있던 농민들이 손에 곡괭이를 든 채로 뛰어와 행군에 합류했다.

농민군이 아래뜸에 이르렀을 때, 한 무리의 농민이 지게에 쌀가마니를 지고 와 행군에 합류했다. 삽교천을 건너는 나룻배에도 농민군의 군량미로 지주들이 보낸 쌀가마가 쌓여있었다. 속속 도착하는 군량미를 보며 농민군들은 힘이 없어 싸우지 못한다고 아무도 말할 자가 없겠다며 흥분했다.

오가 역탑리에서 농민군은 행군을 멈추고 진을 쳤다. 신암 종암리 농민들이 밥을 지게에 지고 나타났다.

"우덜은 승전곡에서 못 싸웠으니 밥이라도 해서 지고 오는 것이 도리지유. 농민군은 밥심이 제일 아니겠시유?"

밥 지게에 작대기를 받치면서 종암리 농민이 누가 묻지도 않은 말을 했다.
"얼래? 흰 쌀밥아니여?"
장쇠가 밥 소쿠리를 열어보며 침을 꿀꺽 삼켰다.
"근디, 이거 샛밥이여? 저녁이여? 밥을 보니 뱃속에 회가 동하는지 배가 고프구먼."
그가 밥 소쿠리를 내려놓으며 손이 밥으로 가자 곁에 있던 턱수염 사내가 장쇠의 손목을 잡아 내리며 눈알을 굴렸다.
"이 사람아, 농사지을 땐 참이 나오면 아무 때나 먹었지만 지금 우리덜은 군사란 말여, 농민군이란 말여, 함께 먹고, 함께 싸우고, 함께 죽는 것이란 말여, 위에서 밥 먹으라 할 때까지 얼씬도 하지 말더라고."
"어디서 눈깔을 부릅뜨고 그려! 이 밥이 임자가 해온 밥이여?"
장쇠가 턱수염에게 삿대질을 하며 대들었다.
"머시, 어쩌? 이놈이 내가 누군지 모르고 덤비는 모양인디, 내가 정산 씨름꾼 팔봉이여, 싸름판에서 팔봉이란 이름만 들어도 무르팍을 끓는다는 말 못들었는가벼?"
턱수염 팔봉이 웃통을 벗어던졌다.
"허, 네놈이야말로 결성 대방 장쇠를 몰라보는겨?"
장쇠가 머리끈을 벗어 던지며 팔봉의 옷소매를 잡았다. 이 둘의 싸움판이 벌어질 찰나, 박성삼이 나타났다.
"뭣들 하는거요. 힘자랑은 홍주성에서 할 기회가 얼마든지 있소. 우리에겐 당신들과 같이 힘 세고 싸움 잘하는 사람이 필요한데, 내 당신들을 돌격대에 넣어 줄 것이니 그리 아시오."

박성삼 대장의 말에 두 사람은 떨어져 머쓱한 표정을 지었다.

"밥 지어 보낸 분들이 모두 한울님 마음으로 개벽세상을 이루라는 정성이 담긴 것이니 먼저 밥 지고 온 저분들께 고마워해야 할 것이오."

박성삼이 말을 하고 나서 두 사람의 어깨를 다독거렸다.

'밥 한 그릇이 한울님'이라 했던 해월선사의 말이 떠올랐다. 이천식천(以天食天)이라고 밥 한 그릇을 먹는 것은 한울님을 먹은 것이었다.

농민은 자신의 밥을 위해 싸우는 것이며 이것은 곧 한울님을 위해 싸우는 것과 같았다.

장쇠가 마음을 고쳐먹고 여미벌에 와서 농민군 대열에 합류한 데는 그만한 이유가 있었다. 그날 주막에서 이창구가 자신을 보고 '자네 결성에 사는 장쇠 아닌가!'하고 따뜻하게 말을 걸어왔던 일이 자꾸만 떠올랐다.

이창구에 대한 생각을 지우려 하면 이번에는 홍주성 장터거리에 장대 위에 내걸린 이창구의 머리가 떠올랐다.

어느 날, 장쇠가 꿈을 꾸었는데 흰옷을 입은 이창구가 나타나서 말했다.

"자네가 보낸 술을 받고 고맙단 인사도 못 했네. 자네가 아니었으면 어찌 면천 농민이 담근 절명주를 마실 수 있었겠는가. 내 비록 구천을 떠돌고 있지만, 은혜 입은 사람은 잊지 않고 있네."

꿈을 깨고 이창구가 생각에 잠겨있는데 여미벌에 모인다는 징소리가 들려 그 길로 농민군 대열에 끼게 되었다. 이 길만이 이창구에게 조금이나마 속죄하는 길이라 생각했다.

사실 장쇠는 이승우가 이창구를 죽일 것이라 생각하지 못했다. 이창구를 처형했을 때 농민들이 우는 것을 보고 죄책감이 들었다. 비록 장돌뱅이지만 사람의 원성을 듣고 살아서는 안 된다는 마음이 들었다.

홍주성을 칠 때에는 보란 듯이 앞장을 서서 싸우는 것만이 이창구의 죽음에 속죄하는 일이라 여겼다.

장쇠는 홍주성 전투가 끝나면 보부상들을 설득해 당당히 동학에 입도할 결심을 했다.

구만리까지 오는 동안 불어난 농민군이 오 천여 명이나 되어 이제 농민군은 2만여 명의 대군대가 되었다.

한편 홍주성에는 승전곡에서 농민군에 패전하고 도망쳐온 경군과 일본군이 머물고 있었다. 크지 않은 홍주성 안에는 이들 외에 토군과 유회군, 민보군으로 북적거렸다. 농민군을 피해 피신해 온 경군 지휘관 이규완과 일본군 지휘관 아카마츠 소위는 홍주성 중군사 김병돈을 토군이라 얕잡아 함부로 대했다. 경군과 일본군은 지원군 대접을 받는 것을 당연시했다.

홍주성 안에 있는 민가의 굴뚝에는 밤낮을 가리지 않고 성안의 군사들에게 먹일 밥을 짓느라 연기가 피어올랐다.

면천읍성을 나온 농민군이 홍주성을 향해 진군해 오고 있다는 보고를 받은 홍주목사 이승우는 객사에 머물고 있는 아카마츠와 이규완을 찾아갔다.

"비도가 이리로 몰려오고 있다는데 진압군이 이러고만 있어서야 쓰겠소? 쉴 만큼 쉬었으니 나서서 토벌해야 하지 않겠소?"

이승우가 말했다.

"우리 일본군은 이곳 지리에 밝지 못하니 당분간은 수성에 치중할 생각이오."

아카마츠 였다.

"경군 생각은 어떻소?"

이승우가 이규완에게 물었다.

"우리 경군은 공주감영으로 가야 해서 들판에서 지체할 시간이 없소이다."

"이보시오. 당신들이 승전곡에서 비도를 막지 못해 이 지경까지 되었는데 나가서 비도와 싸우지 않겠다고 하니 말이 되는 소리요?"

"말조심하시오. 비도의 세력을 키운 자는 우리가 아니라 당신이오. 동학 비도를 분쇄하는 일은 고을 수령이 하는 것이거늘 어찌 우리에게 그 책임을 떠넘기려 하는 것이오?"

이규완이 눈을 부라리며 대들 듯 말했다.

이규완의 태도에 이승우의 얼굴이 일그러졌다.
 두 사람의 얼굴을 번갈아 보고 있던 아카마츠가 냉소적인 어조로 말했다.
 "조선의 난적을 진압해 달라 일본에 매달리는 것이 부끄럽지도 않소? 당신들 때문에 승전곡에서 난 부하를 잃었소. 난 이곳에 있을 것이니 당신들이 나가서 싸우시오."
 승전곡에서 혼쭐이 난 아카마츠는 더 이상 손실이 입으면 미나미 대좌가 자신을 용서할 것 같지 않았다.

 홍주성에서는 동학농민군 토벌에 관한 대책회의가 열리고 있었다. 이 회의는 아카마츠가 주관했다.
 내포지역 동학농민군의 심장부인 원평을 초토화시켜 한다는 의견과 해미를 공격해서 농민군의 후봉을 꺾어야 한다는 의견은 일치했지만 경군이나 일본군이 출병하겠다는 말은 없었다.
 아카마츠와 이규완은 이승우에게 우리가 성은 지킬 것이니 당신이 나가서 싸우라는 태도였다. 이승우가 이러지도 저러지도 못하고 전전긍긍하고 있는데 예산에서 온 유림이 급히 이승우 목사를 찾았다.
 "나으리, 비도들이 예산읍성 코앞까지 와서 노략질을 하고 있습니다. 이들이 전열을 갖추기 전에 비도의 수괴들이 모여 있는 곳을 치면 내포의 비도는 한꺼번에 섬멸할 수 있습니다."
 이승우는 그가 유회군의 일원이라는 것을 알고 자세히 물었다.
 "유생이 본 동비는 어떻든가요?"
 "숫자는 감히 말할 수 없이 많지만 손에 든 것이 무기라 할 수도 없고 누가 우두머리인지 지휘관이 보이지 않고 난장판에 몰려있는 어중이떠중이나 진배없으니 포 수십 발이면 전멸을 시킬 것입니다"
 사내는 농민군이 예산에 머물게 되면 유회군을 색출해 유림들이 온전치 못할 것을 염려하고 있었다.
 그의 말을 들은 이승우는 단번에 전황을 뒤집을 수 있는 절호의 기회가 왔다고 여겼다.
 객사를 나온 이승우는 병방 아전인 중군사 김병돈과 홍건을 불렀다.
 "여미벌 동비들이 삽교에서 그 수를 늘리고는 있으나 무기라곤 일천하니 그들이 전열을 갖추기 전에 우리가 기습을 한다면 대승할 수 있다고 보는데 자네들 생각은 어떤가?"
 이승우가 물었다.
 "경군과 일본군이 함께 한다면 승산이 있습니다만 동비들을 낮잡아봐선 승전곡에서 당한 경군과 일본군 꼴이 되기 십상입니다만…."
 홍건이 걱정이 되는지 말꼬리를 흐렸다.
 "객사에 있는 저놈들은 나가 싸울 맘이 없네. 회선총을 지니고도 죽창을 든 무지렁이들을 무서워 성 밖에 나가길 두려워하니…, 저러고도 토벌군이라 할 수 있겠는가."

"그거야, 사나운 개도 한번 되게 물리면 집 밖에 나가질 못하지요. 나갔다가 다시 지면 상부에서 죄를 물을 것을 걱정하는 것입니다."

김병돈이 이승우의 말에 맞장구를 쳤다.

"아무래도 중군사가 나가 홍주성에 당도하기 전에 비도 놈들을 포살하고 우두머리를 붙잡아 와야겠네. 수하에 있는 관군과 유회군, 민보군까지 끌어모으면 삼천은 족히 될 걸세. 목시에서 자네에게 크게 당했기 때문에 동비는 자네 이름만 들어도 오금이 저릴 것이네. 속히 움직이면 관작리에서 막을 수 있을 것이네."

"이럴 땐 나가서 싸우는 것보단 수성에 치중하는 것이 낫지 않겠습니까?"

홍건이 만류하며 나섰다.

"자네도 객사에 있는 놈들마냥 겁쟁이가 다 되었군."

이승우가 못마땅한지 혀를 찼다.

"중군사, 자네 생각은 다르겠지? 전쟁은 겁먹으면 지는 걸세. 객사에 있는 저놈들 보란 듯이 자네가 이번에도 출병하는 것이 좋겠네"

"알겠습니다."

김병돈의 대답이 다른 때 보다 힘이 없었다.

"곧장 떠나시게."

김병돈은 성문은 나서면서 자꾸 뒤를 돌아봤다. 뭔가 불길한 예감이 들었다. 그는 자신이 자주 오르던 망루를 봤다. 하늘이 유독 푸르렀다.

그가 지휘하는 군사는 관군이 오백여 명, 유회군이 칠백여 명, 민보군이 일천칠백여 명이 되었다. 관군은 총포를 지녔지만 유회군과 민보군은 화승총과 죽창으로 무장한 농민군과 다르지 않았다.

동이 트기 전에 김병돈은 홍주성 토군 오백 명과 김덕경을 비롯한 십여 명의 유회 장두를 앞세운 오천여 명의 유회군을 이끌고 예산을 향해 출병했다. 또 민보군 중에서 힘깨나 쓰는 자를 선발해 지게에 포신과 화약을 짊어지게 했다.

홍주성을 나선 김병돈은 농민군이 얼마나 큰 규모의 군대를 이루고 있는 줄 몰랐다. 마을 몇 곳에서 봉기한 오합지졸의 패거리일 것이라 여겼다. 특히 포신과 화약을 짊어지고 가는 이들은 불평이 컸다. 죽창을 든 동비쯤은 간단히 관군이 토벌할 수 있는데 홍주성을 경군과 일본군에게 맡기고 유회군과 민보군까지 출동시킨 일을 못마땅해하며 불평했다.

말을 탄 김병돈은 행군의 앞뒤를 오가며 걸음을 재촉했다.

이들이 평리 절골 마을을 지날 때, 조무래기 동네 아이들이 추수가 끝난 논두렁에서 쥐불을 놓고 있었다. 조금 큰아이가 솔가지를 꺾어다 모닥불 위에 올려 연기를 피우고 있었다. 아이들은 관군을 보며 손을 흔들었다.
 화전을 지날 때, 상엿집 앞에서 아낙네 하나가 울면서 망자의 옷을 태우고 있었다. 그런데 불길위에 젖은 짚단을 올려 연기를 피우고 있었다.
 곧이어 한 마장 떨어져 있는 수리봉에서 연기가 올랐다. 이같이 연기를 피우는 일은 예사롭게 보였지만, 실상 이것은 관군의 움직임을 농민군에게 알리는 동학도인의 신호였다.
 동학도들은 관군이 눈치채지 못하게 아이들을 시켜 쥐불처럼 불을 지펴 연기를 피우는가 하면 여인네를 시켜 마치 망자의 옷을 태우는 것처럼 꾸며 연기를 지폈다. 그리고 그 신호를 이어받아 수리봉에 있는 봉화수가 연기를 피워 관작리에 주둔하고 있는 농민군 지휘부에게 알렸다. 귀신의 마음속을 들락거릴 정도로 눈치가 빠르다는 김병돈은 자신들이 진군하고 있다는 것을 이 같은 신호로 농민군 측에서 빤히 알고 있다는 것을 몰랐다.
 홍주성의 군사가 오고 있다는 연락을 받은 박인호와 박덕칠은 농민군 대장들을 불러 작전회의를 가졌다.
 "일단 우세한 화력을 가진 관군은 포부터 쏘아 농민군의 진을 무너뜨린 다음, 총을 쏘며 쳐들어올 것이오. 대포에 피해를 최소화하기 위해선 모여 있어서는 안 되고 산개해 있어야 합니다."
 김기창이었다.
 "포를 유도해 관군의 화약을 바닥내는 묘안이 있습니다. 지금 들판에 쌓아놓은 짚으로 허수아비를 만들어 흰옷을 입히고 농민군의 깃발을 꽂아 마치 진을 치고 있는 것 마냥 꾸미는 것입니다. 관군이 그곳을 포격할 때, 우리는 밭두렁이고 논도랑이고 어디든 몸을 숨겼다가 포탄이 바닥이 나면 일제히 진격하는 것입니다."

홍종식이었다.

"기발한 묘안이오. 허나 소총으로 무장한 관군과 정면으로 부닥치면 농민군의 피해가 적잖을 것이 분명한데 무작정 진격할 수는 없지 않겠소?"

박덕칠이었다.

"적은 포격과 함께 허수아비진을 향해 돌격해 올 것이오. 그때 우리가 좌우로 학의 날개처럼 이들을 감싸 토끼몰이하듯 사방에서 치고 옥죄인다면 승산이 있다고 봅니다. 우리 농민군의 수가 지금 이만대군 아닙니까?"

박성삼이었다.

"싸움의 승패는 기를 꺾느냐, 꺾이느냐에 따른 것입니다. 이만대군이 일제히 함성을 지르고 달려든다면 저들은 기가 죽어 도망칠 것입니다."

김치봉이었다.

"맞는 말씀이오."

박인호가 반색을 했다.

"한 가지 욕심이 있다면 적장을 죽여야 상대의 기를 완전히 꺾을 수 있소. 해서 사수들을 배치해 중군사 김병돈을 처치하는 것이 어떻겠소? 우리가 그놈에게 원한이 있지 않소?"
 김경삼이었다. 원한이 있단 말은 목시 대도소가 습격당한 것을 두고 한 말이었다.
 "좋은 생각이오. 지휘관이 없으면 관군은 오합지졸로 갈팡질팡할 것이고 그때를 놓치지 않고 공세를 펴면 이번에도 승리를 거머쥘 수 있을 것이오."
 박덕칠이었다.
 "여러 대장들의 의견을 들어보니 버릴 것이 하나도 없소. 그대로 합시다."
 박인호가 결정을 했다.
 아직 농민군의 사기는 하늘을 찔렀다. 승전곡 전투에서 조일연합군을 단숨에 물리쳤으니 그럴 만도 했다.
 대장들의 지시로 서둘러 농민군은 짚단에 적삼을 입혀 허수아비 진영을 만들었다. 그런 후 진영 둘레에 농민군의 깃발들을 꽂아두니 멀리서 보면 영락없이 농민군 진지처럼 보였다. 농민군은 일부러 연기를 피웠다. 연기 사이로 얼핏얼핏 보이는 허수아비들은 마치 농민군이 움직이는 것만 같았다.

 김병돈의 진압군이 관작리에 도착했을 때, 들판은 고요했다. 연기 사이로 들판 여기저기 농민군 진지가 보였다.
 진압군이 코앞에 왔는데도 움직이지 않는 것을 이상하게 생각했지만, 김병돈은 개의치 않았다. 오히려 포탄을 쏘아 진멸해 버리기에 안성맞춤이었다.

그는 농민군의 진지를 향해 포신을 고정했다.

포수들이 마상에 있는 김병돈을 바라봤다. 그가 손에 든 흰 깃발을 올리자 포수들이 일제히 심지에 불을 붙였다.

곧 고막을 찢는 굉음을 내며 포탄이 농민군의 허수아비 진지를 향해 날아갔다. 포탄에 맞은 짚단이 하늘 높이 떠올랐다. 그러나 진압군은 그것이 짚단인 줄을 모르고 계속 포를 쐈다.

잠시 포화가 멈추자 유회군과 민보군을 앞세운 관군이 총을 쏘며 농민군 진지로 내달렸다. 그와 동시에 사방에서 징소리와 꽹과리소리가 울리며 농민군이 순식간에 진압군을 에워쌌다.

우측으로는 김경삼이 이끄는 동군과 홍종식이 이끄는 서군이, 좌측으론 김기창의 북군과 이치봉의 남군이 이들을 포위했다.

겨우 오천오백 명의 진압군이 이만 여명의 농민군에게 포위되고 말았다. 농민군은 사방에서 이들을 맹렬히 공격했다.

진압군에 앞장섰던 민보군과 유회군이 농민군이 쏜 화승총에 맞아 쓰러졌다. 한쪽에선 쌍방 간에 육탄전이 벌어져 죽창으로 찌르고 곡괭이로 내려치며 치열한 혈투가 벌어졌다.

그런 상황에도 말을 탄 김병돈이 이리저리 뛰어다니며 관군을 지휘하며 물러서지 말라며 소리쳐댔다.

아까부터 박성삼의 중군 돌격대장 아례가 논바닥에 엎드린 채 마상의 김병돈을 향해 화승총을 겨누고 있었다.

개심사에서 총 쏘는 사격술을 배우긴 했지만 움직이는 과녁을 맞히기란 쉬운 일이 아니었다. 그는 김병돈이 움직임을 잠시라도 멈추길 기다렸다.

김병돈은 유난이 징소리가 울리는 쪽을 바라봤다.

들판 가운데 있는 야트막한 산등성이에 징소리가 들려왔다. 그곳에는 '천불변역이불변(天不變亦易不變)'이라 쓴 커다란 깃발과 '덕의대접주 박인호' 깃발이 펄럭이고 있었다. 농민군 지휘부였다.

김병돈이 포수에게 그곳을 포격하라고 명령을 내리기 위해 잠시 멈칫하는 사이, 아례가 화승총 심지에 불을 댕겼다. 순간 '탕' 소리와 함께 말 위에 있던 김병돈이 앞으로 거꾸러졌다.

총알이 김병돈의 관자놀이를 뚫고 지나간 것이다.

아례의 입가에 미소가 감돌았다. 그동안에 명사수가 되기 위해 얼마나 노력했던가! 그는 뱀골 뒷산에서 뛰어 도망치는 토끼를 겨냥해 맞출 정도의 사격술을 갖췄는데, 마치 이날을 위해 자신에게 주어진 임무라 여겼다.

한동안 농민군의 함성소리, 부상당한 자의 울부짖음, 징소리, 꽹과리소리, 총소리가 뒤범벅이 된 들판에는 총에 맞고, 창에 찔려 죽은 시체들이 널부러져갔다.

농민군 중에는 허수아비에게 적삼을 벗어주고 벌거숭이 웃통을 드러내고 싸우는 사람도 적잖았다.

진압군은 농민군의 숫자에 압도되었다. 들판에 흰옷을 입은 농민군은 마치 활짝 핀 목화밭의 목화송이처럼 온통 흰색이었다. 갯마을에 사는 사람들이 보기엔 죽창을 든 그들의 모습이 사리 때, 개펄에 나와 운집한 칠게 마냥 그 수가 어마어마했다.

"중군사가 죽었다!"

진압군 중 누군가 외쳤다.

"후퇴하자!"

"퇴각! 퇴각!"

여기저기서 퇴각하자는 소리가 들렸다.

퇴각하기에 아직 남쪽은 열려 있었다. 아니 농민군은 일부러 남쪽에 그들이 도망칠 수 있게 길을 열어주었다. 막다른 곳에선 쥐도 고양이를 문다는 말처럼 만약 퇴로가 없어 죽기 살기로 진압군이 덤비게 되면 농민군의 피해가 크다는 것을 알고 있었다.

진압군이 퇴각한 들판에는 화약 냄새가 가득했다.

농민군도 피해를 입었지만 전사자가 십여 명에 불과했다. 이번에도 진압군은 대패했다. 죽은 자만 팔백여 명이 넘었다. 그중에는 중군사 김병돈도 있었다.

수실이 덕배를 업고 비틀거리며 의녀단이 있는 곳을 향했다.

흰 깃발 아래 의녀단에는 속속 부상자들이 들것에 실려 오거나 업혀 오거나 부축을 받으며 들어왔다.

의녀들은 처음 겪어보는 상황에 어쩔 줄을 몰라 좌왕우왕했다. 단 야무네와 점순이는 고산리 이중삼 한의원에서 위급환자를 다루는 방법을 어느 정도 터득했기에 중상을 입은 환자를 우선적으로 응급조치했다.
 경상자들은 주변에 있는 농민군들이 상처를 싸매고 부러진 다리는 부목을 대고 붕대를 감아줬다.
 수실의 등에 업힌 덕배의 다리에서 피가 흐르고 있었다. 수실의 등에서 덕배는 소리 소리치며 아픔을 호소했다.
 야무네가 연락을 받고 뛰어왔다.
 덕배의 다리에 상처가 컸다. 야무네는 덕배의 다리에 있는 행전을 풀어 우선 지혈부터 시켰다. 상처 부위를 소금물로 닦아내고 말린 쑥과 숯가루를 상처에 붙였다. 그리고 삼베로 감싸 맸다. 죽겠다고 소리치던 덕배는 야무네의 정성 어린 치료에 이를 악물고 아픔을 참아내고 있었다.
 "엄살은…, 등치는 용치 바위 만해 가지고, 그깐 걸 가지고 끙끙 앓다니…."
 수실이 덕배를 짚단 위에 눕히며 말했다.
 "목숨은 길겠구먼, 머리통이나 가슴팍에 맞았으면 황천길로 직행했을 텐디, 다행히 다리에 맞아 그 정도니 액땜했다고 생각혀."
 어느 틈에 왔는지 아례가 덕배를 내려다보며 위로했다.
 "날망에 기어 올라간 건 여기 한 번 쏴봐라 하는 건디. 안 죽은 것은 천만다행한 것이여. 총 맞아 때굴때굴 굴러온 것을 내가 들쳐 매고 왔구먼."
 수실이 설명했다.

"관군이 얼마나 몰려오나 보려고 올라갔다가 당했구먼. 근데 제수씨 없었으면 큰일 날뻔했슈. 고맙구먼유."

덕배가 야무네에게 고맙단 말을 했다.

박성삼 대장이 왔다.

"상처는 어떠냐? 심하지 안해야 할텐데."

박성삼이 물었다.

"창상이면 명주실로 꿰매면 되는데 살점이 떨어져 나가서 소독하고 지혈을 시켰어요. 자주 소독하고 새로 삼배 붕대를 감아주면 몸이 성하니 좋아질 거예요."

야무네가 대답했다.

"아는 사이냐? 너에게 제수씨라 하는 것 보니 평소 아는 사이인가 보구나."

"창리 이정규 집에서 일하던 사람이라서…."

야무네는 그때 일을 생각하기 싫어서 말끝을 흐렸다. 야무네의 말에 박성삼은 덕배의 얼굴을 내려다봤다. 초면은 아니었다. 어딘가 낯이 익었다 했는데 황새바위 일이 떠올랐다.

"이보게, 자네 혹시 이정규의 심부름으로 서찰을 지니고 김기수 홍주목사에게 가다가 황새바위재에서 서찰을 빼앗긴 일 있는가?"

박성삼이 물었다.

"아니, 그 일을 대장님이 워뜨케 아신데유?"

"허허, 자네였구먼, 그때 일은 참으로 미안하게 됐네."

덕배는 멍하니 박성삼을 바라봤다.

"그럼, 그때 지게에다 관 지우고, 망자 노잣돈 내놓으라고 윽박지르던 양반이 대장님이셨단 말유? 어쩐지 저도 대장님이 낯이 익다 싶었는디, 말씀 듣고 보니 참말로 대장님이 맞구먼유."

"미안하네."

"이제와서, 뭐 미안할 것까지야 없지유. 그때는 대장님 주먹이 하도 매서워서, 진짜로 대갈통이 박살 난 줄 알았시유."

"참으로 미안하네. 순순히 서찰을 내주었다면 내 함부로 주먹질을 했겠나. 허허."

"인연이란 참으로 얼척없구먼유."

덕배의 얼굴에 미소가 담겼다.

"혹시 이정규를 벌할 때 관을 지고 나타난 분도 대장님이셨시유? 지가 고맙지유, 대장님이 지들 목숨을 살린 것이지유, 그날 밤에 대장님이 그놈을 창리에서 내쫓지 않았쓰면 지는 서찰을 빼앗긴 죄로 이정규에게 맞아 죽었겠지유."

덕배의 말을 듣고 있던 수실이 나섰다.

"도망친 나귀를 찾아 끌고 황새바위에 올라와 보니 덕배가 초주검이 되어 뻗어 있었는데 덕배를 그리 만든 사람이 대장님이라고유? 그 밤에 창리 이정규를 벌 준 사람도 대장님이라니 당최 믿어지지 않는구먼유."

박성삼이 수실의 어깨를 토닥이며 말했다.

"그땐 자네들이 노비였지만 우리 동학에선 귀천이 따로 없네.

우린 똑같이 한울님을 몸속에 지닌 농민군이네. 이렇게 한편이 되어 탐관오리와 싸우는 것도 다 하늘의 뜻이니 힘을 다하시게."
"탐관오리 뿐이것슈? 일본놈하고도 싸워 이겼잖유."
수실이 어깨를 으쓱하며 환하게 웃었다.

중군사 김병돈이 죽었다는 소식은 관군의 사기를 위축시켰지만, 농민군에겐 단숨에 홍주성을 무너뜨릴 정도로 사기를 높였다.
아례는 자신이 김병돈을 처치했다는 말은 입 밖에 내지 않았다. 자신이 쏜 총에 관군의 우두머리가 쓰러졌다는 것을 아례 자신도 믿어지지 않았다.
많은 농민군은 김기창 대장이나 홍종식 대장과 같이 담력이 크고 총질을 잘하는 사람이 김병돈을 쓰러뜨렸을 것이라 말했다.
김병돈을 잃은 진압군이 홍주성으로 퇴각한 후, 예산산성을 지키는 관군이 산성을 향해 밀려오는 농민군을 향해 몇 발의 포를 쏴댔지만, 사방에서 산성을 에워싸고 함성을 지르며 돌진해 오는 농민군을 보고는 겁에 질린 관군을 뿔뿔이 도주했다.
관군이 쏜 포화를 뚫고 미친 듯이 산성을 기어오르는 소년이 유독 눈에 들어왔다. 여미벌 부터 따라온 열두 살 이천돌(李川乭)이었다. 그가 유독 눈에 띄는 데는 집 떠날 때 할머니가 죽지 말라며 허리에 감아준 붉은 명주천 때문이었다. 고사리 같은 어린 손에 야무지게 죽창을 쥐고 선두에서 산을 오르는 그를 보며 농민군들은 마치 이천돌을 응원이라도 하는 양 소리를 지르며 그의 뒤를 따랐다.
 승리를 한 농민군은 당당하게 예산관아에 무혈입성했다.
 예산군수는 농민군이 삽교천에 도착했다는 소식을 듣고 이미 홍주성으로 도망친 뒤였고 아전들마저 꼬리를 감추고 없어 농민군이 관아에 들어섰을 땐 텅 비어 있었다.
 승리한 농민군은 춤이라도 출 듯 신명이 났다. 면천읍성에서와 같이 산성망루에는 농민군의 깃발이 걸리고 남문 양편에는 '보국안민(輔國安民)'과 '광제창생(廣濟蒼生)'의 깃발이 걸렸다.
 관작리 싸움에서 관군과 유회군은 중군 김병돈 외 영관 이창옥, 주홍섭, 주창업, 한량 한기경 그리고 예산유회 장두 홍경후, 김병황, 김한규와 덕산 유회장두 신태봉을 비롯해 팔백여 명의 유회군이 목숨을 잃었다.

 동헌 앞에서는 전사자를 위한 진혼제를 올리고 있었다.
 제고(祭庫)에서 내온 향로에 향을 피우고 촛대에 초를 꽂고 불을 붙였다.
 제단에는 정수와 망자의 짚신이 오르고 짚신 곁에 망자의 이름과 함께 인내천(人乃天) 곧 하늘이 사람이다 라는 축문이 놓였다.
 동헌 마당에는 농민군으로 가득했다. 표정은 엄숙했고 비장함이 느껴졌다.

"이제부터 진혼제를 올리겠습니다."

박덕칠이 집전을 맡았다.

"심고."

일제히 고개를 숙였다.

"헌자."

박인호가 술을 따라 망자에게 올렸다.

"함께 배례."

농민군은 전사자를 위해 모두 두 번의 절을 올렸다.

이어서 박인호 대접주가 진혼사를 읽어 내려갔다. 수탈과 폭압이 낭자한 세상을 개벽세상으로 만들고자 싸우다 전사한 영령들이 더는 수탈이 없고 싸움이 없는 곳에서 편히 잠들라는 내용이었다.

"소지."

망자의 이름이 적힌 축문과 진혼사가 적힌 한지에 불을 붙였다. 이와 함께 농민군이 일제히 주문을 외웠다.

"지기금지 원위대강 시천주 조화정 영세불망 만사지."

"심고"

진혼제의 마지막에 다시 심고를 올린 후 의식이 끝났다.

이와 같은 진혼제는 죽은 농민군이 구천을 떠돌지 않고 저승에 안착하기를 기원하는 뜻이 있었지만, 그보다 정성을 다해 진혼제를 올려줌으로써 농민군의 사기를 드높이고 이들이 싸우다 죽더라도 극락으로 갈 수 있다는 믿음을 주기 위함이었다.

진혼제가 끝나고 동원마당에는 불이 피워졌다.
농민군은 불 주변을 돌면서 칼 노래를 불렀다.
"시호시호 이내시호 부재래지 시호로다."

박인호가 다 들을 수 있게 큰 소리로 말했다.
"시방 우리 농민군이 칼 노래를 불렀소. 노래의 내용인즉 '때다, 이내 다시 오지 않는 때다'는 것이오. 우리가 싸우는 목적은 명확해졌소. 궁궐에 난입한 일본군이 임금을 위협해 우리 동학농민을 참살하도록 윤허를 받아내고 이후 도처에서 농민의 학살이 자행되고 있소. 우리가 믿었던 국태공저하마저 등을 돌리고 말았으니 조정은 오로지 동학농민 토벌에만 열을 올리고 있으니 이대로 가면 우리 백성은 왜놈의 노예가 될 것이오. 수괴 죽산 부사 이두황이란 자가 목천 세성산에서 무수한 도인을 멸하며 일본군과 누가 더 많이 죽이나 경쟁을 하고 있으니 천인공노할 일이오.
여미벌에서 연합한 우리 농민군이 파죽지세로 경군과 일본군을 물리친 후 다시 이곳 관작리에서 대승을 거두게 된 것을 모두 한울님께 감사해야 할 일이오.
우리가 이 여세로 홍주성으로 가 이승우가 지은 죄를 엄히 물어야 할 것이오. 그의 손에 수많은 도인들이 희생되었음을 잊어서는 안 됩니다. 그렇다고 우리가 사사로운 복수심 때문에 이러는 것은 아니오. 우리 농민군에게 대의가 있소. 첫째는 탐관오리를 징치해 제폭구민(除暴救民)을 이루는 것이며 둘째는 조선반도에서 왜놈을 내쫓는 척양척왜(斥洋斥倭)를 통해 나라를 구하는 것이며 셋째는 백성을 편안하게 하는 보국안민(輔國安民)을 이루는 일이오.

지금 남접의 전봉준, 손화중, 김개남 접주가 대부대를 끌고 공주감영 가까이 왔고 북접의 손병희 접주도 농민군을 이끌고 공주로 향했다는 통문을 받았소, 이제 우리는 홍주성을 점령해 내포의 들판을 농민의 세상으로 만든 후 공주감영을 치고 올라오는 농민군과 합세해 한양으로 진군할 것이오.

부상으로 싸움이 어려운 사람은 모두 집으로 돌아가시오. 돌아가 우리 농민군이 대승을 거둘 수 있도록 쉬지 않고 주문을 외우도록 하시오."

"대접주님 말씀 들었잖여? 덕배 너는 홍주엔 못 간다잉."

수실이 덕배를 쳐다보며 말했다.

"제기랄, 내가 돌아갈 집이나 있었으면 좋겠다. 작대기라도 짚고 걸을 수 있으면 꼬랑지라도 따라 다닐껴."

"니가 따라다니면 야무네에게 짐이 될 것이여. 앞으로 부상자가 수도 없이 생길 건데 니 상처 봐줄 짬이나 있겠냐. 긴 소리 말고, 창리에 가서 이서방한테 몸을 의탁해 보란 말여. 양천댁도 사람이 무던해서 옛 정리로 내치지는 않을 거구먼."

수실의 말에 옆에 있던 아례가 말을 보탰다.

"암, 안채는 모두 불탔지만, 행랑채는 그대로 남아있으니 너 한 사람 몸 붙일 데가 없겄냐. 몸이 좀 나으면 앉아서 세끼라도 꼬면 밥 얻어먹는 구실은 될 것이구먼."
 "아례 말 듣고 창리로 가거라. 싸우다 여차하면 도망쳐야 하는디 그 몸으론 나 죽여슈 하는 거나 같은거 아녀? 홍주에서 죽으면 넋인들 찾겄냐? 괜히 우리가 네 진혼제 올리게 하지 말고 어서 떠나는 것이 좋겄다."
 수실이 못을 박듯 말했다.
 덕배도 더 이상 말하지 않았다. 수실이 죽창을 버리고 덕배의 화승총을 받아 쏘는 요령을 물어보고는 봇짐에 감춰놓은 곶감을 꺼내 덕배의 손에 쥐여 줬다.

 동헌 안에서는 농민군 지휘부 회의가 열리고 있었다.
 지체하지 말고 곧장 홍주성을 치자는 쪽과 예산에서 이틀 정도를 머물며 홍주성을 염탐한 뒤 진격하자는 쪽으로 팽팽하게 맞섰다.
 즉각 홍주성으로 가자는 쪽은 주마가편(走馬加鞭)이라고 달리는 말에 채찍질을 하듯 농민군의 사기가 충천해 있는 지금 실행해야 한다는 논리였고 기다렸다 실행하는 쪽은 지피지기(知彼知己)라고 적을 알고 나를 알아야 승리할 수 있다는 주장이었다. 특히 김병돈을 잃은 홍주성이 독이 오를 때로 올라있을 거라며 먼저 홍주성의 경계상태를 알아보는 것이 옳다는 주장이었다.
 박인호는 즉각 홍주성을 치자는 박덕칠의 강경한 주장과 더 이상 맞서 자칫 내부 분란이라도 일어나서는 안 된다는 생각이 들었다.
그는 곧장 홍주성으로 진격하기로 결정했다. 그러나 모두 지쳐있었기 때문에 하루 밤을 예산읍성에서 머물고 아침이 밝으면 홍주성으로 진군하기로 했다.

한편 홍주성의 이승우는 진압군이 관작리에서 패하고 돌아오자 경군과 일본군은 웅성거렸다. 관작리에서 중군사 김병돈과 영관 이창옥, 주홍섭 그리고 유회장두 홍경후, 한기정, 신태봉 등 우두머리들이 전사하자 일본군 소위 아카마츠는 수성을 이유로 성 밖으로 나가지 않는 편이 위험성을 줄이는 것이라 판단했다. 아산에 상륙한 미나미 대위가 일본군을 이끌고 공주로 내려가면서 아카마츠 소위에게 1개 소대, 2개 분대를 떼어주며 내포지역의 농민군을 토벌한 후 즉시 공주로 오라고 명을 했으나 지금 아카마츠의 형편은 공주로 갈 수 없었다. 승전곡에서 패한 후 조선의 아주 작은 고을 홍주성에 갇히고만 꼴이었다.
아카마츠는 조선에 와 처음 전투에서 무기도 변변찮은 농민군에게 패하고 말았으니 자존심도 자존심이지만 이대로는 미나미 대위를 대면할 수가 없었다. 그러나 다시 진압군으로 성 밖에 나갔다가는 무슨 일을 당할지 두려웠다.
이완규의 경군 또한 마찬가지였다. 성안에서 버티며 이두황이 이끌고 내려오는 경군을 기다리기로 했다.

친일내각을 꾸민 조정은 동학농민군을 토벌하기 위해 별도로 양호도순무영(兩湖都巡撫營)을 설치하고 경기도와 충청도 군현의 지방관에 경군 지휘관을 임명했다. 죽산부사에 장위영 영관 이두황, 안성군수에는 경리청 부영관 홍운섭 서산군수에는 경리청 영관 성하영을 겸임시켜 경군을 이끌고 토벌에 나서게 했다.

이제 형국은 홍주성을 공격하는 농민군과 홍주성을 지키기 위한 농민대항군의 형태로 전황이 전개되고 있었다.

7
칼 노래

 예산관아에는 농민군 지휘부와 박성삼의 중군이 진을 쳤고 3만여 농민군은 송산리와 역리는 물론 삽교리까지 들판에 진을 쳤지만, 워낙 많은 숫자라서 구분되지 않고 어수선하게 엉켜 있었다. 깃발이 아니면 어디에 무슨 부대가 있는지는 알 수 없게 뒤섞여 있었다. 들판은 군영이라기보다는 장날 장터 모습과 흡사했다.
 부대별로 유숙하기 위해 초막을 지었는데 그 길이가 무려 오 리가 넘었다. 초막은 사람이 들어가 누울 정도로 낮게 기둥을 세우고 짚으로 이엉을 엮어 씌운 것이었으나 한겨울의 추위를 견딜 수 있기엔 너끈했다. 이들이 이엉을 엮는 일은 늘 하던 일이라 손놀림이 빨랐다. 채 한 시간도 안 돼서 백여 채의 초막이 완성되었다.
 초막이 들어선 삽교천 변은 그야말로 커다란 장시처럼 활기가 넘쳤다.
 한 사내가 말을 타고 들판을 쏘다니며 급하게 외쳤다.
 "삽교천 개천물은 밥 지을 물이니 변은 밭에다 누시오."
 농민군들이 그를 보며 수군거렸다.
 "뭔소리여?"
 "개천에 내려가 똥 싸지 말란 소리여."
 "그게 뭔 중요한 통문이락 마상에서… 흐흐흐"
 "이 사람아, 그보다 더 중요한 일이 어딨는가. 똥물로 밥 해묵고 싸울 수야 없자녀. 하하"
 삽교천 개천 쪽에서 밥 짓는 연기가 여기저기서 올라가고 있었다.
 백발의 노인 하나가 절뚝거리며 나타났다.
 "접주님을 만나야겠시유."
 노인은 잔뜩 화가 난 상태였다.
 "접주님이 한두 사람이 아닌디유? 근데 어르신은 워디서 왔슈?"
 정산 씨름꾼 팔봉이 노인에게 물었다.
 "삽교리에서 살유,"
 "그러면 박덕칠 대접주님이구먼유. 그 양반은 읍성에 계시지유. 그런데 뭔 일로 그러시유?"
 "낮에 도적패가 달구새끼들 모다 잡아갔는데. 그 패거리가 농민군이란 말여. 난 땅도 없고 자식도 없이 호구지책으로 달구새끼를 키우며 근근히 살아 가는디, 잡아가면 죽으라는 거 아니고 뭐여."
"낮에 도적맞았다면 지금쯤은 먹어치우고 똥이 되었을 텐디, 접주님을 만나서 워쩌려고유?"
"닭값은 받아내야지유."
노인이 말을 남기고 절뚝거리며 읍성 쪽으로 걸어갔다.
사람이 많으니 별의별 일들이 많았다. 개중에는 아무 집에나 들어가 먹을 것을 훔치거나 강제로 빼앗는 일이 있었지만, 식량을 준비해 오지 않고 무작정 농민군에 합세한 사람들이 배를 채우기 위해서는 어쩔 수 없는 일이기도 했다.

수가 늘어난 농민군은 승전곡 전투 때와는 달리 대장들의 명령이 전혀 먹히지 않는 오합지졸이었다. 특히 뒤늦게 합세한 농민은 소속조차 없이 우왕좌왕 아무 곳이나 붙어 다녔다. 곡괭이 같은 농기구를 손에 든 이들은 진군이나 퇴각을 알리는 신호조차 알지 못했다. 앞에서 뛰어가면 따라 뛰고 앞에서 머물면 함께 머물렀다.
지휘부는 동학도인이 아닌 물외지인(物外之人)과 떠도는 부랑아들인 모산지배(謀算之輩)가 늘어나자 당황했다.
이들이 농민군으로서 왜 싸워야 하는지, 군율과 진군과 싸움과 퇴각에 관해 최소한의 소양을 갖출 시간이 없었다.
박덕칠은 불안한 마음에 밤새 진영을 돌며 고민했다. 이런 박덕칠의 고민은 오늘만 있었던 것이 아니다. 갑자기 합세하는 농민이 많아지자 박덕칠과 박인호는 북접의 다른 농민군과 어떻게 연대해야 할지 고민되었다.

"중간에 합세한 농민까지 합하면 삼 만이라고도 하고 오 만이라고 합니다. 이쯤 되면 내포에 있는 농민들은 죄다 나왔다고 봐야지요. 이 여세로 한양으로 북상해 외세와 야합한 썩은 무리들을 척결하는 것이 어떻겠습니까? 올라가면서 천안, 화성, 과천에서 세를 불려 노도처럼 치고 올라가면 왜놈인들 어찌하지 못하지요."

박덕칠이 박인호에게 말했다.

박덕칠의 뜻밖의 말에 박인호는 잠시 생각하더니 굳은 표정으로 대답했다.

"경암장의 의지는 알겠소만 일이 그리 쉽지 않습니다. 어명을 받은 죽산부사 이두황이 과천, 화성을 거쳐 천안에 내려오는 동안 동학도를 찾아 죽이고 목천 세성산에서 수많은 동학도를 도륙한 후 눈에 불을 켜고 내려오고 있소이다. 우리가 북상하면 저들과 싸우는 것은 자명한 일이고 그렇게 되면 홍주성에 들어가 있는 조일연합군이 우리를 추격하게 되면 꼼짝없이 포위당해 대의를 도모하지 못할 것이오. 또 우리가 내포를 비운 사이 이승우가 유회군으로 우리 도인들의 가족을 죽일 것이 아니겠소. 경암장도 보다시피 우린 수만 많지 전혀 훈련이 되지 않은 농민들이오. 해서 홍주성을 점령한 후 일본군과 경군에게서 빼앗은 무기로 재무장을 하고 공주감영으로 진군해 손병희 접주와 연합한 후 남접 농민군과 합세해 한양으로 올라가면서 토벌대인 일본군과 이두황의 경군을 무찌르는 것이 순리일 것이오."

"한양으로 진군하는 것은 이미 여미벌에서 접주들과 두령 간에 합의된 일입니다."

"한양으로 진군하는 결정을 부정하는 것이 아니라 홍주성을 점령한 후에 북상하자는 것입니다."

"덕포 대접주께선 지금 우리 농민군을 지휘하고 계시니 더는 이의를 제기하진 않겠습니다. 다만 지체없이 홍주성을 점령해 이승우와 유회장두들을 처단해 우리 도인들의 원한을 갚아야 할 것입니다."

박인호에게 이렇게 말했지만, 이 말은 박덕칠이 스스로에게 다짐하는 말이었다.

"동학도가 아닌 우리 무리 중에 농가에 들어가 닭이나 오리, 심지어는 염소를 끌어다 식량으로 쓰는 자가 적잖아 농민의 원망을 사고 있다는 말이 들립니다. 우리가 아무리 대군이고 대의와 명분이 있어도 농심을 저버리면 사상누각이나 다름없습니다. 경암장께서 두령들에게 말해 엄히 기강을 잡아주시지요."

"전투식량이 턱없이 부족한 일이라 농민들이 자진해서 식량을 내놓을 수 있도록 하고 동조하는 지주들에게서 자금을 지원받을 수 있게 두령들이 독려하는 방법이 좋을 것입니다."

두 사람의 이야기는 여기에서 갈무리 되었다.

용굴봉 위 하늘부터 여명이 밝아왔다.

예산산성에서는 승리를 기원하는 천제가 올려졌다.

박인호, 박덕칠 그리고 여미벌에서 임명된 대장들과 동학의 두령들은 엄숙했다. 심고를 올린 뒤에 모두 세 번 절을 드렸다. 박인호는 이들에게 재단 위에 있는 성수를 뿌려 정화시켰다.

철성이 울리자 모두 성심을 다해 주문을 외웠다.

"시천주 조화정 영세불망 만사지"

들판에서도 철성이 울리자 3만 농민군이 일제히 같은 주문을 외우기 시작했다. 주문소리는 여명이 밝아오는 아침 하늘에 메아리처럼 퍼져나갔다.

박인호는 들판에 울려 퍼지는 주문소리를 들으며 바위 위에 올라섰다.

"농심은 흙의 마음이오. 흙은 정직해서 심는 대로 열매를 맺기에 마땅히 농사를 짓는 농민이 기쁨을 누려야 할 것이나 가렴주구와 탐관오리의 착취와 횡포로 농민들은 초근목피로 겨우 목숨을 부지하고 있소이다. 우리가 요구하는 것은 정당한 수세와 정당한 도조로 농민에게 살아갈 수 있는 희망을 주자는 것이오.

또한, 우리 도는 남녀노소, 천민이나 노비 할 것 없이 신분과 관계없이 한울님이 모든 사람 속에 내재한 귀한 존재로 업신여김을 받아서는 안 된다는 것이오.

이 같은 주장을 하는 우리를 비도로 규정하고 모진 탄압을 하고 있소. 그 앞잡이는 유림으로 구성된 유회군이 무리를 지어 우리 농민군을 공격하고 있고 조정에서 내려 보낸 경군과 일본군이 연합해 농민군을 가리지 않고 죽이고 있어 비통함을 금할 수 없소이다.

이런 횡포무도한 자들에 맞서 분연히 일어난 우리 농민군이 오늘 이들의 본거지인 홍주성을 치려 합니다. 우리의 무기는 대포 몇 점과 화승총과 대창뿐이지만 우리의 수효가 5만 대군인지라 겁낼 것 없소. 몇 가지 행동규칙을 말할 것이니 대장들과 두령들은 모든 농민군에게 이를 전하시오.

첫째, 항복하는 자는 살릴 것이오.

둘째, 도망치는 자는 쫓지 말 것이오.

셋째, 유회장두와 일본군은 반드시 죽일 것이오.

넷째, 아녀자와 아이들은 다치지 않게 할 것이오.

다섯째, 구슬아치들은 잡아 옥에 가두되, 저항하면 죽일 것이오.

여섯째, 성안에 있는 재물은 탐하지 말 것이오.

마지막으로 모두 죽기를 각오하고 모두 홍주성으로 진격하시오."

박인호는 두 주먹을 흔들며 결의를 다졌다. 모두가 손에 든 무기를 흔들며 환호했다.

관작리 두령 하나가 말 두필을 끌고 왔다.

"대접주님 두 분이 타고 가실 말이구먼유. 평소에 이놈들이 수레를 끌던 놈이라서 온순허니 타고 가실만혀유."
"고맙소만 다시 끌고 가시오. 성한 다리 두고 대접주라고 말을 타고 가서야 안 될 일이오."
"대접주님 두 분이 마상에 앉아 호령하시는 모습을 지는 보고 싶구먼유."
두령은 물러서지 않고 권했다.
"그리 생각하시면 말 등에 화약을 짊어지게 하면 어떻겠소?"
박덕칠이 미소를 머금은 표정으로 두령에게 말했다.
"그리 명령하시니 말에 화약을 짊어지게 하겠습니다."
두령이 말을 끌고 자리를 떴다.

관작리를 출발한 농민군은 농악대를 앞세우고 행군하기 시작했다.
농악대 바로 뒤에는 '천불변역이불변(天不變亦易不變)'이라 쓴 커다란 깃발과 '덕의대접주 박인호'라 쓴 대장 깃발이 따랐다.
실로 장관이었다, 들판은 온통 흰 물결로 뒤덮인 듯 농민들의 행군은 물살처럼 밀려 오가쪽을 향했다.
가야산이 묵묵히 이 흰 물결을 굽어보고 있었다. 농민군의 표정은 결기가 넘쳐났지만 행군하는 모습은 장날 장터로 향하는 모습과 흡사했다. 이들이 나누는 대화는 싸움터로 향하는 사람들 같지 않았다.
농사이야기며 소작료에 관한 이야기며 양반 지주가 손 안 대고 코 푸는 식으로 돈을 모으는 세상을 불평하는가 하면 남의 닭을 잡아먹고 도망친 이야기를 하며 키득키득 웃는 실없는 사람도 있었다.

홍주성 전투만 끝나면 봐둔 처자에게 장가를 들 것이라는 총각, 진황지를 개간해 두어 마지기만 넓히면 춘궁기에 굶지 않고 살 것이라며 봄을 기다리는 텁석부리 수염을 한 사내의 검게 탄 얼굴, 이들은 어딜 봐도 싸움과는 거리가 먼 농부의 순박한 얼굴이었다.

승전곡에서나 관작리에서 힘없이 무너지는 진압군을 본 그들은 홍주성 역시 어렵지 않게 점령할 것으로 생각했다.

그러나 홍주성은 평소의 성이 아니었다. 경군과 일본군과 토병에 유회군과 민보군까지 들어차 있는 막강한 전력을 지닌 요새가 되어있었다. 성안에 있는 이들은 물러설 곳이 없었다. 목숨을 걸고 성을 사수할 것이 뻔했다.

야무네는 왠지 모르게 불길한 예감이 들었다. 알 수 없는 불안 때문에 가슴이 두근거렸다. 그녀는 행진을 하면서도 눈은 아례와 아버지를 찾느라 두리번거렸다.

머리에 인 봇짐에는 응급조치에 필요한 약제와 지혈대와 간단히 살을 찢고 화살촉이나 총탄을 빼낼 수 있는 칼과 집게가 들어있었다.

그녀는 어제 저녁에도 밥을 지은 삽교천 개울가에서 참숯을 얻어다 점순이와 함께 가루를 만들었다. 참숯 가루는 지혈을 하는데 더없이 좋은 약제였다. 그녀들은 잠시라도 시간이 나면 지천에 돋아있는 쑥을 채취해 했다. 이것 역시 출혈을 지혈시키는데 도움이 되는 약제였다.

행군은 오가를 지나쳐 삽교 역촌에 다다랐다.

농민군은 다음날이 수운대선사의 탄신일이었기에 역촌에서 밤을 지내고 아침에 예를 올리고 홍주성으로 진군할 참이었다.

저녁이 돼서야 야무네는 겨우 아례를 만날 수 있었다. 그는 역촌에서 조금 떨어진 송산리에 머물고 있었다.

야무네를 만난 아례는 반가움에 얼굴에 미소가 접시꽃처럼 환하게 피었다. 그는 아내의 손을 덥석 잡았다.

"임자가 워쩐 일이래유? 바글바글한 속에서 날 찾는 게 모래밭에 바늘 찾는 거랑 다름없을 텐디. 암튼 반갑구먼유, 임자."

"어쩐 일이라니요. 아내가 지아비를 찾는 게 당연하지요."

"잘 왔슈, 마침 당신에게 주려고 구해놓은 것이 있소."

아례가 짐 꾸러미에서 당귀와 소금, 그리고 들기름이 담긴 연적을 야무네에게 건네주었다.

"아이구, 이 전쟁판에 이런 걸…, 소독제가 없어서 걱정했는데 고맙구먼유."

약제를 받아든 야무네가 아례의 마음 씀에 감복해 환하게 웃었다.

"나야, 늘 임자생각 뿐이오."

"아부지는 어디 계서요?"

야무네가 둘레를 살피며 물었다.

"아부진 시방 목욕재계하려고 접주님들이랑 개천에 내려가셨소. 내일이 수운대선사님 탄신일이라서 싸움에 찌든 몸을 정갈하게 씻고 예를 갖춘다 들었소."

"두령들 말이 이참 싸움은 쉽지 않을 것이라 하던데, 당신이 우리 아부지 곁에서 떨어지지 말고 아부질 꼭 지켜주시오. 아부지랑 당신 둘 중 하나만 무슨 일을 있어도 지는 못 살아요."

"알겠슈, 아부지 염려는 말고 임자 몸 간수나 잘하시오."

둘은 다시 손을 맞잡았다. 야무네의 눈에는 금방이라도 눈물이 쏟아질 것만 같았다.

보름달이 중천에 떠 있었다. 달빛이 물 위에 산란이라도 하는 듯 희고 영롱한 은빛 물빛이 너울거렸다.

접주들과 두령들은 상투를 풀어 머리를 감고 몸을 씻으면서 달을 우러러봤다. 지금 이들은 모두가 한마음이었다. 폭정을 제거하고 백성을 구하는 마음과 외세를 물리치고 배달의 혼을 드높이는 싸움에서 승리하길 간절히 원했다. 달을 우러르며 한울님께 빌었다.

누군가 말했다.

"내일이 대선사님 탄신일인데 그분이 지으신 칼노래나 함께 부릅시다."

그의 말이 떨어지자 기다렸다는 듯이 모두 한목소리로 칼 노래를 부르기 시작했다.

"시호(時乎)! 호! 이내 시호!
부재래지(不再來之) 시호(時乎)로다!
만세일지(萬世一之) 장부(丈夫)로서
오만년지(五萬年之) 시호(時乎)로다!
용천검(龍泉劍) 드는 칼을
아니 쓰고 무엇하리.

무수장삼(舞袖長衫) 떨쳐입고
이칼저칼 넌즛 들어
호호망망(浩浩茫茫) 넓은 천지
일신(一身)으로 비켜 서서
칼노래 한 곡조를
시호 시호 불러내니

용천검 날랜 칼은
일월(日月)을 희롱하고
게으른 무수장삼(舞袖長衫)
우주(宇宙)에 덮여있네

만고명장(萬古名將) 어데 있나
장부당전(丈夫當前) 무장사(無壯士)라!
좋을시고 좋을시고
이내 신명(身命) 좋을시고!"

"대선사님께서 꼭 우덜을 위해 만드신 노래 같구먼유. 한 문장도 흩트림이 없는 만고에 빛나는 노래구먼유."
노래가 끝나자 누군가 그렇게 말했다.

날이 밝았다.
이날은 수운탄신절인 동시에 결전의 날이었다.
그래서 분명 축제의 날이지만 홍주성 싸움을 앞둔 내포의 동학 지도자들에겐 축제라기보단 결의를 다지는 의식으로 진행되었다. 바로 의식을 통해 신앙의 결속을 다지는 동시에 전투에 앞서 농민군의 사기를 진작시키고 정신적 무장을 새롭게 하는 계기로 삼았다.
"시천주 조화경 영세불망 만사지."
주문 외우는 소리가 거대한 해일처럼 들판을 덥고 건너편 가야산을 때린 후 다시 돌아와 농민들의 가슴을 파고들었다.
신묘하게도 이 순간 이후 농민군은 관작리에서 여기까지 걷던 평범한 농부의 모습이 아닌 전사의 모습으로 변해 있었다.
이들의 입에서는 주문소리가 떠나지 않았다.

다시 대장기가 앞서고 진군을 알리는 징소리가 들렸다.
농민군이 내닫는 발걸음은 이전과는 다르게 힘이 있고 빨랐다. 눈빛은 이글이글 불타올랐다. 잡담을 하는 사람이 한 사람도 없었다. 그들은 주문을 외우며 앞만 보며 진군했다.

농민군은 10월 28일 오후에 신리와 목리를 지나 적현 고갯길을 넘지 않고 두 갈래로 나뉘어 동, 서로 난 골짜기를 통해 홍주성으로 이동했다.
서쪽 골짜기로 들어선 부대는 김기창의 북군이었다.
농민군의 본대는 그대로 간동으로 이어진 동쪽 골짜기를 타고 진군했다. 동문 못미처 있던 향교에 다가서자 그곳에 있던 유생들이 격렬히 저항했다.
평소 기득권의 권익을 대변하는 유림으로부터 박해받아온 동학도가 유생에 대해 감정이 좋을 리 없었다. 특히 유림이 노골적으로 유회군을 만들어 지주와 관아 편에 서서 동학농민군을 기찰하고 잡아다 죽이는 일이 빈번하자 농민군은 극도로 유림에 적개심을 갖고 있었다.
농민군은 향교를 에워싸고 문을 부수고 담을 넘었다.
누가 말릴 틈도 없이 흥분한 농민군의 죽창이 유생들의 배를 찔렀다. 피가 두루마기 위로 뿜어져 나왔다. 이렇게 향교에 있던 유생 일곱 사람이 죽으면서 홍주성 전투의 서막이 올랐다.
농민군의 함성이 성벽을 무너뜨릴 듯한 기세에 성안의 사람들은 무서움에 떨었다. 이승우와 이규완과 대홍현감 이창세와 예산현감 윤영렬 그리고 아산의 유회장두 조중석이 동문의 망루에서 농민군을 내려다보고 있었다. 조중석은 이틀 전 유회군을 끌고 홍주성에 들어와 있었다. 이승우의 오사모(烏紗帽)가 흔들렸다. 그는 두려움과 함께 분노에 치를 떨고 있었다.

농민군은 성안의 병력을 끌어내려 했지만, 일본군을 비롯한 경군과 토군 그리고 유회군은 요지부동이었다.

한편 퇴뫼산에서 농민군의 동태를 살피고 있던 안희중 등 대홍 유회군 장두들은 구름처럼 홍주성으로 몰려가는 농민군을 보고 성안에 있는 대홍군수 이창세를 구하기 위해 군사를 보내줄 것을 대홍관아에 급하게 알렸다.

연락을 받은 중군사 장세환이 유회군 오천 명을 무장시켜 홍주성을 향해 떠났다.

향교 앞마당에서 긴급하게 농민군 지휘부 회의가 열렸다. 대장들과 접주들과 두령들이 참석했다.

"저놈들이 성 밖에 나오면 우리가 작살을 낼 수 있는데 저렇게 꼼짝하지 않고 있으니 어떻게 하면 좋겠소."

박인호가 운을 뗐다.

"여기까지 오면서 우린 연전연승 했소. 우리 편은 어느 때 보다 사기가 높은 반면에 이승우 일당은 두려움에 떨고 있소. 단번에 삼문을 부수고 공격한다면 쉽게 손아귀에 넣을 수가 있소."

남군 대장 이치봉이 상기된 표정으로 말했다.

"그렇게 쉽게 봐선 안 돼요. 성안에 있는 경군과 일본군은 만만한 상대가 아니오. 비록 저들이 승전곡에서 우리에게 패하긴 했지만, 우리가 모르는 병술과 월등한 무기를 가지고 있는 군대요."

서군 대장 홍종식이었다.

"홍대장의 말씀에 공감합니다. 승전곡은 우리가 미리 산을 점령하고 있어 지리적으로 유리한 입장에서 전투를 치른 것이고 마침 불어온 서풍에 화공을 펼칠 수가 있었소. 지금 저놈들은 높고 두터운 성곽 위에서 우리를 내려다보며 싸울 수 있어 우리가 불리한 처지에 있소."

중군 대장 박성삼이 홍종식의 의견을 거들었다.

"성안에 군사들이 많아 곧 사창의 군량미가 바닥이 날 것이오. 일주일 만 우리가 포위하고 있으면 항복하지 않고는 못 배길 것이오. 창자가 허리에 붙으면 세상이 노랗게 보일 것이고 그땐 싸움이고 뭐고 포기하고 손들고 나오지 않겠소?"

고북 접주 최준모였다.

"허어, 우리 농민군은 그때까지 뭘 먹고 버틴단 말이오. 삼개 성문 중 한 곳만 부수고 들어가도 저들은 다른 문을 열고 도망칠 것이고 그때를 노려 성 밖에서 있는 우리 농민군이 이들을 치면 대승할 것이 확실하오."

이치봉이 더 강경하게 나섰다.

"알다시피 우리는 수만 많지 저들처럼 훈련된 군사가 아니오. 함부로 공격하는 것은 우리 농민군을 사지로 모는 우를 범하는 일이오."

홍종식도 물러서지 않았다.

"이보시오. 홍대장, 말을 가려서 하시오. 지금 공격하지 않고 머뭇거리는 것이야말로 우리 농민군을 사지에 두는 것이오."

흥분한 이치봉의 얼굴이 붉어졌다.

장내는 소란해졌다. 이치봉의 말에 동조하는 두령들이 있는가 하면 홍종식의 말이 옳다는 신중한 두령들이 심하게 다투었다.

박인호가 나섰다.

"조용히들 하시오. 이렇게 적전에서 이견이 분분하면 안 될 일이오. 내 생각을 말하겠소. 성안에는 정규군 외에 대흥 유회군과 아산 유회군 예산 유회군이 사생결단으로 농민군을 노리고 있고, 홍주성은 성벽이 높아 난공불락의 요새임이 틀림이 없소. 해서 성곽을 포위하고 위세를 과시하며 항복을 요구하는 것이 어떻겠소."

"세를 과시한다고 호락호락 항복 할 놈들이 아니오."

이치봉이었다.

"덕포 대접주 말씀에 제 견해를 좀 보탠다면 지금까지 우리가 들었던 모든 깃발을 잠시 내리고 일제히 '척양척왜'의 깃발을 올린 후, 성안에 대고 우리 농민군이 왜놈을 척결하는 의병이라고 외치는 것입니다. 그렇게 유회군의 마음을 흔들어 내분을 일으키는 것이 어떻겠습니까?"

박성삼이 말했다.

대장들과 두령들이 박성삼의 꾀에 감탄하며 고개를 끄덕였다.

"그럼, 이승우가 항복할 때까지 성 밖에 진을 치고 위세를 과시하도록 합시다."

박인호가 결정을 하려는 순간, 박덕칠이 벼락처럼 소릴 지르며 나섰다.

"춘암, 우리가 지금 한가롭게 성 밖에서 난장이나 벌이고 있자는 말이오? 여기에서 지체했다가는 더 큰 일이 벌어진다는 것을 모르시오? 위에서는 이두황이 경군을 데리고 내려오고 있고 공주에선 전봉준 접주와 손화중 접주가 이끄는 남접 농민군이 고전하다 물러서 있는데 공주에 있는 일본군이 이리로 오면 그땐 우린 놈들에게 사방으로 우겨 싸여 죽게 된다는 것을 모른단 말이오? 내 지금까지 춘암께서 하신 일을 따랐지만 더는 따르지 않을 참이오."

"경암, 고정하시오. 내 이 삼일만 심리전을 펴 이들을 교란시킨 다음 항복하지 않으면 그때 공격해도 늦지 않소."

박인호가 박덕칠에게 정색을 하며 말했다.

"그럴 수 없소. 나는 공격하겠소. 여러 대장과 두령은 들으시오. 나를 따르지 않으려거든 차라리 돌아들 가시오. 싸우려온 장수가 싸움을 기피해서야 어찌 대의를 이룰 수가 있겠소."

박덕칠은 단호했다.

박덕칠의 서슬 퍼런 모습에 박인호도 홍종식도 박성삼도 아무 말을 못했다. 박인호는 한참동안 생각을 하더니 무겁게 입을 열었다.
"적의 턱밑에서 우리가 분열하는 모습을 보일 수는 없소. 예포대접주의 말씀에 따르도록 합시다. 이 싸움을 이기지 못하면 이 내포들판의 동학도인은 물론 이 전쟁에 참여한 모든 농민들이 모두 죽임을 당할 것이오. 이 점을 명심해서 죽기 살기로 싸우면 승산이 있지 않겠소? 논쟁은 여기에서 멈추고 모두 기도문을 외웁시다. 한울님이 도울 것이오."
"지기금지 원위대강 시천주 조화경 영세불망 만사지."
모두 한목소리로 주문을 외웠다.
박덕칠은 각 부대에 있는 돌격대를 통합해 급하게 결사대를 조직했다. 이 결사대에는 아례와 수실이는 물론 장쇠와 강쇠 뚜벅이 그리고 태안에서 온 문장노 일가가 포함되어 있었다.

한편 농민군 지휘부가 향교에서 전략회의를 하는 동안 향교 뒤편 매봉산에서 농민군의 동태를 살피던 일본군이 황급히 홍주성으로 들어갔다. 이들은 끝없이 몰려오는 6만 농민군에 기겁했다. 홍주성으로 오는 동안 농민군은 3만여 명이 도 불어난 상태였다.

오후 4시, 하늘은 더없이 푸르고 늦가을 햇살이 떨어져 봄날처럼 들판에 아지랑이가 너울거렸다.
 박인호가 백월산을 바라보며 크게 외쳤다,
 "하늘이여. 도우소서!"
 그가 징채를 높이 들어 내려쳤다. 드디어 싸움을 개시하는 철성이 울렸다. 6만대군은 징소리에 일제히 함성을 지르며 홍주성을 향해 내달렸다. 함성소리에 가을 하늘이 쩍쩍 갈라지는 듯했다.
 박덕칠은 결사대를 이끌고 동문으로 향하고 이치봉은 부대를 이끌고 빙고치를 향해 뛰었다. 나머지 부대는 성곽을 에워싼 채 함성을 질렀다. 하늘이 진동하는 함성소리에 백월산의 산새들이 놀라 일제히 비상했다.
 농민군이 함성을 지르며 달려갔지만, 거기엔 높은 성벽이 철옹성으로 버티고 있었다. 그나마 북쪽의 빙고치가 지대가 높고 성곽에 가깝게 붙어 있어서 이치봉 부대는 사력을 다해 빙고치를 점령하기 위해 접근했다.
 농민군이 공격에 유리한 곳이라면 상대도 이를 방어하기 위해 사활을 걸고 저항하는 것은 당연했다.
 그곳엔 아카마츠의 일본군 1개 분대가 미리 방어진을 치고 농민군의 기습에 대비하고 있었다. 이치봉 부대가 함성을 지르며 추수가 끝난 논을 가로질러 빙고치에 접근하자 일본군이 일제히 농민군을 향해 사격을 했다. 그들은 빙고치의 소나무에 몸을 숨긴 채 총구를 농민군을 향해 조준했다.

일본군이 쏜 총탄에 죽창을 든 농민군이 풀썩풀썩 쓰러졌다. 후퇴를 하라거나 날아오는 총알을 피해 엎드리라고 명령을 하는 사람은 아무도 없었다. 농민군은 쓰러진 전우의 주검을 밟고 빙고치를 향해 내달렸다.

미처 겨냥할 사이도 없이 농민군이 성난 파도와 같이 밀려오자 당황한 일본군은 성안으로 퇴각했다.

그렇게 빙고치를 점령한 농민군은 만세를 불렀다. 이치봉은 뒤를 돌아봤다. 쓰러진 부하들이 즐비했다. 이미 목숨이 끊겨 움직이지 않은 자가 태반이었으나 총상을 입고 고통에 고래고래 소리를 지르며 죽어가는 자도 많았다. 이치봉은 분노로 몸을 부르르 떨었다.

그러나 빙고치에서도 홍주성은 난공불락이었다.

적현고개에서도 김기창 부대가 함성을 지르며 물밀듯 내달렸다. 관군은 북문에 배치되어 있는 대포를 적현고개를 향해 쐈다. 농민군은 잠시 숲속으로 흩어지는가 하더니 다시 깃발을 앞세우고 징을 치며 홍주성 가깝게 다가왔다. 일본군 2개 분대가 이들을 향해 일제히 사격을 가했다.

읽본군의 사격에 농민군들이 추풍낙엽처럼 쓰러져 땅에 뒹굴었다.

홍주성을 점령하는 일은 동문과 서문, 북문을 통해서만 가능해 보였다. 빙고치 가까이에 있는 좁은 북문은 굳게 잠겨있었다.

이치봉 부대는 서문으로 갔다. 서문 역시 굳게 잠겨있었다. 이치봉 휘하에 있는 두령 한 사람이 부하들을 데리고 민가로 달려가 처마를 받치고 있는 나무기둥을 빼와 공성퇴(攻城槌)를 만들었다. 이치봉과 부하들은 공성퇴로 서문을 쳐서 문 안쪽에 질러놓은 빗장을 부수려고 했다. 그러나 견고한 성문은 꼼짝도 하지 않았다.

농민군들이 성문을 부수려고 갖은 애를 쓰는 동안, 성문 누각에서 일본군의 회선포가 농민군을 향해 불을 뿜었다. 빗발치는 총탄에 농민군은 속수무책으로 쓰러졌다. 회선포를 맞은 농민군은 팔이 날아가는가 하면 머리통이 박살 났다. 부상을 입은 동료를 부축해 도망치다 화선포에 맞아 함께 쓰러지는 자도 있었다.

공성퇴에 달라붙어 있는 농민군을 향해 누각에서 펄펄 끓는 기름 솥을 쏟아부었다. 화상을 입은 농민군은 악 소리를 내며 공성퇴를 버려두고 땅에 데굴데굴 굴렀다.

농민군이 성곽 위에 있는 관군을 향해 총질을 했지만 총탄은 돌에 맞아 불꽃을 튀길 뿐 소용이 없었다. 반면에 관군과 일본군은 성곽 밑에 운집해 있는 농민군을 향해 무차별로 사격을 가했다. 시간이 갈수록 성곽 밖에는 선혈이 낭자한 농민군의 시체가 쌓여갔다.

그런데도 퇴각을 알리는 꽹과리 소리는 들리지 않았다. 겁을 먹은 농민군은 도망치려 했지만 뒤에는 해자가 가로막고 있었다. 해자는 백월산에서 흘러내린 물이 북쪽과 남쪽으로 나뉘어 홍주성을 감싸고 있었다.

한편 동문으로 간 박덕칠의 결사대 역시 성문을 부수기 위해 접근하려 했으나 완강한 관군의 저항에 부딪혀 나아가지를 못했다. 관군은 동문에 접근을 막기 위해 성곽 위에서 대포를 쏴 댔다. 포탄이 떨어질 때마다 천지를 흔드는 폭음과 함께 땅이 파였다. 성곽 위에서 관군이 쏜 총탄이 우박처럼 쏟아졌다.

박덕칠은 성문을 파괴하기 위해선 대포를 쏴 파괴하는 수밖에 없다고 생각했다.

결성 두령 백장수가 민가에서 두꺼운 대문짝을 들고 왔다. 대문짝을 방패 삼아 동문을 향해 나아갔다. 대문짝 뒤에는 노학돌이 대포를 들고 따랐다.

이들은 동문에서 20보쯤 거리를 두고 대포를 세웠다.

노학돌이 급하게 총통 안에 화약을 채워넣었다. 강칠복이 들고 있던 포환을 총통 안에 밀어 넣자 노학돌이 심지에 불을 붙였다. 대포는 굉음을 내며 발사되었지만, 동문 앞에 떨어졌다. 화약의 분량을 잘 못 넣은 것이 분명했다.

이들을 향해 관군이 쏘아대는 총탄은 빗발처럼 쏟아졌다.

"엉? 자네 대포 쏴보긴 했어? 모두 농사꾼인데 자네만 관군 출신이잖여?"

방패용 대문짝을 앞세운 백장수가 노학돌에게 물었다.

"쏘는걸 보기는 했시유. 지는 봉화를 올리는 봉수꾼이었시유."

노학돌이 꺼져가는 목소리로 대답을 했다.
"이엠병!"
"두령님, 시방 그런 것 따질 입장이 아니구먼유 기왕 여기까지 왔으니께 동문 밑에꺼지 가서 포를 쏴봐유. 뒤로 도망쳐도 총 맞긴 마찬가진디 동문에 대고 확 쏴 버려유."
강칠복의 큰 소리로 말했다.
이들은 관군의 저항을 뚫고 동문 앞까지 가는 데 성공했다.
"성문에 대고 쏜다고 해봐야 구녕만 숭숭 뚫릴 겨. 자네 머리 위에 있는 대들보, 그거 맞출 수 있겄어? 대들보만 잘 맞추면 성문이고 누각이고 와르르 무너질 거 아녀?"
백장수가 노학돌에게 명령이 아니 부탁조로 말했다.
"그리 해 보지유, 아까 한 방 쏴 봤으니 실수야 없겠지유"
노학돌은 포구를 대들보를 향해 세웠다. 그는 아까보단 화약을 더 많이 총통에 부어 넣고 포환을 밀어 넣었다.
멀찌감치 떨어진 곳에서 박덕칠이 이를 지켜보며 어서 빨리 동문이 뚫리기를 기다리고 있었다.
노학돌이 지체하지 않고 심지에 불을 붙였다.
꽝 소리와 함께 우지끈 대들보 귀퉁이가 떨어졌다. 동시에 윽 소리를 내며 노학돌이 쓰러졌다. 떨어진 대들보에 맞은 노학돌의 깨진 머리통에서 선혈이 흘러내렸다.
백장수가 피가 낭자한 노학돌을 업고 뛰기 시작했다. 그 뒤를 강칠복이 따라 뛰었다.

성문은 끄덕하지 않고 그대로였다. 동문을 부수고 돌진하려던 박덕칠의 작전은 실패로 끝나고 말았다.

동문과 서문에 널부러져 있는 농민군의 주검을 본 관군은 사기가 올랐다.

지금까지 전투에서 번번이 패하고 홍주성으로 도망쳐 온 이들은 조금 전 6만 농민군이 벌떼처럼 성곽을 에워쌌을 때만 해도 죽음을 각오하고 있었다. 그러나 농민군이 성문을 부수고 들어오지 못하고 관군의 사격에 속절없이 쓰러지자 더 이상 겁을 먹지 않았다. 오히려 여차하면 성문을 열고 나와 농민군과 싸울 기세였다.

잠시 총격이 멈추자 동문과 서문에서 공격을 하다 부상을 입은 농민군이 부축을 받으며 해자를 넘어 동문 밖 마을로 돌아오는 이들이 보였다.

"성문을 열 재간이 없소."
서문을 공격했던 이치봉이 박덕칠을 보며 허탈하게 말했다.
"어찌하면 좋겠소?"
박덕칠이 물었다.
"일단 뒤로 물러나 대열을 갖춘 뒤에 다시 공격하는 것이 어떨까요. 이렇게 가다간 남아날 사람이 없어요. 아침까지 서로 정담을 나누던 대원이 총에 맞아 죽은 것을 보곤 기가 꺾여 있소. 시신이라도 거두어 가서 가족이 찾아가도록 하는 것이 도리이지 않겠소? 저렇게 내버려 둘 수는 없는 일이오."
홍종식이었다.
"지금 물러서면 다시 기회는 없소. 희생은 있었지만 이참에 무슨 수를 쓰든 성을 점령해야 할 것이오. 시신 수습은 싸움이 끝난 후 해도 늦지 않소."
김기창이었다.
"뾰족한 수는 아닙니다만 퇴각하는 척하며 도망치면 관군이 성문을 열고 우릴 뒤쫓을 것입니다. 그때를 노려 역공을 펴면 어떻겠습니까? 일종의 유인책이지요."
박성삼이었다.
"좋은 지략이지만 우리 농민군이 그 일을 할 수 있게 훈련되어 있지 않소. 오히려 쫓겨 더 많은 희생을 입을 것이오."
박덕칠이 단호하게 반대했다.
"손자병법에 성을 공격할 때 성 밖에 성 높이만큼 토성을 쌓는 병법이 있지만, 우리가 그리하기엔 시간이 없고 흙 대신 쌓아 성벽을 넘을 뭐가 없겠소?"
"김기창이었다."
"집집마다 쌓아놓은 짚단을 가져다 쌓고 성곽을 넘으면 어떻겠소? 마침 추수도 끝나 지천에 깔려 있는 게 짚단이니 그리해 봅시다."
이치봉이었다.
"좋은 생각이오. 짚단은 가벼워 들고 뛰기도 싶고, 누구나 노적가리를 쌓아봤을 것이니 어렵지 않을 것이오. 해가 진 후에 감행하도록 합시다. 같은 시각에 민가에 불을 질러 관군의 이목을 다른 데로 돌리게 합시다."

이치봉의 제안에 박덕칠이 만족한 듯 두 주먹을 불끈 쥐었다.

박인호도 있었지만, 홍주성 싸움은 박덕칠이 주도했다.

잠시 정적이 흘렀다.

성안의 군사들이 저녁밥을 먹는 시간이었고 농민군도 민가에서 밥을 쪄와 주먹밥을 만들어 부지런히 돌리고 있었다.

야무네는 주먹밥마저 먹을 시간이 없었다. 들것에 옮겨온 부상자가 너무 많았다. 총상을 입은 자 중에는 미쳐 지혈을 하지 못하고 죽는 자가 속출했다.

화승총에 맞은 자는 입에 자갈을 물린 후 탄환을 빼내고 마른 쑥을 비벼 상처에 넣고 삼베로 동여매 지혈을 시켰다. 회선포에 맞은 자는 잘려나간 팔목이며 다리에 허리띠나 행전을 풀어 지혈을 시켰지만, 그것마저 소용없이 비명을 지르다 죽어가는 자가 늘어났다.

원평 대장간에서 아례와 같이 일했던 강쇠가 아궁이에서 벌겋게 단 쇠막대기를 꺼내다 살점이 너덜너덜한 잘린 팔을 지졌다. 이것은 피를 멈추고 상처가 곪지 않도록 소독할 수 있는 유일한 방법이었다. 그럴 때마다 중상자는 기절을 했다.

야무네가 있는 마당에는 부상자들로 넘쳐나고 피비린내가 진동했다. 응급조치를 취하는 중에도 부상자는 죽어갔고 야무네는 자신도 모르게 그들의 영혼을 위해 주문을 외웠다.
야무네는 아버지와 아례가 걱정되었다. 부상자가 들것에 실려 올 때마다 혹시 아버지나 아례가 아닌가 해 가슴이 쿵쾅거렸다. 부상자의 얼굴을 보고 나서야 가슴을 쓸어내렸다.

동지 즈음이라 밤공기가 차가웠다. 하늘엔 달도 없이 주위는 칠흑같이 어두웠다. 농민들은 어둠속에서 성 안쪽에 대고 고함을 쳐댔다.
"좋게 말할 적에 문 열 것이여, 우들이 들어가믄 니들 다 죽여 버릴껴!"
"지랄하고 자빠졌네. 배운 것도 없는 쌍놈의 새끼들아!"
성 안쪽에서 유회군이 농민군을 향해 팔매질을 하듯 말을 던져왔다.
"왜놈들하고 한통속이 돼갖고, 같은 동네 사는 농민을 아작내는 게 옳은 일이여? 이놈들아, 니놈들은 우덜이 지은 곡식 안 먹고 사는겨?"
다시 농민군 측에서 성 안쪽으로 말을 던졌다.
"양반이랑 상놈이랑, 남정네나 계집이나, 위아래도 없이 뒤섞여갖구 사는 것들이랑, 어찌 같은 하늘 이구 살 수가 있겄냐? 꼴값 떨지 말어."
말을 받아 성 안쪽 유회군이 재빠르게 말을 던져왔다.

"우덜이 쳐들어가면 느그는 참말로 똥쌀 짬도 없을 거구먼."

성벽을 사이에 두고 농민군과 유회군 간에 욕설이 오갔다.

유시가 끝나고 술시가 시작되는 시각, 농민군은 북문 쪽 민가에 불을 냈다. 북쪽 하늘이 붉은 불기운에 환하게 밝혀졌다.

북편은 구릉지여서 성벽이 높았다. 성벽 위에서 북문 밖 농민군을 향한 총소리가 밤의 정적을 깨며 소란해졌다.

그 시각, 동문 편 성벽을 향해 어둠 속에 움직이는 군상들이 있었다, 저마다 어깨에 볏짚을 한 짐씩 매고 달렸다. 어떤 이는 지붕을 올리려고 이엉을 엮어놓은 마름을 한 둥치 매고 뛰는 사람도 있었다.

곧 성벽 높이로 노적가리가 쌓여져 갔다. 성벽에 기대 쌓은 노적가리의 길이는 무려 20보가 넘었다.

죽창을 든 농민군이 노적가리에 새까맣게 붙었다. 화승총을 맨 농민군도 노적가리를 기어오르고 있었다.

농민군 서너 명이 성곽에 오르는 순간, 관군 한 명이 급하게 소리를 질렀다.

"불화살! 불화살!"

"뭐여?"

"여기 불화살을 쏘란 말여!"

횃불을 든 수비병이 농민군이 기어오르는 성곽 쪽을 비춰봤다.

"잉? 저건 동비아녀?"

겁에 질린 수비병이 든 횃불을 성곽 밑 노적가리에 던졌다.

기름에 불을 댕기기라도 한 듯 불을 들어 마신 마른 볏짚은 미친 듯이 타오르기 시작했다. 20보에 걸친 거대한 노적가리는 이글거리는 불덩어리가 되어 활활 타오르기 시작했다.

순간 노적가리를 기어오르던 수많은 농민군은 불길에 휩싸였다. 여기저기 몸에 불이 붙은 농민군들이 아우성을 치며 화마에 싸여 죽어갔다. 특히 동짓달이라서 그들이 입은 솜 적삼과 솜바지에 붙은 불은 좀체 끌 수 없을 뿐 아니라 순식간에 살점을 태웠다.

그런데도 농민군들은 불길이 번지지 않은 성벽을 향해 볏짚을 들고 뛰어가고 있었다. 불길로 인해 주위가 환하자 성벽 위에 군사들이 농민군을 겨냥해 총을 쏘기 시작했다.

불길 속에는 총소리와 비명소리가 천지를 진동했다.

"잉? 저기 뉘여! 행랑채 이서방 아녀?"

불빛 아래 볏짚을 들고 뛰어가는 사내를 보며 수실이 곁에 있는 아례에게 말했다.

"아이구, 이서방이 맞네."

아례가 말을 하는 동시에 이서방을 향해 몸을 날렸다. 뛰어가던 이서방이 아례의 손에 걸려 넘어졌다. 넘어진 이서방을 옆구리에 끼고 급하게 말했다.

"거기가면 타죽소."

아례가 이서방을 데리고 수실이 엎드려 있는 해자로 왔다.

그때야 정신이 든 이서방이 두 사람을 번갈아 보며 반가워했다.

"얼래? 니네들 아례와 수실이 아녀? 동학군였어?"

"아저씨가 여긴 웬 일여?"

놀라기는 아례와 수실이도 마찬가지였다.

"큰일 났네, 덕배가 다쳐서 아저씨 집으로 갔는디, 덕배 못 봤시유?"

"언제 다쳤었는디?"

"관작리에서 유회군이 쏜 총에 다리가 맞았시유. 나아도 절뚝거릴 텐디, 아저씨가 여기 있으니께 그놈이 지대로 치료나 받겠시유? 그냥 집에 있지 워쩌자구 싸움판에는 끼어들었데유?"

수실이 이서방을 타박했다.

"행랑채에는 양천댁이 있으니께 걱정할 건 없다만 모두 물 한 그릇 떠놓고 입도하는 판이라 둠벙에서 일하던 놈은 두레박에 물 퍼놓고 입도하고, 밥 먹다 이리 있으면 안 되겠다 싶은 놈은 숭늉 대신 냉수 달래서 빌고 입도하고, 칼 가는 놈은 싯돌물에 빌고 입도하는 마당에 나라고 그냥 있을 수가 없었지, 이정규가 쫓겨나고 집을 다 불살라버릴 때도 우덜이 사는 행랑채를 남겨두었으니 그 빚도 갚아야 쓰겠고 해서 따라나섰구먼."

"원제부터 농민군에 합류했시유?"

아례가 이서방이 기특해서 물었다.

"오가서부터 따라왔는디, 승전곡이랑 관작리에선 동학군이 이겼다구 혔잖여. 근디 막상 홍주 와갖고는 힘도 못 써보고 그냥들 나가자빠져 죽는 거 보믄, 이거 워떡해야 좋을지 참말로 모르겄구먼."

"아저씨는 집에 가슈. 짚단 들고도 비틀거리는 나이에 싸움은 택도 없시유. 남이 장에 간다고 따라나선 것 하곤 다르지유. 집에 가서 덕배를 돌봐 주는 것이 좋겠시유. 양천댁도 뭔 일이 있을지 모르고…."

수실이 양천댁 이야기를 꺼내 이서방을 돌려보내려는 데는 덕배의 치료를 위해서였다.

"양천댁은 왜?"

"덕배랑 붙어 있으면 정분이 날 수도 있시유. 남녀가 단둘이 있으면 그런 일이 없다고 장담 못혀유."

"예끼 고얀 놈!"

수실의 말을 들은 이서방은 은근히 걱정이 되었다.

"암만 혀도 니 말이 맞는 거 같으니께. 이만 집에 가야 쓰겄다잉. 느덜은 죽지도 말고 다치지도 말고 꼭 다시 보도록 하지이."

이서방은 집에 갈 결심을 했다.

불에 타죽고 총에 맞아 죽는 농민군이 부지기로 늘어나자 농민군은 해자를 건너와 민가에 몸을 숨기면서 홍주성을 향해 총질을 했다. 그러나 그것은 공격도 방어도 아닌 어쩔 수 없이 저항해보는 몸짓에 불과했다.

성안의 포수들이 쏴대는 대포의 포탄이 농민군 측에 떨어졌다. 순식간에 수십 발이 떨어지는 것으로 봐 홍주성이 지닌 대포들이 일시에 화력을 집중하고 있는 것이 분명했다.

포탄에 집이 날아가고 농민군들이 쓰러져갔다. 성곽 밑이며 해자며 민가며 들판이고 농민군이 있는 곳은 아비규환으로 아수라장이 되었다.

농민군 측에도 관아에서 빼앗아 온 대포는 있었지만, 거리를 측정해 화약을 재고 심지에 불을 댕겨 발사할 수 있는 포수가 없었다. 대포를 힘들게 이곳까지 짊어지고 왔지만, 그것은 단지 쇳덩어리에 불과했다.

어디가 지휘부인지, 부대의 대장은 어디에 있는지, 설령 있다 해도 명령을 내릴 수도 명령이 먹혀들어갈 수도 없는 상황이 되었다.

반경(半更)만에 농민군의 패색이 짙어졌다.

어디에서도 진격이나 퇴각을 알리는 철성은 들려오지 않았다.

농민군은 전의를 상실했다. 불과 몇 시간 전만, 하더라도 홍주성을 집어삼킬 듯한 기상은 온데간데없고 살아남은 이들은 죽어도 집에 가서 죽어야겠다는 마음이 들었다.

어렵게 빙고치를 점령했던 이치봉 부대가 해미 쪽을 향해 퇴각하기 시작했다. 더는 이 싸움에서 승산이 없다고 판단해서였다. 이 부대와 함께 중군의 박성삼 부대와 서군의 홍종식 부대가 해미로 퇴각했다. 이들 부대에 속한 농민군은 해미와 서산, 태안과 안면도 그리고 면천과 합덕에 사는 농민들이었다.
 북군의 김기창은 부하 중에 타 지역 농민은 집으로 돌려보내고 자신의 부대만 이끌고 건지동으로 향했다. 동군의 김경삼 부대는 덕산 쪽으로 퇴각했다. 죽더라도 고향에 묻히겠다는 귀소본능이 작용했다.

 홍주성 밖에는 농민군의 주검이 처참하게 널려있었다. 특히 동문 곁 성곽 밑에는 불에 타고 총에 맞아 죽은 주검이 겹겹이 쌓여있었다. 불은 꺼졌지만, 살이 타는 냄새가 밤바람을 타고 들판을 적셨다. 누구도 이들의 주검을 수습할 수 없었다. 죽은 자는 차가운 땅에 쓰러져있었고 살아남은 자는 울분을 삼키며 빠르게 걷고 있었다.
 싸움에 의지가 꺾인 농민군은 더 이상 전사라 할 수 없었다. 홍주성으로 진군할 때만 해도 새털처럼 가볍던 발걸음이 지금은 천근만근 무거웠다.
 밤기운이 차가웠지만, 이들의 가슴엔 분노가 잉걸불처럼 타오르고 있었다. 칠흑처럼 어두운 밤, 누가 죽고 누가 살았는지 알 수 없었다. 그들은 유영하듯 어둠을 헤집고 나아갔다.
 맨발인 자도 많았다. 난리 통에 짚신은 어디에서 벗겨졌는지 알 수 없었다. 맨발이었지만 지금 그 정도의 불편은 문제가 되지 않았다. 이 밤으로 해미성까지 당도해야만 했다.

걸을 수 없는 중상자는 들것에 태워 갔지만 이들로 인해 속도가 느려지자 민가에 두고 갈 생각이었다.

갈오재 고개를 힘들게 넘은 일행은 갈산 장시로 들어서고 있었다. 장시에는 주막을 비롯한 유기전과 약전과 같은 가게가 있었지만, 문이 굳게 닫혀 있었다.

결성대방 장쇠가 약전 문을 두드렸다.

"안에 계시유? 문 좀 열어보시유. 나 장 대방이유."

문이 열렸다. 감초 냄새와 함께 노인이 나왔다.

"잉? 자네 장쇠 아닌가? 이 밤중에 뭔 일이여?"

"인사는 나중에 하구, 다친 사람 둘만 놓고 가겄슈. 어르신이 좀 봐 줘유. 상처에 어성초라도 붙여주구요."

"난 첨 본 이들인디, 장쇠가 아는 사람이여?"

노인이 들것에 누워 있는 사람을 내려다보며 물었다.

"모르는 사람유. 농민군이유."

"아이구, 동비라고? 자넨 관아에 드나들며 동비 정보를 준다는 소문이 있던디 원제 동비가 되었는겨?"

"그리되었슈."

"자네 부탁이니 거절할 수 없네만 뒤탈이 생길지 걱정이 되는구먼."

"참으로 고마워유, 시상이 조용해지면 은혜는 갚겠을께유. 그리구 상처에 도움이 되는 약초를 좀 주시면 좋겠시유, 다친 사람이 많다 보니께…."

"그거야 어렵지 않네. 조끔만 기다리게."

노인이 분말로 된 애엽과 백급(白及)과 지유(地楡)가 담긴 봉지를 장쇠 앞에 내밀었다.

"이거 지혈제니 다쳤을 때 상처에 뿌려주게."

장쇠 일행은 중상자를 약전에 맡기고 해미를 향해 떠났다.

8
삭풍(朔風)

 홍주성 싸움에서 부상당한 농민군은 집으로 돌려보냈다.
 집에 계신 노부모가 걱정이 되는 자와 가족의 안부가 궁금한 자들도 무리를 지어 고향으로 돌아가고 끝까지 싸우겠다는 심지가 굳은 자만 해미성에 남게 했다.
 한편 홍종식이 서산의 두령들과 남은 부하들을 이끌고 서산으로 가 매현에서 진을 쳤다. 매현은 산새가 험해 농민군이 싸우기엔 평지보다 나았다.

 대홍현감 이창세를 구하기 위해 홍주성에 당도한 대홍 유회군 5천여 명이 농민군을 뒤쫓고 있었다. 이들은 이틀 전 관작리에서 패한 원수를 갚겠다며 농민군이 지나간 동네는 집집마다 이 잡듯 수색했다.
 유회군은 농민 중에 머리가 헝클어지고 꼴이 험한 자, 옷에서 불티 냄새가 나는 자, 몸에서 화약 냄새가 나는 자, 동네 유림의 이름을 물었는데 대답을 못한 자, 최근 며칠 동안 동네를 떠났던 자를 색출해 죽이거나 심하게 구타했다.

농민군을 숨겨 준 집은 식구들을 끌어내 때리고 집에 불을 지르고 집안에 있는 물건을 빼앗아갔다. 그 행패가 화적떼 같았다.

갈산 장시의 약전도 유회군의 수색은 피하지 못했다. 장쇠가 부탁해 약전에서 치료받는 두 명의 농민군도 끌려나가 처형되었다.

약전 노인은 불이 활활 타는 집을 바라보며 발을 동동 굴렀다.

일본군 야마무라 타다마사(山村忠正)대위는 중대 병력을 이끌고 홍주성에 도착했다. 그는 인천 일본 병참부가 파견한 후비보병 제6연대 6중대장으로 잔혹하기가 소문난 자였다. 그가 오자 아카마츠 소위는 공주에 있는 모리오 마사이지(森尾雅一)대위의 서로군에 복귀하였다.

곧장 야마무라는 경군을 앞세우고 결성 방향으로 퇴각하는 농민군의 뒤를 쫓고 있었다. 이들이 결성 공수동에 들어서면서 동네는 그야말로 지옥을 방불케 했다. 야마무라의 눈빛에서 살기가 느껴졌다.

공수동은 동학도에 입도한 사람이 많았고 싸움에 나가지 않은 노인들과 여자들이 홍주성 싸움에 밥을 해 날렸던 것이 화근이었다.

동네에 들이닥친 일본군은 방문을 확 열어제치고 남자라면 노인을 불문하고 마당으로 끌어냈다. 그리고 총신에 착검한 칼로 무자비하게 배를 찔렀다. 그 광경을 본 아낙이 지아비의 주검을 붙들고 통곡을 하자 서슴지 않고 무참하게 아낙의 등에 칼을 꽂았다. 아비와 어미가 죽자 어린애들이 벌벌 떨면서 울음을 터트리자 일본군은 애들을 방에 가두고 집에 불을 질렀다.

남자가 없는 집도 참혹하긴 마찬가지였다. 숨어있는 여자를 찾아내 머리채를 움켜쥐고 마당에 내동댕이쳤다. 살려달라고 두 손을 싹싹 빌며 간청했지만, 야마무라의 곁에 있는 통역관 이이다(飯田)는 아무 말도 하지 않았다.

일본군 하사가 여자의 가슴에 총질을 했다. 여자의 흰 적삼 위로 붉은 선혈이 품어져 나왔다. 겁에 질린 개가 마루 밑에서 컹컹 짖어대자 총질을 했던 하사가 마루 밑을 들여다보더니 귀찮다는 듯 개를 사살해 버렸다.

일본군은 거의 미쳐있었다. 사람뿐 아니라 살아있는 가축을 향해 총질을 했다. 개 짖는 소리가 살아지자 동네는 사람들의 비명소리가 낭자했다.

농민군인 듯한 청년이 잡혀 야마무라 앞에 끌려왔다.

섬돌 위에 앉은 야마무라가 청년에게 묻고 일본인 이이다가 최대한 야마무라의 목소리를 흉내 내서 통역을 했다.

"난도들이 도주한 곳이 어디냐?"

야마무라를 노려보는 청년의 눈빛은 분노로 이글거렸다. 가족이 눈앞에서 참살당하는 것을 본 청년은 제정신이 아니었다. 야마무라는 자신을 향한 청년의 적개심을 눈빛에서 읽을 수가 있었다.

야마무라는 묘한 미소를 지었다. 그는 마당 건너편에 있는 소여물통을 가져다 뒤집어 청년 앞에 놓았다. 그리고 다시 물었다.

"난도들이 도주한 곳이 어디냐?"

청년은 입을 굳게 다문 채 대답하지 않았다.

야마무라가 청년의 손을 여물통에 올렸다. 그리고 착검한 칼을 풀어 손에 쥐었다.

"바가 야로!"

야마무라의 욕설과 함께 내려친 단검에 청년의 손가락 하나가 튕겨 나갔다. 튕겨 나간 손가락이 흙 위에서 꿈틀거렸다.

청년은 이를 악물고 고통을 참았고, 야마무라는 계속 묻고는 다시 남은 손가락을 차례차례 내려쳤다. 아카마츠는 청년이 품고 있는 적개심을 즐기는 것이 분명했다.

청년의 입에서 검붉은 피가 흘러내렸다. 청년이 야마무라의 얼굴을 향해 뱉어낸 것은 잘린 혀였다. 아카마츠가 얼굴에 튄 피를 손등으로 닦으며 자리에서 벌떡 일어났다. 그리고 허리에 찬 일본도를 빼 들었다. 번쩍, 칼날이 햇빛에 번쩍이더니 청년의 머리통이 땅에 떨어졌다.

야마무라의 잔인함에 경군 지휘관 이규완도 혀를 내둘렀다.

남녀노소를 가리지 않고 학살한 일본군의 광기는 거기에서 끝나지 않았다. 동네는 집 한 채도 남김없이 모두 불태워졌다.

이날 있었던 일을 야마무라는 수첩에 자세하게 기록했다. 동비를 깨끗하게 토벌했다는 내용이었고 이는 한양에 있는 이토 요시노라 중좌에게 보고하기 위해서였다.

석당산 아래 조상대대로 살아온 공수동은 완전 잿더미로 변한 채 사라졌다.

그래도 신기한 것은 그 살벌한 현장을 빠져나간 사람들도 있었다. 벙어리 칠동이가 양 겨드랑에 아이 둘을 끼고 정신없이 석당산을 오르고 있었다.

이승우는 토군과 유회군을 이끌고 경군과 일본군과는 다르게 덕산 쪽으로 퇴각한 농민군 토벌에 나섰다.

조직이 와해된 농민군은 더 이상 군대라 할 수 없었다. 특히 박인호를 비롯한 지휘부가 도피하면서 구심점을 잃은 농민군은 대부분 집으로 돌아갔다.

이승우의 군사는 동네마다 집집마다 수색을 해가면서 농민군을 색출해냈다. 농민군과 한동네에 사는 유림이 더 지독했다. 이들은 농민군을 잡아 조리돌림을 하며 매질을 하는가 하면 두령들을 잡아 그 자리에서 죽였다.

농민군에 들어갔던 집은 쑥대밭이 되었다. 농민군 집에는 아무나 들어와 물건을 가져갔다. 부엌에 있는 솥단지와 식기와 양식을 퍼가는 것은 말할 것도 없고 심지어 절구까지 가져갔다.

젊은 여자가 겪는 수난은 필설로 형언할 수 없었다. 난리 통엔 윤리를 중시하는 유가의 덕목은 의미가 없었다. 유회군 중에는 여자를 욕보이고 폭행하는 자도 적잖게 많았다.

이승우는 박인호와 박덕칠 등 주모자를 잡지 못하자 집중적으로 동학도인들을 색출해 홍주성으로 끌고 갔다.

홍주성 싸움에서 농민군이 패해 도주했다는 말에 내포지역 도처에서 그간 숨죽였던 유회군이 일어나 보복을 가했다.

한편 해미성에 입성한 농민군은 그제야 마음이 놓였다. 그 많은 군사로도 홍주성을 점령하지 못한 이유는 가로막고 있는 성벽 때문이었기에 홍주성에 비해 조금도 손색없는 해미읍 성벽이 버티고 있는 한 관군이나 유회군이 쳐들어와도 쉽게 방어할 수 있겠다는 생각이 들었다. 이번에는 공수의 입장이 바뀐 것이라 여겼다.

동도군 오방부대의 체제는 이미 무너져 군사들은 각기 고향으로 돌아가고 해미성엔 이치봉 대장을 따르는 태안 농민군과 박성삼 대장 휘하의 부하들이 남아있었다. 의녀단도 해체된 뒤라 야무네는 아례 곁에 붙어 있었다. 이들과 함께 수실이와 강쇠, 백장수, 강칠복 그리고 예산산성을 용감하게 오르던 소년 장수 이천돌도 있었다. 정산 씨름꾼 팔봉이는 김기창 대장을 따라 건지동으로 가고 밥을 가지고 그와 싸웠던 결성대방 장쇠가 함께했다.

해미성에 있는 농민군은 내포 각처에서 벌어지고 있는 참상을 알 턱이 없었다. 단지 유회군의 기찰이 있을 거란 소문에 성안에는 근방의 농민군 가족이 들어와 있었다.
이치봉 대장은 무기를 확인했다. 불랑기(佛郎器)와, 대포. 자포총, 천포총조총과 화약 500근이었다.
여태 총기로 무장하지 못한 농민군도 무장했다. 해미성은 원래 군성이었기에 홍주성보다 군기가 많았다. 농민군은 성안에 있고 무기가 충분하다는 것 때문에 마음이 놓였다.
강쇠와 수실이 담벽에 몸을 기대고 앉아 겨울철 짧은 해 받이를 하고 있었다.
"성은 싸움 끝나고 돌아가면 대장장이로 살 거유?"
수실이 강쇠에게 물었다.
"배운 게 그것 밖에 없는디 뭘 해먹고 살 것냐? 내 큰 쇠만 보면 저걸 녹여 쟁기에 매는 보습을 만들면 좋겠다는 생각뿐이여."
"지도 끼어 줄거지유?"
"흐흐흐, 넌 내 밑에서 일하는 복쇠 아니더냐?"
"성이 그리 맘 먹고 있어 고맙구만유."
"이놈의 대포며 창이며 칼 같은 것들을 죄다 쓸어 담아다 녹여갖고, 보습도 맹기고 곡갱이도 맹기고 호미도 맹기고 삽도 맹기서 농사짓는 사람들한테 죄다 공짜로 주면 월매나 좋겠냐? 다신 칼 같은 것 맹글지 않은 시상이 와야 할 건디."

"에고, 싸우는 사람은 보습을 보면 저걸 녹여 칼을 만들자고 할 것이구먼유."
"나랑 대장간 같이 하려면 죽지 말고 살아야 한다."
"알겠시유. 성도 살아야혀유,"
그들은 손을 꼭 잡았다.

장쇠가 약전에서 얻어온 약제를 가지고 야무네에게 왔다.
"대방이 뭔 일 이오?"
야무네 곁에서 새로 지급받은 총에 콩기름 칠을 하던 아례가 물었다.
"난 시방 자넬 보려고 온 건 아니고 의녀를 만나러 왔구먼."
"허어, 남의 각시는 왜 보자고 그려?"
"자네 각시 아니고 의녀한테 일이 있다니께 그러네."
"어디 다쳤슈? 보기엔 씽씽한디?"
야무네가 힐끔 장쇠를 바라봤다. 그의 손에는 보자기가 들려 있었다.
"내 오다 약전에 들려 이것 좀 가져왔는디, 환자 치료하는디 도움이 되었으면 좋겠구먼."
그가 보자기를 풀어 야무네 앞에 내밀었다.
애엽과 백급과 지유를 본 야무네는 깜짝 놀랐다.
"아이고, 이 귀한 것을…, 사람이 다치면 지혈을 시키는 것이 급선무인데 참말로 귀한 약제네요. 참말로 고맙소."

야무네가 약제를 보고는 반색을 했다.
"대방이 소문 듣는 것 하곤 다르네유. 부상자를 낑낑 매고 가는 일도 그렇고 또 약제까지 얻어와 주니, 다시 보이네유."
아례가 약제를 건네다 보면서 고마움을 표했다.
"내 그럴 일이 있네. 이렇게라도 혀야 맘이 좀 편하네. 의녀가 맘에 들어 하니 다행이구먼."
짧은 겨울 해가 지고 있었다.

세성산에서 농민군을 참살하면서 내려온 이두황은 그 잔혹함이 어떤 관리보다 지독했다. 그간에는 동학 지도자급 인사를 체포하여 처형하는 일이 있긴 했지만, 동학을 이탈하도록 권하기도 하고 농민봉기를 달래기도 하는 유화책을 병행했는데 장위영 영관 죽산부사 이두황은 전혀 달랐다.
이자는 피도 눈물도 없는 극악무도하기가 이루 말할 수 없었다. 그는 붙잡은 농민군을 고문해 우두머리가 누구인지, 규모와 무기는 어떠한지, 어디 경로로 이동하며 군량미와 자금은 어떻게 조달하는지 하는 모든 정보를 알아냈다. 조금이라도 협조하지 않으면 그 자리에서 죽였다.
이두황은 매일 조정에 보고하기 위해 그가 농민군에게 빼앗은 무기와 참살한 동학의 지도자급 이름과 체포해 이송한 자의 이름을 꼼꼼하게 기록했다. 그의 군사가 참살한 농민군의 숫자가 많을수록 그의 토벌 능력이 월등한 것으로 평가되었다.

그가 휩쓸고 지나간 자리는 마치 대빗자루로 쓸어낸 것과 같이 동학도인과 농민군이 사라졌다. 어디에서도 동학의 주문소리가 들리지 않았다.

이두황의 보고를 받은 조정에선 대신들도 혀를 차며 이러다 농민을 다 죽이는 것 아니냐며 수군거렸지만, 동학도를 말살하기로 한 일본의 정책에 친일내각은 앞잡이가 되어 있었다.

이두황의 토벌군은 홍주성에서의 농민군 주력부대가 해미성에 진을 치고 있다는 보고를 받고 급히 가야산 쪽으로 진군했다.

토벌군은 해미성의 북편 가야산 뒤편 상가리에 주둔했다. 상가리에는 흥선대원군의 부친인 남연군의 묘가 있는 곳이다. 그러나 이두황은 대군의 묘소에 예를 갖추지 않고 지나쳤다. 이 같은 이유는 대원군이 동학도와 연관되어 있다고 생각했기에 예를 갖춤으로 민비의 눈 밖에 나고 싶지 않았다.

이두황은 교활하기는 뱀 같고 사납게는 사자 같았다. 그는 적진에 뱀처럼 소리 없이 다가가 사자처럼 단번에 적의 목덜미를 물어 숨통을 끊어 놓았다.

그는 해미성으로 직접 가지 않고 소리도 없이 해미성 뒤편 가야산으로 접근했다. 이두황이 타 지역의 지형을 꿰뚫고 있는 데는 신창 서전리에서 붙잡은 농민군에게 가족을 죽이겠다고 협박해 이용했다. 이이제이(以夷制夷)라고 적으로 적을 공격하는 수단을 썼다.

이두황은 발이 빠른 자 스무 명을 골라 선발대로 석문봉을 넘어 일락산으로 올라가 해미성의 동태를 살피도록 했다.

석문봉에서 흰 연기가 올랐다.

선발대가 보내온 신호였다. 흰 연기가 한 줄 오르면 해미성의 농민군이 경계에 방심하고 있다는 신호였다.

이두황의 얼굴에는 미소가 번졌다. 곧 가마, 가서 너희 놈들을 모두 아작내 줄 것이다. 기다려라 하는 마음 같았다. 그는 어두워지기를 기다렸다.

서쪽 하늘에 짧게 상현달이 떠 있었다. 이두황은 더 어두워지기를 기다렸다가 군사 천여 명을 데리고 가야산을 오르기 시작했다. 석문동까지 산길은 가파른 오르막이었지만 누구도 불평하지 않았다. 그만큼 군사들에게 이두황은 무서운 존재였다.

석문동에서 봉수꾼을 만난 이두황은 안내를 받으며 일락산까지 한달음에 갔다. 불빛도 없는 산속에서 군사들의 눈빛은 승냥이의 눈빛처럼 불을 켰다.

삼경이 되자 이두황은 군사를 이끌고 산을 내려와 황락 계곡으로 내려섰다. 황락 계곡은 겨울 가뭄 탓에 말라 있었다. 이들은 바로 해미성의 뒤편 야산으로 올라섰다. 그들의 행동은 마치 닭을 잡아먹기 위해 닭장에 접근하는 살쾡이와 같이 조용하면서도 민첩했다.

새벽 여명이 밝아왔다. 이두황의 눈은 오직 한 곳, 해미성에 꽂혀있었다. 차츰 해미성이 한눈에 들어왔다. 동헌과 객사와 사창과 옥사가 한 눈에 들어왔다. 옥사 옆의 회화나무와 성곽 동편의 장망루와 남쪽의 진남문이 손에 잡힐 듯 가깝게 보였다.

해미성에서 농민군들이 분주히 움직이는 모습이 포착되었다. 그 움직임은 군사행동과는 무관했다. 밥을 짓기 위해 나뭇단을 가져가는 모습, 쌀을 씻는 모습, 가마솥을 가져다 돌 사이에 올려놓는 모습이 들어왔다.

이두황은 서두르지 않고 기다렸다. 마치 먹이를 노리는 맹수처럼 토벌군은 상수리 숲 풀 사이에 납작 엎드려 해미성을 주시했다.

밥을 짓는 연기가 성안 이곳저곳에서 피어올랐다. 이때다 싶은 이두황이 호각을 불었다. 공격 신호였다. 기습해 적을 친다는 기병진적(奇兵進敵)과 먼저 공격해야 이길 수 있다는 선공필승(先攻必勝)의 병법을 구사한 것이었다.

천여 명의 토벌군이 벌떼처럼 쏟아져 해미성의 북쪽 담을 넘어 파죽지세로 공격해 왔다.

잠에서 깬 농민군은 지축을 흔드는 함성과 함께 밀고 들어오는 토벌군에 놀라 사방으로 흩어져 도주하기 시작했다.

해미성에 머물고 있던 아녀자와 아이들이 총소리에 놀라 울부짖으며 사발팔방으로 뛰었다. 도망치다가 토벌군의 총에 맞아 죽은 자가 부지기수였다. 좁은 성안은 살육전으로 아비규환이 되었다. 두 손을 번쩍 들고 항복하는 농민군의 수가 늘어났다.

이들은 스스로 동헌 마당에 무릎을 꿇고 앉아 이두황의 선처만을 기다리고 있었다.

이 시각, 황색 깃발을 들고 누군가 해미천을 따라 내달리고 있었다. 중군 대장 박성삼이었다. 그 깃발을 본 야무네와 아레가 뛰어가고 수실이와 강쇠와 장쇠와 이천돌이 뒤를 따랐다. 그 와중에도 백여 명의 중군 손에는 언제 챙겼는지 무기가 들려져 있었다.

이들은 웅소산으로 몸을 피했다. 비록 토성이긴 하지만 웅소산에는 산성이 있어 추격해 오는 토벌군과 싸울 수 있는 유일한 장소였다.

구사일생으로 해미성을 빠져나온 남도군 대장 이치봉은 살아남은 부하들을 데리고 태안 백화산으로 향했다.

홍주성에서 참패를 거울삼아 해미성에서 한판 승부를 내겠다고 벼려왔던 이치봉은 어이없는 패배가 믿어지지 않았다. 성벽과 무기만 믿고 자만했던 것을 후회했다. 이제 백화산에 들어가 후일을 도모할 수밖에 없었다

농민군이 지어놓은 밥을 토벌군이 먹는, 전혀 예기치 못한 상황이 전개되고 있었다. 밤새 가야산을 넘어 진군한 토벌군은 허기졌다. 그들은 앞다투어 농민군이 해 놓고 먹지 못한 밥을 느긋하게 먹었다. 그들은 농민군이 싸움은 못 해도 밥은 잘한다는 농

을 나누며 승리감에 젖어 있었다.

 이날 해미성에서 토벌군이 노획한 무기는 지금까지 농민군에게서 빼앗은 무기를 합한 거보다 많았다. 곧 불랑기(佛郎器) 11좌, 대포 4좌. 자포총 22자루, 천포총 10자루, 조총 43자루, 창 85자루, 환도 9자루, 대정 3좌, 포환 130발, 연환 6궤, 염초화약이 500근이나 되었다.

 이두황은 부대를 나눠 사방으로 추격전을 전개했다.
 이두황은 참령관 원세록에게 추격대를 맡겨 웅소산으로 진격시켰다. 해미성에서 도망해 온 박성삼 부대는 아직 방어선을 치지 못하고 있었다. 싸움은 산 중턱에서 시작되었다. 농민군은 추격부대를 향해 총을 쐈다. 농민군이 추격대보다 높은 위치에서 응사했지만 타오르는 불길처럼 맹렬하게 올라오는 원세록의 군사를 대응하기엔 역부족이었다. 일단 사기가 땅에 떨어져 있었고 은폐물이라는 작달막한 소나무가 전부였다. 솔폭사이에 보이는 흰옷 입은 농민군은 오롯이 드러나 보이는 과녁이었다.
 갑자기 이천돌이 적진을 향해 몸을 날렸다. 순간, 탕하는 총소리와 함께 이천돌이 쓰러졌다. 이를 본 박성삼이 뛰어가 쓰러져 있는 이천돌을 안고 일어섰다. 다시 박성삼을 향해 빗발치듯 총탄이 쏟아졌다. 박성삼이 이천돌을 껴안은 채 쓰러졌다.
 어디에서 아부지를 부르는 야무네가 목소리가 들려왔다. 그는 누운 채로 소리 나는 쪽을 향해 머리를 돌려보려 했지만, 꼼짝도

할 수 없었다. 잿빛 하늘이 점점 하얗게 변하면서 아부지를 부르는 딸의 목소리가 멀어져갔다.

야무네가 뛰어와 아버지를 껴안았을 때, 그는 한 번 크게 눈을 뜨며 숨 가쁜 소리로 말했다.

"뱀골로 가, 어여 뱀골로 가서 살어…."

이 한마디를 끝으로 숨을 거두었다.

아비의 죽음에 비통해하며 처절하게 울고 있는 야무네 곁을 추격대는 힐끗 보고는 그냥 지나쳐 올라갔다.

웅소산성에서 한바탕 싸움이 벌어지는 듯하더니 농민군들이 우르르 서쪽 비탈을 내달렸다. 퇴각하는 것이 분명했다. 얼추 살아있는 자는 손에 꼽을 정도였다. 그중에는 아례와 수실이와 강쇠와 장쇠도 있었다.

농민군을 진압한 추격대는 해미성으로 돌아갔다.

웅소산에서 물러났던 농민군이 돌아와 주검들을 한곳에 모았다. 겨울이라 빨리 부패하지 않아 가족들이 찾아갈 수 있게 하기 위해서였다. 상태가 너무나 나쁜 주검은 웅소산에 그대로 묻어주었다. 그중에는 중군 대장 박성삼의 주검과 장기룡 그리고 이천돌의 주검을 양지쪽에 묻어주었다.

야무네는 산이 떠나갈 정도로 서럽게 울었고 아례는 무기를 버리고 야무네와 함께 뱀골로 향했다. 강쇠는 수실을 데리고 원평 대장간으로 돌아갔다. 장쇠는 아직 자신에겐 할 일이 남아있다며 이치봉 대장을 찾아 태안으로 떠났다. 이로써 박성삼 부대는 웅소산에서 소멸되고 말았다.

한편 매현으로 간 홍종식은 추격대에 대비하여 방어선을 구축했다. 열매산으로 오르는 길목에 참호를 파고 며칠 동안 추격대를 기다렸다. 어렵게 짊어지고 온 대포를 포진시키고 포 옆에는 화약을 잔뜩 쌓아 두었다. 아무리 훈련이 잘되어있는 경군과 맞장을 떠도 호락호락 물러서지 않을 것만 같았다.

매현에서 이두황의 군사를 물리친다면 다시 농민을 규합해 홍주성을 칠 기회가 올 것이라는 희망을 갖게 했다.

그 시각, 웅소산에서 농민군을 격파한 원세록이 추격대를 끌고 매현을 향해 진격해 오고 있었다. 해미성을 출발한 추격대는 매현을 코앞에 두고 농민군의 동태를 살폈다. 대포와 화약이 준비되어 있고 소총으로 무장한 농민군이 움직이는 모습이 보였다.

겨울 해는 짧았다. 농민군이 있는 곳은 저녁 해를 등지고 있어 더욱 산그늘이 깊어 보였다. 원세록은 빈틈을 노렸다. 해미성에서처럼 곧 저녁밥을 먹게 되는 시간을 기다렸다.

원세록의 예상과는 달리 밥을 지어 먹는 것이 아니라 네댓 명씩 무리를 지어서 주먹밥을 나눠 먹었다. 그러나 기회는 이때라는 생각이 들었다. 원세록이 군사를 움직이려는 찰나, 농민군에게 들키고 말았다.

"음매, 저 잡것들이 관군 아녀?"

"대장님, 적이오. 코앞에 적이 왔단 말여."

홍종식이 급히 철성을 울렸다, 농민군은 밥을 입에 문 채로 참호에 들어가 추격대를 향해 총을 쏘기 시작했다.

오히려 역습을 당한 추격대는 당황했다.

이번에는 농민군에서 쏜 대포가 추격대를 향해 불을 뿜었다. 추격대는 어찌할 바를 몰라 땅에 고개를 처박고 움직이지를 못했다. 순간 믿을 수 없는 일이 벌어졌다.

화약 더미가 지축을 흔드는 굉음을 내며 폭발한 것이었다. 포수가 대포 심지에 불을 붙이다가 그만 화약더미에 불씨가 옮겨 붙은 것이 문제였다.

포수들과 특히 전투를 지휘하던 홍종식 대장이 전사하고 말았다. 그때까지 고개를 들지 못하고 엎드려 있던 관군이 일제히 공격하기 시작했다. 전세는 일시에 뒤바뀌었다.

농민군은 끈질기게 저항했지만 잘 훈련된 경군을 상대하긴 역부족이었다. 시간이 갈수록 농민군의 피해가 늘어났다. 골짜기로 쫓겨 내려온 농민군은 추격대가 쏜 총에 무참히 쓰러졌다.

매현에서 전사한 농민군 중에는 고향으로 가다가 홍종식 대장의 설득으로 함께 한 태안 사람들도 적잖았다. 이날 전사한 농민군은 태안 이원면 당산리 한 마을 사람만도 송강여를 비롯해 열여섯 명이나 되었다. 이제 농민군은 매현을 버리고 퇴각할 수밖에 없었다. 이날 농민군은 대포1문과 천보총7정, 조총 7정을 빼앗기고 겨우 살아남은 농민군은 바삐 태안 백화산으로 발걸음을 옮겼다.
 한편 이두황은 건지동은 비도의 소굴이라며 토벌군을 이끌고 해미성을 떠났다.
 건지동의 북군 김기창 부대는 토벌군이 올 것이라 예상하고 부녀자와 아이들을 타지로 옮긴 후 건지동을 군사기지화 했다.
 건지동은 앞에는 작은 산이 동네를 가리고 있고 뒤편은 두리봉 능선이 동네를 감싸고 빙 둘러있어 마치 암탉이 날개를 펴 병아리를 보호하는 듯한 지형이었다. 그들은 동네 앞쪽에 대나무로 울타리를 치고 사방에 망루를 세워 토벌군이 오는 것을 감시했다. 기지가 완성되기까지 밤낮을 가리지 않고 일을 했다.
 결성 두령 백장수는 집에 돌아가길 고사하고 한사코 김기창 대장을 따라왔고 돌격대원인 강칠복도 전지동 사람이 아닌데도 따라와 열심을 냈다.
 이들은 군량미를 아끼느라 하루에 두 끼만 주먹밥으로 허기를 달래며 일을 했다. 쉬는 시간에도 가만있지를 않고 죽창을 들고 막고 찌르고 피하는 병술을 연마했다. 이들은 스스로를 결사대라 부르며 죽음을 각오하고 있었다.
 김기창은 앞산에도 병사를 배치하고 두리봉엔 관측병을 세워 토벌군이 오는 것에 대비해 망을 보도록 했다.
 김기창은 하루에도 몇 번씩 두리봉에 올라 부하들이 있는 건지동을 내려다 봤다. 열심히 병술을 연마하는 부하들을 보면서 저들은 왜 죽음을 두려워하지 않을까? 일본군과 경군과 토군과 유회군이 끝없이 추격을 해 오는데 왜 포기하지 않고 싸우려 할까? 모두 해산해 버리고 자신이 죽음으로 이 싸움을 마무리할 수 있다면, 그리하겠다면 저들이 동의할까? 별별 생각이 들었다.

자신도 모르게 약해진 마음속에서 천둥 치는 소리가 들려왔다.

'네 이놈, 무슨 생각을 하고 있느냐? 시호시호 이내시호 부재래지 시호로다'

수운 대선사의 칼 노래가 떠올라 그는 정신이 번쩍 들었다. 그렇다. 대의를 위해 함께 싸우고 함께 죽자. 언젠가는 사람이 하늘인 개벽세상이 올 것이다. 그 밀알이 된다면 그거로 족하지 아니한가. 김기창은 마음을 다졌다.

건지동 앞산이 소란해졌다. 이두황이 토벌군을 이끌고 나타났다. 그는 군마 위에 앉아 군사들에게 호령했다. 결사대는 화승총을 쐈지만, 거리가 멀어 토벌군에게까지는 당도하지 못했다.

김기창은 철성을 울렸다. 결사대는 일제히 대나무 사이로 낸 개구멍으로 총구를 내밀었다. 토벌대가 가까이 오면 일제히 사격을 할 판이었다. 그러나 토벌대는 주춤하고 멈췄다. 화승총의 사정거리에 들어가지 않겠다는 의도였다.

토벌대는 군사들 앞에 대포를 행으로 도열해 놓고 이두황의 명을 기다렸다.

마상에 앉은 채 이두황이 건지동을 향해 큰 소리로 말했다.

"네놈들은 나라를 어지럽히는 도적떼나 다름없다, 사술에 속아 나라의 토대가 되는 유학을 배척하고 동학이라는 사교를 따르고 있으니 안타까운 일이다. 잠시 시간을 주겠다, 무기를 버리고 순순히 항복하면 목숨만은 살려주겠다."

양쪽이 잠시 조용해졌다.

"건지동 접주 김기창이오. 도적이라니 당치도 않은 말씀이오. 농민의 재산을 빼앗는 작은 도적은 고을 수령과 벼슬아치들이고 큰 도적은 온갖 세금을 만들어 이 명목 저 명목으로 농민을 갈취하는 조정에 있는 자들이오. 초근목피도 먹지못 해 굶어 죽는 농민이 적잖은데 이래죽으나 저래 죽으나 마찬가지라서 두렵지 않소. 우린 사람이 사람 대접받는 세상을 원하는 것뿐이니 양심이 있으면 돌아가시오."

망루에 있던 김기창이 이두황에게 답을 했다.

"정작 죽기로 작정을 했다면 내 그리하겠다. 네놈의 말을 들으니 내가 네놈들을 죽여도 전혀 마음에 거리낌이 없겠구나. 내 보고를 받기로는 평소에도 이곳에서 군사훈련을 해 온 것으로 알고 있다. 이는 역모를 꾀하는 무리가 아니고 무엇이겠느냐?"

"하하하, 역모라 했소이까? 섬나라 왜구를 불러들여 자국의 백성을 살육하는 임금은 내쳐야 하지 않겠습니까? 그게 역모라면 역모가 맞소이다."

이두황의 눈꼬리가 분노로 씰룩거렸다.

"네놈들의 소굴은 내 흔적도 없이 만들고 말 테다."

이두황의 말안장에 꽂혀있는 흰 깃발을 들었다. 포수들은 기다렸다는 듯이 심지에 불을 붙였다.

천지를 흔드는 폭음과 함께 포탄이 건지동 진지를 향해 날았다. 첫 번째 열 발의 포격에 남쪽 망루가 날아가고 가옥들이 무너졌다. 두 번째 포격에 울타리가 날아가고 결사대 대원의 떨어져 나간 팔, 다리가 넘어진 울타리 위에 걸렸다.

결사대는 두리봉으로 퇴각하려 했지만 이를 안 이두황은 두리봉으로 오르는 길목을 향해 집중 포격을 해댔다.

퇴각로가 막힌 결사대가 할 수 있는 방법은 정공법으로 적진을 향해 육탄전을 벌일 수밖에 없었다.

김기창은 징채를 잡고 미친 듯이 철성을 울렸다.

결사대는 주문을 외우며 적진으로 뛰어들었다. 그러나 기다리고 있었다는 듯 토벌군의 회선포가 불을 뿜으며 총알을 쏟아내기 시작했다.

적진을 향해 내달리던 강칠복이 허리를 붙잡고 쓰러졌다. 총에 맞았다.

"엄니, 나 죽어유."

총알이 뚫고 간 칠복의 허리에서 숨을 쉴때 마다 붉은 선혈이 꾸룩꾸룩 뿜어져 나왔다.

갑자기 철성소리가 멈췄다.

동쪽 망루가 포탄에 맞아 넘어졌다. 망루에서 철성을 울리던 김기창 대장은 피투성이가 되어 땅에 떨어졌다.

망루 아래 있던 백장수가 뛰어가 대장을 껴안았다.
"안돼유, 죽으면 안돼유."
백장수가 대장을 미친 듯이 흔들며 중얼거렸다.
김기창이 눈을 끄게 떴다. 그의 눈은 온통 붉은 빛으로 변해 사람의 눈동자 같지가 않았다. 그가 온 힘을 다해 마지막 말을 했지만, 뒷부분은 들리지 않았다. 백장수가 겨우 들을 수 있었던 말은 '고맙구나. 이쯤 했으면 잘 싸운 게야.' 라는 말이었다.
싸움은 끝났다.
건지동 동네 입구에는 토벌군을 향해 돌진하다 죽은 수많은 농민군이 주검이 겹겹이 쌓였다. 부상을 입은 자도 많았다.
토벌군은 살육을 자행하면서 건지동에 들어섰다. 끝까지 토벌군에 응전하다가 숨진 결사대의 주검들이 이날의 싸움을 말해주고 있었다.
"모든 가옥을 불살라 다신 비도가 머물지 못하게 하라."
이두황의 명령이 떨어지자 병사들이 집집마다 돌아다니며 처마에 불을 질렀다. 곧 온 동네가 불길에 휩싸였다. 군관 한 사람이 이두황에게 김기창의 죽음을 알렸다.
"비도들의 주검을 그대로 두되 그자는 묻어주도록 하라."
이두황의 명에 따라 김기창의 시신이 두리봉 산으로 옮겨졌다. 백장수를 비롯해 살아있는 자들은 해미성으로 보내 죄를 물어 처벌하도록 했다.

"비나이다. 비나이다. 부처님께 비나이다. 시부와 시동생이 이 난리에 별 탈 없이 지나가게 도우소서. 백 팔 배가 아니고 천 팔백 번이라고 엎드려 비나니 문가 집안에 우환이 없게 도와주소서."

문장노 접주의 며느리 최장수가 백화산 삼존마애불상 앞에 정한수를 떠놓고 새벽 기도를 올렸다. 장수는 내안 장현리 대접주 최형순의 딸이었다. 최형순이 방갈리 접주인 문장노의 인품을 보고 그 집 큰아들 구석에게 딸을 시집보냈었다.

먼동이 서서히 떠오르면서 삼존마애불상이 환하게 미소를 짓고 있었다. 그래 네 소원을 들어주마! 하는 것만 같았다. 그녀는 한결 마음이 가벼웠다. 최장수가 할 수 있는 일이란 가족의 무사 안녕을 비는 것밖에 다른 게 없었다. 천지신명께도, 한울님께도, 부처님께도, 천주님께도 빌 수 있는 대상이 누가 되었건 그녀는 소원을 빌었다.

경주최씨 가문에서 열여섯 살에 동갑내기 문구석에게 시집온 장수는 시아버지 문장노를 극진히 모시는 효부로 태안 일대에서 칭찬이 자자했다.

효부 곁에 효자 난다는 말이 있듯 구석 역시 아버지 문장노에 대한 효도가 극진해 사람들은 입을 모아 동구에 효자각을 세우자는 이야기를 할 정도로 소문이 나 있었다. 구석 부부의 소문을 듣고 동학에 입도하겠다고 찾아오는 사람이 많았다.

태안에 사는 남평 문씨 성을 가진 성인 남자들은 죄다 농민군으로 나가고 집에는 아녀자와 애들뿐이었다. 여인들은 길쌈을 하면서 남정네들이 무사하기만을 기원했다.

최장수의 간절한 기도였을까. 남편 구석과 시아버지 문장노와 시동생 병석은 살아 돌아왔지만, 방갈리에 사는 같은 집안인 문성열과 문상옥. 문장혁은 홍주성에서 전사해 시신도 찾아오질 못했다.

최장수는 가족이 무사하다고 기뻐할 사이가 없었다. 유가족을 찾아 위로하기 바빴다. 비통해하는 유가족을 보며 개벽세상을 꿈꾸는 것도 사내대장부로서 가져볼 만한 이상세계지만 죽어 시신마저 찾아오질 못하고 남은 가족에게 한을 남겨준다면 무슨 의미가 있느냐며 분노로 아픔을 덜어냈다.

태안반도는 동네마다 밤낮을 가리지 않고 곡소리가 들렸다. 싸움에 나갔다가 아비와 자식이 함께 죽은 집이 있는가 하면 아비와 형제들이 한꺼번에 죽은 집은 여인들의 곡소리만 들렸다.

전사한 태안 농민군은 8할이 홍주성 전투에서 그리고 2할이 해미성에서 죽은 자들이었다. 얼마 전만 하더라도 기포하면 애들까지 무슨 잔치집에 가는 것마냥 태평소 소리에 덩실덩실 춤을 추며 따랐던 집들이 두 집 건너 한 집꼴로 이젠 곡소리만 들렸다.

곡소리를 듣는 산 자들은 무슨 죄라도 지은 것처럼 미안했다. 그 미안함은 기필코 원수를 갚아 주겠다는 결심이 마음속에서 잉걸불처럼 타올랐다. 이들은 가족의 만류를 뿌리치고 백화산에 올랐다.

"잘 왔소."

문구석이 동생 병석을 데리고 나타나자 백화산 산막에 미리 와 있던 이치봉 대장이 반갑게 이들을 맞았다.

산막에는 태안의 접주들과 두령들 그리고 이방 넙춘이 와 있었다.

"대장님, 백화산에 병사가 얼마나 됩니까?"

문구석이 물었다.

"이백여 명 남짓 됩니다. 병사도 병사지만 싸울 무기가 턱없이 부족합니다. 퇴각하면서 간신히 몸만 빠져나온 자가 대다수이니 걱정이 아닐 수 없습니다."

이치봉의 목소리에 힘이 없었다.

"관아를 한 번 더 치면 어떨까요? 변변한 무기도 없이 싸울 수는 없지 않겠습니까?"

문구석이 이치봉에게 말했지만, 눈은 넙춘에게 가 있었다.

"아이구, 말도 마소. 신임 사또 이희중은 신백희 하곤 다릅니다. 백화산에 농민군이 왔다는 소식을 듣고 밤낮으로 성을 철통같이 단속을 하고 있습니다. 성문을 걸어 잠그고 그 누구도 들이지 않고 있습니다. 겨우 이 백여 명의 군사로 공격하는 것은 나를 죽이시오 하고 총구 앞에 몸뚱이를 내미는 거와 같습니다."

넙춘이 안될 말이라며 손사래를 쳤다.

"지금은 이 백화산의 바위를 방패 삼아 이곳에서 싸우는 것이 최선이지 않겠습니까?"
방갈리 사는 최연배가 말했다.
"봉수대에서 관아를 관찰하고 있으니 한시라도 마음을 놔서는 안 될 것이오."
이치봉이 최연배의 말에 고개를 끄덕이며 말했다.
"솔직히 말해 이렇게 산에서 버틸 수는 없지유. 엄동설한에 주먹밥도 금시 얼어버려 품속에 넣어 녹여 먹고 있지유. 그뿐 아니고 용바위 쪽은 북풍이 마주쳐 잠을 잘 수도 없고, 잠이 쏟아져도 잠들면 얼어 죽기 땜에, 지 살을 꼬집어 잠을 쫓으려 해도 살이 감각이 없시유."
이곡리 사는 문종운이 모지락스럽게 말했다.
"추운거야 어쩌겠는가. 추위를 참을 결기가 없이 어찌 개벽을 열겠는가?"
이치봉은 혼잣말처럼 말을 뱉었지만, 고민이 깊어졌다.

한편, 공주를 공격하다 대패해 물러난 남접의 농민군은 금산에 있는 대둔산에 들어가 최후의 결전을 준비하고 있었다. 이는 홍주성에서 패한 북접의 농민군이 대다수 흩어지고 이 백여 명이 태안에 있는 백화산에 들어와 최후의 결전에 대비하는 것과 같았다. 대둔산과 백화산은 산세가 험해 모든 면에서 열세인 농민군이 싸우기엔 어느 곳보다 나았다.
공주와 홍주에서 농민군이 패하고 각자 집으로 돌아가자 피신해 있는 해월을 비롯한 동학의 지도자들은 농민군을 진압하기 위한 경군과 일본군도 순순히 귀환하리라 생각했다. 그러나 그 것은 큰 오판이었다.

대륙침략을 모색하고 있는 일본 대본영에서는 이미 반도의 유일한 무장세력인 동학농민군을 남김없이 모조리 죽이라는 특명이 하달되어 있었고 이를 조선 조정이 받아들여 조선에서 학살이 자행되고 있었다.

특히 야마무라와 일본군 후비병은 도저히 인간이 상상조차 할 수 없는 잔인한 방법으로 농민군을 색출해 고문하고 죽였다.

후비병이란 상비군인 3년을 복무한 수 예비역으로 4년을 더 근무한 다음 5년간 재복무하는 군인으로 포악하기가 이루 말할 수 없었다.

공수동에서 농민군을 학살한 야마무라 부대는 유회군을 앞세우고 서산에 있는 동네를 돌아다니며 가택수색을 했다. 동족인데도 불구하고 유회군은 비정했다. 농민군만 색출하는 것이 아니었다. 유회군은 평소에 감정이 좋지 않았던 농민은 이때다 싶어 마당으로 끌어냈다.

유회군이 미처 지목하지 않으면 일본군은 방문 앞에 벗어놓은 짚신을 유심히 살펴보고는 짚신이 닳고 흙이 많이 묻어 있으면 무조건 비도로 관주하고 끌어냈다.

끌려 나온 농민을 일본군은 서슴지 않고 총 개머리판으로 머리통을 으깨고 넘어진 농민의 배를 착검한 대검으로 찌르고 갈랐다.

　유회군은 사로잡은 자를 살려주겠다고 회유해 앞세우고 다니며 동학에 입도했거나 농민군에 가담한 집을 찾아 보복했다.

　이들이 죽인 농민은 모두 동학비도를 제거한 것으로 야마무라의 상관인 이토 요시노라(伊藤祐義)에게 낱낱이 보고되었다.

　일본의 영향력이 조선 조정에서 점차 커져가자 이두황은 이들에게 잘 보이려고 마치 경쟁이라도 하듯 농민군에게 잔혹했다. 이두황이 지나간 곳은 농민군의 목숨이 추풍낙엽처럼 떨어졌다.

　도처에서 수많은 농민이 화를 입자 이에 놀란 조정이 처음과는 달리 농민군을 참살하는 것에 신중 하라는 명이 떨어졌지만, 이두황은 코웃음을 쳤다. 네놈들이 나를 어쩔건데, 이미 국권이 일본으로 넘어간 거나 같은데 내가 네놈들의 말을 들을 까닭이 없지 않느냐, 하는 식이었다.

　이두황이 이런 데는 조선의 관군은 경군과 토군을 불문하고 일본군의 지휘를 받도록 엄명이 내려와 있기에 순무영의 말을 들을 리가 없었다.

　눈이 세차게 내리고 있었다. 세찬 겨울바람이 땅에 내린 눈발을 다시 일으켜 회오리치는 눈보라를 만들었다.

　백화산 산막은 웅성거렸다. 지난밤에 용바위 밑에서 보초를 서던 농민군 하나가 얼어 죽었다. 아침에 보니 그는 앉은 채로 죽어있었는데 머리에 고드름이 맺혀있었다.

백화산에 있는 농민군은 손과 귀에 동상이 들고 동상으로 부은 발은 짚신을 신을 수가 없었다. 적과 싸우는 것이 아니라 추위와 싸우고 있었다.

이치봉은 부하인 정건숙을 데리고 부하들의 상태를 점검하려고 산막을 나와 태을암 쪽으로 걷고 있었다. 눈발은 점점 거세졌다.

머리에 눈을 뒤집어쓴 사내가 미끄러운 산길을 오르고 있었다.

"아니 자넨 일명이 아닌가? 손에 든 건 뭔가?"

이치봉이 정일명을 알아보고 물었다. 그의 손에는 옹자배기가 들려져 있었다.

"기도를 드리려고 청수를 길어오는 길이구먼유."

엉거주춤 옹자배기를 든 채로 그가 말했다.

"그래? 안사람이 만삭이라고 산을 내려가지 않았나?"

"내려갔더니 그새 몸을 풀었더라구유. 집 사람에게 쬐금 미안하긴 했지만, 애도 건강하고 집사람도 그만그만혀서 다시 올라왔슈."

정일명은 이원 사창리에 살고 있는 소작인이었다.

"아들인가?"

"아뉴. 기저귀에 손을 넣어 보니께 아무것도 안 잡혀 좀 섭섭하긴 했지유."

"허, 딸이 쵀골세. 남자였다면 자네처럼 세상을 뒤집겠다고 곡괭이 들고 나댈것이 아닌가."

"그야 그렇지유."

"그런데 지금 어디로 가는가?"

"봉수대로 가유. 지가 봉수대에서 파수를 보는구먼유. 그런데 같이 있는 최영식이 손에 얼음이 들어가지고 총도 못 들고 있슈."

"최영식이라면, 신두리에 사는, 콧등에 점 있는…."

"맞어유. 대장님은 눈떼가 맵네유."

"자네 들고 있는 청수로 기도를 드린 후 그 물에 손을 담그고 하게, 동상은 찬물에 담가야 빠지는 법이네. 어서 올라가 보게."

정일명이 올라가는 뒷모습을 본 이치봉은 저런 순하디 순한 농민을 위해서라면 한목숨 아낌없이 버릴 수 있다는 마음이 들었다.

이치봉은 농민군 초소를 돌았다. 초소는 바위와 바위 사이에 몇 명씩 모여서 산 아래 동태를 살피는 것이 전부였다. 농민군은 발을 동동거리며 추위를 참아내고 있었다. 멀리서 발채를 올린 지게를 지고 오는 무리가 있었다. 인근 동학접주 집에서 밥을 해서 지고 오는 것이 분명했다. 농민들은 그걸 보자 힘이 나는지 두 손을 번쩍 들어 그들을 향해 손을 흔들었다. 어제 점심을 먹고 한 끼를 거른 터라 그들의 배에서는 밥을 달라고 꼬르륵 소리가 들렸다.

김이 무럭무럭 나는 밥을 한 덩이씩 받아 든 이들은 맞바람에게 눈 감추듯 허겁지겁 입에 넣고는 더 없는가 하고 밥채를 들여다봤다.

"고생이 많소. 화약이 젖지 않게 하고, 총 구멍에 뭣이 들어갔는가. 잘 살피시오, 일본군과 관군이 언제 올지 모르니 긴장하고 있으시오, 그런데 무섭지 않소?"

이치봉이 일일이 농민군의 어깨를 다독거리며 격려했다.

"첨에는 무서웠는디, 시방은 안 그래유. 얼어 죽으나 싸우다 죽으나 마찬가진디 기왕이면 싸우다 죽어야지유. 안 그래 유? 잡것들이 올라면 빨리 올 것이지 이렇게 기다리게 한댜?"

염소수염의 사내가 말했다.

"대장님, 우덜도 흩어졌으니까 농민전쟁은 이제 끝났다 하고 일본군과 경군이 한양으로 올라가지 않았을까유? 그러면 홍주성에도 해미성에도 가서 죽은 농민군 시신이라도 찾아와야 헐텐디유."

염소수염 옆 사내가 이치봉을 보며 말했다.

"자네 말처럼 저놈들이 물러났으면 오죽이나 좋겠는가. 그러나 지금까지 저놈들이 하는 것을 보면 그렇게 쉽게 물러서지 않고 아주 아작을 내려고 벼르는 것 같네. 이 전쟁이 끝나지 않고는 살아 돌아가도 살아있는 것이 아닐 걸세. 다시 한번 힘을 내서 싸워보세."

이치봉이 말했다.

"대장님 말씀이 맞겠지유. 싸움은 끝나야 끝나는 것이니께."

사내의 손이 붉게 부어올라 있었다. 동상이 심한 상태였다. 이치봉이 토끼털로 된 자신의 토시를 벗어 사내의 손을 감싸주었다. 사내는 감사함으로 금방이라도 울 것 같은 눈을 하고 이치봉을 올려다봤다.

"이리 안 해도 되는디, 대장님, 고맙워유, 실망하지 않도록 잘 싸울께유."

"그래, 무섭거든 한울님께 도와 달라고 주문을 외우시게."

이치봉은 백화산성을 향해 걸었다. 눈발이 잦아들고 있었다.

그는 산성의 허물어진 성벽에 몸을 기대고 망연히 서쪽 들판을 바라보고 있는 사내를 봤다. 사내는 천보총을 쥐고 있었다. 이치봉은 그에게 다가갔다.

"못 보던 얼굴인데…, 태안 사람은 아니고…."

이치봉이 사내를 위 아래로 훑어보며 물었다.

"아이구, 대장님, 지가 인사를 드렸어야 하는디 숫기가 없어 여태 인사를 못드리고 여기에서 뵙네유. 지는 장쇠라고 결성 대방이구먼유."

"이곳 사람도 아닌데 여기에는 어떻게 왔는가?"

"지는 중군 박성삼 대장 밑에 있었는디 해미성에서 패한 후 웅소산으로 가 그곳에서 싸우다 패한 후 이곳으로 왔슈."

"그래" 박성삼 대장은 어찌 되었는가?"

"토벌군 총에 맞아 죽었지유, 대장을 거기다 묻고, 살아남은 사람들은 모두 고향으로 돌아갔시유."

"그런데 자넨 왜 집에 안가고 이리로 왔는가?"

"죄 값을 쬐금이라도 갚을까 하고 더 싸우려고 이치봉 대장님이 계신 여기로 왔슈."

"고맙네. 그런데 갚아야 할 죄 값이 무엇이기에 목숨 버리기를 두려워하지 않는가?"

장쇠는 한 동안 말이 없더니 이치봉이 가려고 하자 불쑥 말을 했다.

"사실은 지가 이창구 접주님이 잡힐 때 그 주점에 있었시유. 이승우 그놈 말을 듣고 보부상을 데리고 그곳에 가 손님인 척 하고 있었구먼유. 이창구 접주님이 잡히기 전에 지와 눈이 딱 마주쳤는디, 절 알아보고 반가워하시기에 엉겁결에 지가 술을 한 잔 올렸었는데 그게 접주님에겐 절명주가 되었시유,"

이치봉은 묵묵히 그의 말을 듣고만 있었다,

"근디, 접주님이 돌아가시고 난 후 꿈에 나타나서 '자네가 보낸 술을 받고 고맙단 인사도 못했네. 자네가 아니었으면 어찌 면천 농민이 담근 절명주를 먹을 수 있었겠는가. 내 비록 구천을 떠돌고 있지만 은혜 입은 사람은 잊지 않고 있네.' 이렇게 말했는디 자꾸만 그 말이 떠올라서 농민군에 들어왔구먼유."

"그게 갚을 죄값인가?"

"이창구 접주님이 죽임을 당하자 사람들이 통곡을 하는 것을 보고 결심했지유,"

"그런데 쥐고 있는 총은 쏠 줄 아는가?"
"지가 오다가 주운 것인디, 한 번도 쏴 본적은 읎슈,"
"허어, 그럼 그게 작대기지 총이라 할 수 있나, 이리 가지고 오게, 내가 가르쳐 줌세."
 이치봉은 화약을 제는 방법과 심지에 불을 붙이는 방법, 목표물을 겨냥하는 방법을 가르쳐 주었다.

 한편 뱀골로 돌아간 아례와 야무네는 집이 얼마나 편안하고 좋은 안식처라는 것을 느꼈다. 그들은 일찍 불을 끄고 자리에 누웠다. 문풍지가 겨울바람을 물고 있는 소리가 먼 데서 아득하게 들리는 태평소 가락 같았다.
 야무네는 말없이 아례의 품으로 파고들었다. 창호에 비친 달빛이 장지문에 어른거렸다. 한동안 둘은 침묵했지만, 이미 마음 속엔 수많은 말들을 나누고 있었다. 아례는 야무네의 머리카락에 코를 대고 숨을 들이켰다. 비강 가득 여인의 향내가 느껴졌다. 그들은 가만히 손을 맞잡았다.
"임자, 우리가 살아 돌아와 이런 밤을 갖는다는 것이 믿어지지 않소."
 옷깃이 풀리고, 숨결이 가까워졌다. 오랜 시간 억눌려 있던 갈망과 그리움이 천천히, 그러나 거침없이 흘러나왔다. 거친 손끝이 등을 타고 흐를 때, 그녀는 잠시 눈을 감았다. 두 사람의 몸은 기억을 따라 하나로 엮였다. 익숙하면서도 낯선 떨림 속에 서로를 다시 확인하고 있었다.

하필 이때, 누군가 문고리를 급하게 흔들며 아례를 찾고 있었다. 수실이었다.

둘은 일어나 옷을 걸치고 문을 열었다. 달빛을 한 짐 짊어진 수실이 짚신을 신은채로 방안으로 뛰어 들어왔다.

"뭔 일인디 이 밤중에 여기까지 왔다냐?"

아례가 수실을 바라봤다.

"느 느 느그덜 둘이 이러고 있을 때가 아녀. 시방 원평에 난리가 났단 말여."

수실은 숨이 턱에 차 말을 더듬거렸다.

"대장간에 벼락이라도 떨어졌댜? 뭔 오두방정을 떨고 그러냐, 차근차근 말혀봐."

"이두황이 관군을 끌고 와서 사람들을 보이는 죽죽 죽이고 집에 불을 지르고, 시방 동네를 아작내고 있단 말여. 곧 이리로 몰려 올건디 각시 품고 있을 때가 아녀. 얼릉 도망쳐야 한단 말여."

수실이 멍하니 앉아 있는 아례의 손목을 잡아끌었다.

"강쇠 성은?"

"강쇠 성은 나도 몰러. 내가 뒷간에 가 앉아 있는디, 관군이 들이닥쳤단 말여. 성 걱정은 낭중에 하고 얼릉 도망쳐야 혀."

수실이 보채는 통에 아례와 야무네는 맨몸으로 집을 빠져나왔다.

세 사람은 정신없이 달렸다. 한시라도 원평에서 멀어져야겠다는 생각뿐이었다.
 왼편으로 수정봉을 끼고 산을 넘은 그들은 용현계곡으로 들어섰다. 이들은 발을 내디딜 때마다 얼음이 깨지는 소리에 놀라 자꾸만 뒤를 돌아다봤다.
 용천골에 들어선 이들은 지칠 대로 지쳐있었다. 몸은 움직이려 했지만 한 발걸음이 떨어지지 않았다.
 그들은 불빛을 따라 외딴집을 발견하고 무턱대고 찾아 들어갔다.
 중년쯤 된 부부가 잔뜩 경계의 눈초리로 이들을 보며 물었다.
 "어디서 사는 뉘요?"
 "산 너머 뱀골에 사는 심마닌데유. 관군에게 쫓기고 있는디, 하루만 묵게 해주시면 고맙겠구먼유."
 여자가 야무네를 보고는 맘이 놓이는지 방안으로 들였다.
 "쫓기는 것이 동학당인가 봅니다. 세상이 자신들과 다르면 죽이려고만 하니 딱한 일이지요. 지들은 천주학당인지라 오랫동안 박해를 받아봐서 동학당 사정을 누구보다 잘 이해하지요."
 남자가 말하는 사이에 여자가 삶은 감자를 내놓았다.
 "저흰 윗방에 있을 터니 이것 드시고 여기서 잠시 눈을 붙이셔요."
 부부가 쪽문을 열고 윗방으로 옮겨갔다.
 "한울님이 도와서 좋은 분들을 만나게 했으니 얼매나 고마운 일이오. 마음을 다해 우리 주문을 외웁시다."

대뜸 야무네가 무릎을 꿇었다. 그러자 야례도 수실이도 따라 무릎을 꿇었다. 이들은 심고를 한 후에 주문을 외웠다.
"지기금지 원위대강 시천주 조화정 영세불망 만사지"
동학도의 주문소리를 들은 윗방에서 주인 부부가 이들 동학도인을 위해 기도하는 성모송이 잔잔하게 들려왔다.
"은총이 가득하신 마리아님, 기뻐하소서. 주님께서 함께 계시니 여인 중에 복되시며, 태중의 아들 예수님 또한 복되시나이다. 천주의 성모 마리아님, 이제와 저희 죽을 때에 저희 죄인을 위하여 빌어주소서. 아멘."
먼동이 트고 있었다.

다시 눈발이 굵어지더니 앞이 분간할 수 없게 내렸다. 백화산 암봉들은 이내 흰 모자를 뒤집어 쓴 듯 눈에 뒤덮였다.
"오매, 저기 관군아니어? 허벌나게 몰려 오는것이 갯뿌닥에 뻘덕기 같당께."
백화산 고래바위에서 망을 보던 뚜벅이가 산 아래를 바라보며 옆에 있는 이성근에게 황급히 말했다.
이성근은 태안 원북 대기리 사람이었다. 그때까지 바위를 등지고 앉아있던 이성근이 일어나 관아가 있는 쪽을 내려다 봤다. 눈발 사이로 산을 오르는 토벌군이 눈에 들어왔다.
"얼래? 일본군도 있네."
멀리서 봐도 갈색 군복의 일본군은 관군과 식별되었다.

"오매 오매, 왜놈이면 울덜은 꼼짝없이 죽었어야. 저 시펄 놈들은 살아있는 울덜 코를 배어간다는디."

뚜벅이 자신도 모르게 손이 코로 가며 일본군을 내려다 봤다.

"언능 이치봉 대장에게 알리랑께?"

"우덜이 봤으면 봉수대에선 더 잘 봤을 거구먼. 갈 것 없이 여기서 싸우자구!"

이성근이 올라오는 토벌군을 향해 총구를 바위틈에 끼고 겨냥하면서 말했다.

"즈기미, 왠간이 했으면 가제, 토깽이 사냥도 아니고 여기까지 오고 앰병을 하네."

뚜벅이 투덜댔지만 고향인 전라도 장흥으로 가지 않고 이치봉 대장을 따라 여기까지 온 걸 후회하지는 않았다. 이치봉 대장은 장흥의 이방언 대장처럼 지략은 부족했지만 용맹함은 누구보다 뛰어났다. 싸움에 항상 앞장섰다. 뚜벅이 홍주성에서 고립되어 영락없이 잡혀 죽게 되었을 때 홀연 단신으로 뛰어와 그를 구출해준 사람은 이치봉 대장이었다.

뚜벅이는 이치봉을 보면서 장흥 이방언을 생각했다. 장태를 신나게 굴리며 적진을 향해 내달리는 자신의 모습을 상상하면서 이곳에서 죽더라도 여한이 없도록 멋지게 싸우리라 생각했었다. 그러나 막상 총신에 착검을 한 일본군이 산을 오르고 있는 것을 보자 겁이 났다.

뚜벅이도 이성근에 바짝 붙어 적을 향해 총을 겨누었다.

이성근의 예측이 적중했다. 봉수대에서 철성이 울렸다. 토벌대가 산을 오르는 것을 보고 이치봉 대장이 공격을 명한 것이었다. 그러나 승전곡에서나 관작리 그리고 홍주성에서처럼 철성 소리를 듣고 함성을 지르며 적을 향해 달려가진 않았다. 모두 제자리에서 죽기를 각오하고 항전할 태세였다.

벌써 산 중턱에서 총소리가 요란했다. 뚜벅이 있는 곳에서도 총성이 들렸다.

뚜벅이 가진 화승총은 답답하기만 했다. 심지에 불을 붙여 한 발을 쏘고 나면 다시 총구를 닦아내고 화약을 장전해야 했다. 그러는 사이 토벌대는 총을 쏘며 턱밑까지 와 있었다.

"오매, 저 잡것들이 오뉴월 깔따꾸떼 같이 지랄이네."

뚜벅이 예감이 좋지 않았는지 다급하게 이성근에게 말했다.

"성근이 자네에게 부탁하나 함세. 뭔 이 판국에 쓰잘떼기 없는 소리허냐 생각 말고 꼭 귀 담아듣고 그리 해주시게. 나가 전라도 장흥이 고향인디. 휘봉산 아래 사기정이라고 골짝에 가면 외딴집에 울엄니가 혼자서 살고 있응께, 꼭 찾아가서 한 말씀만 전해주게, 울 엄니보고 나가 죽었단 소린 쏙 빼고 건강하게 사시면 언젠가 아들이 찾아올 것이란 말만 허랑께."

이성근은 뚜벅이의 말이 귀에 들어올 리가 없었다. 그도 토벌군을 향해 총을 쏘기에 바빴다.

뚜벅이 바위에 올라서는 순간 탕 소리와 함께 뚜벅이의 몸뚱이가 고래바위 아래로 굴러떨어졌다.

이성근이 놀라 바위 아래를 바라보고 있는데 고래바위에 오른 일본군이 이성근을 향해 소리를 쳤다.

"고노 야로, 동각구 히조구 다로!"

이성근은 두 손을 번쩍 들었다. 항복의 표시였다.

백화산은 온통 총격전으로 아수라장이 되었다. 농민군은 바위에 몸을 숨기고 저항했고 조일연합 토벌군은 농민군을 찾아다니며 총질을 했다. 쌍방 간에 쏘아대는 무수한 총탄이 바위에 상처를 내며 튕겨 나갔다.

토벌군이 8부 능선에 올랐을 땐 이미 승패는 굳어졌다. 여기저기 바위 위에, 나무 아래, 벼랑 아래, 덤불 위에 전사한 농민군의 주검들이 즐비했다. 흰 눈발은 쓰러진 주검 위에 내려 쌓이기 시작했다.

여기저기서 총소리와 함께 함성소리가 들리는가 하면 욕설을 퍼 붙는 소리와 알아들을 수 없는 일본말 그리고 비명소리와 신음소리, 다시 총소리가 반복해서 들려왔다. 백화산은 온통 화약 냄새가 코를 찔렀다.

"대장님, 이쪽이오. 여긴 이젠 피할 곳이 없습니다."

부하 정건숙이 바위틈에서 불쑥 손을 내밀어 뛰어가는 이치봉을 낚아챘다.

"아무래도 토성산으로 퇴각해야겠네. 어서 퇴각을 알리게."

정건숙이 들고 있는 징을 빠르게 쳤다.

퇴각명령을 들은 농민군은 약속된 북쪽 봉봉대 능선 밑 계곡을 향해 뛰기 시작했다. 농민군은 백화산에서 패할 경우 토성산으로 가는 퇴각로가 정해져 있었다.

징소리를 듣고도 빠져나오지 못한 농민군은 사력을 다해 싸웠으나 전사자가 많았다. 얼마가지 않아 저항하던 농민군은 탄약이 바닥이 났다. 총소리가 멈추자 토벌군은 바위틈이며 수풀 속을 이 잡듯 수색하기 시작했다.

쓰러져 있는 농민군의 적삼이 피로 물들고 그 위에 굵은 눈송이가 내려 눈마저 붉은 피로 물들었다.
장쇠가 붙잡혔다.
"도-오카쿠 히자구레, 야로!"
알아듣지 못했지만, 그 혀끝에는 조롱이 묻어 있었다.
부상했거나 빠져나기지 못하고 끝까지 저항하다 붙잡힌 농민군도 있었다. 그중에는 넙춘이도 있었다.
이들 모두 마당처럼 넓고 밑은 천 길 낭떠러지인 바위 위로 끌러왔다. 이곳은 농민군을 처형하는 곳이었다. 이런 일이 있고 나서 사람들은 이곳을 교살바위(絞殺岩) 또는 교장바위(絞場岩)이라 불렀다.

심문은 야마무라가 했다.
그가 몸이 묶인 채 끌려온 장쇠에게 물었다.
"너는 생김새가 험상궂어 영락없는 비도의 두목이 분명하구

나. 네 이름이 무엇이냐?"

 야마무라가 묻는 게 이치봉을 찾고 있음이 분명했다.

 험상궂기로는 야마무라가 장쇠에 비견할 바가 아니었지만, 그의 눈에는 장쇠가 그리 보였다. 순간 장쇠는 붉게 충혈된 눈으로 야마무라는 노려봤다. 금방이라도 달려들어 목줄을 물고 늘어질 것만 같은 금수의 모습이었다.

 간이 큰 야마무라도 장쇠의 기에 눌렸던지 슬그머니 허리에 찬 장도에 손이 갔다.

 "하하하, 네 이놈! 난 결성대방 장쇠여. 네놈 창자를 꺼내 결성장의 푸줏간에 걸어놔도 시원찮혀. 네놈이 나를 죽인다 한들, 내가 무서워할 것 같으냐? 당치도 안혀."

 "바가 야로! 이놈이 분명 내게 욕을 하는 것이 분명하구나."

 야마무라가 장도를 꺼내 들었다.

 "왜놈 손에 죽는 부끄러움은 없어야 혀."

 순간 장쇠가 야마무라의 얼굴에 퉤 하고 침을 뱉더니 몸을 바위 아래도 날렸다. 장쇠의 몸이 내리는 눈발과 함께 허공에 한 바퀴 돌더니 아래로 떨어졌다.

 넙춘에게 가해지는 심문은 가혹했다.

 일본군을 따라온 태안관아 병방 우정선이 넙춘에 관해 야마무라에게 귀띔을 했다.

 "네 놈은 관아의 녹을 먹는 아전이 어찌 배반해 비도들과 한 패거리가 되었느냐?"
야마무라가 물었다.
"배반이라니 당치도 않은 말이오. 지는 원래 동학교도여서 동학을 배반할 수가 없고, 제 선조 대대로 농사를 지어먹고 살았던 농민인지라 농심을 배반할 수가 없었소."
넙춘이 차분하게 말했다.
"관아의 수령을 배반한 죄는 어찌 생각하느냐?"
야마무라가 달래듯 나긋하게 물었다. 야마무라는 넙춘을 앞세워 농민을 선동한 비도를 일망타진하려는 생각을 하고 있었다.
"아국에서는 배신자에게 스스로 할복하여 명예를 지키게 하지만 이곳 조선에는 지킬만한명예가 없으니 너에게 살 수 있는 기회를 주려고 한다. 비도를 소탕하는데 도움을 주겠느냐? 그렇게만 한다면 목숨은 지킬 수가 있겠다만."
"배신의 죄를 물으면서 나더러 배신을 하라니, 당치 않은 말이오."
넙춘이 야마무라의 말을 거부했다.
"난다토? 고노 야로우!"
화가 난 야마무라는 총 개머리판으로 넙춘을 사정없이 후려쳤다. 머리통이 깨진 넙춘의 얼굴로 선혈이 흘러내렸다.
넙춘은 입으로 흘러내리는 자신의 피를 꿀컥꿀컥 삼키며 야마무라를 노려봤다. 적의로 가득찬 살기가 흐르는 장쇠와 넙춘의 눈빛에서 야마무라는 히로시마 대군영에서 내린 동학비도는 남녀노소를 막론하고 다 죽이라는 명령을 이해하게 되었다. 이들을 죽이지 않고서는 결코 일본이 원하는 바를 조선반도에서 이룰 수 없다는 확신이 들었다.

"내 어찌 하는지 비도들에게 보여주리라."

야마무라가 칼을 빼 들었다. 그는 주저하지 않고 넙춘의 오른팔을 어깨에서부터 아래도 내려쳤다. 넙춘의 몸에서 떨어진 팔이 몸을 기억하는지 잠시 팔딱거리며 움직였다. 넙춘이 비명을 지르며 오른편으로 쓰러졌다.

쓰러진 넙춘을 일본 병사가 일으켜 앉혔다.

야마무라의 칼이 직선으로 하늘을 향했다. 시퍼렇게 날이 선 칼날에는 방금 전에 넙춘의 팔을 벨 때 묻은 피가 선명했다.

야하! 기합소리와 함께 예리한 칼날이 넙춘의 목을 가로로 치며 지나갔다. 단칼에 덥춘의 머리가 땅에 떨어졌다. 넙춘의 머리는 땅에 떨어져서도 시뻘겋게 눈을 뜨고 야마무라를 노려보고 있었다.

그것을 본 야마무라는 광인처럼 소릴 질렀다.

"민나, 고로시다!."

모두 죽이라는 야마무라의 명령이 떨어지자 일본군은 사로잡은 농민군을 향해 미친 듯이 칼을 휘두르거나 총을 쏴 학살했다. 농민군의 비명소리가 쩌렁쩌렁 산을 울리며 돌아왔다.

이렇게 교살바위에서 학살당한 농민군이 열일곱 명이고 싸우다 전사한 자가 서른세 명이었다.

일본군은 농민군의 주검을 그대로 둔 채 산을 내려갔다. 농민군의 주검 위로 애도하듯 조용히 함박눈이 쏟아지고 있었다.

백화산에서 퇴각해 토성산으로 간 이치봉 휘하의 농민군은 겨우 백여 명 정도에 불과했다. 지닌 병기라고는 화승총과 죽창이 전부였다. 이제 농민군이라고도 할 수 없는 보잘것 없는 규모였다.
승산이 없다고 판단한 이치봉은 결심했다. 이미 전쟁은 끝난 판에 모두 집으로 돌려보내고 혼자 죽음을 선택하고 싶었다. 내포지역의 농민군을 이끌던 박인호와 박덕칠의 소식은 감감무소식이고 남접은 공주 우금치에서 패해 남쪽 아래로 쫓기고 있는 상태라서 자신을 구해줄 구원병은 어디에도 없다는 것을 잘 알고 있었다.
이치봉은 백화산에서 병력의 절반을 잃은 상태로 더욱 의기소침했다.
모두 모인 자리에서 이치봉이 말문을 열었다.
"그간 고생이 많았소. 우리 전쟁은 여기에서 끝난 것 같소. 각자 집에 돌아가는 것이 좋겠소."
뜬금없는 대장의 말에 모두 두 귀를 의심했다. 돌아가라니, 집에 가서 뭘 어떻게 하란 날인가. 이들은 모두 답답한 심정이었다.
"돌아간다면 백화산에서 죽은 농민군은 뭐래유? 우덜이 전사한 농민의 유족을 무슨 낯으로 본대유? 싸우는 데 까지 싸워야지유. 지는 여기가 고향이라 갈 데가 없구먼유."
수룡리 김용근이 말했다.
"살 궁리를 했다면 대장님을 따라왔겠시유? 난 각오가 되어있구먼유."
문사형이 말을 보탰다.
"수룡리 사람은 갈 곳이 없으니 모두 여기서 싸울 수밖에 없슈."
늘 옆에 함께 했던 정건숙이 단호하게 말했다.
"여긴 백화산처럼 큰 산도 아니고, 몸을 숨길 바위도 없고, 무엇보다 싸울 병기와 탄약이 부족한 실정이라서 살아남을 일은 없을 것이오. 지금까진 살기 위해 싸웠지만, 여기에서 죽기 위해 싸우는 것이란 말이오. 그렇지만 모두 싸우겠다면 나로서 어찌 할 수 없는 일이니 내가 말한 세 가지 중에 하나를 선택하는 것이 좋겠소."
모두 이치봉의 입을 주목했다.
"첫째, 가족이 걱정되는 사람은 돌아가시오. 둘째, 여기 남겠다고 해도 내가 판단해 꼭 돌려보낼 사람은 가게 하겠소. 셋째, 싸우다 여기에서 죽겠다는 결심이 선 사람은 그대로 남으시오."
대장의 말에 모두 웅성거리며 서로 얼굴을 바라봤다.
가족 걱정이 앞선 몇 사람이 말은 못 하고 머리를 끄적거렸다. 이치봉은 그들에게 다가가 작은 목소리로 속삭이듯 말했다.

"미안해 할 거 없소. 가지고 있는 병기나 식량은 두고 하산하시오."

그들은 아무 말 없이 어깨에 맨 총을 내려놓고 떠났다. 뒤를 돌아보거나 이들을 향해 손을 흔드는 사람은 하나도 없었다.

"들으시오. 본인의 의사와는 무관하게 집으로 돌려보낼 자를 부르겠소. 호명한 사람은 대장으로서 마지막 명령이니 사족 붙이지 말고 떠나시오. 방갈리 문구석 형제는 집으로 돌아가 부친이 맡고 있는 동학 접주 일을 돕도록 하시오, 농민군은 사라져도 동학은 유지되어야 함이 마땅한 일이오. 사창리 정일명은 돌아가시오. 갓난아기와 산모 곁에서 그들을 보살피는 것이 한울님을 섬기는 일이오."

이치봉이 너무나 단호하고 엄숙하게 말했기에 아무도 거부할 수 없었다. 병석은 형 구석와 함께 토성산을 내려오고 그를 뒤따라 정일명도 총과 식량을 반납하고 산을 내려갔다.

새벽이 밝았다.
이치봉 대장은 산 정상에서 청수를 올린 후 심고와 주문을 외웠다.
"지기금지 원위대강 시천주 조화정 영세불망 만사지"
이치봉을 따라 남아있는 자들은 모두 혼연일체가 되어 정성으로 주문을 외웠다. 심고를 마친 이들 앞에 이치봉이 나와 한 사람, 한 사람을 뚫어지게 바라봤다. 그의 눈에는 눈물이 가득했다.

"사랑하는 도인 여러분, 우리는 오늘 이곳에서 생을 마감할 것입니다. 내 생애 가장 알차고 보람찬 일은 개벽세상을 만들기 위해 여러분과 함께 지금까지 싸웠던 일입니다. 비록 우리가 싸움에서 지긴 했지만 저항하다 목숨을 잃는다해도 이 토성산이 있는 한 후대에 많은 사람들이 우리를 기억할 것입니다. 그리고 그 기억하는 자들이 반드시 개벽세상을 활짝 열 것입니다."

대장의 피를 토하는 듯한 말에 농민군들은 두 손을 불끈 쥐며 함께 싸우고, 함께 죽겠다는 결의를 다졌다.

야마무라는 유회군을 앞세우고 토성산을 향해 오고 있었다. 갯바람이 이들의 등을 떠민 듯 그들의 발걸음은 빨랐다. 농민군처럼 깃발을 들려있지 않았지만 저마다 손에 총을 들고 있었다.

이들 틈에 작두를 어깨에 메고 힘에 부쳐 비틀거리며 걷는 자가 보였다. 유회군이 사로잡은 농민군이었다.

야마무라는 조선인인 유회군을 이용해 농민군을 토벌하는 작전을 세워두고 있었다. 그는 같은 조선인이 동족을 죽이는 것을 즐기려는 것이 분명했다. 야마무라보다 더 악질적인 무리는 유회군이었다. 이들은 사로잡은 농민군이 같은 편인 농민군을 죽이는 것을 보고 싶었다.

태안 바닷가 근흥면에 있는 작은 산, 토성산은 일본군과 관군과 유회군으로 포위되었다. 농민군에게 퇴로는 없었다. 누가 봐도 산에 있는 농민군을 남김없이 토벌하려는 저의가 보였다.

농민군은 까마귀 떼처럼 몰려오는 수천 명의 적을 보면서 자신들의 목숨이 일각에 달려있음을 직감했다. 농민군은 잡목 숲에 엎드려 사방에서 산에 오르고 있는 적을 향해 총구를 겨눴다.
교전이 시작되었지만, 곧 농민군의 탄약은 바닥이 났다. 오히려 화승총의 총구에서 피어오르는 연기로 인해 농민군은 쉽게 발각되었다.
작두를 맨 사내가 산 위에 당도했을 즈음에는 농민군은 모조리 붙잡히고 말았다. 싸움이랄 것도 없는 일방적인 승패였다.

토성산 정상은 분지 모양을 하고 있었다. 이곳에 붙잡힌 농민군이 백여 명이 넘었다. 이들 앞에 작두가 놓였다.
유회군 장두가 야마무라에게 청했다.
"나으리, 비도의 죄 값을 치르기 위해선 비도로 하여 작두로 비도의 목을 자르게 하는것이 어떻겠습니까?"
야마무라가 통역관 이이다(飯田)를 돌아보았다.
"호호호, 좋은 생각이오. 이들에겐 총알이 아깝고 또한 대일본군의 장도에 굳이 피를 묻힐 필요가 없을 것 같소. 그리하시오."
야마무라의 명령이 떨어지자 유회군 장두가 이치봉의 부하 정건숙을 끌고 와 넘어뜨린 후 머리통을 작두 칼날 밑에 밀어 넣었다. 그런 후 작두를 매고 온 사내에게 말했다.
"네가 세 놈만 목을 자르면 혹세무민한 대역죄를 묻지 않고 살려주겠다. 어서 작두를 밟아라."

사내와 누워 하늘을 보고 있는 정건숙이 서로 눈이 마주쳤다. 서로 잘 아는 사이였다. 사내가 작두를 밟지 않고 작두에서 발을 내려놓자. 화가 난 장두는 사내의 목을 작두 밑에 밀어 넣고 이번에는 정건숙이 작두를 밟으라 윽박질렀다.
　그 순간, 이치봉이 소리를 쳤다.
　"이놈들아, 하늘이 무섭지 않느냐? 그러고도 경천애인이라 할 수 있겠느냐? 어찌 인두겁을 쓰고 이런 무도한 일을 저지르고도 인류를 운운한다면 그게 금수지 인간이냐?"
　"아니 저놈이 나를 가르치려 해? 옳거니 네놈부터 죽이리라."
　장두가 이치봉의 멱살을 잡아 내동댕이쳤다. 그는 분을 참지 못하고 두리번거리더니 주변에 있는 짚단을 가져왔다. 그것은 누군가 시묘를 위해 초분을 만들려고 가져다 놓은 짚단이었다. 장두는 결박된 이치봉의 몸을 짚단으로 몇 겹을 감았다.
　야마무라는 관여하지 않고 장두가 어떻게 하는지 보고만 있었다. 그의 눈빛은 호기심으로 가득했다.
　장두가 볏단에 불을 붙였다. 불은 흰 연기를 내며 은근하게 타들어 갔다. 이치봉은 비명을 지르지 않으려고 이를 악물었다. 그러나 그는 고통을 참지 못하고 비명을 질렀다. 그 비명은 토성산을 떠나 근흥만 바다로 파문을 일으키며 날아갔다.
　이치봉이 숨을 거두기 전 장두는 이치봉의 머리통을 작두 밑에 밀어 넣고 작두를 내리 밟았다. 순간, 목에서 솟구친 피가 장두의 바짓가랑이를 적셨다. 갑자기 하늘이 어두워졌다. 참혹함을 하늘도 차마 내려다볼 수 없었던지 구름이 잠시 해를 가렸다. 아직 연기가 피어나는 이치봉의 몸통 옆에 그의 머리통이 나뒹굴었다.

유회군은 서슴없이 작두를 밟았다. 대다수는 안면이 있는 자들이었지만 잔혹하게 죽였다. 어떤 사람은 어렸을 때 같이 놀았던 동무였고, 어떤 사람은 자신의 집 소작인이었고, 어떤 사람은 자신이 신고 있는 미투리를 만들어 준 하인이었고, 어떤 사람은 자신의 부모가 죽었을 때 상여를 매준 이웃이었다. 그러나 아랑곳하지 않고 소여물 썰 듯 작두를 밟았다. 미치지 않고는 이런 일은 할 수 없었다.

누가 덤덤히 죽음을 맞이할 수 있겠는가, 살려달라고 간청하는 사람, 아침까지 주먹밥을 나눠 먹었던 이웃이 속수무책 작두에 목이 잘릴 때, 그것을 바라보며 차례를 기다려야 하는 무서움, 울부짖음이 낭자한 토성산의 비극은 동서고금 어디에도 찾아볼 수 없었다.

이날 토성산에서 참살당한 농민군은 백여 명이 넘었는데 머리와 몸통을 맞춰 신원파악이 된 사람은 일흔네 명에 불과했다.

이치봉의 잘린 머리는 장대에 매달렸다. 봉두난발된 그의 머리칼이 얼굴을 덮고 있었다. 야마무라는 이치봉의 머리가 매달린 장대를 앞세우고 토성산이 있는 수룡리에서 방갈리까지 행진하도록 했다. 동학의 우두머리 중 하나인 이치봉이 죽었었다는 것은 농민에게 보여 다시 기포하려는 희망을 꺾어버리겠다는 의도 외에 잔혹함을 보여줌으로 농민군의 최후가 어떻다는 공포심을 심어주기 위해서였다.
 일본군 뒤에 어슬렁거리며 행진하는 유회군의 바짓가랑이에는 농민군을 작두 처형할 때 뿜어져 나온 피로 칠갑이 되어 있었다. 이들은 사람이 아닌 마치 저승사자처럼 보였다.
 뒤를 따르는 형방 오달호는 이치봉이 태안군수 신백희를 효수해 장대에 달았던 일을 떠올렸다. 원한이 얼마나 깊었으면 구천을 떠돌던 신백희의 혼백이 이치봉을 찾아와 복수를 한 것이란 생각이 들었다.

 야마무라의 지휘아래 일본군과 유회군의 만행은 계속되었다.
 농가를 샅샅이 뒤져 농민군으로 의심되는 자는 무조건 끌어냈다. 순순히 끌어내는 게 아니라 상투를 잡아 집 밖으로 내동댕이치고 몽둥이찜질을 했다. 이제 유회군은 체면을 내세우는 유림이 아니었다. 살상을 자행한 그들은 이성을 잃은지 오래였다.
 농가의 살림살이라는 것이 열악했지만 조금이라도 쓸 만한 것들은 유회군들이 앞다퉈 챙겼다. 이들은 마을 하나쯤 불 지르는 것은 예사로 여겼다. 남자들은 붙잡혀 관아나 처형장으로 끌려가고 아낙들과 아이들은 불타는 집을 바라보며 넋을 놓고 울음보를 터트렸다.
 일본군과 유회군이 지나간 동네는 온전하지 못했다, 한 집 건너 곡소리가 들렸다. 그중 한 마을이 사창리였다.
 동갱이 노인이 숨이 턱에 찬 채로 허겁지겁 정일명네 집 사립

문을 열고 들어섰다.

"이보게, 방에 있는가? 큰일 났네! 큰일 났어!"

이웃에 사는 노인의 숨넘어가는 소리를 애에게 젖을 물리고 있던 정일명의 아내가 듣고 젖을 물린 채 한 손으로 장지문을 열었다.

마당에 덥석 앉아 있는 노인을 보자 그녀는 직감적으로 남편에게 무슨 변고가 있다는 것을 느꼈다. 그녀는 자신도 모르게 입에서 남편의 생사를 묻는 말이 튀어나왔다.

"애 아부지 한테 무슨 일 있소?"

노인은 차마 말을 못하고 손으로 태안읍 쪽을 가리켰다.

"답답하게 그러고 있지만 말고 말 좀 해보란 말 유."

일명이 아내 윤씨가 다그쳤다.

"애기 눕혀놓고 어여 가보세. 태안 개구랑목에서 자네 남편을 봤다는 사람이 있단 말여. 잘못 봤을 수도 있으니께 정신 놓지 말고 가보세."

마침, 지게를 지고 지나던 머슴 칠봉이 두 사람이 나누는 말을 듣고 끼어들었다.

"홍주 싸움에 간다고 나간 일명이 형이 왜 개구랑목에 있대유?"

"몰러. 가봐야지."

"지도 가야겠시유."

칠봉이 지게를 진 채로 이들을 따라나섰다.

일명의 아내 윤씨는 걷고 있었지만 땅을 밟고 걷는 것 같지가 않았다. 반은 넋이 나간 상태로 허우적거리며 걸었다.
개구랑목에는 총살을 당한 수많은 농민군이 아무렇게나 쓰러져 있었다. 먼저 죽은 사람은 개구랑 물속에 잠겨 꽁꽁 얼어있었다.
노인과 칠복이는 이리저리 다니며 주검을 뒤집어보며 일명을 찾고 있었다. 주검들은 봉두난발 한 채, 적삼이 찢어지고 짚신이 벗겨진 채 쓰러져 있는 죽은 상태로 봐 얼마나 처절했을지 알 수 있었다. 눈을 감지 못하고 망연히 하늘을 바라보는 주검은 금방이라도 일어나 원수를 향해 달려갈 것만 같았다.
"아이고, 일명이 형, 여기 있소!"
칠봉이 노인을 향해 소리쳤다. 그 소리에 그 자리에 풀썩 주저앉고 만 사람은 일명의 아내 윤씨였다. 넋이 나간 그녀는 남편의 시신이 있는 쪽을 멍하니 바라봤다.
"어여, 지게에 짊어지고 가자."
노인이 칠봉에게 말했다. 노인이 지게 발을 잡고 칠봉이 일명의 주검을 거두어 지게에 올렸다.
일명의 주검이 집에 당도한 이후에 정신이 돌아온 윤시는 밤새 소리를 내서 울었다. 어미의 울음에 젖먹이 애가 따라 울었다.
다음날, 일명은 부모가 묻혀있는 선산에 묻혔다. 일명을 묻고 노인과 칠봉은 먼저 산을 내려왔다. 지아비의 죽음을 슬퍼할 시간을 주는 것이 도리일 것 같아서였다. 그러나 일명의 아내는 집에 돌아오지 않았다. 그녀는 치마폭을 찢어 선산의 도래솔에 목을 맨 상태로 발견되었다.
 이치봉의 명령으로 토성산에서 내려와 집으로 가던 정일명은 시목리 유득재에서 유회군의 기찰에 걸려 백화산 아래 개구랑목으로 끌려가서 곧장 살해되고 말았던 것이다.

 한편 토성산에서 내려온 방갈리 문구석은 이치봉 대장을 비롯해 토성산에 있던 농민군이 모두 작두 처형되었다는 비보를 듣고 상심했다. 이치봉이 강권해 자신을 내려보낸 일이 아버지를 도와 흩어진 동학을 재건하라는 뜻임을 알기에 심혈을 다하기로 작정했다.
 구석은 아버지를 바라봤다. 몇 달 사이에 십 년은 흘러간 듯 노쇠해 보였다. 우선 동학의 재건보다는 접주인 아버지가 안위가 걱정이었다. 언제 관군과 유회군이 들어닥칠지 몰랐다.
 걱정은 현실로 닥쳤다. 유회군이 들어 닥쳤다.
 문장노의 며느리 최장수가 유회군 앞에 당당하게 나섰다.
 "관아에서 부르면 의당 출두했을 터인데, 웬일로 이렇게 몰려와 놀라게 하는 겁니까?"
 유회군은 최장수가 경주 최씨 사대부 양반집 딸로 사서삼경을 달달 외울 정도로 유식하다는 것은 알고 있었다, 그녀가 앞을 가로막고 조목조목 따지고 드는 바람에 차마 집안으로 들어가지는 못하고 주춤거리고 있었다.

그 순간 안방에서는 구석이 아버지를 설득시키고 있었다.
"아버지, 저들이 온 일은 제가 처리하겠으니 일단 피하십시오. 아버지가 사셔야 접이 유지되지 않겠습니까? 이 광풍도 곧 지나갈 것이니 어서 몸을 피하십시오."
문장노가 머뭇거리자 구석이 뒷문을 열고 피하길 재촉했다. 상황은 유회군이 곧 방문을 열고 쳐들어올 것처럼 긴박했다.
문장노는 뒷일을 아들에게 맡기고 뒷문을 통해 달아났다. 구석은 아버지가 앉았던 자리에 앉아 동경대전을 펴들고 읽는 시늉을 하고 있었다.
최장수의 만류를 밀치고 유회군이 방문을 열었다. 구석을 본 유회 장두는 황급하게 물었다.
"접주는 어디 있소?"
"아버지는 출타 중이오. 동학 접에 관한 일이면 내게 말하시오. 내가 아버지 대신 접 일을 보고 있소."
구석이 일어서 방에서 나오며 말했다.
구석의 말에 유회군은 서로 얼굴을 보며 고개를 끄덕였다. 꿩 대신 닭이면 무슨 상관이냐는 식이었다.
"따라오시오, 관아에서 죄상을 묻겠소."
장두가 구석을 앞세우고 집을 나섰다. 따라오는 최장수에게 구석은 귓속말로 말했다.
"아버님은 잠시 피했소. 내가 없더라도 아버님을 잘 모실 것이라 믿소."

"…"

갑작스런 일에 최장수는 말문이 막혔다. 그녀가 겨우 입을 떼고 한 말은 아버님을 지극정성으로 모시겠다는 약속이었다.

"임자, 미안하오. 이 모든 것이 한울님 뜻이 아니겠소. 잘 있으시오."

동구에서 최장수는 헤어졌지만, 구석이 모든 사람에게 신망을 받던 터라 곧 풀려 나올 것이라 여겼다.

겨울비가 추적추적 내렸다. 아이들은 무서워서 측간에도 가지 못했다. 논두렁 옆 둠벙에서 귀신 우는 소리가 들린다는 소문이 사창리 마을에서 퍼져나갔다. 얼마 전 정일명 아내가 목을 매 죽은 것 때문이 아니었다.

며칠 전에 있었던 일이다. 서산에서 농민군 84명을 붙잡아 태안관아로 끌고 온 야마무라는 이번에는 일본군 다섯 명에 유회군을 붙여 태안을 샅샅이 뒤지기 시작했다. 이렇게 해서 접주와 두령급 서른 명을 포함해 백여 명의 농민군을 체포하여 처형장으로 끌고 갔다. 태안에는 우는 아이도 야마무라가 온다고 말하면 울음을 뚝 그친다는 말이 있을 정도로 야마무라는 무서운 존재였다. 그는 숨은 농민군을 찾아내기 위해 가족을 죽이겠다고 협박하거나 붙잡힌 농민군을 고문해 조직과 은신처를 알아냈다.

사창리 마을 앞 둠벙은 깊었다. 아무리 가뭄이 들어도 사창리 둠벙은 마르지 않았다. 이곳이 이원면에서 붙잡혀 온 농민군을 처형하는 곳이었다.
 붙잡은 농민군의 발에 돌을 달아 물속에 밀어 넣었다. 죽지 않으려 몸부림치는 자와 그들을 돌멩이처럼 우물에 던지는 자가 잠시 한 공간에 존재했다. 돌을 발에 맨 자가 물속으로 잠길 때 뽀글거리며 올라오는 공기 방울을 바라보던 야마무라가 철석, 자신의 허벅지를 내려쳤다. 토성산에서 유회군이 했던 적두 처형이 생각났던 것이다.
 그는 여전히 조선인이 조선인을 죽이는 것을 보며 즐기는 사이코패스였다. 그는 농민군 중 한 사람을 지적해 세 사람의 목을 자르면 살려주겠다고 강요해 그렇게 했다. 그리고 나중에는 그마저 작두날 밑에 목을 넣고 자신이 작두를 밟았다.
 이틀이나 물 위에 버려져 있는 주검은 마을 사람들이 밤에 수거해서 가까운 곳에 가매장했지만 그 일이 있고 나서 밤이면 둠벙에는 목이 없는 귀신이 우는 소리가 들린다는 소문이 나기 시작했고 어른들도 가까이 가지 않았다. 훗날 동네 사람들은 그곳을 목내미샘이라고 불렀다.

 유회군에게 잡혀간 문구석은 관아로, 향교로 조리돌림을 당한 뒤에 백화산으로 끌려가 일본군에 의해 처형되었다. 비록 농민군의 두령급에 해당되었지만 평소 인심을 잃지 않고 후덕해서 관아의 아전들과 향방에서까지 조리돌림을 한 것으로 충분하니 살려 주자고 했지만 야마무라는 동학도라는 이유로 주저 없이 총살을 명했던 것이다.

최장수는 남편이 돌아오지 않자 죽었다고 단정했다. 단순히 기포에 참석했다는 이유로 죽임을 당하는 판에 동학의 두령이며 농민군에서 맹렬하게 활약한 남편이 살아 돌아올 리가 없다고 생각했다. 천지신명이 도와 설령 살아 돌아온다 해도 동학농민군이 참살당해 곡소리가 끊이지 않은 동네에서 살아간다는 것은 살아도 살아있는 것이 아닌 지옥이란 마음이 들었다.

그녀는 개구랑목을 가서 시체더미 사이에서 남편을 찾지 못하자 백화산을 올랐다. 백화산 바위 위에는 흰옷을 입은 농민군의 주검들이 갯바위에 붙은 석화처럼 겹겹이 널려있었다. 목이 배어 죽은 자, 대창에 찔려 죽은 자, 칼에 베여 죽은 자, 총에 맞아 죽은 자들이 어지럽게 널려있었다. 최장수가 아는 방갈리 사람만도 수십 명이나 되었다. 이들은 시아버지와 함께 태안관아를 점령하고 군수 신백희와 방어사 김경제를 응징할 때부터 농민전쟁에 함께했던 사람들이었다.

최장수는 바위 아래를 봤다. 분명 가슴에 총탄을 맞고 하늘을 향해 누워있는 사람이 남편 구석이었다. 그녀는 정신없이 바위를 내려가 남편의 시신을 껴안았다. 얼음보다 차갑게 느껴졌다. 그녀는 슬픔이 목에 걸려 울음이 나오지 않았다. 속으로는 일어나 보시오. 이렇게 누워있지만 말고 일어나 집에 갑시다. 하는 말을 수십 번도 더 되뇌었다.

그렇게 남편의 주검을 껴안고 얼마를 지났을까. 빈 지게를 걸

머진 사내가 그녀에게 다가와 안 되었다는듯 바라보고 서 있었다. 그가 조심스럽게 말을 건넸다.
"어디 사시는 뉘시오. 동학도는 씨를 말린다는 말이 있어 아무도 시신을 찾아가지 않는데 아녀자의 몸으로 혼자서 와 있다니 놀랍소. 돌아가신 분이 바깥양반이오?"
최장수는 슬픔이 가득한 눈으로 그를 바라봤다.
"이렇게 있으면 뉘 눈에 띄어도 띌 것이오. 언능 피하시오."
그가 사방을 두리번거리며 말했다.
"남편을 여기에 두고 갈 수는 없습니다."
"어디 사시오."
"방갈리요."
"그럼 지가 망인을 방갈리까지 모셔다 드릴테니 일어나시오."
사내는 발채에 구석을 옮겨 태운 후 익숙한 솜씨로 산 아래 흐드러지게 우거진 억새풀을 꺾어다 덮었다. 누가 봐도 땔감을 짊어진 모습이었다.
남편을 짊어진 사내를 앞세우고 최장수는 방갈리로 향했다.
사내는 노모의 냉골에 불을 넣기 위해 땔감을 구하러 백화산에 왔다가 수많은 주검 가운데 홀로 있는 최장수를 발견했다며 이 난리가 어서 지나가야 살아있는 사람이라도 살 수 있지 않겠느냐고 푸념했다.
방갈리 집에 당도한 사내가 시신을 내려놓고 돌아갔다.
최장수는 그때서야 울음이 터져 나왔다. 그녀는 남편의 시신이라도 지켜야겠다는 생각이 들었다. 그녀는 부엌에 나뭇단을 옮기고 땅을 파기 시작했다. 울면서 정신없이 땅을 팠다. 반나절이 지나서야 겨우 한 사람을 눕힐 수 있을 정도가 되었다. 그녀는 남편의 시신을 그곳에 묻고 그 위에 나뭇단을 다시 옮겨놓았다.

 모든 동네는 쥐 죽은 듯 조용했다. 아무도 밖을 나가지 않았다. 사람이 무섭다는 생각에 누구도 사람들을 만나려 하지 않았다. 동네는 마치 유령의 마을처럼 적막이 흘렀다.

"모두 들으시오. 군수께서 관민화합을 위해 잔치를 베풀기로 했소. 모두 태안관아로 나와 관민화합잔치에 참석해 주시오. 나오지 않은 집은 관민화합에 반대하는 것으로 알고 수색해 그 연유를 묻겠소. 여자와 애들은 나올 것 없고 남자만 나오시오."

 관졸들이 동네를 쏴 다니며 알렸다.

 동네 남자들은 눈치를 보며 관졸의 뒤를 따라 태안 관아로 갔다.

 관아 마당에는 정말 잔칫상이 마련되어 있었다. 모인 자가 수백 명에 이르렀다. 관복을 차려입은 군수가 인사말을 했다.

"이제 동비들도 모두 토벌되었으니 마음 놓고 즐기도록 합시다. 지금부터 관민이 한 마음이 되어 지난날의 이 고을이 입은 상처를 치유하도록 합시다. 음식으로 내놓은 고기는 쏘다니는 개를 잡아 마련한 것이니 맘껏 드시오."

 군수의 말이 끝나자 농주와 개고기가 나왔다. 허기가 지고 마음이 놓인 사람들은 술을 마시고 개고기를 질끈질끈 씹었다.
 군수 옆에 앉아 있는 야마무라의 눈빛이 애사롭지가 않았다. 그는 음식을 먹는 사람들을 유심히 살펴보고 있었다. 그가 색출하려는 대상은 개고기를 먹지 않고 피하는 자였다. 바로 동학교도였다.
 야마무라는 동학교도는 개고기를 먹지 않는다는 것을 알고 군수를 시켜 잔치 자리를 마련하고 개고기를 내놓은 것이었다. 그의 계략은 숨어있는 동비를 잡기 위한 것이었다. 이런 방법을 이용해 동학의 씨를 말리려는 술책이었다.
 일본군이 우르르 몰려나와 개고기를 먹지 않은 자를 색출해냈다. 이날 개고기를 입에 대지 않은 사람이 78명이었다.
 "화합 잔치는 이것으로 끝내겠소. 모두 돌아가시오."
 군수가 황급히 말했다.

 잔치에서 붙잡힌 동학도인은 묶여 통개로 끌려갔다. 통개는 모래벌판의 사구였다. 여기저기 모래벌판에는 해당화가 갯바람을 이기며 겨울을 나고 있었다.
 일본군은 여섯 명씩 새끼줄로 굴비 엮듯 도인들을 묶었다. 도인들은 살려달라며 빌었지만 대답 대신에 개머리판이 이들의 머리며 어깨를 사정없이 내려쳤다. 어차피 죽인다는 것을 알고 있는 도인들은 체념한 듯 그들이 하는 대로 따랐다,
 겨울답지 않게 하늘이 청명했다. 바다에서 바람이 불어왔다.

바람은 모래를 퍼 올려 이곳저곳에 뿌렸다. 갯내음이 물씬 났다. 멀리서 파도 소리가 들려왔다.

일본군은 여섯 명씩 엮은 도인들을 줄줄이 세웠다. 그리고 한쪽 무릎을 구부린 앉은자세로 총구를 겨눴다.

"네라에! 우데!"

야마무라의 명령이 떨어지자 요란한 총소리와 함께 도인들이 쓰러졌다.

일을 마친 일본군은 대열을 맞춰 군가를 부르며 돌아갔다. 살아 돌아가는 조선인은 한 사람도 없었다.

사구에는 마지막 농민군의 주검만이 누워있었다. 갯바람이 쉴 새 없이 모래를 실어다 그들의 몸 위에 뿌렸다.

한 해가 지났다.

아례와 야무네는 약초를 채취하려 일락산에 올랐다. 합덕평야의 황금빛 가을들녘이 익을 대로 익어 추수를 기다리고 있었다. 멀리 서해바다 우편으로 해무에 잠긴 태안반도가 흐릿하게 보였다.

두 사람은 손을 맞잡고 저 들판에서 봉기하고 싸우고 쫓기고 다시 일어나 봉기했던 생각을 했다. 그날의 함성이 산 능선에 있는 아름드리나무와 바위 속에 박제되어 있을 것만 같았다.

함께 했던 많은 사람들의 얼굴이 주마등처럼 떠올랐다. 어떤 이는 달려가고, 어떤 이는 환하게 웃고 있고, 어떤 이는 손을 흔들었다. 들판과 하늘 사이에 그들이 있었다. 환상이었다.

아례의 눈가에 이슬이 맺혔다.

"여보, 우리 농민군이 싸움에서 지긴 했지만, 패한 건 아니어요. 저 들판과 산과 강과 바다가 저 자리에 있는 한 농민군의 이야기는 자손대대로 남겨져 어느 땐가는 그들이 농민이 주인인 세상을 만들 거예요."

야무네가 아례의 손을 꼭 쥐었다.

"임자 말이 맞어유. 우리가 진 게 아녀유. 저 들판 좀 보셔유. 누렇게 익은 벼에 낫질허는 게 누구겠슈? 우리 농삿꾼 말고 또 누가 허겠슈. 농민군 다 잡혔다고들 허지만, 그건 몰라서 헛소리 허는 거여유. 봄 되믄 풀싹이 지천으로 돋아나듯이, 다시 꿈틀꿈틀 살아날겨유."

아례의 목소리에는 확신이 담겨있었다.

바람이 불어왔다. 억새꽃이 바람에 일제히 들판을 향해 고개를 숙였다. 억새꽃 사이로 야무네의 불룩한 아랫배가 설핏 보였다.

야무네는 배를 만지며 혼잣말을 중얼거렸다.

"아가, 싸움은 끝나지 않았단다. 사람을 하늘처럼 섬기는 사인여천의 세상을 만들기 위해 네 할아버지처럼, 네 아버지처럼 용감하게 싸워야 한다."

그들은 한동안 바위 위에 앉아 멀리까지 가을들녘을 바라봤다. (끝)

참고문헌 및 자료

장수덕 『내포의 동학농민전쟁』 당진문화원. 2020년
박성묵 『예산동학혁명사』 도서출판 화담, 2007년
정선원 『동학농민혁명 시기 공주전투연구』 원광대학교 대학원, 2022년
조석헌, 문장노 『북접일기』 태안군, 충남역사문화원, 2006년
이해준 외 『충청도 태안 동학농민혁명』 도서출판 모시는 사람들, 2021년
우윤 『전봉준 갑오농민전쟁』 창작과비평사, 1993년
김삼웅 『녹두전봉준평전』 시대의 창, 2007년
전봉준 『동학혁명실화자료』 외솔회, 1974년
김경수 외 『내포의 동학』 충청남도 역사문화연구원, 2015년
충청남도 『충청남도 동학농민혁명이야기』 충청남도 역사문화연구원, 2002년
동학학회 『내포동학혁명과 춘암 박인호』 선인, 2004년
조원찬, 김정헌 『홍성의 산하 백월산』 2권, 홍성문화원, 2023년
조원찬, 김정헌 『홍성의 지명이야기』 홍성문화원, 2017년
김정헌, 조원찬 『홍성의 옛길』 홍성문화원, 2021년
『충남지역 동학혁명 교육자료집』 충청남도 교육청, 2017년
합덕읍지편찬위원회 『합덕읍의 역사와 문화』 합덕읍, 2023년

장편소설
동도군
ⓒ 김상현, 2025

발행일	1쇄 2025년 9월 25일
지은이	김상현
발행인	이영옥
펴낸곳	도서출판 이든북
출판등록	제2001-000003호
주소	대전광역시 동구 중앙로 193번길 73
전화번호	(042)222-2536 ｜ 팩스(042)222-2530
전자우편	eden-book@daum.net
카페	https://cafe.daum.net/eden-book
공급처	한국출판협동조합
	전화 (02)716-5616 (031)944-8234~6

ISBN 979-11-6701-366-8 (03810)
값 20,000원

* 이 책의 판권은 지은이와 이든북에 있습니다.
* 이 책 내용의 전부 또는 일부를 재사용하려면 반드시
  양측에 서면 동의를 받아야 합니다.

* 이 책은 세종특별자치시와 세종시문화관광재단 지원금으로 제작되었습니다.